카트린느 메디치의 딸

Alexandre Dumas père

La Reine Margo

카트린느 메디치의 딸

알렉상드르 뒤마 지음 · 박미경 옮김

RAINBOW PUBLIC BOOKS

차례

왕실의 결혼식

루브르궁 주변에 수많은 사람이 밀물처럼 밀려들고 있었다. 거리에는 수많은 군중이 진을 치고 있었다. 이날은 앙리2세의 딸이자 샤를르 9세의 누이인 마르그리트 드 발루아와 나바르 공화국의 왕인 앙리 드 나바르의 결혼식이 있는 날이었다. 대중들에게 이 결혼식은 호기심을 자아내기에 충분했다. 일면에서 이것은 가톨릭과 신교도의 결합이었고 프랑스 왕가와 부르봉 왕가의 결합이었다. 하지만 사람들이 고개를 갸웃거린 것은 샤를르 9세와 마르그리트의 모후가 카트린느 메디치라는 것이었다. 세간에 앙리 드 나바르의 어머니인 잔 달브레를 독살한 주범이 카트린느 메디치라는 소문이 흉흉했다. 물론 공식적으로 사인이 늑막염으로 밝혀졌음에도 불구하고 말이다.

결혼식은 일사천리로 거행되었다. 부르봉가의 추기경이 노틀담의 문 쪽에 있는 원형 강단에서 성혼문을 낭독했다. 왕태후는 기쁨을 감추지 못한 듯이 정중하게 결혼식 하객들을 접견하고 있었다. 샤를르 9세는 이 결혼이 나라 안의 종교적 갈등을 회복할 것으로 생각하고 신교도들에게 파리를 자유롭게 오고 갈 수 있게 했다. '위그노'라고 불린 신교도들은 일단 이 결혼을 매우 환영했다. 가톨릭교도들은 왕이 자신들을 배신한 것이 아닌지 불안감을 감추지 못했다. 그도 그럴 것이 앙리 드 나바르가 신교도의 수장이나 다름없었기 때문이었다.

루브르궁으로 들어오지 못한 구경꾼들은 거리에서 진을 치고 자리를 지키며 앙리 드 나바르를 축하하기 위해 찾아온 신교도 하객들에게 적대감을 보내고 있었다. 하지만 루브르궁에는 웃음꽃이 끊이질 않았다. 마침내 신부복을 갈아입은 신부가 연회장에 모습을 드러냈다. 그녀는 베일로 얼굴을 가리고 긴 망토를 끌며 자신의 제일 친한 친구인 앙리에트를 대동하고 오빠인 샤를르 9세의 손에 이끌려 무도회장으로 걸어들어왔다. 샤를르는 그녀를 주요 귀족들에게 일일이 소개했다. 신부는 프랑스 왕실의 진주로 불린 마르그리트 드 발루아였다. 샤를르는 언제나 자신의 여동생을 '마르고'라는 애칭으로 불렀다. 그녀는 이제 갓 스무 살이었지만 여명의 여신 '오로라'나 미의 여신 '아프로디테'에 비유되어 모든 시인의 입에 오르내리고 있었다. 그녀는 모후 카트린느 메디치가 주위에 두고 있는 수많은 아름다운 여인 중에서도 타의 추종을 불허할만한 미모를 지니고 있었다. 윤기 나는 검은 머리와 빛나는 피부, 관능적인 눈, 짙은 눈썹, 진홍빛의 섬세한 입술, 풍만하고 유연한 몸매. 그녀는 아주 작은 새틴 슬리퍼를 신고 있었다. 샤를르는 하객들에게 이렇게 말하며 그녀를 소개했다.

"내 여동생 마르고를 앙리 드 나바르에게 주면서 나는 이 나라의 신교도들에게도 내 마음을 주었습니다."

이 말은 어떤 사람들에게는 샤를르 9세가 더 이상 종교에 대한 정신적인 부담을 지지 않을 것이라는 말로 들렸고, 또 어떤 이들에게는 가톨릭을 모욕하는 말로 들렸다. 그것이 진정으로 무엇을 의미하는지는 시간이 말해줄 것이었다.

바로 그때 나바르의 왕이 모습을 드러냈다. 가느다란 눈, 매우 짧게 자른 머리, 짙은 눈썹, 매부리코, 갓 돋기 시작한 수염이 특징적인 그는 자신의 아름다운 신부를 보고 있었지만 동시에 누군가를 찾아 주변에 곁눈질하고 있었다. 그가 찾고 있는 사람은 왕태후 카트린느 메디치를 보필하는 여자들 중 하나인 소브 남작의 부인 샤를로트였다. 그녀는 루브르궁에서 마르그리트만큼 아름답기로 유명했다. 사실 그녀는 왕태후가 적들에게 진짜 독약을 쓰기 어려울 때 사랑의 마법을 거는 여자였다. 그녀는 금발 머리에 작은 몸집을 가지고 있었고 언제나 생기발랄한 표정으로 사랑을 가장한 음모를 꾸밀 준비를 하고 있었다. 샤를로트는 몇 달 전부터 정치나 사랑에 초보자인 나바르왕의 몸과 마음을 완전히 사로잡고 있었다. 비록 그의 새신부인 마르고가 탁월한 미모를 가지고 있었음에도 나바르왕의 마음속에 찬탄 그 이상을 불러일으키지는 못했다. 더 놀라운 것은 카트린느 메디치가 이 모든 사실을 알고 있다는 것이었다. 그런데도 그녀는 악착스럽게 자신의 딸과 나바르왕의 결혼을 성사시켰고 장래의 사위와 샤를로트의 사랑을 묵인해주고 있었다.

나바르왕은 홀 끝에서 샤를로트의 모습이 보이자 마치 마법에 걸린 것처럼 그녀에게 시선을 고정했다. 그는 두려움보다는 놀라움에 사로잡혀 주위의 시선에도 아랑곳하지 않고 그녀에게 다가갔다.

"아프다고 하던데 어떻게 된 일이오? 난 당신을 못 볼 줄 알았는데."

"이 일에 얼마나 많은 돈이 지출되었는지 왕태후께서 생각해 보라 하시더군요."

"아무튼 당신이 나타나니 세상이 갑자기 밝아지는 것 같소."

"절 놀리려고 하는 말씀이겠지요, 전하."

"그게 무슨 말이오?"

"이제 전하께서는 프랑스에서 가장 아름다운 여인의 남편이 되었습니다. 저에게는 빛이 사라지고 어둠만이 남아 있어요."

"내 행복이 단 한 사람의 손에 달려 있다는 것은 당신도 잘 알지 않소? 이 불쌍한 앙리와 웃고 즐기는 단 한 사람 말이오."

"그럼 전 나바르왕의 노리개이자 유희 상대가 될 단 한 사람이라고 생각하면 되겠군요."

앙리는 샤를로트의 적대적인 태도에 소스라쳤다. 그러나 그는 그것이 곧 사랑의 또 다른 표현임을 깨달았다.

"그건 부당한 비난이오. 당신 입에서 그렇게 잔인한 말이 나오다니 믿기지 않소. 결혼을 하겠다고 한 것이 나라고 생각하오? 젠장! 내가 아니오!"

"전하가 아니라고요?" 그녀가 날카롭게 소리쳤다.

"당신의 아름다운 눈에는 그것밖에 보이지 않는단 말이오? 아니오. 마르그리트와 결혼하는 것은 나 앙리가 아니오."

"그럼 누구인가요?"

"젠장! 그럼 교황과 결혼하는 신교도라 하면 되겠소? 그것뿐이오."

"하지만 전하께서는 마르그리트를 사랑하게 될 거예요. 그래도 전 비난을 할 수가 없어요. 그만큼 그녀는 아름다워요."

앙리는 잠시 생각에 빠졌다. 갑자기 그의 얼굴에 미소가 번졌다.

"만약 오늘 밤에 내가 귀족들을 돌려보내지 않는다면 내 말을 믿겠소?"

"그건 있을 수 없는 일이예요. 그리고 그건 말이 안 됩니다. 행복한 첫날밤에 신부를 혼자 기다리게 하고 전하께서 귀족들과 보내다니요?"

"그럼 어떻게 해야 내 말을 믿겠소? 내가 밤새도록 당신 옆에 있다면…"

"밤새도록?"

"그렇소. 그럼 날 믿겠소?"

"그러면…, 그렇게만 하신다면 제가 정말로 전하의 사랑을 받고 있다고 생각하겠어요."

"그럼, 드리올러에게 문 뒤에서 기다리라고 해요. 내가 세 번 노크할 때 문을 열어주라고 말이오. 내가 오늘 약속한 증거를 분명히 보여주겠소."

샤를로트는 잠시 침묵을 지켰다. 그 순간 왕태후가 그녀를 향해 시선을 고정했다. 짧은 순간이었음에도 두 사람은 서로 충분한 시선을 교환했다. 앙리 역시 그것을 의식하고 샤를로트로부터 멀어졌다. 한 시간 후에 샤를르 9세와 카트린느 왕태후는 거처로 돌아갔다. 동시에 초청받은 하객들이 하나둘씩 루브르궁을 빠져나가기 시작했다.

앙리가 여덟 개의 촛불이 켜진 두 개의 촛대를 든 시종의 안내를 받으며 마르그리트의 방 입구에 나타난 것은 그로부터 시간이 한참 지난 후였다. 마르그리트는 매우 정중하게 예의를 갖추었다.

"아직 잠자리에 들지 않았소, 부인? 혹시 날 기다린 것 아니오?" 앙리가 쾌활하고 즐거운 표정으로 물었다.

"아닙니다. 전하. 전하께서 어제 우리의 결혼은 정치적 동맹이라고 하시지 않았습니까? 그러므로 절 절대로 속박하지 않겠다고요." 마르그리트가 대답했다.

"좋소. 우리끼리 단둘이 있을 때 이야기하지 못할 것이 있겠소? 기온느. 문 좀 닫고 물러가게."

하지만 마르그리트가 두 명의 시녀에게 그대로 남아 있으라는 손짓을 했다.

"난 당신과 둘이서만 이야기하고 싶은데…"

앙리가 작은 방으로 발걸음을 옮겼다.

"안돼요!" 마르그리트가 그의 앞을 막아서며 소리쳤다.

"그렇게 하지 않으셔도 됩니다. 전 여기서도 전하의 말을 들을 준비가 되어있습니다."

앙리는 그것이 무슨 의미인지를 알았다. 그는 작은 방 쪽으로 의미심장한 눈길을 재빨리 던졌다.

"그럼, 부인. 우리 여기서 잠시 이야기합시다." 그는 침착한 목소리로 말했다.

"전하만 괜찮으시다면…"

"부인. 많은 사람이 우리 결혼에 대해 뭐라고 하는지 아시오? 최고의 결합이라는 거요. 나는 당신한테, 당신은 나한테 최고라는 거요. 그래서 신 앞에 맹세한 이상으로 최고의 동지처럼 처신해야 한다는 거요. 당신 생각도 그렇지 않소?"

"여부가 있겠습니까? 전하."

"나는 부인의 통찰력이 얼마나 대단한지 잘 알고 있소. 그런데 부인도 알겠지만 지금 내겐 수많은 적이 있소. 어떤 일이 있더라도, 부인. 신 앞에서 맹세한 쪽의 편이 되어주어야 하지 않겠소?"

"오! 전하. 한번 생각을 하고…"

"부인, 난 더 이상 생각 같은 건 하지 않겠소. 난 내 희망이 절대 무모하다고만은 생각하지 않소. 국왕도, 앙주 공작도 알랑송 공작도 나를 싫어하고, 당신의 모후인 카트린느 메디치는 내 어머니를 그렇게 증오했으니 더할 나위가 없을 거요."

"전하. 무슨 그런 말씀을?"

"부인. 내 어머니가 독살된 것에 대해 내가 속고 있다고 사람들이 생각하지 않았으면 한다오. 난 누군가가 우리가 지금 하는 말을 듣고 있었으면 좋겠소."

"전하. 그 같은 말은 위험하기 그지없습니다."

"아니오. 이렇게 단둘이 마주 보고 이야기할 때는 위험하지 않소. 그러니까 내가 말하고 싶은 건…, 내가 공격을 받을 때 부인의 도움을 받았으면 좋겠소. 왜냐면 부인은 나를 증오하는 자들의 사랑을 받고 있기 때문이오."

"제가요?"

"당신은 오라버니인 샤를르 국왕의 사랑도 받고 있고, 알랑송 공작의 사랑도, 왕태후의 사랑도, 기스 공작의 사랑도 받고 있소." 앙리가 다정한 목소리로 말했다.

"전하…" 마르그리트가 중얼거렸다.

"부모 형제의 사랑은 신의 섭리에 의한 것이니 쉽게 변하지 않소."

"그런데…. 전하께서 그토록 바라시는 건?"

"될 수만 있다면 부인이 내 친구보다는 동지가 되어주오. 그러면 난 모든 것을 무릅쓰고 싸울 수 있을 것 같소. 하지만 당신이 내 적이 된다면 난 모든 것을 잃어버릴 것이오."

"전하의 적이라고요? 그런 일은 절대로 있을 수 없어요." 마르그리트가 소리쳤다.

"그렇다면 내 동지가 되어주겠소?"

"…되어드리겠어요."

마르그리트는 몸을 돌려 왕에게 손을 내밀었다. 앙리는 그 손에 점잖게 입맞춤했다.

남다른 명석함을 지닌 마르그리트는 나름대로 생각이 있었고 야심이 있었다. 그녀는 앙리와 결혼함으로써 왕권에 대해 확신을 했다. 나바르 공화국은 프랑스 왕과 에스파냐 왕 사이에서 이러지도 저러지도 못하고 있었다. 패기만만한 앙리가 야망을 실현하면 지금처럼 명목상의 왕이 아니라 프랑스 신교도들을 주축으로 하는 하나의 강력한 왕국의 왕이 될 수 있다. 그녀가 앙리를 잃는 것은 남편만 잃는 것이 아니라 왕권까지 잃는 것이었다. 마르그리트가 나바르왕과 결혼을 결심했을 때 어느 정도는 이 모든 것을 계산했다. 어떤 식으로든 나바르왕이 위험에 처한다면 그나마 실세도 없는 나바르 왕국이 강탈당할 것이고, 마르그리트는 권력도 왕좌도 없는 미망인으로 남을 것이었다. 그녀는 그것을 원치 않았다.

"그렇다면, 부인. 내가 비밀리에 계획하고 있는 것을 하나만 말할까 하는데…"

마르그리트는 벌떡 일어나 그의 팔을 잡으며 소리쳤다.

"전하. 제발…, 숨을 좀 돌려야겠어요. 지금 기분이…, 열이…, 제발 그만."

"부인. 지금 여기에 우리 둘만 있는 것 아니오?" 앙리가 은밀한 미소를 지으며 말했다.

"하지만 이런 말을 들어보지 않으셨는지요? 입으로 불어 쏜 화살이 천장을 뚫고 벽을 뚫는다는 것을 말입니다."

"됐소! 부인. 그만하면 됐소. 당신은 날 사랑하지는 않지만 정직한 여자요."

"그게 무슨 말씀이신지요?"

"당신이 날 배신할 생각을 했으면 내가 비밀을 말하게 그냥 뒀을 거요. 하지만 당신은 날 붙잡았소. 이제 알겠소. 지금 이곳에 누군가가 있다는 것을 말이오. 말하자면 당신은 불성실한 배우자일지는 몰라도 충실한 동지요."

"전하…"

"이제 더 이상 마음 졸이지 마시오, 부인. 난 이만 가겠소."

앙리는 그녀의 손등에 부드럽게 키스했다. 그리고 그는 민첩한 걸음걸이로 그녀에게 등을 돌리고 복도로 나갔다. 사실 그녀의 작은 방에는 가톨릭의 강력한 수호자 기스 공작이 있었다. 기스 공작 역시 그녀에게 자신의 편이 되어달라고 간청하기 위해 온 것이었다. 그 속에는 사랑도 스며있었다. 그녀가 배우자를 배신하는 쪽을 택하지 않자 기스 공작은 그녀에게 실망감을 표시한 채 이별을 고하고 가버렸다.

"결혼식 첫날밤이 이런 것이라니! 남편은 멀어져가고 연인은 떠나가고!" 그녀는 중얼거렸다.

저 멀리서 한 소년이 노래를 부르며 모네의 풍차 쪽으로 올라가고 있었다. 마르그리트는 우수에 잠겨 그 노래를 들었다.

라 몰과 코코나

해 질 무렵 한 남자가 생 마샬 문을 통해 말을 타고 파리로 들어오고 있었다. 그는 길 주변으로 줄지어 있는 여인숙들을 힐끗거리며 파리의 심장부에 있는 라르브르섹 거리의 한쪽 모퉁이에서 말을 멈추었다. 그는 마음에 드는 여인숙을 발견한 것처럼 보였다. '아름다운 별'이라는 여인숙의 금속 간판에는 한쪽에 먹음직스러운 통구이 그림이 그려져 있었다. 그는 그것에 끌려 숙소를 정할 것처럼 보였다. 이십 대 중반 정도 되어 보이는 외모에 기사복을 입고 위에는 비로드 망토를 두르고 경주용 말을 몰며 가죽 장화에 뾰족한 장검을 차고 있었다. 부드럽고 우수에 찬 표정과 굳게 다문 입으로 매력적인 인상을 풍기고 있었다.

"음. 그나마 이곳이 좀 나아 보이는데…" 그는 혼잣말로 중얼거렸다.

그 순간 맞은편 거리 끝에서 또 다른 남자가 모습을 드러냈다. 그의 외모는 앞의 남자와는 정반대였다. 숱이 많은 적갈색 곱슬머리에 안색이 불그스름하며 갈색 콧수염이 있었고 치아가 아주 단단해 보였다. 그는 키가 크고 어깨가 넓은 전형적인 기사였다. 그는 첫 마디만 들어봐도 어디 출신인지 짐작이 갈 정도로 억양이 강했다. 첫 번째 남자가 프로방스 출신이라면 이 남자는 피에몽테 산악 지대 출신임이 순식간에 드러났다.

"여기가 루브르궁 부근이 맞소?" 두 번째 남자가 물었다.

"이 여인숙이 있는 걸 보면 분명하오. 이곳을 들어가야 하는지 아직 결정은 못 했지만." 첫 번째 남자가 대답했다.

"결정을 못 했소? 난 이 집이 마음에 드는데…. 외관이 그런대로 깔끔하지 않소?"

"파리에 사기꾼들이 많다고 하니 믿어도 될지 모르겠소."

"이보시오. 신사 양반. 난 사기꾼 같은 건 걱정하지 않소. 간판에 있는 닭고기 하나만 대접해준다면 꼬챙이까지 먹어치울 것 같소." 붉은 혈색의 남자가 말했다.

"그럼 나도 이리로 결정해야겠소. 고맙소."

"내가 해준 게 뭐 있다고…. 난 아니발 드 코코나요. 백작이오."

"난 르락 드 라 몰이오. 역시 백작이오."

그들은 말을 입구에 있는 마부에게 맡기고 안으로 나란히 들어갔다. 안에는 주인이 있었지만, 그들을 본체만체하며 다른 사람과 이야기하는데 정신이 팔려있었다. 보다 못한 코코나가 주인의 소매를 잡아당겼다. 주인은 놀라서 몸을 돌리는 시늉을 했으나 여전히 무관심했고 무례해 보이기까지 했다.

"백작 나리. 뭘 바라십니까?" 주인이 침착하게 물었다.

"이 백작과 내가 간판에 이끌려 들어왔는데 오늘 하루 여기서 묵어야겠어."

"나리. 유감스럽습니다만, 방이 하나밖에 없습니다. 그것도 나리들의 마음에 들지 않을 텐데요."

"그럼 다른 곳을 찾는 것이 더 나을 것 같소만…" 라 몰이 말했다.

"천만에. 난 여기서 묵을 거요. 라 몰 백작. 당신이 원치 않으면 내가 묵겠소."

"한 분만 묵으신다고 해도 방을 내드릴 수가 없겠는데요." 주인이 무례할 정도로 침착하게 대꾸했다.

"뭐라고? 우리에게 방을 주기 싫다는 거야, 뭐야?"

"맹세코 그런 건 아닙니다. 솔직하게 말씀드리면 나리들이 시종을 데리고 있지 않기 때문에 나리들에게 방을 하나 내주면 시종이 두 명 딸려야 하니 다른 사람들을 숙박시킬 수가 없습니다."

"주인장 태도를 보니 혼을 좀 내야 할 것 같지 않소?" 코코나가 라 몰에게 물었다.

"그래야 할 것 같소." 라 몰이 동조했다.

하지만 그들의 위협에도 주인은 아랑곳하지 않았다.

"지방에서 오신 분들 같은데 방을 내주지 않는다고 여인숙 주인을 묵사발로 만드는 시대는 이미 지났습죠. 오히려 우리 같은 사람들이 혼을 내준 귀족들도 있다는 걸 아셔야죠. 나리들은 절 이런 식으로 취급할 자격이 없습니다."

"이 망할 놈의 자식!" 코코나가 검을 뽑으며 말했다.

"제발 이러지는 맙시다. 주인장이 분별력이 전혀 없는 사람으로 보이지는 않지만, 우리를 좀 오해하고 있는 것 같소! 시종에 대해 계산을 하지 않을까 봐 미리 선수를 치는 것 같소만…" 코코나의 반발에 주인장이 화승총을 집어 들고 그를 겨누자, 라 몰이 코코나를 말리며 이렇게 말했다.

"빌어먹을! 조심해야 될걸. 어디 침대도 더럽고, 식사도 형편없어봐라." 코코나가 분을 삭이지 못하고 주인을 매섭게 노려보았다.

주인은 혁대 같은 것에 칼을 갈면서 혼잣말로 이렇게 말했다.

"분명히 신교도 자식들일 거야. 나바르가 마르고 공주님과 결혼한다고 천지 분간도 못 하고 날뛰는 꼴이라니."

하지만 두 사람은 이 말을 듣지 못했다.

"이 봐! 우리 밥 안 줄 거야?" 코코나가 소리쳤다.

"원하신다면 갖다 드리죠." 주인이 말했다.

그들은 다시 주인으로부터 관심을 돌리고 자신들의 이야기를 나누었다.

"혹시 백작도 루브르로 온 거요?" 코코나가 물었다.

"그럼, 당신도?" 라 몰이 대답했다.

"그렇다면 우리 같이 가면 될 것 같소."

"좋소! 그런데 지금은 좀 늦은 것 같지 않소?"

"그래도 난 가봐야 하오. 파리에 도착하자마자 기스 공작에게 서신을 전해야 하기 때문이오." 코코나가 말했다.

기스 공작이라는 말에 갑자기 주인이 관심을 보이며 다가왔다.

"저 못된 놈이 우리 얘길 엿들었군." 코코나가 말했다.

"엿들은 게 아니고 그냥 들렸습니다. 위대한 기스 공작님 이야긴데 어떻게 안들을 수가 있나요? 어떻게 해드릴까요? 나리님들"

"그 한마디가 뭐라고 마법이라도 부린 건가? 빌어먹을! 꼴같잖은 아첨을 다 하고. 주인장 이름이 뭐야?"

"위리에르입죠."

"위리에르! 기스 공작보다 내 팔이 더 센데."

"위대한 앙리님은 우리 파리인들의 우상 입니다요."

"앙리? 어떤 앙리지? 앙리 드 나바르인가? 앙리 드 기스인가?"

"이 세상에 앙리님은 단 한 분밖에 없습니다. 앙리 드 기스."

"난 앙리 드 나바르에게 가야 하니 내 앞에서 그를 비방하지 말게,"

라 몰이 말했다.

주인은 라 몰의 대답에는 전혀 대꾸하지 않고 코코나를 부드러운 시선으로 바라보았다.

"위대한 기스 공작님께 가시는 겁니까? 그럼 나리는 매우 행복한 귀족이십니다."

"지금 파리가 이렇게 축제 분위기로 떠들썩한 건 오늘 있었던 나바르왕의 결혼식 때문이 아닌가?" 라 몰이 물었다.

"맞습니다. 신교도들이죠. 나리."

"죄송합니다만, 나리님들 종교는?" 위리에르가 물었다.

"난 가톨릭이야!" 코코나가 소리쳤다.

위리에르는 라 몰에게 시선을 돌렸지만, 라 몰은 어떻게 말해야 좋을지 판단이 서지 않아 반문하는 것으로 대답을 대신했다.

"주인장. 나바르왕을 모른다면 제독은 아나? 제독은 궁정의 총애를 받고 있다던데."

"알죠. 그는 화승총 저격을 당했죠."

"뭐라고? 그래서 죽었나?"

"총알에 독이라도 묻어 죽었으면 얼마나 좋겠습니까만, 팔에 부상을 입고 손가락이 잘렸습니다."

라 몰은 그 사건도 사건이거니와 주인의 적대감에 놀라움을 감추지 못하고 자리에서 일어났다.

"난 당장 루브르로 가봐야겠소." 라 몰이 말했다.

"나도 가야 하니 같이 갑시다." 코코나가 대답했다.

그들은 루브르궁으로 달려갔다. 루브르궁 주위는 초저녁의 어스름

빛 속에 알 수 없는 술렁임의 기운이 감돌고 있었다. 그것은 왠지 모르게 불길한 느낌이 들게 했다. 두 사람은 동요와 불안의 빛이 감도는 거리를 따라 계속 내려갔다. 루브르궁은 엄중한 경계 태세를 유지하고 있었다. 모든 초소는 이중의 방어막을 치고 있었다. 두 사람은 어떻게 접근해야 할지 몰라 잠시 머뭇거렸다. 기스 공작이 파리의 수호신이라는 말을 기억해낸 코코나가 한 파수병에게 다가가 기스 공작에게 볼일이 있으니 안으로 좀 들어갈 수 없는지 물었다. 파수병은 그에게 암호를 대라고 했다. 하지만 코코나는 암호를 모른다고 말했다.

"그렇다면 물러가시오." 파수병이 냉정하게 말했다.

그때 초소 한쪽에서 다른 파수병과 이야기를 하고 있었던 남자 하나가 코코나의 말을 듣고 다가왔다.

"방금 기스 공작이라고 했소?" 그가 물었다.

"예. 기스 공작님에게 전해드릴 것이 있습니다." 코코나가 미소를 지으며 말했다.

"지금은 접견이 안 되오. 공작님은 왕에게 가 있소."

"하지만 전 서신을 전하라는 명령을 받고 파리에 왔습니다."

"그럼…. 우선 서신을 내게 보여주시오."

"…, 송구스러운 말이오나 나는 댁을 잘 모릅니다." 코코나가 경계하는 태도를 보였다.

"난 베즈메요. 기스 공작을 모시고 있소."

"베즈메…. 그런 이름은 들어본 적이 없는 것 같은데…"

"베즈메 나립니다. 저분에게 서신을 주면 될 겁니다." 파수병이 말했다.

"베즈메? 정말 베즈메씨 입니까? 그 이름은 익히 들어서 알고 있습니다. 망설인 것을 용서해 주십시오. 의무를 충실히 이행하려다 보니…"

"괜찮소. 용서를 구할 것까지야…" 베즈메는 너그러운 어조로 말했다.

"친절하신 분 같아서 드리는 부탁인데 제 부탁도 좀 들어주시면 안 되겠습니까?" 한쪽에서 지켜보고 있던 라 몰이 말했다.

"당신은 누구신지?" 그가 물었다.

"르락 드 라 몰 백작입니다. 저도 코코나 백작처럼 먼 곳에서 왔습니다."

"먼 곳? 어디서?"

"프로방스입니다. 나바르 전하께 서신을 가지고 왔습니다."

"나바르왕이라…. 그건 내가 책임질 수 없소." 그는 갑자기 쌀쌀하게 말했다.

그리고 라 몰에게서 벗어나듯 걸음을 돌리고 코코나에게 자신을 따라오라는 신호를 보내며 루브르 안으로 사라졌다.

라 몰은 초소 입구에서 자신을 도와줄 만한 사람을 찾아 한참을 기다렸다. 얼마 후에 루브르에서 한 무리의 사람들이 밖으로 나오는 것이 보였다. 백여 명 정도 되는 사람들이었다. 그 순간 파수병이 옆의 동료에게 이렇게 말하는 소리가 들렸다.

"무이 신교도 패거리군. 저 희색이 도는 얼굴 표정 좀 봐…. 저 꼴들 정말 못 봐주겠군. 나바르왕이 제독 암살 미수자와 저 인간 아버지를 죽인 자를 반드시 처단하겠노라 약속했다는데. 아들 녀석이 일석이조의 득을 보는군."

그 말을 듣고 라 몰은 지체하지 않고 그 무리의 우두머리에게 다가갔다.

"혹시 무이님 아니십니까?"

"그렇소만."

"무이님의 이름은 우리 교파에 잘 알려져 있습니다. 그래서 청을 드리려고 왔습니다."

"우선 당신 이름은?"

"르락 드 라 몰 백작입니다."

"오! 나도 들어본 적이 있는 것 같소."

"전 프로방스의 오리악 공작으로부터 나바르왕께 서신을 전하라는 지시를 받고 왔습니다. 중요한 것인데 그분에게 전달할 길이 없겠습니까?"

"그렇다면 중요한 건데…. 들어가는 건 어렵지 않소. 하지만 지금 나바르왕이 당신을 만날 수 있을지 모르겠소. 너무 바빠서 말이오. 내가 전하의 방까지 안내해 줄 테니 나머지는 알아서 하시오."

무이는 말에서 내려 시종에게 고삐를 던져주고 파수병에게 뭐라고 말하고는 성문 안으로 성큼성큼 걸어 들어갔다. 라 몰은 지시대로 그를 뒤따랐다. 어떤 곳의 문 앞에 이르자 그는 문을 열고 라 몰에게 이렇게 말했다.

"이곳에 들어가 기다려 보시오, 백작." 그리고 그는 가버렸다.

어떤 곳의 대기실이었는데 사람이 아무도 없었다. 하지만 그곳으로 통하는 실내의 문이 모두 열려 있었다. 라 몰은 사람을 소리쳐 불러 보았지만 아무 대답이 없었다. 그는 혹시나 하는 마음으로 방 사이를 걸어갔다. 그 순간이었다. 갑자기 앞에 있는 방문이 열렸다. 그리고 아름다운 한 여인과 등불을 밝혀주는 두 명의 시녀가 나타났다. 불빛이 라 몰을 비추었다. 그 여인은 걸음을 멈추고 이렇게 말했다.

"여기서 뭘 하는 거죠?"

"용서하십시오. 나바르 전하를 뵈야 한다고 하니 무이님께서 이리로 인도했습니다." 라 몰이 고개를 숙이며 말했다.

"전하는 지금 이곳에 없어요. 국왕과 함께 계신 거로 알고 있어요. 괜찮다면 왕비에게 주면 안 되겠습니까?"

"예. 여부가 있겠습니까? 누군가가 왕비님에게 안내를 해준다면 말입니다."

"바로 앞에 있잖아요."

"예?"

"내가 나바르의 왕비예요."

라 몰은 흠칫 놀라 뒤로 물러났다.

"나도 지금 모후에게 가야 하니 빨리 용건을 말하세요."

"왕비님의 아름다움에…, 잠시 생각이 나지 않습니다."

"힘을 내어 말해보세요. 잠시 기다려 드릴 테니…. 조금 전에 서신이라고 하지 않았나요?"

"아! 예…"

라 몰은 기사복 윗도리의 어깨 장식을 떼고 비단으로 밀봉된 서신을 꺼냈다. 마르그리트는 서신을 받아들고 대강 살펴보았다.

"혹시 라 몰 백작인가요?"

"제 이름을 알고 계시다니 정말 영광입니다."

"남편인가 알랑송인가 누군가에게 들은 것 같기도 해요. 기다려 보세요."

그녀는 섬세한 자수와 다이아몬드로 장식된 팽팽한 옷 속에 그 서신을 집어넣었다. 젊은 백작은 여전히 두근거림에 휩싸여 있었다. 라 몰은 그녀의 동작 하나하나를 눈으로 좇았다.

"자, 백작. 아래층 큰 거실에 내려가서 나바르왕이나 알랑송 공작이 올 때까지 기다리세요. 내 시종이 그곳으로 안내해 줄 거예요."

마르그리트는 이렇게 말하고 발걸음을 재촉했다. 그 복도가 폭이 좁아 그녀의 코르셋의 넓고 풍성한 옷자락이 어쩔 수 없이 그를 살짝 스쳤다. 그녀가 지나가자 그 자리에 남은 묘한 향기가 그의 코를 자극했다. 라 몰은 온몸이 사시나무 떨듯 흔들렸다. 그는 자신도 알 수 없는 묘한 감정에 빠져들었다. 마르그리트는 환영처럼 사라져 버렸지만, 그의 모든 의식은 오직 한 곳에 집중되었다.

"따라오세요, 나리." 시종이 말했다.

"아! 예." 그는 다급히 대답하며 시종을 따라갔다.

여전히 그의 머릿속은 온통 그녀로 가득 차 있었다. 거실은 짙은 어둠 속에 빠져있었지만, 그는 혼자가 아닌 것 같은 느낌을 받았다. 라 몰은 지루함을 달래기 위해 공간을 거니 다가 우연히 다른 사람이 있는 곳까지 다가갔다. 그는 같이 있는 남자가 아는 사람 같다고 느꼈다.

"혹시 코코나 백작?" 그가 말했다.

그 말에 다른 남자도 놀라는 반응을 보였다.

"라 몰 백작? 또 루브르에서도 만나는군. 정말 우연도 대단한 우연이군. 계속 이렇게 만나다니! 그건 그렇고 볼일은 어떻게 됐소?"

"여기서 기다리라고 했소." 라 몰이 말했다.

"그것도 나하고 같군." 코코나가 말했다.

"하지만 백작은 꼭 뭔가에 홀린 사람 같소만…"

라 몰이 뭐라고 말을 하려는 순간 출입문이 열리면서 희미한 그림자 하나가 다가왔다. 그는 코코나가 초소에서 만났던 베즈메였다. 그가 코코나에게 따라오라고 손짓했다. 코코나는 다시 라 몰과 작별하고 그곳을 떠났다. 베즈메가 코코나에게 물었다.

"오늘 밤 어디서 묵소?"

"라르브르섹 거리에 있는 '아름다운 별'입니다."

"그럼, 이렇게 합시다. 오늘 밤에 다시 이리 오시오."

"오늘 밤에?"

"오늘 밤에 경종이 울릴 때 다시 이곳으로 오시오. 암호는 '기스'요."

"경종?"

"쉿! 쉿! 생 제르맹 록세루아 교회의 경종이오."

"꼭 그래야 한다면 그렇게 하겠습니다." 코코나는 그렇게 말하고 발걸음을 돌리며 생각했다.

'저 자식이 무슨 말을 하는 거지? 경종은 또 뭐야? 알다가도 모르겠군. 아무튼 난 내 임무만 완수하면 되니까…. 그건 그렇고 라 몰 백작을 한번 기다려 볼까? 아니 어쩌면 나바르왕과 식사를 하고 있을지도 몰라…'

라 몰 역시 얼마 지나지 않아 맞은편 문이 열리며 시종이 나타났다.

"나바르 왕비님께서 지금 나바르 전하를 만나는 것이 어려울 것 같다고 하셨습니다. 괜찮으시면 오늘 밤에 다시 한번 와주시죠."

"하지만 성문에서 파수병이 막으면…"

"암호는 '나바르'입니다. 그 말을 하면 어떤 성문에서도 들여보내 줄 것입니다."

그는 그곳을 나온 후에 '아름다운 별'로 향했다. 하지만 그가 들어서자마자 본 것은 비계 오믈렛을 식탁 앞에 두고 있는 코코나였다.

"오호…. 나처럼 식사 대접을 못 받은 것 같은데…" 코코나가 웃으며 말했다.

"어쩌다 보니 그렇게 됐소." 라 몰이 말했다.

"배가 고파서 온 것 같은데?"

"그렇다고도 할 수 있지."

"노심초사하던 플루타크의 미덕은 던져버리고?"

"백작. 플루타크는 이런 말도 했소. 가지지 않은 자와 나누라고. 그러니 오믈렛을 나눠 먹어야 하지 않겠소? 먹으면서 미덕에 대한 이야기를 합시다." 라 몰이 웃으면서 말했다.

"난 미덕 같은 건 싫소. 배 속이 빈 것을 들키지 않으려고 노심초사해야 하니 말이오. 자, 거기 앉으시오. 같이 먹게."

"알았소. 운명이 우리를 갈라놓지 않는 것 같소. 여기서 잘 거요?"

"잘 모르겠소."

"나도 마찬가지요."

"아무튼 어디에선가 밤을 보내게 되겠지."

"어디서?" 라 몰이 물었다.

"백작이 있는 곳에서."

두 사람은 옛 친구를 만난 것 같은 반가움에 어느덧 친구처럼 말을 놓았다. 그리고 그들은 '아름다운 별' 최고의 오믈렛을 함께 먹으며 웃기 시작했다.

카트린느 메디치

카트린느 메디치는 앙리 2세가 죽은 후 여전히 상복을 입고 있었다. 하지만 그녀는 향수 제조자이자 주술사인 르네가 만들어준 화장품 덕택에 쉰 살이 넘었음에도 여전히 풍만한 육체와 아름다움의 흔적을 잃지 않고 있었다. 루브르궁에서 그녀가 거처하는 곳은 그녀의 상복만큼이나 음침한 기운이 감돌았다. 그녀는 그곳에서 권력을 잃지 않기 위해 끊임없이 계략을 꾸몄다. 그것은 성공할 때도 있었고 실패할 때도 있었다. 나바르왕의 모후인 잔 달브레의 죽음은 카트린느 메디치가 르네의 도움을 받아 저지른 일로 공공연하게 알려져 있었다. 그녀가 모성이 없다고 할 수는 없었지만, 결정적인 순간에는 언제나 자기 자신 편이었고 자신의 편을 드는 자식을 원했다.

결혼식을 치른 날 그녀는 미소를 머금고 자신의 처소로 돌아왔다. 일이 순조롭게 진행되는 것처럼 보였다. 그녀가 앞으로 일어날 일에 대한 깊은 생각에 빠져있었을 때 한 남자가 휘장을 걷어 올리며 창백한 얼굴로 들어왔다. 그는 앙리 드 기스였다.

"일이 잘되지를 않습니다." 그가 말했다.

"뭐요? 일이 잘되어 가질 않다니! 그게 무슨 소리요?"

"아무리 애를 써도 폐하의 결단을 기다리려면 시간이 필요할 것 같습니다. 어쩌면 영원히 기다려야 할지도 모르겠습니다."

"내 아들이 뭐라고 했소?" 카트린느가 물었다.

"아무리 설명을 해도 폐하께선 신교도들에 대한 신뢰를 거두지 않았습니다. 특히 제독의 암살 기도와 관련해서 말입니다."

"결국, 폐하를 설득시키는 데 성공하지 못했다 그 말이오?"

"예, 그렇습니다. 제가 물러날 수밖에 없었습니다."

"공작은 할 만큼 했소." 왕태후가 말했다.

"하지만 아무런 결과가 없으니…"

"마지막으로 한 번 더 해보는 거요."

"감히 누가 그것을…?"

"내가 해보겠소. 국왕 지금 혼자 계시오?"

"아닙니다. 타반느 장군과 같이 계십니다."

"여기서 기다리시오. 아니면 날 따라와 멀찌감치 떨어져 기다리든지…"

그녀는 자리에서 일어났다. 그리고 방을 나왔다. 그녀는 샤를르 9세의 거처로 향하면서 그와 대면하여 어떤 장면을 연출해야 할지 계산하고 있었다. 고통과 연민…. 바로 그것이 정답이었다. 그녀는 정 안되면 마지막 순간에 눈물을 흘릴 참이었다.

그녀가 샤를르 국왕의 방으로 들어갔을 때 그는 사냥개들에게 먹이를 주고 있었다.

"내 아들아!" 그녀는 떨리는 목소리로 말했다.

"우리 이야기를 좀 하자꾸나…"

"아들아. 나를 성채 중 한 곳으로 떠나 있게 해주려무나…. 파리에서 떨어진 곳이면 어떤 곳이라도 상관하지 않으마."

"왜 그러십니까? 어머니?"

"오늘 네가 신교도들한테 모욕을 당했다는 말을 들었다. 나도 모욕적인 말을 듣고 있고. 이젠 더 이상 그런 꼴을 보고 싶지 않구나."

"하지만 어머니. 제독이 죽임을 당할 뻔했고, 용감한 드 무이 장군은 죽임을 당했습니다. 어머니. 왕국에는 무엇보다도 정의가 있어야 합니다." 샤를르 9세는 죄책감으로 가득 찬 표정을 지으며 말했다.

"오! 아들아. 그건 네 생각일 뿐이다. 그들에게 정의 같은 것은 존재하지 않아! 네가 그들을 거부하면 그들이 널 가만두지 않을 거야. 오늘은 기스 공작, 내일은 나. 그리고 모레는 너. 결국, 우리는 그들의 희생물이 되고 말 것이다."

"어머니. 그것은 지나친 비약이십니다." 샤를르가 절망적으로 외쳤다.

"그렇다면 네 생각은?"

"기다려주는 것입니다."

"그러니까 그냥 기다린다 이거구나. 하지만 난 기다리지 않을 테다."

그녀는 자신의 방으로 가는 시늉을 했다. 하지만 샤를르가 그녀의 팔을 붙잡았다. 샤를르는 습관성 우울증을 앓고 있었고 모든 것으로부터 자유롭지 못했다. 그는 자신이 모후의 마음을 상하게 한 것에 일말의 죄책감을 느꼈다.

"어머니. 그럼 제가 뭘 어떻게 하면 되겠습니까? 저는 매사에 공정해야 합니다."

"사냥할 때 멧돼지가 우리에게 다가오고 있는 것을 생각해 봐라. 그것을 그냥 두고 보는 것은 위험하기 짝이 없는 일이다. 많이도 말고 조금만…, 조금만…, 우리 뜻에 물러서 주면 안 되겠니? 그들의 법이 이 나라의 모든 것을 지배하게 놔둬서는 안 된다."

샤를르는 잠시 생각에 잠겼다. 그는 그녀의 생각에 동의하지 않았다. 하지만 동시에 모후에 대한 연민을 느꼈다.

"그래서 어떻게 하자는 말씀입니까? 어머니."

"기스 공작. 공작이 설명해 보시오." 그녀는 한쪽에 서 있는 기스 공작에게 말했다.

"폐하. 적들에게 겁을 조금만 주자는 것뿐입니다. 이럴 때는 몇십 명을 한꺼번에 제거하는 것이 큰 효과가 있을 수 있습니다. "

"내 사촌인 당신이 그들을 죽이는 데 앞장서겠다고? 하! 하! 어떻게 그럴 수가! 그렇게 많은 사람을 죽이겠다니 평생 기분이 좋아 죽겠군. 기스 공작!"

왕은 기이한 웃음을 터뜨렸다. 하지만 그것은 살아있는 사람의 웃음소리가 아니었다. 그것은 가장된 것이었기에 방 안에서 비통한 메아리가 되어 울려 퍼졌다.

"폐하. 모든 것이 준비되어 있습니다. 용병도, 귀족도, 말도…. 어떤 경우에도 우리 편이 되어줄 시민들도…, 호위병들도…, 상대가 하나면 우리는 스물입니다. 그들이 마음을 놓고 있는 이런 좋은 기회는 두 번 다시 오지 않습니다."

"그런 막강한 힘을 가지고 왜 그런 이야기를 내 귀에 못이 박히도록 하느냐? 제발 날 좀 내버려 두게."

샤를르는 개들이 있는 곳으로 돌아갔다. 카트린느는 기스 공작에게 귓속말로 속삭였다.

"잘하고 있소. 그렇게 계속 밀고 나가시오. 곧 폐하는 무너질 것이오."

카트린느는 그렇게 충고하고 다시 방을 나왔다. 그녀의 표정은 들어갈 때보다 한결 밝아져 있었다.

카트린느가 다시 자신의 처소로 돌아왔을 때 마르그리트가 와 있었다. 마르그리트가 라 몰과 마주친 것은 이곳으로 오던 중이었다. 딸과 단둘만 있게 되자 카트린느는 마음속에 있는 뭔가를 말하려고 입을 열었다. 하지만 알 수 없는 어떤 것이 그녀를 가로막았고 그녀는 어두운 생각에 빠져 결국 말을 내뱉지 못했다. 그 순간 휘장이 올라가며 딸의 남편이 된 앙리가 나타났다.

"오! 사위 왔는가? 루브르에서 저녁은 먹었는가?" 카트린느가 소스라치게 놀라며 물었다.

"아닙니다. 오늘 밤에 알랑송 공작, 콩데 공작과 함께 파리 시내를 한 바퀴 돌기로 했습니다."

"그렇게 하게. 그렇게 다닐 수 있는 때가 행복한 법이지. 그렇지 않니, 얘야?"

"그래요. 어머니. 자유만큼 멋지고 달콤한 것이 어디 있겠어요?" 마르그리트가 말했다.

"제독 병문안 갈 건가?" 카트린느가 물었다.

"예. 그럴 생각입니다."

"그렇게 하게. 좋은 본보기가 될 거야. 새 소식 있으면 알려주고."

"장모님 생각을 알았으니 전 이만 물러가겠습니다."

앙리는 카트린느의 말을 듣고 문으로 발걸음을 옮기려고 했다. 그때 휘장이 올라가며 샤를로트가 금발 머리를 내밀며 말했다.

"마마. 향수 제조자 르네입니다."

앙리의 얼굴이 창백해졌다. 르네는 그의 모후 암살자로 소문이 나 있었다. 그는 주체할 수 없는 감정에 사로잡혀 잠시 창문가로 가서 몸을 기댔다. 그런데 뜻밖에도 방문자는 두 사람이었다. 향수 제조자 르네 외에도 마르그리트의 언니인 로레인 부인이 있었다. 그녀는 비밀 문을 통해 들어온 것이 분명했다. 카트린느가 르네가 가져온 화장품을 만져보는 동안 로레인 부인이 창백한 표정으로 마르그리트 곁에 서성거렸다. 카트린느는 몸을 돌려 이렇게 말했다.

"내 딸아. 이제 방으로 돌아가서 쉬려무나. 그리고 자네는 어서 시내를 한 바퀴 돌고 오게."

마르그리트가 자리에서 일어났을 때 로레인 부인이 재빨리 그녀의 손을 잡아끌었다. 그리고 귓속말로 이렇게 말했다.

"오늘 밤 절대로 이곳을 떠나지 마. 기스 공작이 전해주라는 말이야." 로레인 부인이 말했다.

"잠깐. 너희들 무슨 말을 하는 거냐?" 카트린느가 뭔가 이상한 눈치를 챘는지 의혹의 시선으로 돌아보며 말했다.

"아무것도 아니에요, 어머니. 작별 인사를 했어요." 마르그리트가 얼버무렸다.

그 순간 앙리가 마르그리트에게 말했다.

"부인의 손에 작별 키스를 하고 싶소"

마르그리트는 떨리는 손을 내밀었다. 앙리는 손에 키스하면서 작은 목소리로 말했다.

"로레인 부인이 뭐라고 했소?"

"오늘 밤 밖에 나가지 말라는군요. 어떤 일이 있어도."

그 순간 앙리의 뇌리에 번개처럼 스치는 어떤 것이 있었다. 그는 모든 것을 파악했다.

"또 있어요. 지방에서 온 젊은 백작이 당신에게 서신을 가지고 왔어요. 여기 있어요."

"라 몰 백작?"

"예."

"고맙소." 그는 서신을 받아 자신의 가슴 속에 집어넣으며 말했다.

"언니…" 마르그리트는 나가기 전에 로레인 부인에게 말했다.

로레인 부인은 다시 한번 기회를 엿보고 낮은 목소리로 말했다.

"마르고. 오늘 밤 어떤 일이 있어도 궁에 있으라는 내 말 알아들었지? 내 명령이기도 해."

"알았어, 언니. 저녁 잘 보내." 마르그리트가 창백한 표정으로 대답했다.

*

'아름다운 별'에서 코코나와 즐겁게 저녁을 먹은 후에 라 몰은 루브르에서 사람이 올 때까지 한숨 자려는 생각으로 위리에르가 안내 해주는 방으로 올라갔다. 그때 생 제르맹 록세루아 교회의 경종이 11시를 울렸다. 코코나는 어떻게 해야 할지 생각하며 잠시 자리를 지키고 있는데 여인숙 문이 열리며 남자 하나가 들어왔다. 라 몰을 안내 해주고 다시 내려오던 위리에르가 그를 보자 여인숙 문의 빗장을 걸고 조심스럽게 의자 하나를 내주었다. 그리고 그 역시 한쪽에 자리를 잡고 앉았다. 그 남자는 코코나에게 거리낌 없이 말했다.

"이봐! 독실한 가톨릭 맞나?"

"맞소. 하지만 당신이 뭔데 내게 명령조로 이야기하는 거요?"

"난 모르벨이다."

"혹시 제독과 드 무이 장군을 저격한…?"

"그렇다."

"젠장!"

"당신은 우릴 따라가야 한다."

"무슨 말이오?"

"그건 알 것 없고. 날 따라오기만 하면 된다. 당신의 운명이, 아니 당신의 목숨이 달린 일이다."

"미리 말해두겠는데 난 좀 있다가 루브르에 볼일이 있소."

"우리가 가는 곳도 바로 거기다."

"난 기스 공작이 기다리고 있소."

"당신만이 아니다. 우리도 마찬가지다."

"난 암호도 있소." 다른 사람과 그 영광을 나누는 것에 자존심이 상한 코코나가 말했다.

"우리도 그렇다."

모르벨은 오싹한 미소를 짓고는 안주머니에서 십자가 한 묶음을 꺼냈다. 그리고 그것을 위리에르와 코코나에게 하나씩 주었다. 위리에르는 그것을 받아 자신의 투구에 붙였다.

"아니, 이것은 뭐요? 오늘 밤 만찬은 모든 사람에게 해당되는 거요?" 코코나가 놀라서 물었다.

"그렇다. 오늘은 루브르의 축제일이다. 왕실의 축하연이고. 하지만 그들은 즐긴 대가를 톡톡히 치를 것이다. 그들의 수장을 만나러 가는 것부터 시작하게 될 것이다."

"제독 말이오?"

"그래. 그 가스파르 노인네. 내가 총을 잘못 쏴서 실수했지. 죽였어야 했는데."

"나리. 전 투구를 닦고 검을 갈아놓았습니다." 완전히 무사로 변장한 위리에르가 말했다.

"그럼 축하연은? …, 우리가 가는 곳은?"

"그렇게 눈치가 없어서야…. 나 참! 이교도 자식들이 천지 분간 못하고 거만 떨던 걸 생각하면…"

모르벨은 창문으로 코코나를 데리고 가서 멀리 어둠 속에 사병들이 줄지어 대기하고 있는 광경을 보여주었다.

"세상에!" 코코나가 소리쳤다.

"저기 봐. 기사 부대가 보이지? 저 우두머리 모르겠나?"

"내가 어떻게 안단 말이오? 오늘 밤에 파리에 왔는데."

"당신이 루브르에서 약속한 바로 그 기스 공작이다."

"예?"

"그리고 저기를 봐라. 집마다 문에 표시하는 걸 봐라. 내가 조금 전에 준 십자가다. 구별하기 위해서지. 선량한 희생자가 생기지 않도록."

"문이 열리면서 무장한 사람들이 나오는데 저들은 누구요?"

"우리 문도 열릴 거다. 곧 우리도 출정해야지."

"노인네 하나 죽이려고 이렇게까지 할 거야 없지 않소? 민첩한 검술가 한 사람이면 충분할 텐데."

"한 사람? 이교도 자식들은 늙으나 젊으나 완강하지. 그들은 절대 떼죽음을 당할 위인들이 아니야."

"예? 그럼 한 사람만 죽이는 것이 아니고 전부?" 코코나가 소리쳤다.

"전부."

"국왕이 그렇게 명령했소?"

"샤를르 국왕과 기스 공작의 명령으로."

"언제?"

"생 제르맹 록세루아 교회의 경종이 1시를 울릴 때."

"예?"

코코나가 놀라움을 감추지 못하고 있을 때 한 무리의 병사들과 함께 거리를 지나가던 사람 하나가 여인숙 창문을 두드렸다. 위리에르가 창문을 열어주었다. 그는 창문으로 모르벨을 보고 말했다.

"모르벨씨 아니오?"

"예, 맞습니다. 누굴 찾고 있습니까?"

"코코나 라는 양반을 찾고 있는데…"

"여깁니다, 베즈메씨." 코코나가 말했다.

"준비됐소?"

"예. 그런데 어떻게 하면 되나요?"

"모르벨을 따라가시오. 그는 독실한 가톨릭이오." 베즈메가 말했다.

"먼저 가십시오. 우리는 경종이 울리면 달려가겠습니다." 모르벨이 말했다.

베즈메는 멀어져갔고, 모르벨은 창문을 닫았다.

"젊은 양반. 잘 들었지? 평소에 적이 있었다면 신교도가 아니더라도 리스트에 올려놔! 두 번 다시 없는 절호의 기회야!"

코코나는 여전히 당혹감을 감추지 못하고 무시무시한 전투 복장을 손질하고 있는 위리에르와 모르벨을 번갈아 쳐다보았다. 잠시 후에 생 제르맹 록세루아 교회의 경종이 땡! 하고 1시를 알렸다. 교회의 경종 소리가 비장한 여운을 남기며 구슬프게 울려 퍼졌고 곧 거리에서 수많은 횃불이 타오르기 시작했다. 횃불을 든 사람들이 거리에 몰려나오기 시작하자 여기저기 아우성이 들리기 시작했다. 코코나는 등줄기가 오싹해지는 것을 느꼈고 손을 땀으로 젖은 이마에 댔다.

"우리도 곧 출정한다!" 모르벨이 소리쳤다.

"나리, 잠깐만요. 전 나가기 전에 여인숙을 잠시 둘러보고 오겠습니다요. 제 아내와 자식이 있으니까요. 그리고 신교도 한 놈도 있어요." 위리에르가 말했다.

"혹시 라 몰 말인가?" 코코나가 움찔하며 물었다.

"그렇습니다. 스스로 호랑이 굴로 기어들어 온 셈이죠."

"뭐라고? 주인이 손님을 공격하겠다는 건가?" 코코나가 말했다.

"그게 제가 검을 갈았던 목적 아닙니까?" 위리에르는 태연자약하게 말했다.

"빌어먹을! 무자비한 것 같으니라고! 안돼! 그는 나와 친구가 되기로 한 사람이야. 같이 밥을 먹고 시간을 보냈어!" 코코나가 분명하게 의사표시를 했다.

"그렇다고 해도 그자는 이교도다. 선고를 받은 몸이야. 만약 우리가 죽이지 않아도 다른 사람이 그를 죽일 것이다." 그들을 지켜보던 모르벨이 말했다.

"하지만 그럴 순 없소." 코코나가 말했다.

"서둘러! 주인장! 때맞추어 제독에게 가려면 빨리 끝낼수록 좋아!"

"예. 제가 냉큼 갔다 오겠습니다요. 기다려라! 내가 간다!" 위리에르가 소리쳤다.

그리고 그는 계단 위로 날렵하게 올라갔다. 그가 계단에 올라서자 코코나가 가만히 그를 뒤따랐다. 위리에르가 한 걸음씩 조심스럽게 내딛고 코코나가 날렵하게 움직이자 두 사람이 곧 마주쳤다. 코코나는 라 몰을 위해 어떤 식으로든 개입할 생각이었다. 그 순간 거리에서 총성이 울렸다. 동시에 라 몰의 방에서 바닥으로 뛰어내리는 소리가 들렸다.

"저놈이 깼군!" 당황한 위리에르가 말했다.

"당연하지." 코코나가 말했다.

"방어 준비를 했을까요?" 위리에르가 물었다.

"글쎄. 저자가 당신을 죽이기라도 하면 가관이겠는 걸." 코코나가 말했다.

주인은 그의 말을 들은 듯 만 듯 순식간에 방문을 열고 안으로 돌진했다. 무장했지만 투구까지는 미처 쓰지 못한 라 몰이 침대 뒤로 몸을 숨겼다. 그는 검을 입에 물고 총을 들고 방어 자세를 취했다.

"날 죽이겠다고? 피도 눈물도 없나?" 라 몰이 소리쳤다.

위리에르는 그 말에 대꾸도 하지 않고 그에게 화승총을 겨누었다. 그는 곧 총을 발사했다. 총알이 라 몰의 머리 위를 스치고 지나갔다.

"살려줘! 코코나 백작! 제발!" 라 몰이 소리쳤다.

"사람 살려! 모르벨 나리! 도와줘요!" 공격에 실패한 위리에르가 소리쳤다.

"사실 난 자네를 공격하러 온 게 아니야. 오늘 밤 자네 교파들이 모조리 몰살될 거야. 피할 수 있는 데까지 몸을 피해." 코코나가 말했다.

"젠장! 이건 반역이고 살인이야!" 라 몰이 소리쳤다.

라 몰은 위리에르에게 총을 겨누고 방아쇠를 잡아당겼다. 그 순간 위리에르가 날렵하게 몸을 날렸고 총알은 미처 반격을 예상 못 한 코코나의 어깨를 스치고 지나갔다.

"젠장! 이렇게 한방 당하는군! 어디 한번 붙어보자 이건가? 그걸 원한다면 할 수 없지," 코코나가 이를 갈면서 소리쳤다.

그는 칼을 빼 들고 라 몰에게 달려들었다. 라 몰은 그와 싸울 여력이 없었다. 코코나 뒤에 숨은 위리에르가 화승총을 다시 장전했고 아래에서는 모르벨이 올라오는 소리가 들렸기 때문이었다. 라 몰은 날렵하게 욕실로 몸을 날려 재빨리 문을 걸어 잠갔다. 코코나가 분노하여 달려갔지만 이미 한발 늦은 다음이었다. 위리에르가 총의 개머리판으로 욕실 문을 내려쳤다. 욕실 문이 열렸지만, 안은 텅 비어 있었다. 창문이 열려 있었다.

"뛰어내렸군. 하지만 여긴 5층이니 죽었을 겁니다." 위리에르가 말했다.

"이웃집 지붕이 있어. 그쪽으로 빠져나갔을지도 몰라." 코코나가 말했다.

코코나가 라 몰을 따라 뛰어내리려고 창문에 올라섰지만 모르벨과 위리에르가 말렸다.

"미쳤어? 자살하고 싶어?" 모르벨이 말했다.

"난 시골 촌놈이오. 나 같은 사람은 한번 모욕을 받으면 하늘 끝까지라도 쫓아간다오. 아니 지옥까지도 따라갈 거요. 앞으로 두고 보면 알 거요." 코코나가 말했다.

"죽지 않았으면 지금쯤 멀리 갔어. 여기서 놓쳤다고 해도 오늘 밤 밖에서 살아남지 못해. 그리고 또 다른 곳에서 마주칠 수도 있어." 모르벨이 말했다.

“맞소! 우리 나갑시다, 위그노 자식들 가만두나 봐라!” 분이 풀리지 않은 코코나가 소리쳤다.

“자, 이제 우리는 제독의 집으로 간다!” 모르벨이 소리쳤다.

대학살의 밤

제독의 저택은 베이시가에 있었다. 그 저택이 있는 곳은 길모퉁이였고 건물이 뜰 한가운데 있었다. 그 뜰로 들어가기 위해서는 큰 대문 하나와 작은 살 문들을 통과해야 했다. 세 사람이 생 제르맹 록세루아 교회의 거리를 지나 그 집에 도달했을 때 그곳은 무장 병력으로 둘러싸여 있었다. 세 사람은 용병들과 다소 뒤섞여있는 시민들 틈에 끼여 그 주변을 한 바퀴 돌았다. 시민들은 한 손에 검이나 화승총을 들고 다른 한 손에는 횃불을 들고 있었다. 주변의 인가도 예외가 아니었다. 옷을 미처 갖추어 입지 못한 사람들이 죽을힘을 다해 질주하고 있었고 다른 한 무리의 사람들이 그들을 추격하고 있었다. 그들은 마치 음울한 불빛 아래서 사냥꾼에게 쫓기는 사슴처럼 뛰고 있었다. 어느 순간 제독의 저택 대문이 부서졌고 그곳으로 용병들이 진입해 들어갔다. 하지만 그때까지도 그 저택은 여전히 침묵에 싸여 있었다.

"미리 알고 피해버린 것이 아닐까?" 누군가가 말하는 소리가 들렸다.

"그건 불가능합니다."

"왜 불가능하지? 우리가 도착하기 전에 젊은 남자 하나가 들어갔다고 하지 않았나?"

"하지만 그 전에 이미 포위되어 있었습니다. 그 남자가 들어갔다면 아직 나오지 못했을 겁니다."

"저 사람은 기스 공작 아닌가?" 코코나가 그들을 보고 말했다.

"예. 바로 그분이죠. 제독이 자신의 부친에게 했던 것을 갚아주려는 것입니다. 오늘은 우리의 날입니다." 위리에르가 말했다.

바로 그때 저택이 침입자들로 점령되었고 아우성치는 소리가 들렸다. 그리고 총격전, 몰려다니는 소리, 서로 치고받는 소리가 들렸다. 그러다 한순간 다시 조용해졌다. 곧 2층 창유리가 화염의 잔영으로 환하게 밝아졌다. 그 순간 2층에서 뭔가가 쿵 하고 떨어졌다. 그것은 한 노인의 시체였다. 그 시체는 존경받는 사람의 위엄을 보여주고 있었지만 뻣뻣하게 굳어가고 있었다.

"제독입니다!" 누군가가 말했다.

기스 공작이 가까이 다가가 시체를 살피고는 이렇게 소리쳤다.

"결국, 당신이었군. 제독! 내 아버지의 암살자! 오늘에서야 복수를 하는군." 기스 공작이 의기양양하게 말했다.

죽어가던 노인은 마지막으로 손을 한번 꿈틀거리며 있는 힘을 다해 이렇게 말했다.

"앙리 드 기스. 언젠가 너도 이렇게 될 것이다. 난 네 아버지를 죽이지 않았다!"

그 말과 함께 그의 손이 힘없이 떨구어졌고 그의 두 눈이 스르르 감겼다. 입에서 흘러나온 피가 수염을 온통 뒤덮었다. 기스 공작은 몸 전체를 타고 올라오는 떨림에 오한을 느꼈지만 마음을 다잡으며 제독의 얼굴을 다시 한번 바라보았다. 그리고 주변을 에워싸고 있는 수많은 용병에게 이렇게 말했다.

"동지들! 이제 우리는 또 다른 과업을 수행하러 간다!"

바로 그때 저택의 창문 한 곳에서 젊은 남자의 그림자 하나가 나타났다. 그는 적의 무리에 아랑곳하지 않고 대담하게 창문에서 뛰어내렸다. 그는 뛰어내린 후 자신의 검을 재빨리 주워 고개를 숙이고 살인자들 속으로 달려들어 서너 명을 찔렀다. 그리고 대문 바로 앞에 있던 코코나에게 검을 휘두르고 쏜살같이 질주했다.

"아니! 저자는 라 몰이다!" 코코나가 소리쳤다.

"뭐? 라 몰?" 위리에르와 모르벨이 동시에 소리쳤다.

"저자를 쫓아라! 쫓아!" 주변에 있던 병사들이 그를 뒤따라 달려가며 소리쳤다.

"제독을 도우려던 자다!"

모르벨과 위리에르, 그리고 코코나는 병사들을 따라 라 몰을 추격하기 시작했다. 라 몰은 피투성이가 된 채 온 힘을 다해 질주했다. 그들은 엄청난 함성을 지르며 추격했다. 그는 죽을힘을 다해 달렸다. 숨이 차서 당장 죽을 것 같았지만, 옷이 심장 고동을 감당할 수 없을 정도로 조여오자 옷을 잡아 뜯었다. 검의 무게조차 감당하기 힘겨워지자 그것도 집어던졌다. 어느 순간 들려오던 함성이 점차 약해졌다. 그제야 자신이 그들을 따돌린 것을 알았다. 하지만 여기저기서 또 다른 학살자들의 아우성이 들려오고 있었다. 그는 본능적으로 자신을 구해줄 수 있는 사람이 오직 나바르왕밖에 없다는 것을 알았다. 저 멀리 루브르궁이 보였다. 그는 이 학살극에서 빠져나갈 수만 있다면 종교를 버리겠다는 맹세를 하며 죽을힘을 다해 루브르궁의 초소로 통하는 다리에 올라섰다. 다리에 올라서는 순간 어디에선가 한 무리의 살인자들이 다시 나타났다. 그는 "저자를 잡아! 잡아!"라고 외치는 고함을 뒤로한 채 파수병들의 제지에도 불구하고 루브르궁으로 쏜살같이 달려 들어갔다. 그리고 낡익은 건물의 2층으로 올라가 문을 두드렸다.

"누구세요?" 한 여인의 음성이 들려왔다.

"제발 살려줘요. 난 쫓기고 있어요!" 그가 다급하게 말했다.

"내가 누군데요?" 그 목소리가 물었다.

"나바르! 나바르!" 그는 암호를 말했다.

문이 열렸다. 라 몰은 무작정 안으로 뛰어 들어갔다. 홀을 지나고 두 세 개의 방을 지나 어렴풋이 램프의 불빛이 비치는 곳으로 들어갔다. 아름다운 수가 놓인 비로드의 장막 저편에서 한 여인이 옷을 반쯤 벗은 채 팔을 소파에 기대고 있다가 놀라 소리쳤다. 라 몰은 그녀에게 무작정 다가갔다.

"왕비님! 제발 절 좀 도와주세요! 절 죽이려고 해요! 제발 절 좀 구해주세요!"

그리고 피를 흘리며 양탄자 위에 쓰러졌다. 마르그리트는 공포감으로 얼굴을 감싸 쥐고 비명을 질렀다.

"왕비님! 제발 소리 지르지 말아 주십시오! 누가 듣기라도 하면 전 끝장입니다! 제발! 제발! 부탁입니다! 제발! 전 왕비님만 믿습니다!" 라 몰은 안간힘을 다해 일어나려고 애쓰며 말했다.

그와 동시에 문이 열리면서 한 무리의 사람들이 안으로 들어왔다. 그들의 우두머리는 코코나였다. 그의 다갈색 머리카락은 헝클어져 있었고 뺨은 제독의 저택 대문 앞에서 라 몰의 칼에 찔려 상처투성이가 되어있었다.

"너 여기 있었구나! 이제 끝장이다. 마침내 끝장을 보는군!"

코코나는 칼끝으로 그의 어깨를 찔렀다. 그러자 진홍색 피가 바닥으로 떨어져 흰 시트를 붉게 물들였다. 라 몰은 두리번거리면서 무기가 될만한 것을 찾았지만 아무것도 보이지 않았다. 그는 나바르 왕비의 얼굴 표정에 동정의 빛이 떠오르는 것을 놓치지 않았다. 그는 그녀 뒤로 가서 어깨를 꽉 잡았다. 마르그리트는 자신을 감싸 안은 한 남자의 육체가 공포로 떨리는 것을 느꼈다.

"왕비님. 제발 절 살려주십시오!" 그는 죽어가는 소리로 말했다.

마르그리트는 침대와 벽 사이의 공간에 그를 밀어 넣었다. 하지만 코코나가 칼끝을 치켜들고 그곳까지 따라왔다. 그의 행동은 그녀를 위협하는 것으로 보이기까지 했다. 무례하기 짝이 없는 그의 태도에 그녀는 몸을 일으켜 세우고 있는 힘을 다해 비명을 질렀다. 그때 비밀 문에서 한 남자가 나타났다. 그는 검은 옷차림을 한 십 대 후반의 젊은이였다.

"누나! 무슨 일이야?" 그가 소리쳤다.

"알라송! 알랑송! 제발 좀 구해줘!" 마르그리트가 말했다.

"도대체 이 자들은 누구야? 어떻게 이곳에 들어왔지? 파렴치한들 같으니!" 그는 무기 하나 들지 않고 당당하게 말했다.

"프랑스 왕족을 죽이기라도 할 텐가? 대표가 한번 나와 보시지? 불한당 같은 놈들! 당장 교수형에 처하게 할 테니까!"

"알랑송 왕자입니다…" 위리에르가 코코나에게 속삭였다.

이 말이 떨어지기가 무섭게 코코나는 이미 문에 있었고, 위리에르는 날렵하게 날아 계단에 가 있었다. 다른 병사들 역시 작은 문을 빠져나가려고 서로 밀치고 있었다. 그동안 마르그리트는 침대와 벽의 공간에 반쯤 실신해 있는 라 몰 위로 덮개를 덮고 재빨리 나왔다. 모두 빠져나갔을 때 알랑송이 몸을 돌렸다.

"누나. 도대체 어찌 된 일이야? 다쳤어?"

그는 걱정스러운 시선으로 피가 묻어 있는 마르그리트 곁으로 다가왔다.

"아니. 다친 게 아니야."

"하지만 이 피는 뭐지?"

"모르겠어. 그들 중 하나가 날 잡았을 때 묻었나 봐."

"누나를 잡았다고? 진작 말하지? 내가 가만두지 않았을 텐데…"

"이제 가 봐. 뒤처리는 기온느에게 맡기고. 난 좀 쉬어야겠어."

젊은 왕자는 그녀의 말에 순순히 따랐고 비밀 문을 통해 사라졌다. 마르그리트는 안에서 문을 잠갔다. 학살극에는 루브르궁도 예외가 아니었다. 마르그리트는 라 몰이 있는 곳으로 가서 덮개를 벗겼고 의식을 잃은 그를 방으로 끌어냈다. 그리고 그가 정신을 차리도록 물수건으로 얼굴을 닦아주었다. 물수건으로 얼굴에 묻은 화약가루와 먼지를 깨끗하게 닦아내고 나서야 그녀는 그가 저녁에 나바르왕을 만나러 온 바로 그 남자임을 깨달았다. 라 몰의 잘생긴 외모는 고통으로 완전히 무기력해져 있었다. 마침내 라 몰이 눈을 떴다.

"으음! 여기가 어딥니까?"

"이제 살았으니 걱정하지 말아요." 그녀가 말했다.

라 몰은 왕비에게 시선을 돌렸다. 놀랍게도 몇 시간 전에 처음 본 아름다운 여인이 있었다. 어디까지가 꿈이고 어디까지가 생시인지 알 수 없었다. 그는 무슨 말을 하려고 했지만 신음 소리만이 흘러나왔다. 얼굴이 다시 창백해졌다. 그때 복도의 문에서 시끄러운 소란과 함께 노크 소리가 났다. 마르그리트는 순간적으로 젊은 남자의 어깨를 일으켜 세웠다.

"누구세요?" 그녀가 소리쳤다.

"마르그리트! 나야 나!"

"앙리에트!" 마르그리트는 반가움으로 소리쳤다.

그리고 라 몰을 돌아보며 말했다.

"안심해요. 내 친구예요. 쓰러지지 않도록 조심해요. 문을 열어주고 올게요."

마르그리트는 문을 열어주려다 말고 웅성대는 소리에 놀라 물었다.

"너 혼자 아니니?"

"기스 공작이 호위병들을 붙여주고 갔어."

"기스 공작이라는 말에 라 몰은 놀라서 본능적으로 칼을 찾았다.

"그만둬요. 내가 알아서 할 테니…. 잠깐 작은 방에 들어가 있어요."

라 몰은 마르그리트의 부축을 받아 작은 방으로 들어갔고, 그녀는 방문을 잠그고 열쇠를 주머니에 넣었다.

"절대 소리 내지 말아요. 조그만 소리도. 앓는 소리도."

그리고 그녀는 달려가 친구에게 문을 열어주었다.

"마르그리트. 별일 없지?"

"응. 전혀." 그녀는 피가 묻은 것이 보이지 않도록 망토의 앞자락을 여미며 말했다.

"그럼 됐어. 만약의 경우를 대비해 호위병 여섯 명을 두고 갈게. 난 여섯 명이면 되니까. 오늘은 왕의 부대 전체보다 기스 공작의 부하 여섯 명이 더 안전할 거야."

마르그리트는 감히 거절하지 못했다. 그녀는 느베르 공작의 부인인 앙리에트와 매우 절친한 친구 사이였기 때문이다. 그녀는 호위병들을 복도에 대기해 있게 했다. 친구인 앙리에트를 보낸 후에 마르그리트는 다시 문을 잠그고 방으로 들어왔다. 그녀가 마음을 진정시키고 작은 방 앞으로 왔을 때 기온느가 작은 방 앞에 있었다. 기온느는 침대와 양탄자에 얼룩진 핏자국에서 시선을 떼지 못했다.

"마마! 그 사람 죽었습니까?" 그녀가 소리쳤다.

"쉿! 조용히. 기온느!" 마르그리트가 긴장된 표정으로 말했다.

그녀는 품에서 작은 방의 열쇠를 꺼내 방문을 열었다. 그리고 기온느에게 따라 들어오라고 손짓했다. 라 몰의 손에는 본능적으로 단검이 쥐어져 있었다.

"이제 됐어요. 두려워하지 말아요. 목숨은 구했으니까요." 그녀가 말했다.

"왕비님은 제 생명의 은인이십니다."

"몸을 움직이지 말아요. 아직 피가 나고 있어요. 기온느, 이 사람 창백해…"

"어깨와 가슴이 칼에 찔렸습니다. 그 외에는 별 것 아닐 것입니다."

"우리가 한번 봐줄게요. 향유가 들어있는 상자를 좀 가져오렴, 기온느."

기온느는 한 손에 상자를 들고 다른 한 손에는 진홍색 물병과 고급 무명천을 가지고 왔다.

"왕비님. 송구스러울 따름입니다. 사실 그렇게 많이 아프지는 않습니다…"

"그냥 우리에게 맡겨요. 기온느, 몸을 움직일 수 있게 좀 도와줘."

"피를 묻히느니 그냥 이대로…"

"나리는 이미 왕비 마마의 옷과 침대 시트에 피를 묻혔는걸요." 기온느가 웃으며 말했다.

"왕비님…. 그냥 의사를 불러주시면 안 되겠습니까?"

"가톨릭 의사를? 그러고 싶어요?" 마르그리트가 웃으며 말했다.

그 말은 그에게 다시 공포감을 불러일으켰다. 라 몰은 자신의 상태가 그녀에게 혐오감만 불러일으킬지 모른다는 생각에 마음을 졸였다. 그러한 생각은 그를 지치게 했고 다시 정신을 잃었다. 마르그리트는 그가 떨군 단검을 집어 그의 기사복 앞자락을 잘라냈다. 그동안 기온느는 그의 소매를 잘라냈다. 기온느는 물에 적신 깨끗한 천으로 그의 어깨와 가슴에 고인 피를 깨끗이 닦아냈다. 어깨의 상처는 그다지 깊지 않았고 갈비뼈의 살만 뚫었을 정도였다. 어느 쪽도 심장과 폐를 관통하지 않았다. 마르그리트는 기온느가 닦은 젊은이의 몸에 향유를 발랐다. 그의 벌어진 어깨와 만곡으로 굴곡진 그의 목덜미는 고대의 파라오 상을 연상시켰다. 두 여인은 온 힘을 다해 라 몰을 소파로 옮기고 그가 신선한 공기를 마실 수 있도록 창문을 열어주었다. 그들이 한숨 돌릴 즈음에 문에서 다시 노크 소리가 났다. 비밀 통로로 통하는 문이었다.

"누굴까요? 마마" 기온느가 겁에 질려 물었다.

"내가 가보고 올게. 넌 이 사람을 잘 지켜."

마르그리트는 다시 작은 방의 문을 잠그고 침실로 들어가 국왕과 왕태후의 방으로 연결된 비밀 통로의 문을 열었다.

"아니, 샤를로트 부인." 그녀는 놀라서 소리쳤다.

그녀는 다름 아닌 샤를로트 드 소브였다.

"예, 왕비님." 샤를로트가 말했다.

"어떻게 감히 여기에?" 마르그리트는 당혹감 속에서도 위엄을 잃지 않고 말했다.

샤를로트는 무릎을 꿇었다.

"왕비님. 제가 죽을죄를 지은 것 알고 있습니다. 저는 책망받아 마땅한 여인입니다. 하지만 왕태후의 명령이…"

"여기에 온 이유가 뭐죠? 그런 이야기를 하려고 온 것은 아닐 테고."

"사실은 왕비님. 알고 싶어서 왔습니다. 그분이 여기 있는지 말입니다."

"누구 말이죠? 아니, 지금 무슨 말을 하는 거예요?"

"나바르 전하 말입니다."

"이제 그런 일로 내 방까지 쫓아오는 거예요? 이런 무례한 행동이 어디 있어요?"

"왕비님. 송구스럽습니다. 하지만 지금 신교도들이 몰살당하고 있습니다. 나바르왕은 신교도들의 수장 아닙니까?" 그녀는 마르그리트의 공격적인 어투에도 조금의 적대감 없이 차분히 말했다.

"무슨 말이죠? 그는 다른 사람들만큼 위험하지는 않아요."

"훨씬 더 위험합니다. 천배 만배로요, 왕비님"

"사실 로레인 부인이 나가지 말라고 귀띔해 주었어요. 그도 알고 있으니 루브르궁을 나가지는 않았을 거예요."

"예. 루브르안에 계시는 건 맞습니다. 하지만 아무 데도 보이지 않습니다. 여기에 없다면…"

"여기 없어요."

"그분에게 무슨 일이 일어난 것이 아닐까요? 왕태후 마마께서 그분을 죽이기로 결심하셨으니까요."

"뭐라고요? 그럴 리가? 그건 있을 수 없는 일이예요. 왕태후 마마는 어디 계시죠?"

"왕태후 마마께서는 기스 공작과 타반느 장군을 부르시고 절 내보내셨습니다. 그리고 전 제 방으로 올라가 그분을 기다렸습니다."

"나바르 전하를 말이죠?"

"…, 송구스럽습니다. 하지만 오시지 않았습니다. 전 사방으로 찾아 다녔습니다. 한 호위병이 말하기를 학살이 시작되기 한 시간 전에 칼을 뽑아 든 호위병들에게 둘러싸여 가는 것을 보았다고 합니다."

"으음…. 아무튼 알려 준 건 고마워요. 또 한 번 무례를 범하는 것이라고 해도 알려준 건 고맙게 생각하겠어요."

"오! 왕비님. 절 용서하십시오. 너무 송구스럽습니다. 전 제 방으로 돌아가 있겠습니다."

"내가 어머니를 찾아보겠어요. 충실한 동지가 되기로 했으니."

"하지만 왕태후 마마께서 만나주시지 않는다면요, 왕비님?"

"그러면 국왕이신 오라버니를 찾아가야죠."

마르그리트는 샤를로트가 사라지는 것을 보고 왕태후의 방으로 발걸음을 재촉했다. 모든 것이 오전과 달라져 있었다. 그녀가 걸음을 옮기는 곳마다 예를 표하는 귀족들 대신 미늘창을 든 호위병들과 찢어진 망토에 화약가루로 뒤덮인 귀족들, 그리고 뭔가를 전달하기 위해 줄달음치는 병사들뿐이었다. 마르그리트는 그 무리에 떠밀리다가 마침내 왕태후의 거처에 있는 대기실에 도달했다. 하지만 대기실은 엄중한 경호를 받고 있었고 암호를 대는 사람들만 통과되었다. 그녀는 몇 번을 시도했지만, 통과되지 않았다. 얼핏 열린 문틈 사이로 모후의 모습이 보였다. 명령서를 전달하고 지시를 내리는 여장부의 모습이었다. 그녀는 그런 모후의 모습이 낯설었고 감히 접근할 수 없다는 느낌을 받았다.

'어머니는 안 되겠어. 여기서 이럴 것이 아니라 오라버니를 찾아봐야지.'

그때 기스 공작의 모습이 보였다. 그는 제독의 죽음을 왕태후에게 알려주고 다시 학살 현장으로 돌아가고 있는 것이 분명했다.

"오! 기스. 나바르왕은 어디 있어요?" 그녀가 물었다.

기스 공작은 처음에 다소 놀란 표정으로 바라보다가 정중하게 예를 표하고는 아무 말 없이 발걸음을 돌려 호위병들을 이끌고 가 버렸다. 그녀는 다시 주위를 둘러보았다. 낯익은 사람 하나가 보였다. 그는 향수 제조자 르네였다.

"르네. 지금 어머니를 뵙고 나오는 길이죠? 혹시 내 남편이 어디 있는지 알아요?"

"왕비님. 전 나바르 전하의 동지가 아닙니다. 제가 나바르 전하의 모후를 독살했다고 비난받는 것을 보시 아시지 않습니까?" 그는 편치 않은 표정으로 이렇게 말하고는 등을 돌리며 가버렸다.

그녀는 다시 주위를 둘러보았고 물어볼 만한 사람을 찾았다. 그때 타반느 장군이 모후의 거처에서 나오는 것이 보였다.

"타반느! 타반느! 잠깐만요. 한마디만 부탁드릴게요. 앙리 드 나바르는 어디에 있죠?"

"그분은 알랑송 공작, 콩데 공작과 함께 시내로 외유 나가셨을 겁니다." 그는 큰소리로 이렇게 말하고는 목소리를 낮추어 덧붙였다.

"국왕 폐하의 무기실에 가보세요."

"고마워요. 정말 고마워요. 타반느."

그녀는 그 말을 듣기가 무섭게 국왕의 거처로 발걸음을 옮겼다. 하지만 그곳에도 입구에 두 명의 호위병이 있었다.

“이곳은 출입 제한 구역입니다.” 한 호위병이 외쳤다.

“나도?” 그녀가 반문했다.

“명령엔 예외가 없습니다.”

“난 나바르의 왕비다. 그리고 국왕 폐하의 누이동생이잖느냐?”

“명령에는 예외가 없습니다. 왕비님, 실례하겠습니다.”

그리고 호위병은 문을 닫았다.

‘어쩌면 그가 죽었을지도 몰라. 이제 모든 것이 이해되는군. 신교도의 수장인 그를 나와 결혼시켜 안심시킨 다음 몰살시키려는 거야. 절대로 그를 죽게 해서는 안 돼.’

그녀는 이 일을 어떻게 풀어나가야 할지 깊은 생각에 잠겨 홀을 따라 걸었다. 그때 어디에선가 부드러운 노랫소리가 흘러나왔다. 그것은 샤를르 국왕의 유모 소리였다. 그녀는 갑자기 세상이 다시 밝아지는 것을 느꼈다. 유모는 국왕의 방으로 통하는 또 다른 출입구를 알고 있었다.

*

앙리가 마르그리트와 왕태후의 방에서 나왔을 때 몇몇 가톨릭 귀족들의 초대를 받았다. 그들은 향연을 베푼다는 이유로 그를 신교도들이 있는 곳으로 데리고 갔다. 하지만 그것은 미끼였다. 생 제르맹 록세루아 교회의 경종이 1시를 울렸을 때 그들은 모두 포위되었다. 타반느 장군이 와서 앙리만을 데리고 나갔다. 그는 샤를르 9세가 앙리를 호출했음을 밝혔다. 신교도들은 모든 것을 알아차렸지만 이미 때는 늦었다. 루브르궁의 사방에서 병사들이 부산하게 이동하는 소리만이 들렸다. 타반느는 앙리를 국왕의 침실 바로 옆에 붙어 있는 무기실 방으로 데리고 갔다. 앙리는 그제야 모든 것이 치밀하게 계산된 행위라는 것을 이해하기 시작했다. 그곳에서의 두 시간이 그에게는 지옥 같았다. 그는 동료들의 목숨은 물론이거니와 자신의 목숨도 경각을 다투는 것을 알았다. 그에게는 그것에 저항할 물리적인 힘이 없었다. 그나마 그가 가진 것은 강한 도덕성의 힘이었다. 그것은 그에게 마지막 순간까지 희망을 잃지 않고 맞서는 용기를 불러일으켰다.

얼마 후 누군가가 작은 방으로 들어와 그를 데리고 나갔다. 그는 또 다른 장군이었고 그는 앙리를 샤를르가 있는 곳으로 데리고 갔다. 그들이 들어가자 샤를르는 큰 소파의 팔걸이에 팔을 올려놓고 고개를 숙이고 있었다. 그의 이마에는 알 수 없는 땀방울이 맺혀 있었다.

"잘 지냈나? 앙리? 장군은 이만 나가주겠소?" 그는 거친 목소리로 말했다.

침묵이 흘렀다.

"빌어먹을! 내 곁에 있다는 것이 만족스럽지 않나, 앙리?"

"폐하 곁에 있는 것은 언제나 영광입니다." 앙리가 무덤덤하게 말했다.

"폐하. 어떻게 된 일인지 이해가 되지 않습니다." 앙리가 덧붙였다.

"이리와 보게. 이해를 시켜주지."

샤를르 9세가 창문 쪽으로 걸어갔다. 그는 앙리를 자신이 서 있는 쪽으로 끌어당겨 학살 현장을 보여주었다.

"무슨 일이 일어나는 것입니까?" 창백해진 앙리가 소리쳤다.

"저기 부르봉가 저택에 연기와 화염이 보이지 않나? 제독의 집 쪽도 보게. 그곳도 화염에 휩싸여 있지. 저기 시체가 보이지 않나? 제독의 사위이자 자네 친구인 텔리니의 시체라네."

"폐하. 도대체 무슨 일이 일어난 것입니까?" 앙리는 분노와 모욕으로 몸서리를 치며 말했다.

"더 이상 봐주지 않겠다는 말이야. 난 왕이고 통치자야."

"하지만 폐하…"

"이 시간부터 이교도를 허락하지 않겠다. 선택해."

"폐하께서 전에 하신 말씀을 잊으셨습니까? '난 어떤 종교도 상관치 않겠다' 하던…"

"하! 하! 하! 넌 꼭 마르고 같군. 내가 한 말을 잊지 않고 기억해 두는 건."

샤를르는 끔찍한 웃음을 터뜨렸다.

"내가 원하는 건 가톨릭뿐이다. 이제 이해하겠나, 앙리?"

"폐하. 폐하의 선인들의 종교를 몰살시키지 마십시오." 앙리가 팔을 빼내며 말했다.

"이제 남은 것은 자네의 선택뿐이다. 죽겠는가, 개종하겠는가, 아니면 바스티유 감옥으로 가겠는가?"

"오! 폐하. 그럼 절 죽이실 것입니까? 형제나 다름없는 절?"

앙리는 이렇게 호소하며 즉답을 피했다. 만약 그가 부정적인 대답을 했더라면 죽음을 면치 못했을 것이다. 공포 분위기에 취한 샤를르는 대답 대신 화승총을 창밖으로 겨누고 방아쇠를 당겼다.

"차라리 절 죽이십시오." 앙리가 말했다.

"끝났느냐?"

갑자기 두 사람 뒤에서 어떤 사람의 목소리가 들려왔다. 그리고 기척 없이 들어왔다. 카트린느 메디치였다. 그녀는 아무 말 없이 주변을 둘러보고 샤를르를 향해 '왜 아직?' 하는 시선을 보냈다. 앙리는 꼼짝 않고 있었다. 샤를르는 화승총을 바닥에 던졌다.

"죽일 수는 없어요…, 죽일 수는…. 형제나 다름없는 사람을…" 샤를르가 중얼거리듯이 말했다.

카트린느는 의미심장한 미소를 지었다. 앙리는 그 미소를 보고 이 모든 것의 배후에는 그녀가 있다는 것을 알아차렸다. 그녀가 샤를르를 조종한 것이다.

"장모님! 모든 것은 장모님에게서 비롯된 것입니다. 폐하께서는 관련이 없습니다. 결혼을 시켜 절 미끼로 이용하고 다시 제 아내로부터 떼어놓으려는 것도 모두 장모님이십니다. 제가 죽는 걸 보고, 제 아내가 절망하지 않도록 말입니다."

"절대로 그런 일은 있을 수 없어요!"

갑자기 외침 소리가 들렸다. 이 외침에 그들은 모두 뒤를 돌아보았다. 그녀는 마르그리트였다. 샤를르 9세는 놀라움과 함께 당혹스러움을 느꼈고, 카트린느는 말없이 분노했다.

"전하. 전하의 마지막 말이 절 절망케 하는군요. 하지만 잘못 아시는 것이 있습니다. 전 전하의 말대로 미끼가 됐어요. 하지만 전 모르고 있었어요. 어머니 때문에 가까스로 목숨을 부지할지는 모르겠지만 당신이 이렇게 위험에 빠진 이상 저도 당신을 따르겠어요. 추방되면 같이 추방될 것이고 감옥에 가면 같이 갈 것입니다. 당신이 죽으면 같이 죽겠습니다."

마르그리트는 이렇게 말하고 앙리에게 손을 내밀었다. 앙리는 그녀의 손을 꽉 잡았다.

"오! 불쌍한 마르고! 네가 남편에게 개종하라고 잘 설득해 보려무나." 샤를르가 말했다.

"오라버니. 절 믿으십시오. 왕실의 자손에게 비겁할 짓을 요구하지 마십시오." 마르그리트가 기품있게 대답했다.

카트린느가 그 순간 샤를르에게 눈짓했다. 그 속에는 잔혹함이 들어 있었다. 하지만 마르그리트는 먼저 그것을 읽고 소리쳤다.

"제발, 오라버니. 다시 한번 생각해 보세요. 오라버니께서 우리를 결혼시키지 않으셨습니까?"

샤를르 9세는 모후의 강압적인 시선과 마르그리트의 애원 사이에서 망설였다. 그리고 마침내 이렇게 말했다.

"어머니. 마르고의 말이 옳습니다. 앙리는 제 매부입니다."

"으음…. 그렇다면, 만약 그가 개종하지 않으면…" 그녀는 아들의 귀에 입을 가져다 대고 귓속말을 했다.

교묘한 응수

마르그리트는 자신의 방으로 돌아와 카트린느가 마지막 순간에 샤를르의 귀에 대고 무슨 말을 했을까 생각해내려고 애썼지만, 도저히 감을 잡을 수 없었다. 앙리는 결국 루브르 감옥에 갇혔다. 며칠 밤낮으로 잔혹하기 그지없는 학살극이 자행되었다. 거리마다 광장마다 잔혹한 장면이 연출되는 동안 루브르궁은 결혼식에 참석하고 미처 빠져나가지 못한 신교도들의 무덤이 되었다. 나바르왕, 콩데 공작, 그리고 라 몰만이 어쩌면 살아남은 신교도일지도 몰랐다.

라 몰의 상처가 가벼운 것은 아니었지만 생명에는 지장이 없다는 것을 안 마르그리트는 한 가지 문제에 온 정신을 몰두했다. 그것은 앙리의 목숨을 구하는 것이었다. 그에 대한 그녀의 감정은 참으로 복합 미묘했다. 그 속에는 연정으로부터 비롯된 사랑은 아니라고 해도, 적어도 동지가 되기로 맹세한 순간부터 나온 연민의 정이 있었다. 그뿐만 아니라 그녀에게는 정치적인 야망도 있었다. 그녀는 앙리가 그것을 실현 시킬 힘이 있다는 것을 알았다. 앙리가 죽는다면 마르그리트는 실세도 권력도 없는 미망인으로 남을 것이고 미래에 대한 희망도 없을 것이다. 그녀는 남편을 위해 울 자유조차 누리지 못하는 수도원에서 미망인의 삶을 사는 것을 원치 않았다. 그렇다면 최선의 선택은 철저히 그의 편이 되는 것이었다.

그녀가 하염없이 생각에 잠겨있었을 때 카트린느가 산사나무 꽃이 핀 묘지를 순례하는 행사에 참석하지 않겠느냐는 전갈을 보내왔다. 마르그리트는 처음에 거절할 생각이었다. 하지만 앙리의 운명에 대한 어떤 것을 알 수 있을지 모른다는 기대감으로 동참하겠다는 뜻을 전했다. 시종이 마차가 준비되었으니 내려오라고 알렸을 때 마르그리트는 기온느에게 부상자를 부탁하고 떠났다. 국왕, 왕태후, 타반느 장군을 비롯하여 주요 가톨릭 인사들이 이미 말에 올라타 있었다. 마르그리트는 혹시 앙리가 없는지 살폈지만, 그는 보이지 않았다. 그런데 샤를로트는 참석해 있었다. 그녀는 카트린느의 주변 사람들과 같이 있었다. 마르그리트는 그녀가 자신에게 눈짓을 보내는 것을 알아보고 그녀가 뭔가 말할 것이 있음을 알아차렸다.

행렬은 아스트뤼스가를 지나 생 오노레가로 갔고, 군중들은 행렬을 보고 구름떼처럼 모여들었다. 그들은 합창하듯이 소리를 질렀다.

"국왕 폐하 만세! 가톨릭 만세!"

프루벨르가에 도착하자 머리 없는 시체를 끌고 가는 광경이 나타났다. 그것은 제독의 시체였는데 교수대에 매달 준비를 하는 것이었다. 모든 시선이 그것에 집중되어 있었을 때 샤를로트는 카트린느가 다른 귀족들과 이야기하는 틈을 타서 마르그리트에게 슬며시 다가왔다. 그리고 그녀에게 손에 키스하는 것을 허락해달라는 몸짓을 했다. 마르그리트는 그녀에게 팔을 내밀었다. 샤를로트는 그녀의 손을 잡는 척하면서 뭔가를 마르그리트의 소매 사이에 밀어 넣었다. 번개처럼 순식간에 행해진 동작이었다. 그 순간 카트린느가 심상치 않은 분위기를 눈치채고 두 사람 쪽으로 몸을 홱 돌렸다. 두 여인은 카트린느의 날카로운 시선을 받았지만 태연하게 행동했다. 샤를로트는 카트린느에게 얼른 돌아갔다. 카트린느는 마르그리트에게 미소를 지으며 다가오라는 손짓을 했다. 그녀는 다가갔다.

"얘야. 샤를로트와 가까이 지내니?" 왕태후가 물었다.

"어머니. 절 물려고 다가온 뱀 같아요."

"너 질투하는구나!" 카트린느가 웃으면서 말했다.

"어머니. 전 나바르왕을 사랑하지 않으니 질투할 이유도 없어요. 전 저를 사랑하는 사람을 사랑하고, 저를 싫어하는 사람은 싫어해요. 안 그러면 제가 어머니 딸이겠어요?"

카트린느는 마르그리트에게 의심이 사라진 미소를 지어보였다. 이때 기스 공작이 한 무리의 귀족들을 이끌고 그곳에 도착하여 마차에서 내렸다. 그 속에는 느베르 공작의 부인인 앙리에트도 있었다. 그들은 먼저 샤를르왕에게 정중한 예를 갖추었다. 샤를르는 답례로 이번 사태에 대한 기스 공작의 공을 치하했다. 화기애애하고 우호적인 분위기 속에서 사람들의 목소리는 한층 높아졌다.

"국왕 폐하 만세! 기스 공작 만세! 가톨릭 만세!"

"앙리에트 부인. 우리하고 같이 루브르로 가지 않겠나?" 카트린느가 앙리에트에게 물었다.

마르그리트는 팔꿈치로 그녀를 쿡쿡 찔렀고 그녀의 친구는 그것이 무슨 뜻인지를 알았다.

"왕태후 마마. 괜찮으시다면 저는 나바르 왕비와 어디에 좀 가볼까 합니다."

"어디를?" 카트린느가 물었다.

"볼만한 고서를 좀 찾아볼까 합니다." 마르그리트가 대답했다.

그리고 앙리에트에게 고개를 돌려 작은 소리로 속삭였다.

"제발 나를 빨리 좀 데려가 줘."

"그렇게 하든지." 카트린느가 무표정하게 대답했다.

앙리에트 부인은 왕과 왕태후에게 예를 갖추고 마르그리트에게 몸을 숙여 마차에 올라타게 했다. 마르그리트는 마차에 올라탔고 마차가 움직이면서 카트린느의 시선으로부터 멀어지기가 무섭게 재빨리 샤를로트가 소매에 넣어준 쪽지를 꺼내 펼쳐보았다.

저는 오늘 저녁에 나바르왕에게 열쇠 두 개를
드리라는 명령을 받았습니다.
하나는 그가 갇혀있는 곳 열쇠이고
다른 하나는 제 방 열쇠입니다.
일단 그가 제 방으로 들어오면 내일 새벽 6시까지
그를 제 곁에 붙잡아두라는 명령을 받았습니다.
왕비님께서 잘 생각해 보시고 심사숙고해 주셨으면 합니다.

무슨 의도인지 모르겠지만 왕태후의 계획 속에는 앙리가 샤를로트의 방에서 하룻밤을 보내는 것이 들어있었다. 그녀는 어떻게 하는 것이 최선인지를 곰곰이 생각했다. 앙리에트와 시간을 보내고 처소로 돌아온 마르그리트는 기온느가 당혹해하는 것을 발견했다. 그녀의 부재중에 샤를로트가 다녀갔는데 열쇠 하나를 맡겨놓았다는 것이었다. 그것은 왕태후가 샤를로트로 하여금 앙리에게 직접 갖다 주라고 지시한 앙리의 감옥 열쇠였다. 마르그리트는 열쇠를 한 손에 쥐고 왕태후의 의도가 무엇인지 파악하는 일에 모든 생각을 집중했다. 그녀는 순례 행사에서 샤를로트가 넣어준 쪽지를 다시 한번 꺼내 읽었다. 서서히 뭔가 감이 오기 시작했다. 그녀는 펜을 들고 이렇게 썼다.

오늘 저녁 샤를로트 부인의 방으로 가지 말고 제 방으로 오세요.

- 마르그리트 -

그녀는 그 종이를 말아 열쇠 구멍 속에 끼워 넣고, 기온느에게 앙리가 갇혀있는 감옥에 밀어 넣게 할 생각이었다. 이런 결심 끝에 문득 작은 방의 젊은 부상자가 생각났다. 그녀는 문을 잠근 다음 작은 방으로 들어갔다. 놀랍게도 라 몰은 찢어지고 얼룩진 옷을 다시 입은 상태였다. 그녀가 들어오자 그는 몸을 일으키려고 했다. 그러나 그것이 마음대로 되지 않자 다시 주저앉았다.

"왜 이러시죠? 휴식을 취하라고 했는데 지금 일어나는 건 안 돼요."

"마마. 제가 만류했는데도 꼭 이곳을 떠나겠다고 합니다." 기온느가 말했다.

"루브르를 떠난다고요? 그건 불가능해요. 당신은 걸을 수도 없어요. 어깨에 피도 아직 완전히 멈추지 않았어요."

"왕비님. 오늘 은신처를 마련해주신 것에 감사드립니다. 하지만 오늘 제가 떠나는 것을 허락 해주십시오." 젊은 청년이 대답했다.

"…. 그건 정말 어리석은 결정이에요. 어떤 면에서는 배은망덕보다 더 나빠요." 마르그리트가 당혹감을 감추지 못하고 말했다.

"왕비님. 배은망덕이 아닙니다. 이 은혜는 평생 잊지 못할 정도로 감사드린다는 것을 믿어주십시오." 라 몰이 정중하게 말했다.

"이곳을 나간다면 살아남지 못해요. 부상도 부상이거니와 지금 밖에는 당신을 기다리는 살인자들 투성이에요." 그녀가 솔직하게 말했다.

"하지만 그래도 저는 루브르를 떠나야 합니다." 라 몰이 단호한 목소리로 말했다.

"떠나야 한다고요? 아! 알겠어요. 미안해요. 당신이 없으면 불안해하는 누군가가 기다리고 있는 모양이죠! 왜 진작 말하지 않았어요?"

"왕비님. 그건 아닙니다. 오해이십니다. 저를 죽이려 했던 바로 그 사람이 제가 파리에서 처음 만난 사람입니다." 라 몰이 간절하게 말했다.

"그럼, 왜 가려는 거죠?" 마르그리트가 놀라서 물었다.

"왜냐면 지난 밤에도 왕비님께서 한잠도 못 주무시고…, 오늘 밤에도…"

마르그리트는 얼굴이 빨개졌다.

"기온느. 이제 열쇠를 갖다 줘야 할 시간이 된 것 같은데."

기온느가 물러났다.

"파리에서 혼자 어떻게 할 작정인가요? 이대로라면 얼마 못 가 쓰러지고 말 거예요." 마르그리트가 물었다.

"오늘 저녁에 한 번 걸어보았습니다. 통증이 있긴 하지만 걸을 수 있습니다. 일단 밖에 나가면 제가 할 수 있는 일이 있을 것입니다."

"나바르왕에 대한 것은 묻지 않는군요. 개종하면서 마음이 바뀌었나요?" 그녀가 의도적으로 물었다.

"바로 그게 제가 떠나려던 이유입니다, 왕비님. 저는 나바르 전하께서 큰 위험에 직면해 계신 것을 알고 있습니다. 그리고 왕비님께서 그분을 구하려고 온 힘을 쏟고 있다는 사실도 말입니다." 라 몰이 창백한 표정으로 말했다.

"무슨 말이죠?" 마르그리트가 물었다.

"전 이곳에서 너무 많은 것을 알게 되었습니다. 왕비님이 오늘 아침에 동생이신 알랑송 공작과 이야기하는 것을 들었습니다. 심지어 왕비님께서 외출하신 후에 샤를로트 부인과 기온느가 이야기하는 것까지도 들었습니다."

"그러니까 모든 이야기를 들었다는 거죠?"

"전 더 이상 그런 비밀 이야기들을 듣고 싶지 않습니다. 그리고 제가 이해하는 바로는 오늘 밤에 나바르왕이 이곳에 오실지도 모릅니다. 그래서 지금 떠나고 싶습니다. 왕비님께서 허락만 하신다면요."

"딱한 사람…" 마르그리트가 연민 어린 부드러운 어조로 말했다.

라 몰은 왕비의 온정이 깃든 부드러운 대답에 놀라서 그녀를 바라보았다. 그는 그녀에게 온통 마음을 빼앗겼다.

"왕비님! 나바르 전하는 정말 행복한 분이십니다." 라 몰이 부드러운 목소리로 말했다.

마르그리트는 그 말을 듣고 역시 마음 깊은 곳에서 어떤 파문이 일어나는 것을 막을 수가 없었다. 라 몰의 말은 그녀에게 따뜻함과 고통을 동시에 불러일으켰다. 그때 기온느가 다시 돌아왔다. 마르그리트는 그녀에게 시키는 대로 했는지 눈짓으로 물었고, 기온느는 고개를 끄덕였다. 그것은 나바르왕에게 열쇠를 무사히 넘겨주고 왔다는 것이었다. 마르그리트는 잠시 생각에 잠겼다. 육체와 정신이 이토록 힘든 사람을 보내줘야 하는지 만류해야 하는지 결론을 내리기가 쉽지 않았다. 라 몰은 그녀의 마음을 읽고 일어나 그녀 앞까지 걸어보려고 했다. 그리고 무릎을 꿇어보려고 했다. 하지만 자신의 의지와 달리 몇 걸음 내딛기도 전에 다시 바닥에 주저앉았다.

"알겠죠? 아직 갈 수 없다는 것을?" 마르그리트가 그에게 달려가 그를 부축하면서 말했다.

그때 마르그리트의 방문에서 노크 소리가 세 번 났다.

"들으셨지요?" 기온느가 두려운 표정으로 말했다.

"그래." 마르그리트가 기온느에게 작은 목소리로 답했다.

"아마 나바르 전하일거야."

그 말을 들은 라 몰이 소리쳤다.

"왕비님. 다시 한번 말씀드립니다. 저는 작은 방에서 모든 것을 다 들었습니다! 제발 저를 이대로 두지 마십시오!"

"쉿! 조용히 해요. 제발."

마르그리트는 손가락을 라 몰의 입에 갖다 대며 그의 말을 가로막았다. 라 몰은 그녀의 손을 자신의 두 손으로 감싸 쥐고 입술을 댔다.

"그렇지만…"

"조용히 해요! 왕비의 말에 복종하지 않으면 어떻게 되는 줄 알죠?"

그녀는 작은 방의 문을 닫고 나가 잠시 후에 이렇게 소리쳤다.

"기온느! 됐어. 문을 열어줘!"

기온느가 그 방에서 나가자 잠시 후에 앙리가 약간 불안한 모습으로 나타났다.

"부인…. 나를 불렀소?" 앙리가 주위를 살펴보고 마르그리트에게 말했다.

"예, 전하. 쪽지를 받고 놀라셨죠?"

"놀랐소. 하지만 내가 이번 일로 죽는 한이 있더라도 당신의 호의는 진실이라고 생각하고 있소. 그리고 배신당해 죽는 한이 있더라도 당신을 믿는 것이 내가 역사에 기록될 유일한 길이라고 생각했소. 그래서 이렇게 왔소."

"전하. 지금 이 일이 당신을 사랑하고…. 당신이 사랑하는 한 사람의 작품이라는 것을 아시면 지금 하신 말을 거두시게 될 것입니다."

앙리는 그 말에 잠시 주춤하며 마르그리트를 탐색하는 시선으로 바라보았다.

"안심하십시오! 전하. 저라는 건 아니니까요." 왕비가 미소를 지으면서 말했다.

"그렇지만 이 쪽지의 필체는 분명 당신 것이오."

"제가 쓴 것이 맞고 제가 보낸 것이 맞습니다. 하지만 이 열쇠가 당신의 손에 들어가기 전에 네 여자의 손을 거쳤습니다."

"네 여자?"

"왕태후의 손과 샤를로트의 손, 기온느의 손, 그리고 저의 손이죠."

앙리는 이 말이 의미하는 것을 곰곰이 생각했다.

"들리는 소문처럼 전하께서 개종에 동의한 것이 사실인가요?"

"그건 잘못 안 것이오, 부인. 난 동의하지 않았소."

"그럼, 그렇게 하기로 결심하셨군요."

"지금 생각하고 있는 중이오! 내가 어떻게 했으면 좋겠소?"

"제게 마음을 털어놓지 않으시는군요."

"부인! 난 모든 것을 조심하고 있소. 우리 친구들을 위해서 말이오. 당신은 내 동지일 뿐이오…. 우리는…, 아직…, 만약 당신이 동지인 동시에…"

"아내였다면…. 하는 거겠죠?"

"그렇소. 그럼 모든 상황이 달라질지도 모른다는 생각이 드는 것이 사실이오. 지금 나는 살아남은 것만으로도 만족해야 하는 처지요. 부인. 지금 내가 할 수 있는 것은 아무것도 없소. 국왕의 명령에 따르는 수밖에. 세상과 영원히 등지거나 은둔자가 되지 않으려면."

앙리의 체념에 가까운 말은 그녀를 두렵게 만들었다. 그녀는 샤를르 국왕과 카트린느 모후의 치밀한 계획에는 이미 결혼의 파경까지 계산되어 있을지도 모른다고 생각했다. 그녀는 왜 살아남았을까? 자신이 한 사람의 딸이고 다른 한 사람의 동생이기 때문일까? 그녀의 냉정한 판단은 자신의 안전이 그것 때문만은 아님을 말하고 있었다. 그 순간 어떤 경우에도 힘을 잃어서는 안 된다는 믿음과 야망이 마음속에서 샘솟는 것을 느꼈다. 그것은 이유 여하를 막론하고 앙리를 지켜야 하는 것을 의미하고 있었다. 마르그리트는 잠시 침묵을 지켰다.

앙리는 그 말과 함께 문 쪽으로 걸음을 옮겼다. 그가 자신의 방으로 돌아가려고 하는 것처럼 보였다. 마르그리트는 그것을 보고 아연실색하지 않을 수 없었다. 11시가 울렸고 루브르궁은 깊은 정적에 휩싸였다.

"그런데 부인이 말하지 않은 것이 있소. 결정적인 순간에 국왕의 작은 방에 용감하게 나타난 일 말이오."

"전하…. 지금 그런 말을 할 때가 아닙니다. 정말 어리석군요! 당신은 내 쪽지 속에서 정말 아무것도 보지 못한 건가요? 제가 왜 이런다고 생각하세요? 당신의 무관심에 격분해서 이런다고 생각하시나요?"

마르그리트가 그의 팔을 잡고 소리쳤다. 그 순간 비밀 통로로 통하는 문에서 삐걱대는 소리가 났다. 마르그리트는 그를 잡고 방 한쪽으로 데려갔다.

"누군가 왔어요. 들어봐요."

"왕태후 마마께서 방을 나오셨습니다."

앙리는 그것이 두려움과 불안으로 떠는 샤를로트의 음성임을 즉시 알아차렸다.

"지금 어디에 계신가요?" 마르그리트가 물었다.

"지금 이곳으로 오고 계십니다." 그녀는 이렇게 말하고 사라졌다.

앙리가 재빨리 검을 빼서 경계 태세를 하자 마르그리트가 이렇게 소리쳤다.

"오셨어요. 어머니 목소리가 들렸어요! 쉿!"

그리고 그녀는 앙리를 침대 한쪽으로 밀었고 작은 방에 들어가 떨고 있는 라 몰의 손을 잡고 말했다.

"조용히 있어요!"

그리고 그녀는 다시 자신의 방으로 돌아와 문을 닫고 머리를 풀고는 단검으로 옷끈을 잘라버린 후 침대 속에 몸을 던졌다. 그때였다. 자물쇠 돌아가는 소리와 함께 문이 열렸다. 카트린느는 루브르궁 내 모든 문의 자물쇠를 가지고 있었다.

"누구세요?" 마르그리트는 카트린느가 네 명의 호위병에게 지시하는 동안 이렇게 소리쳤다.

그리고 흰 가운을 걸치고 장막을 걷으며 침대에서 내려왔다. 그녀는 카트린느를 보고 짐짓 놀라는 표정을 지어 보이며 모후의 손에 키스했다. 왕태후는 날카로운 시선으로 주위를 휙 둘러보았다. 침실의 모든 광경이 잠자고 있던 마르그리트를 깨운 것이 분명함을 확인시켜주었다. 침대 아래의 여자 슬리퍼…, 의자 위에 걸쳐져 있는 마르그리트의 겉옷 등등. 그녀는 자기 뜻대로 모든 것이 이루어진 것에 만족하는 사람처럼 미소를 지으며 말했다.

"얘야. 이야기 좀 하자꾸나."

"예, 어머니."

"이제 때가 된 것 같구나." 그녀는 자신의 감정을 은폐하려는 것처럼 눈을 내리깔고 말했다.

"네 오빠와 난 언제나 네가 행복하길 바랐다. 우리는 널 나바르의 왕과 결혼시키면서 원하는 것을 얻었단다. 하지만 이 가엾은 것아! 나바르왕이 정말 아름다운 너에게 이토록 반감이 강할 줄은 미처 생각을 못 했구나."

그녀는 마르그리트의 표정을 살피고는 잠시 말을 멈추었다.

"오늘 밤에 비로소 알았단다. 그렇지 않았더라면 널 좀 일찍 찾아왔을 텐데. 그가 너를 멀리하고 있다는 사실 말이다."

마르그리트가 한숨을 내쉬자 카트린느는 무언의 동의에 용기를 내어 말을 계속했다.

"노력을 해도 상처가 크겠지. 아마 피눈물을 흘렸을 거야. 샤를로트를 대하던 네 태도를 보면서 그것을 느꼈단다. 어미인 내가 그 상처를 치료해 주마. 나와 네 오라버니뿐 아니라 앙리가 자신의 방이 어딘지 모르는 것에 많은 이들이 분개하고 있단다."

"하지만 어머니. 어머니의 말씀은 감사하지만 그래도 앙리는 아직 제 남편이라는 것을 말씀드리고 싶어요." 마르그리트가 차분히 대답했다.

카트린느는 화난 동작으로 마르그리트에게 다가가며 말했다.

"네 남편이라고? 교회가 인정했다고 부부가 되는 것은 아니란다. 네가 샤를로트였다면 그런 대답을 해도 되겠지. 앙리는 너와 결혼하면서 다른 여자에게도 그런 권리를 주었다. 지금 가서 샤를로트의 방문을 열어봐라. 누가 있는지. 같이 가보자." 카트린느가 목청을 높였다.

"어머니. 목소리 좀 낮추세요. 어머니께서는 잘못 생각하고 계실 뿐 아니라…"

"아니라?"

"제 남편을 깨우겠어요."

마르그리트는 잠옷 자락을 나부끼며 관능적인 자태로 일어나 침대 곁으로 가서 장막을 들어 올리며 손가락으로 앙리를 가리켰다. 촛불의 희미한 빛 속에서 침대의 휘장 저편에 곤히 잠들어 있는 앙리의 검은 머리와 뚜렷한 윤곽, 그리고 조금 벌어진 입술이 보였다. 그는 고요하고 깊은 잠에 빠진 것처럼 보였다. 그 순간 카트린느의 얼굴이 창백해졌다. 그녀는 망연자실한 표정으로 말을 잇지 못했다. 표정은 순식간에 분노로 바뀌었다. 그녀는 입술을 꽉 깨물었다.

"보세요. 어머니께서 잘못 알고 계셨지요?"

마르그리트는 그렇게 말하고 커튼을 내린 다음 카트린느 곁으로 다가가 자리 잡고 앉았다. 카트린느는 딸의 표정이 진심인지 잠시 탐색했다.

"더 하실 말씀이 있으신가요?" 마르그리트가 물었다.

"아니다. 그만 자려무나."

그리고 그녀는 성큼성큼 걸어서 방을 나가버렸다. 그녀의 걸음 소리가 사라지자마자 침대 휘장이 들어 올려지며 앙리가 내려왔다. 그는 손을 떨면서 마르그리트 앞에 무릎을 꿇었다.

"부인. 이 빚을 어떻게 갚아야 할지 모르겠소."

그리고 그녀의 손에 키스를 퍼부었고, 키스는 어느새 그녀의 손에서 팔을 타고 올라갔다.

"전하. 지금 당신을 위해 고통에 빠져있는 한 여인을 잊으셨습니까? 그 여인은 질투심에도 불구하고 당신을 저의 곁으로 보냈습니다. 어쩌면 그 여인이 감당해야 하는 것은 질투심만이 아닐 것입니다. 어쩌면 목숨까지 내놓은 것일지도 모릅니다. 어머니의 분노를 사는 것은 끔찍한 일이기 때문이죠." 마르그리트가 부드럽게 물러서며 말했다.

앙리는 전율했다. 그는 다시 문으로 발걸음을 옮기려고 했다.

"전하. 오늘 밤은 제 말을 들어주십시오."

마르그리트가 그를 붙잡았다.

"전하. 살육이 진행되는 동안 전하께서 위험에 직면해 있다는 것을 알려드리기 위해 이곳으로 달려오다가 부상당한 귀족이 있습니다."

마르그리트는 작은 방 쪽으로 걸어갔고 앙리는 그녀를 따라갔다. 문이 열렸다. 앙리는 그 안에 있는 젊은이를 응시했다. 라 몰은 나바르의 왕 앞에서 당황하여 어찌할 줄을 모르고 있었다.

"전하. 전하를 위해 헌신한 이 백작이 죽임을 당하지 않을까 하는 우려에서 제 거처에서 보호하게 되었습니다." 마르그리트가 말했다.

"저는 르락 드 라 몰 백작입니다. 저는 오리악 공작의 이름으로 전하께 직접 서신을 전달하라는 명령을 받고 왔습니다." 라 몰이 대답했다.

"아! 왕비를 통해 서신을 받았소. 오리악 공작은 비록 가톨릭일지라도 나의 매우 좋은 친구였소. 아마 어딘가에서 소문을 듣고 미리 알리려고 했던 것 같은데…"

"아무리 서둘렀어도 더 일찍 도착하지는 못했을 것입니다."

"유감이오. 조금만 일찍 알았어도 우리가 안전하게 피신했을 텐데."

"전하. 이미 일어난 일은 어쩔 수 없습니다. 앞으로의 일을 생각하는 수밖에요." 마르그리트가 말했다.

"만약 부인이 내 입장이라면 희망이 있겠소?" 앙리가 의문에 찬 시선으로 물었다.

"물론입니다. 전하께선 단지 한 판을 졌을 뿐입니다."

"부인만 내 편이 되어준다면…, 절반을 책임져 준다면…" 앙리가 아주 낮은 목소리로 말했다.

"제가 당신 편이 아니었다면 오늘 같은 일은 없었을 것입니다."

"맞는 말이오. 내가 배은망덕하게 굴었소. 하지만 아직 보상할 시간이 있으니…, 그보다 부인. 이 백작을 당신 방에 계속 머물게 할 참이오? 부인에게 여러 가지 난처한 상황이 생기지 않겠소?" 앙리가 주의 깊게 라 몰을 바라보며 말했다.

"전하. 그렇다고 이 사람을 루브르에서 내보낼 수는 없지 않습니까? 전하도 그렇게 생각하시리라고 믿습니다."

"그건 안되오."

"전하. 라 몰 백작을 전하의 거처에 머물게 하면 어떨까요?"

"난 이미 반쯤 개종한 사람이오. 더 이상 이런 사람을 거느릴 수가 없는 것은 당신이 더 잘 알거요."

마르그리트는 즉시 '이 사람도 가톨릭으로 개종했어요.'라고 말하려 했지만, 라 몰이 먼저 말했다.

"전하. 저는 암살자들의 추격 속에서 기적적으로 목숨을 건졌습니다. 저는 쫓길 때 만약 살아남을 수만 있다면 제 어머니의 종교였던 가톨릭을 받아들이겠다고 맹세했습니다. 저는 이렇게 전하와 왕비님의 도움으로 살아남았습니다. 이제 맹세를 지키는 일만이 남았습니다. 전 가톨릭이 될 준비가 되었습니다."

앙리는 미간을 찌푸렸다. 그는 라 몰의 말만으로는 그가 완전히 믿을 수 있는 사람인지 결정을 내리지 못하는 것처럼 보였다. 그것을 본 마르그리트는 그가 라 몰을 떠맡으려 하지 않는다고 생각했다. 그녀는 재빨리 이렇게 정리했다.

"전하. 이 불쌍한 부상자는 지금 휴식이 필요합니다. 저도 졸리고요."

라 몰은 창백해져 있었다. 그러나 그를 더 창백하게 만든 것은 마르그리트의 다음 말이었다.

"맞는 말이오. 우리 라 몰 백작이 쉴 수 있도록 자리를 비켜줍시다." 앙리가 말했다.

라 몰은 고통과 피로와 실망으로 낙심한 채 자신의 자리로 돌아갔다. 그때 마르그리트가 말했다.

"전하. 이 젊은 백작은 자신이 섬기는 왕을 위해 위험을 무릅썼습니다. 저 젊은이가 전하의 감사를 받는 영광을 누리도록 해주시길 바랍니다."

"어떻게 하면 되겠소? 말만 하시오. 나는 준비가 되어있으니…"

"라 몰 백작에게 오늘 밤 전하의 발밑에서 자게 하고 전하께서는 침대에서 편히 주무시면 됩니다. 허락하신다면 저는…" 마르그리트가 미소를 지으며 말했다.

"기온느에게 제 침대를 따로 손봐두라고 하겠습니다. 저도 휴식이 필요하니까요."

앙리는 자신을 침대에서 멀리하는 왕비가 그럴 권리를 가지고 있음을 깨달았다. 그는 이의를 제기하지 않았다.

"그리고 전하께서는 내일까지 이곳에 머무셔야 합니다. 전하의 방은 두 사람 모두에게 위험하니까요."

마르그리트는 대답을 기다리지 않고 기온느를 불러 왕의 발밑에 라 몰의 이부자리를 준비하게 했다. 라 몰은 고통을 느낄 수 없을 정도로 만족스러웠다. 마르그리트는 앙리에게 의례적인 인사말을 하고 문단속을 한 다음 자신의 방으로 돌아와 누웠다.

*

샤를로트는 두 사람의 방문을 기다리고 있었다. 하나는 늦더라도 왔으면 하는 앙리의 방문이었고, 다른 하나는 두렵기 짝이 없는 왕태후의 방문이었다. 드리올러가 대기실을 지키고 있는 동안 그녀는 옷을 반쯤 벗고 침대에 누워있었다. 순간 자물쇠 돌리는 소리와 함께 느린 걸음이 다가오는 소리가 났다. 그녀는 앙리의 발걸음이 아니라는 것을 알았다. 휘장이 걷히면서 카트린느가 나타났다. 카트린느는 더없이 침착해 보였다. 샤를로트는 침대에서 내려가려고 했다. 그러나 카트린느는 그대로 있으라는 손짓을 했다. 카트린느는 다짜고짜 물었다.

"네가 직접 나바르왕에게 열쇠를 전했느냐?"

"예, 마마…"

샤를로트는 담담하게 말하려고 애썼지만, 마음을 진정시키기가 쉽지 않았다.

"그럼 그를 만났느냐?"

"누구를…"

"나바르왕 말이다."

"아닙니다, 마마. 저는 그를 기다리고 있었습니다. 자물쇠 소리에 전 그분일 것이라고 생각했습니다."

샤를로트는 확신에 찬 어조로 말했지만 카트린느의 날카로운 시선 앞에서 손이 부들부들 떨리는 것을 완전히 숨길 수는 없었다.

"넌 알고 있었어, 샤를로트. 나바르왕이 오늘 밤 너에게 오지 않을 거라는 것을 말이다."

"제가 알고 있었다니요?"

샤를로트는 완벽하게 놀라는 척 연기를 했다. 그녀는 작은 배반이라도 발각되면 카트린느로부터 끔찍한 복수를 당하리라는 것을 잘 알고 있었다.

"나바르왕에게 쪽지를 쓰지는 않았지?" 카트린느가 잔인한 미소를 지으며 말했다.

"예. 마마께서 그런 말씀까지는 하시지 않으셨으니까요." 샤를로트는 천진난만한 표정으로 말했다.

"넌 네가 아름답다고 생각하지? 꾀가 많다고 생각하지?" 카트린느가 말했다.

"아닙니다, 마마. 마마께서는 저의 미모와 재능에 관대하신 것을 잘 알고 있습니다."

"그래 잘 아는구나. 한마디만 더 해주마. 넌 내 딸처럼 어리석고 추한 인간일 뿐이야."

"감히 부정하지 않겠습니다."

"한 가지 더. 나바르왕은 너보다 내 딸을 더 좋아하고 있어. 그건 네가 원하는 것도 아니고 우리가 계획했던 것도 아니다."

"오! 마마. 그것이 사실이라면 전 정말 불행한 사람입니다." 샤를로트가 울음을 터뜨리며 말했다.

"그건 틀림없는 사실이야."

"하지만 마마께선 왜 그렇게 믿으십니까?"

"나바르 왕비 방으로 가 봐라. 그 방에서 너의 연인을 만날 수 있을 게다."

"오!"

"질투하는 게냐?"

"제가요? 제가 질투하기를 원하십니까? 저는 나바르왕을 마마께 봉사하는 데 필요한 정도로만 좋아할 뿐입니다."

"그 말이 모두 사실이겠지?"

"마마께선 제 마음을 훤히 읽고 계시지 않습니까?"

"그렇다면, 샤를로트. 내 말 잘 들어라. 너는 나바르왕에게 매우 열중해야 한다. 특히 이탈리아 여인처럼 질투해야 한다." 카트린느는 그렇게 말하고 그녀를 잠시 노려보았다.

샤를로트는 고양이의 눈처럼 자신을 주시하는 그녀의 시선에 숨을 쉴 수가 없었다. 그녀는 잠시 후 카트린느가 나가는 것을 멍하니 지켜보았다. 문이 닫히는 소리가 들리자 비로소 숨을 쉴 수 있었다.

동이 틀 무렵에 일어난 마르그리트는 시녀들을 불러 앙리의 시종들을 대기실로 들어오게 했다. 그리고 앙리와 라 몰에게 아침 인사를 하고, 어떤 경우에도 궁중 전체를 믿게 해야 한다는 말로 그를 설득했다. 무엇보다도 상황을 잘 이해한 앙리는 그곳에서 귀족들을 접견했다. 귀족들은 그곳에 들어서면서 낯선 분위기 속에서 모든 것을 파악했고, 그들이 정식 부부임을 조금도 의심하지 않았다. 그 방문자들 중에는 마르그리트의 동생인 프랑수아 알랑송 공작도 있었다. 앙리는 그를 정중하게 맞이했다. 마르그리트는 더없이 행복한 아내 역할을 했다. 알랑송은 누나와 앙리의 관계를 호의적으로 보지 않았다. 알랑송은 여전히 탐색하는 시선을 늦추지 않았다. 그때 마르그리트가 말했다.

"전하. 괜찮으시다면 국왕 폐하를 만나러 가셔도 좋습니다. 전 동생과 할 말이 있습니다. 어제 전하께서 거절하신 일로 말입니다."

"뭔데?" 알랑송이 물었다.

"음…. 무슨 말인지 알겠소. 내가 좀 더 자유롭지 못한 것이 유감이오만, 나 같아도 알랑송 공작을 생각했을 거요. 나라도 그에게 추천했을 거요."

마르그리트는 작은 방의 문을 열고 부상당한 젊은이를 나오게 했다.

"알랑송. 라 몰 백작이야."

"우리가 어떻게 라 몰 백작에게 관심을 갖게 되었는지 전하께서 제 동생에게 설명해 주세요."

알랑송은 또 다른 남자의 등장에 적잖이 당황했다. 그는 어릴 때부터 유달리 누나의 애정과 관심을 받고 싶어 했다. 앙리는 자신이 가톨릭이 되어 입장이 곤란한 것처럼 또 다른 신교도인 라 몰이 알랑송에게 어떻게 오게 되었는지를 말해주었다. 알랑송은 라 몰의 잘생긴 얼굴이 꽤 매력적이라고 생각했지만, 한편으로 알 수 없는 두려움을 느꼈다. 그는 자신이 누나의 관심으로부터 다시 멀어질 수 있음을 느꼈다.

"알랑송. 내 말 잘 들어. 네가 이 젊은 귀족을 받아들이면 그는 널 위해 헌신적인 기사 노릇을 할 거야. 특히나 야망이 큰 남자가 프랑스의 셋째 아들로 태어난 이 불행한 상황에서 말이야." 그녀는 알랑송 공작만이 알아들을 수 있도록 작은 목소리로 말했다.

그리고 그녀는 이렇게 덧붙였다.

"이 젊은이가 여기 있는 것보다는 그것이 낫지 않겠니?"

"알았어, 누나. 반 시간 후에 내 거처로 옮기게 해. 그곳은 두려워할 필요가 없어. 그가 나를 좋아한다면 나도 그가 좋아지겠지." 알랑송은 마음에도 없는 말을 했다.

그로부터 약 반 시간 후에 라 몰은 마르그리트가 말해준 대로 알랑송의 거처로 옮겼다. 라 몰은 마르그리트의 옷자락에 작별 키스를 한 후 몸을 천천히 이끌고 알랑송 공작의 거처로 통하는 계단을 올라갔다.

교수대 성지 순례

앙리와 마르그리트 사이에 점점 더 화해의 분위기가 무르익는 것처럼 보였다. 앙리는 자신의 종교를 버린 것을 공표하지 않았지만, 고해신부 앞에서 가톨릭임을 맹세했고 매일 루브르에서 행해지는 미사에 참석했다. 저녁이 되면 앙리는 보란 듯이 자신의 아내가 있는 곳으로 갔고 긴 시간 동안 이야기를 나누었다. 그리고 밤이 되면 비밀 문을 통해 샤를로트의 방으로 올라갔다. 샤를로트는 앙리에게 왕태후의 동태를 알려주었다. 앙리는 두 여인으로부터 정보를 얻어 경계를 한층 강화했다. 살육이 어느 정도 진정되고 있었다. 많은 신교도가 죽임을 당했기 때문에 남은 수가 급격히 줄어들었다. 하지만 여전히 도주하거나 숨어 있는 이들이 있었다. 적을 사멸시키고도 가톨릭교도들은 점점 더 잔인해지는 모습을 보였다. 그들은 남아 있거나 숨어 있는 신교도들을 찾아내는 데 혈안이 되어있었다.

카트린느는 기도실에서 누군가를 기다리고 있었다. 잠시 후 시종 하나가 매우 낮은 목소리로 누군가의 도착을 알렸다. 그는 주술사이자 향수 제조자인 르네였다.

"어제 보낸 쪽지 받았느냐?"

"네, 마마."

"내가 하란 대로 해보았느냐?"

"네, 마마."

"결과는?"

"개와 똑같습니다. 마마."

"뭐라고? 검은 양 역시 세 번의 비명을 지르더냐?"

"그렇습니다. 마마."

"정말 우리 왕실 가문에 세 번의 잔인한 죽음이 있을 신호란 말인가!" 카트린느가 신음하며 말했다.

"그다음엔?"

"그다음에 간이 반대 방향으로 기울어졌습니다."

"그건 왕조의 변동을 말하는 건데…. 절대 안 돼! 절대로 그냥 둬선 안 돼." 카트린느가 말했다.

"제가 마마께 말씀드렸지 않습니까? 운명이 지배하는 힘은 바꿀 수 없다고 말입니다."

카트린느는 지나칠 정도로 미신을 믿었다. 그녀는 점괘보다 르네의 태연함이 더 두려웠다.

"이탈리아 향수는 도착했느냐?"

"예, 마마."

"그러면 그 상자를 가져오너라."

"어떤 것을 말입니까?"

"마지막 것을."

"나바르 왕비가 좋아하는 것 말씀입니까?"

"그래. 그것."

"꼭 그렇게 해야 되겠습니까?"

"그래. 넌 알고 있을 거야. 그것이 무엇을 의미하는지."

"더 하실 말씀은?" 르네가 말했다.

"이번에는 어린 양 말고 암탉으로 해보자." 카트린느가 생각에 잠겨 말했다.

"마마. 전 제물의 대상을 바꾸는 것이 몹시 두렵습니다. 그렇게 한다고 해서 점괘가 바뀌지는 않습니다."

"쓸데없는 소리 말고 내가 시키는 대로 해."

르네는 인사를 하고 미소를 지으며 물러났다. 카트린느는 잠시 생각에 잠긴 채 앉아있었다. 그리고 시녀들이 기다리고 있는 침실로 들어갔다. 그곳에서 그녀는 내일 몽포콩으로 성지 순례를 가는 행사가 있음을 알렸다.

*

알랑송은 마르그리트의 부탁으로 라 몰을 자신의 거처에 머물게 했지만 직접 대면하지는 않았다. 라 몰은 한동안 버려진 느낌을 받았다. 다른 것은 상관이 없었지만 마르그리트에 대한 기억이 그를 밤낮으로 괴롭혔다. 마르그리트의 간곡한 청으로 루브르의 주치의인 앙브로와즈 파레가 가끔씩 그의 상태를 보러 왔는데 그는 왕실의 새로운 소식이 있으면 바로 알려주었다. 라 몰은 그녀와 관련된 것은 하찮은 것이라도 알고 싶어 했고, 파레는 젊은이가 정상이 아니라고 생각하면서도 알려주었다.

라 몰은 궁정의 행사 소식을 듣고 알랑송 공작에게 수행하게 해달라고 요청했다. 그것은 그가 마르그리트를 볼 유일한 기회였다. 알랑송은 그가 환자라는 사실은 안중에도 없이 승낙했다. 라 몰은 파레에게 말을 타야 하니 특별히 붕대 매는 것을 신경 써 달라고 했다. 가슴 상처는 거의 다 나았지만, 아직 어깨 상처가 아물지 않고 있었다. 파레는 무리하게 움직이지만 않는다면 괜찮을 것이라고 그를 안심시켰다. 라 몰은 집을 떠날 때 가져온 돈의 일부로 흰 비단 윗옷과 장식이 화려한 망토를 맞추고 가죽 부츠를 샀다. 새로운 스타일의 붉은 망토는 특히 그에게 잘 어울렸다.

다음 날 오후 빛나는 복장을 한 기사들이 대열을 이루고 생 드니가에서 무명인들의 묘지를 향해 가고 있었다. 그들 뒤로 곳곳에서 나온 파리 시민들이 따르고 있었다. 시민들은 때로 그들을 앞서기도 하고 뒤따르기도 했다. 그날 오전에 샤를르 9세는 카트린느 모후와 기스 공작 등 모든 왕족이 자리한 곳에서 앙리에게 몽포콩의 교수대에 방문할 것을 자연스럽게 제안했다. 그것은 사지가 절단된 콜리니 제독의 시체를 보러 가는 것이었다. 앙리는 처음에 가지 않으려고 했다. 하지만 그는 이것이 카트린느가 노리는 것임을 알았다. 앙리는 그녀가 기스 공작과 시선을 교환하는 것을 발견하고 생각을 바꾸었다.

"제가 가지 못할 이유가 어디 있겠습니까? 제 종교는 가톨릭이고 저는 새 종교에 헌신할 의무가 있습니다. 폐하께서 저를 믿어주시기만 한다면 어디든 행복한 마음으로 동행할 것입니다." 그는 보란 듯이 이렇게 말했다.

마르그리트는 느베르 공작의 부인이자 친구인 앙리에트와 이야기를 나누며 말을 타고 가고 있었다. 생 드니가에서 떨어진 외곽 지대를 가고 있었을 때 알랑송을 뒤따르던 기사 하나가 흥분된 말을 진정시키려고 안간힘을 쓰다가 다른 말을 탄 기사와 부딪쳤다. 다른 말을 탄 기사는 갑작스러운 충돌로 말 위에서 잠시 균형을 잃었다. 그는 도대체 누구인지 보려고 몸을 홱 돌렸다. 그런데 그 순간 두 남자는 모두 놀랐다. 그들은 라 몰과 코코나였다. 코코나가 더 놀랐다. 그는 라 몰이 죽었을 것이라고 완전히 믿고 있었다. 아니 적어도 한동안 밖에 나오지 못할 정도로 부상당했을 것이라고 믿고 있었다. 라 몰 역시 코코나를 알아보았고 얼굴이 달아오르는 것을 느꼈다. 그들은 한동안 서로를 노려보았다. 라 몰은 주위를 살펴본 후 말을 하기에 적절한 곳이 아니라고 판단하고 박차를 가해 알랑송 공작에게 돌아갔다. 코코나는 잠깐 그 자리에 못 박힌 듯이 서 있었다. 그는 라 몰이 한마디 말도 없이 가버리자 역시 자신의 길을 가기 시작했다.

행렬은 곧 몽포콩의 교수대에 도달했다. 호위병과 보초들이 앞으로 나가 큰 원을 그리며 그것을 둘러쌌다. 그들이 접근하자 교수대에 앉아 있던 까마귀들이 구슬픈 울음소리를 내며 날아가 버렸다. 행렬이 전진했다. 샤를르왕과 카트린느가 선두였고 이어서 앙주 공작, 알랑송 공작, 앙리, 기스 공작, 그리고 귀족들이 뒤를 따랐다. 마르그리트와 앙리에트는 그다음의 왕족 여자들 무리에 있었다. 그리고 시종들과 평민들이 마지막 행렬을 이루었다. 교수대에는 응고된 피와 겹겹이 쌓인 먼지층 때문에 하얗게 변한 형체 없는 시체가 매달려 있었다. 시체에는 머리가 없었다. 누군가 짚 뭉치로 머리를 대신 만들어 붙여 거꾸로 매단 것이었다. 그 짚 뭉치는 가면을 쓰고 있었는데 익살스럽게도 제독의 평소 습관을 잘 아는 사람이 이쑤시개를 꽂아 놓았다. 침통하기 그지없는 장면 주변에 멋진 귀족들과 아름다운 부인들이 원을 그리며 둘러싸고 있는 이상한 광경이었다. 샤를르 9세는 한동안 귀족들과 이런저런 이야기를 나누었다. 카트린느도 자리를 지키고 있었다. 얼마의 시간이 흘렀을까. 온몸에 향수를 뿌렸음에도 불구하고 시체 냄새가 불쾌해지는 것을 느낀 카트린느가 말했다.

"자…, 자…. 아무리 좋은 모임이라도 떠날 때가 있는 법입니다. 제독에게 작별을 고하고 파리로 돌아갑시다."

해가 서서히 떨어지기 시작하고 있었다. 행렬은 방향을 돌려 다시 파리로 향했다. 제독의 시체 주변으로부터 사람들이 하나둘씩 사라져갔다. 하지만 한 남자가 남아 교수대를 살피고 있었다. 그는 코코나였다. 고리, 꺾쇠, 돌기둥 등…. 그것은 인간이 얼마나 잔인해질 수 있는지 본보기가 되는 것처럼 보였다. 행렬과 함께 돌아가던 또 다른 남자 하나가 오솔길에 접어들자 다시 말을 돌려 교수대로 되돌아갔다. 그는 흰 비단옷에 붉은 망토를 걸친 라 몰이었다. 그것을 우연히 본 앙리에트가 마르그리트에게 알려주었다. 마르그리트는 적잖이 놀랐고 앙리에트와 함께 대열을 벗어나 뒤따르기 시작했다. 마르그리트와 기온느, 앙리에트와 그의 호위병, 이렇게 네 사람이 그를 따라갔다. 네 사람은 지름길로 올라가 말에서 내려 관목 덤불 뒤에 몸을 숨기고 무슨 일이 일어나는지 지켜보았다. 그들 눈에는 두 남자의 모습이 선명하게 보였다. 라 몰이 등을 돌리고 있는 코코나에게 다가가 그의 어깨를 '탁' 쳤다. 코코나가 몸을 홱 돌렸다.

"꿈이 아니었군! 살아있다니!"

"그래. 난 살았어. 그게 뭐 잘 못 되었나?" 라 몰이 말했다.

"세상 좋아졌군. 위그노가 쇠갈고리에 매달린 제독을 이렇게 보다니."

"난 더 이상 위그노가 아닌데? 다행히도 가톨릭으로 개종했지."

"개종? 오! 그것참 약삭빠른 짓이군!" 코코나가 웃음을 터뜨리면서 외쳤다.

"살육만 면하게 해준다면 개종하겠다고 맹세한 것이 약삭빠른 짓인가?"

"흐흠…. 맹세? 잘했군. 딱히 할 일도 없었을 텐데."

"아니지. 한 가지 더 남아 있지."

"그게 뭔데?" 코코나가 코웃음을 치며 말했다

"저 위에 있는 사람이 당신을 기다리고 있는 것 같지 않아?" 라 몰이 대답했다.

"무슨 말이지?"

"당신도 올라가야지…. 내 칼에."

"오! 그러시군. 날 죽이겠다. 이건가. 그리고 저기에 못박겠다?"

"그렇지. 저 못에!" 라 몰이 반복했다.

"나 원 참! 애송이 주제에 날 죽이겠다고?" 코코나가 말했다.

"위대한 학살자 소리가 그렇게 듣고 싶었나! 아무리 그래도 사람들을 마음대로 죽일 수 있다는 생각은 고쳐줘야 하지 않겠나? 원수는 외나무다리에서 만난다고 하던가? 오늘이 바로 그날이야. 당신이 낸 상처로 난 아직 손이 떨리지만."

"말에서 내려! 그리고 칼을 뽑아."

코코나는 말에서 내리며 검을 잡았다. 라 몰 역시 재빨리 말에서 내렸다. 그는 붉은 망토를 벗어 바닥에 던지고 칼을 꺼내 방어 자세를 취했다. 그러나 두 사람은 마치 약속이나 한 듯이 신음 소리를 지르며 자신들의 팔을 부여잡았다. 두 사람 모두 어깨 통증이 완전히 낫지 않았기 때문이었다. 마르그리트와 앙리에트는 이 장면을 보고 실소를 금하지 않을 수가 없었다. 그 소리에 그들은 그녀들을 알아차렸다. 하지만 라 몰은 다시 방어 태세를 취했고, 코코나는 공격을 하려고 했다.

"관두지 못해요! 도대체 뭘 하는 거예요? 죽이기라도 할 거예요?" 마르그리트가 소리쳤다.

야유로 시작된 이 싸움은 칼싸움을 하자 오히려 조용해졌다. 두 사람 모두 기력이 없었고 통증을 참고 있었기 때문이었다. 라 몰은 죽을 힘을 다해 겨우 앞으로 나아갔고, 코코나는 한 걸음씩 뒤로 물러났다. 마침내 구덩이 부근에 왔을 때 코코나가 라 몰을 겨냥하며 일격을 가했다. 순식간에 라 몰의 흰 비단 상의가 붉게 얼룩졌다. 그것을 본 두 여인이 동시에 탄식 소리를 냈다. 하지만 다음 순간 라 몰이 코코나를 정면으로 가격했고 그의 칼이 코코나의 등 뒤에서 나타났다. 코코나는 라 몰보다 심한 중상을 입고 피를 흘리며 라 몰 위로 쓰러졌다. 라 몰은 온 힘을 다해 칼자루로 코코나의 머리 중심부를 내리쳤다. 코코나는 거의 실신 상태였지만 끝까지 라 몰을 놓지 않고 도랑으로 끌고 들어갔다. 놀란 마르그리트와 앙리에트가 그곳으로 달려갔다. 그녀들이 달려가기 전에 그들의 몸은 이미 경련으로 거의 굳어졌다.

"라 몰! 정신 차려요! 이봐요! 정신 차려요!" 마르그리트는 소리쳤다.

그들은 어떻게 해야 할지 몰라 잠시 멍하니 서 있었다. 그때 노랫소리와 함께 무개 마차 한 대가 안개 속에서 나타났다. 앙리에트의 호위병이 소리쳤다.

"이보시오! 여기 좀 도와주시오. 귀족들이 도움이 필요해요."

무개 마차를 모는 남자가 다가왔다. 그의 외모와 거친 얼굴은 그의 노래와는 완전히 대조적이었다. 그는 말을 멈추고 내려 구덩이에 쓰러져 있는 두 남자를 내려다보았다.

"내가 한 것에 비하면…, 아름답다고 해야 하나…? 이 상처가…"

"누구신가요?" 마르그리트가 두려움에 차서 물었다.

"전 파리 헌병대의 사형집행관인 카보슈입니다. 조금 전 제독의 친구들을 매달고 오는 길이죠."

"그래요? 난 나바르의 왕비예요. 이 수레에 우리 말을 달고 루브르로 저 두 남자를 좀 옮겨주세요."

다시 피어난 우정

코코나와 라 몰을 실은 무개 마차는 루브르궁으로 들어갔고 그들은 시종들에 의해 알랑송의 거처로 옮겨졌다. 의사인 앙브로와즈 파레가 달려왔다. 그가 도착했을 때 두 사람은 거의 의식 불명 상태였다. 라 몰이 그나마 나은 편이었다. 그는 겨드랑이 쪽에 칼의 공격을 받았지만, 그 외에 다친 곳은 없었다. 그러나 코코나는 칼에 허파를 관통당하는 중상을 입은 상태였다. 파레는 코코나의 생존을 장담할 수 없었다. 코코나에게 묘한 매력을 느낀 앙리에트는 마르그리트와 함께 싸움을 말리지 못한 것을 후회했다. 두 사람 모두 파레의 치료를 받았지만, 상처가 덜한 라 몰이 먼저 의식을 되찾았다. 코코나는 호흡이 가빠지고 열이 나며 기침도 했는데 오히려 그것이 생명의 신호라고 해도 과언이 아닐 지경이었다. 라 몰은 의식을 회복하면서 동료를 의식하지는 않았지만, 코코나는 의식이 혼미한 상태에서도 라 몰에 대한 경계심을 늦추지 않았다. 심지어 그는 꿈속에서도 라 몰을 경계했다. 그가 눈을 뜨면 라 몰이 침대에서 몸을 일으키는 것이 보였다. 자신은 꼼짝할 수 없는데 라 몰은 침대에서 내려가 의사의 팔을 잡고 걷고 있었고 때로 지팡이를 짚고 다녔으며 혼자 걷기도 했다. 망상에 사로잡힌 코코나는 알 수 없는 분노로 자신과 전혀 다른 동료의 회복을 경계하는 시선으로 주시하고 있었다. 이따금 라 몰이 자신에게 가까이 다가왔을 때 그는 그 환영을 피해 지옥 끝까지라도 달아나고 싶었다. 하지만 라 몰은 말없이 코코나를 내려다볼 뿐이었다. 코코나는 복수하고 싶은 맹목적인 욕망에 사로잡혔다. 자신에게 약간의 힘만 생기면 가만두지 않겠다는 생각으로 라 몰이 잠든 순간에 옆에 있는 검으로 손을 뻗어보았다. 그러나 힘이 없어 정신을 잃고 말았다. 하지만 매일 밤 그것을 시도했고 나흘째 되는 밤에 마침내 검을 쥘 수 있었다. 그리고 그것을 시트 속에 감추어 두었다.

어느 날 그는 적잖이 놀랐다. 라 몰이 자신과 달리 옷을 갖추어 입고 나갔기 때문이었다. 그가 나가자 그는 알 수 없는 평온함을 느꼈다. 하지만 마음의 평화도 잠시뿐. 라 몰은 몇 시간 후에 다시 돌아왔다. 그가 정체를 알 수 없는 낯선 남자 하나를 데리고 왔다. 그 낯선 남자는 방에 들어와 망토를 벗고 코코나가 있는 곳으로 다가왔다. 그는 코코나를 살폈다. 코코나에게 혀를 내밀게 했다. 코코나가 시키는 대로 하자 그것을 관찰했다. 그리고 이렇게 말했다.

"근육 수축이군요. 지체할 시간이 없습니다. 오늘 저녁에 물약을 보내 드리겠습니다. 한번은 자정에, 한번은 한 시에, 한번은 두 시에 먹이면 됩니다."

"좋소."

"누가 먹일 겁니까?"

"나요."

"나리께서? 책임질 수 있습니까?"

"마지막 한 방울까지 먹이겠소."

"그럼 두 시간 후에 약을 전해드리겠습니다."

그리고 그는 가버렸다. 코코나는 두 사람의 대화를 들었지만 무슨 말인지 이해할 수가 없었다. 그가 알아들은 유일한 말은 '자정'이라는 말뿐이었다. 그 '자정'이란 말은 끝없는 망상을 불러일으키며 그를 괴롭혔다. 정체를 알 수 없는 사람이 약속대로 두 시간 후에 물약을 보냈다. 코코나는 자신이 끝없이 라 몰의 위협을 받고 있다는 생각으로 두려움 속에 빠져있었다. 자정에 뭔가가 있다.

마침내 자정이 되었다. 시계가 열두 번을 울렸고 그는 본능적으로 깼다. 입술이 바싹 말랐고 목구멍이 타들어 갔다. 하지만 달리할 수 있는 것이 없었다. 그때 그토록 두려워하던 장면을 보았다. 라 몰이 침대에서 내려와 잠시 여기저기 걸음을 옮기더니 그에게 주먹을 내밀며 다가오는 것이 보였다. 마침내 올 것이 오는 것이었다. 코코나는 시트에 숨겨둔 자신의 검에 손을 뻗었고 그것으로 라 몰을 공격하려고 했다. 라 몰이 자신에게 몸을 숙였다. 그리고 주먹을 내밀었다. 그는 칼을 집어 들었지만 팔은 그것을 감당하지 못했다. 바로 그때 라 몰이 이렇게 말했다.

"이보게…. 자, 이것을 마시게. 목이 많이 탈 테니."

라 몰이 내민 것은 찻잔이었다. 그가 그것을 주먹으로 오해한 것이었다. 코코나는 라 몰이 입술에 넣어주는 부드러운 음료의 감촉과 낯설지 않은 그의 친근한 어조에 마음이 편안해지는 것을 느꼈다. 그는 극도의 긴장이 풀어지며 노곤함이 온몸에 퍼지는 것을 느꼈다. 라 몰은 두 팔로 그를 잡고 그에게 미소를 지으며 음료를 넣어주었다. 그는 라 몰이 주는 대로 받아마셨다. 조금 전까지 긴장해 있던 그의 눈에서 뜨거운 눈물이 흘러내렸다.

"내가 살아난다면…, 자네 친구가 될 거야…. 라 몰…" 코코나가 중얼거렸다.

"자넨 살아날 수 있네. 이제 두 번만 더 마시면 더 이상 나쁜 꿈을 꾸지 않을 거야."

한 시에 라 몰은 다시 일어나 무명 의사의 처방대로 그에게 정해진 분량의 물약을 마시게 했다. 코코나는 더 이상 경계하지 않고 그에게 몸을 내맡겼다. 그리고 깊은 잠에 빠져들었다. 세 번째 물약을 마신 후에 정말 놀라운 변화가 일어났다. 환자의 호흡이 규칙적으로 바뀌면서 사지가 이완되었고 피부가 다시 촉촉해지기 시작했다.

다음 날 앙브로와즈 파레가 그를 진료하러 와서 놀라움을 금치 못했다. 그는 처음으로 코코나가 살아날 가능성이 높다고 말했다. 그것을 고비로 코코나의 상태는 빠르게 회복하기 시작했고 침대에서 일어나 조금씩 걷기 시작했다. 라 몰은 누구보다도 다정다감하게 그가 회복하도록 도와주었다. 하지만 라 몰은 마음속에 잠재해 있는 또 다른 고통에서 벗어나지 못했다. 두 사람이 의식을 회복한 후에 마르그리트가 한 번도 그들 방에 모습을 나타내지 않았다. 기온느가 몇 번 찾아왔을 뿐이었다. 물론 그것은 이해 못 할 바가 아니었다. 그녀는 나바르의 왕비였다. 라 몰은 코코나에게 마르그리트에 대한 이야기를 감히 하지 못했다. 그것은 불가능한 사랑이었고 이룰 수 없는 욕망이었지만, 본능적으로 깊이 뿌리를 내리고 있어 파내려 해도 파낼 수가 없는 것이었다. 게다가 그들에게는 언제나 충분한 물질적인 지원이 있었다. 실내복이나 기사복이 항상 마련되어 있었고 안에는 돈도 들어있었다. 그것은 알랑송한테서 나온 것이 아니었다. 알랑송이 그들을 보러 온 적은 한

번도 없었기 때문이었다. 라 몰은 막연하게 이것이 자신이 사랑하는 여인에게서 나오는 것일지도 모른다는 희망을 품었다. 두 사람은 외출할 수 있는 날이 오기를 간절히 바라고 있었다. 라 몰은 진작부터 가능했지만 코코나는 아직 더 회복해야 했다.

두 달을 칩거한 끝에 마침내 그날이 왔다. 앙브로와즈 파레가 그들의 외출을 허락했다. 그들은 이미 계획을 세워두었다. 외출하는 날 세 곳을 방문할 예정이었다. 첫 번째는 물약을 가져다준 '무명의 의사'였다. 두 번째는 말과 돈이 든 가방을 두고 온 위리에르의 여인숙인 '아름다운 별'에 가는 것이었다. 세 번째는 향수 제조자이자 주술사로 알려진 르네를 방문하는 것이었다. 그는 사랑의 묘약을 만드는 사람으로도 잘 알려져 있었다. 코코나는 무엇보다도 무명의 의사에게 충분한 보답을 하고 싶은 마음이 간절했다. 그가 서서히 죽어가고 있었을 때 '무명 의사의 물약'은 그를 빠르게 회생시켰다. 그는 죽음이 두렵지는 않았지만, 다시 살아난 것이 기뻤다. 무명의 의사에게 가는 길은 라 몰만이 알고 있었다. 그는 무조건 라 몰을 따라 걸음을 재촉했다. 라 몰은 코코나와 함께 아스트뤼스가, 생 오노레가, 프루벨르가를 따라 알르 광장으로 갔다. '카로 데 알르'라는 이름으로 불리는 곳에, 얼핏 보기에도 다른 건축물의 형태와는 판이한 팔각의 입구를 가진 건축물이 있었다. 주변의 어떤 건축물과도 비슷한 점이 없는 이 낯선 건물은 '죄인 공시대'로 불렸다. 한마디로 이 집은 사형집행관의 집이었다. 천성적으로 잔인한 면이 있는 코코나는 이 건축물에 묘한 매력을 느끼며 외관을 음미했다.

"우리가 여기 온 건 구경하기 위해서가 아냐." 라 몰이 말했다.

"그럼 왜?" 코코나가 물었다.

"곧 알게 될 거야."

라 몰은 한쪽 문으로 그를 데리고 들어갔다. 한 남자가 창틀에 팔꿈치를 기대고 있었다.

"오! 나리님들 오셨군요. 어서 오십시오."

"이 사람 누구지?" 코코나는 어디선가 본 것 같기도 하고 아닌 것 같기도 한 남자를 두고 라 몰에게 물었다.

"자넬 구해준 사람이야. 자네가 마신 물약을 지어준 사람이지."

"오! 오! 그렇다면…"

코코나는 그에게 손을 내밀었다. 하지만 그 남자는 뒤로 물러나며 이렇게 말했다.

"이렇게 대해 주시는 건 영광입니다만, 제가 누군지 알면 이러시지 않을 것입니다."

"악마라고 해도 내 생명을 살려준 은인인데."

"저는 악마가 아닙니다. 하지만 어쩌면 그보다 더 나쁠 수도…"

"누구시길래?"

"백작님. 저는 파리 헌병대의 사형집행관인 카보슈입니다!"

"흐음…"

코코나가 신음 비슷한 소리를 내며 손을 도로 거두었다.

"그러실 줄 알았습니다."

"아니오! 내 목을 걸고서라도 당신 손을 잡겠소."

"정말이십니까?"

"정말이오."

코코나는 그와 악수를 하고 무명의 의사에게 주려고 마음먹었던 한

줌의 금화를 꺼내 그의 손에 쥐여주었다.

"아닙니다. 나리님의 손을 잡은 것만으로도 만족합니다. 금화 같은 건 없어도 됩니다." 카보슈가 말했다.

"받아두시오. 이제 당신은 내 친구가 됐소. 고문하고 처형하고, 능지처참하며 목을 베고 뼈를 부수는 사람이라니…. 아무튼 새로운 친구를 알게 되어 기쁘오." 코코나는 호기심 어린 시선으로 사형집행관을 바라보며 말했다.

그렇지만 무의식적으로 온몸이 오싹 떨려오는 것을 느꼈다. 마치 뭔가 철삿줄 같은 것이 그의 목을 조르는 것 같은 느낌이 들었고 그것은 라 몰도 예외가 아니었다. 코코나는 끝까지 미소를 머금고 있었지만, 라 몰은 그의 망토를 잡아끌었다.

"이제 숨쉬기가 좀 나은 곳으로 가지." 라 몰이 말했다.

"다양한 친구를 두는 것이 별 나쁠 것은 없지…" 코코나가 말했다.

"그래. 또 한 사람 있지…. '아름다운 별' 위리에르. 하! 하!" 라 몰이 웃으면서 말했다.

"불쌍한 위리에르! 그는 분명히 죽었어. 그가 피 흘리며 쓰러지는 걸 봤어." 코코나가 말했다.

그들은 자신들이 맡겨둔 말과 가방을 찾으러 '아름다운 별'이 있는 라르브르섹 거리에 들어섰다. 전과 다름없이 '아름다운 별' 간판은 그대로지만, 위리에르를 잃은 미망인과 시종들이 우울해 있으리라 생각했다. 그러나 예상과 달리 여인숙은 활기가 넘쳐 흘렀고 위리에르 부인의 표정도 매우 밝았다.

"벌써 재혼했나?" 라 몰이 속삭였다.

"부인! 우리는 위리에르와 알던 사람들이오. 여기에 말 두 필과 가

방을 두고 떠났는데 그걸 찾으러 왔소."

"전 알 수 없으니 남편을 부르지요. 그레고아르! 주인 좀 불러줘요."

"제길. 위리에르만 불쌍하게 되었군!" 코코나가 말했다.

"날 죽이려고 했지만 이젠 용서해야지." 라 몰이 말했다.

그때 한 남자가 손에 국자를 들고 나타났다. 라 몰과 코코나는 놀라서 탄성을 질렀다.

"위리에르!"

"아니! 나리님들!" 위리에르가 외쳤다.

"아니 자네 죽은 게 아니었나?" 코코나가 말했다.

"나리님들도 살아 계셨군요." 위리에르가 말했다.

"난 분명히 자네가 피를 흘리며 쓰러지는 것을 봤는데…" 코코나가 말했다.

"그랬죠. 하지만 투구에 맞았습니다요. 그래서 제 머리카락은 한 올도 남아있지 않죠."

두 사람은 웃어야 할지 울어야 할지 알 수가 없었다.

"혹시 나리님들. 나쁜 의도로 온 것은 아니시겠죠?"

"자네의 호전적인 취미는 치유된 건가?"

"당연하죠. 전 이제 불은 부엌의 화덕 불 외에는 보지도 않을 생각입니다."

"잘됐군! 우리가 온 건…, 그때 말과 가방을 두고 간 것 때문이야."

"젠장…, 젠장…" 위리에르가 혼잣말로 중얼거렸다.

"도대체 왜 그러는가?"

"나리님들은 제가 죽었다고 믿지 않았습니까?"

"그랬지?

"저도 충분히 오해할 수 있는 것 아닙니까?"

"우리가 죽었다고? 마음대로?"

"저는 믿었습니다요."

"뭘?"

"제가 나리님들의 상속자가 될 수 있다고 믿었습니다요."

"그래서 팔아치웠단 말인가?" 코코나가 말했다.

"안타깝게도…, 가방은 있습니다. 하지만 내용물이 좀…" 위리에르가 말했다.

"이런 날강도를 보게! 라 몰! 내가 저 자식의 배를 갈라놓을까?"

위협이 위리에르에게 큰 효과를 불러일으켰다.

"자! 자! 제발 진정하시고…, 나리님들 협상을 하시죠…. 그때는 어쩔 수 없이 그랬어도 전 나리님의 매우 충실한 종입니다."

"그럼 됐네. 난 아무것도 요구하지 않겠네. 만약…" 라 몰이 말했다.

"만약?"

"내가 친구들과 이곳에 올 때마다 한 상씩 차려서 내놓는다면…"

"당연하죠! 예. 명령에 따르고 말고요! 여부가 있겠습니까?" 위리에르가 기뻐서 소리쳤다.

"합의하는가?"

"기꺼이 합죠. 코코나 나리님도 그렇게 하시겠습니까?"

"난 한 가지 조건이 있다."

"그게 무엇입니까?"

"내가 라 몰 백작에게 빚진 것이 있어. 그때 내가 맡겨놓은 오십 에퀴를 자네가 갚아주는 거야."

"아! 알았습니다요."

그는 장롱으로 가서 오십 에퀴를 세어서 라 몰에게 갖다 주었다. 라 몰은 그것을 받아서 그곳에서 일하는 그레고아르에게 팁으로 주었고, 최고로 맛있는 오믈렛을 대접받았다.

향수 제조자 르네

돌로 건축된 오래된 다리인 생 미셸을 따라 줄지어 있는 집 중에 비스듬하게 기울어진 목조 주택이 한 채 있었다. 1층에는 닫긴 문과 창문이 있었고, 2층에는 창문만이 있었는데 그곳은 불그스름한 빛이 감돌았다. 1층과 2층 사이의 공간에 푸른색 리본 모양에 이런 글이 적혀 있었다.

왕태후 마마의 향수 제조자 르네

이곳은 알 수 없는 흉흉한 소문의 원천지였고 언제나 문이 닫혀 있어 주변을 지나는 사람들이 멀찍이 떨어져 지나가곤 했다. 한때 그곳에서 새어 나온 향수에 질식하면 소리소문없이 죽는다는 무시무시한 말이 나돌았기 때문이다. 1층에 있는 공간은 향수나 향유, 그리고 화장품을 팔았는데 저녁만 되면 사람들의 발길이 끊어졌다. 견습생들이 그 일을 맡아 했지만, 그들 역시 그 집에서 자는 것을 꺼려 멀리 떨어진 칼랑드르가에 가서 숙식을 해결하곤 했다. 이 상점 안에는 2층으로 통하는 문이 두 개 있었다. 2층의 공간은 휘장에 의해 둘로 나뉘어 있었다. 첫 번째 공간은 외부 계단과 통해 있었고, 두 번째 공간은 비밀 계단과 통해 있었다. 비밀 계단으로 통하는 문은 가구로 가려져 있어 아무도 그곳이 문이라고 생각하지 못했다. 이 비밀 문을 잘 아는 사람은 카트린느뿐이었다. 2층의 두 공간 중 한 곳은 풍로, 증류기, 아궁이 같은 것이 자리 잡고 있었다. 향수를 만들 때 사용되는 도구였다. 두 번째 공간은 아무것도 없고 돌 제단뿐이었다. 그리고 벽에는 못이 여러 개 박혀 벽걸이 역할을 하고 있었고, 그곳에는 날카롭고 예리한 도구들이 걸려 있었다. 그중에는 바늘처럼 가늘고 면도날을 연상시키는 물건도 있었다. 한쪽 구석에는 검은 암탉들이 발이 묶인 채 발버둥을 치고 있었다. 그 공간에서 한 남자가 팔짱을 낀 채 거닐고 있었다. 그는 르네였다.

"벌써 아홉 시군. 아마 한 시간이나 한 시간 반 정도 늦게 오겠지." 그가 중얼거렸다.

그때 아래에서 발걸음 소리가 났다.

"이건 남자들 걸음인데…. 누군지 몰라도 이곳으로 올라올 모양이군."

동시에 문에서 세 번의 노크 소리가 났다.

"누구요?" 그가 물었다.

"이름을 말해야 하오?"

"당연하지요."

"코코나 백작과 라 몰 백작이오."

"기다리세요, 백작님들. 나갑니다."

르네가 두 사람에게 문을 열어주었다. 그리고 그들을 안으로 맞아들였다. 라 몰은 들어오면서 성호를 그었고, 코코나는 탐색하듯이 이곳저곳을 유심히 살피며 골문을 열어보려고 했다.

"죄송합니다, 백작님. 저를 찾아오시는 분들은 이곳만 이용할 권리가 있습니다."

"좀 까다롭군. 그런데 좀 앉고 싶은데…" 코코나의 말에 르네가 의자를 가리켰다.

"르네. 내가 여기에 온 것은…" 라 몰이 말했다.

"사랑에 대해 알고 싶기 때문이오. 희망적이었는데 언젠가부터 절망적이오."

"아마도 해야 하는 것을 하지 않으셨군요."

"사랑하는 여인에게 존경과 헌신을 다하는 것 외에 해야 하는 것이 또 뭐란 말이오?"

"때론 그런 것들이 무의미하다는 것을 아실 텐데요."

"그럼 희망이 없다는 말이오?"

"아닙니다. 지식의 힘을 빌려야 합니다. 인간의 본성에는 호감과 반감이 있습니다. 마치 쇠로 자석을 만들 듯이 인간의 마음을 변화시켜야 합니다."

"하지만 주술은 거부감이 드는데…" 라 몰이 말했다.

"그럼 이곳으로 오지 말았어야죠."

"솔직하게 말하겠소. 사람들이 말하는 것을 들었소. 사랑하는 대상과 비슷한 밀랍인형을 가지고…, 하는 것이 한 가지 방법이 될 수 있소?"

"당연하죠."

"사랑하는 사람의 생명이나 건강에는 아무 지장이 없소?"

"전혀."

"그럼 좋소."

"자, 해볼까요? 백작님께서 바라시는 바를 말하고, 사랑하는 사람의 이름을 부르시면 됩니다." 르네가 엄숙하게 말했다.

라 몰은 무릎을 꿇었다. 르네는 잠시 아래층으로 내려갔다 다시 돌아왔는데 그의 손에는 볼품없는 밀랍인형이 있었다. 그 밀랍인형은 왕관에 망토까지 두르고 있었다.

"백작님께서는 왕가의 안주인에게 사랑을 받기를 원하십니까?"

"그렇소. 내 생명, 내 영혼을 바쳐서…"

"좋습니다."

르네는 그 밀랍인형 위에 손가락 끝으로 물병의 물을 찍어서 뿌렸다.

"무슨 의미요?" 라 몰이 물었다.

"'마르그리트'라는 이름으로 세례를 주고 있습니다."

"어떤 목적으로"

"호감을 불러일으키려는 목적입니다."

그리고 르네는 작은 종이를 펼친 부적 같은 것을 바늘에 꽂았다. 그리고 그 바늘로 작은 밀랍인형의 가슴을 찔렀다. 그러자 놀랍게도 밀랍인형의 상처에서 핏방울 같은 것이 나타났다. 그는 종이를 불로 붙였다. 그 열기에 밀랍이 녹았고 핏방울이 말랐다. 옆에서 이것을 지켜보던 코코나가 실소를 금치 못했다.

"이제 '마르그리트. 당신을 사랑합니다'라고 외치면서 밀랍인형에 입술을 대십시오." 르네가 말했다.

라 몰은 그의 지시에 따랐다. 그때 발걸음 소리가 나면서 누군가가 올라오는 소리가 들렸다. 코코나가 검으로 휘장을 갈랐다. 그리고 놀라서 이렇게 말했다.

"마르그리트와 앙리에트 부인이야."

라 몰은 꿈인지 생시인지 알 수가 없었다. 르네가 불러낸 환영일까…. 그는 왕비를 보고 아연해 있었다. 이 상황을 어떻게 수습해야 하는지 알 수가 없어 미약한 현기증까지 느꼈다. 그때 마르그리트의 표정에 조소가 섞여 있는 것을 본 코코나가 자신이 나서야 할 때라고 판단했다. 그는 라 몰이 마르그리트에게 직접 할 수 없는 말을 자신이 할 수 있다고 생각하며 마르그리트 앞에 무릎을 꿇었다. 그리고 또박또박 힘주어 말했다.

"왕비님. 르네 선생이 라 몰 백작의 요청으로 왕비님의 환영을 불렀습니다. 환영이시어! 아리따우신 동행인을 잠시 저쪽에 있게 해주시겠습니까?"

마르그리트는 웃음을 터뜨리며 앙리에트에게 가 있으라는 손짓을 했다.

"백작. 당신은 매우 재치있는 사람이군요. 어디 한번 말을 들어보죠."

"저 귀족은 왕비님의 냉혹한 눈길에 육체와 영혼을 잃었습니다. 왕비님 본인이시기에 이런 말을 하지 앙리 2세의 딸, 샤를르 9세의 여동생, 나바르왕의 아내였다면 차라리 이런 말을 하느니 르네 선생에게 저를 유황불에 빠트려 달라고 했을 것입니다. 제 친구인 저 백작은 더 이상 육신이랄 것이 남아있지 않은 불쌍한 영혼입니다. 그러니 육신을 가지신 왕비님께서 저 불쌍하기 그지없는 영혼을 조금만 사랑해 주십시오. 잘생긴 라 몰의 영혼을 조금만 사랑해 주십시오. 왕비님께서 말을 하지 못하시겠다면 몸짓만 보여주셔도 됩니다. 그냥 미소만 보여줘도 됩니다. 그는 유식한 영혼입니다. 그는 모든 것을 알아들을 것입니다. 빌어먹을! 안 그러면 제가 칼을 뽑아 르네의 목을 베어버릴 것입니다.

그가 왕비님의 영혼을 불러내어 저토록 정직한 영혼에게 상처를 입혔기 때문입니다."

코코나가 이렇게 말하자 마르그리트는 웃음을 터뜨렸다. 그녀는 코코나에게 손을 내밀었다. 그러자 코코나는 그녀의 손을 잡고 라 몰을 불렀다. 당황한 라 몰이 다가가자 그는 마르그리트의 손을 그에게 건네주었다. 라 몰은 그녀의 손에 입술을 댔다. 코코나는 한동안 그가 그렇게 하고 있도록 중간에서 잡고 있었다. 바로 옆에는 앙리에트가 있었다. 그녀는 코코나를 바라보며 마르그리트에게 강한 질투심을 느꼈다. 앙리에트는 그에게 관심을 받고 싶은 강한 욕망을 느꼈다. 코코나에게는 평범한 귀족들한테서 쉽게 찾아볼 수 없는 강한 정열과 위트, 그리고 터프한 매력과 힘이 있었다. 코코나 역시 앙리에트를 보며 자신이 매혹당했음을 깨달았다. 바로 그때 르네가 안쪽 문에서 나타났다.

"쉿! 조용히들 하십시오. 지금 누가 오고 있습니다."

네 사람은 갑자기 얼어붙은 것처럼 동작을 멈추었다. 자물쇠를 돌릴 때 나는 소리와 함께 돌쩌귀가 움직이는 소리가 들렸다.

"우리가 여기에 있는데 다른 사람을 들일 수는 없지 않아요?" 마르그리트가 물었다.

"지금 오신 분은 왕태후 마마이십니다." 르네가 말했다.

그 말에 네 사람은 재빨리 외부 계단으로 통하는 문으로 내려갔다. 카트린느가 문을 열고 들어왔을 때는 계단이 삐걱대는 소리만 들려왔을 뿐이었다. 그녀는 언제나 그렇듯이 의혹에 찬 시선으로 고개를 숙이고 있는 르네에게 물었다.

"누구…?"

"사랑의 확신을 원하는 연인들입니다."

“내 지시대로 했느냐?”

“암탉 말씀입니까?”

“그래.”

“네, 마마.”

“네가 유대인이었더라면…”

“무슨…, 말씀입니까?”

“유대인들의 공물에 관한 책을 읽어보았다. 그들은 로마인들처럼 심장이나 간에서 예언을 찾지 않더구나. 그들에 따르면 운명의 절대적인 힘은 뇌의 배치와 상형 문자에 있었다.”

“저도 들었습니다. 제 친구 중 한 랍비가 그렇게 말하는 것을 들은 적이 있습니다.”

“제물에 예언을 해주는 상형 문자가 나온다고 한다. 제물은 준비되었느냐?”

“예, 마마.”

“그럼 어서 제물이 있는 곳으로 가자.”

그는 카트린느를 앞세우고 돌 제단이 있는 옆방으로 갔다. 카트린느는 벽의 못에서 제물을 잡을 때 쓰는 칼 하나를 세심하게 골랐다. 그동안 르네는 한쪽에 묶여있던 암탉 중 한 마리를 잡아서 그녀에게 가져왔다.

“어떻게 할까요?”

“간의 실험부터.”

“알겠습니다.”

르네는 암탉이 도망가거나 움직이지 못하도록 고리가 걸린 제단에 고정했다. 암탉은 몸부림만 칠 수 있었다. 카트린느는 단숨에 닭의 가슴을 갈랐다. 암탉은 우는 소리를 세 번 지르고 몸부림을 친 후에 잠잠해졌다.

"항상 세 번이군…. 이건 세 번의 죽음이 있다는 것이다."

카트린느는 중얼거리며 몸통을 열었다.

"간이 왼쪽에 있군…. 결국, 이것은 죽음으로 실권이 된다는 말인데…. 이것이 얼마나 엄청난 의미인지 넌 아느냐?"

"두 번째 제물이 첫 번째 것과 똑같은지 봐야 합니다."

그는 죽은 암탉을 고리에서 빼내어 구석으로 집어 던졌다. 그리고 다른 한 마리를 잡으려고 했다. 다른 한 마리는 운명을 예감했는지 잡히지 않으려고 날아오르며 발버둥을 쳤다. 그 바람에 카트린느의 한쪽 손에 있던 촛불이 꺼졌다.

"으음! 르네 잘 보았겠지…. 우리 혈통이 꺼져가고 있는 것을…. 나의 세 아들이!" 그녀는 슬픈 목소리로 중얼거렸다.

"이번에는 외침을 피할 수 있을 거다. 내가 단칼에 머리를 베어버릴 테니까."

마침내 암탉이 제단에 묶이자 그녀는 단칼에 머리를 베었다. 암탉이 경련을 일으켰는데 부리가 세 번 열렸다가 닫혔다. 그리고 더 이상 열리지 않았다.

"젠장! 또 보았느냐? 언제나 세 번이다. 세 번의 외침이 아니면 세 번의 탄식…. 이제 뇌를 보자." 겁에 질린 카트린느가 말했다.

그녀는 닭의 볏을 자르고 조심스럽게 두개골을 열어서 살펴보았다. 그리고 뇌의 어떤 부분에서 주름진 형상을 보고 르네에게 물었다.

"이게 무슨 형상처럼 보이냐?"

"H…" 르네가 대답했다.

"같은 것이 몇 번 있느냐?"

"네 번입니다." 르네가 말했다.

"이럴 수가! 'H'는 앙리고 네 번은 4세를 뜻해. 앙리 4세야. 오! 하느님!"

그녀는 칼을 내던지며 탄식했다. 두려움에 찬 표정으로 몸을 부르르 떨었다.

"그가 지배할 거야. 그가."

"그가 누굽니까?" 르네가 말했다.

"저주받을 앙리다. 잔 달브레의 아들. 내 사위 말이다."

"정말 그렇게 될까요?"

"그렇게 될지도 모른다. 이상하게도 내 딸은 무슨 이유에선가 나와 맞서고 있어. 앙리 녀석은 날 속이고 있고. 그들은 작당을 하는 것 같아. 아마 그 애는 오빠들의 죽음을 바라고 있을지도 몰라. 앙리가 프랑스 왕이 되기를 바라며 말이다. 그러면 자신이 프랑스의 왕비가 될 테니까."

"다른 제물로 한 번 더 준비해 볼까요?"

"그럴 필요 없다. 이것만으로도 충분해. 어떤 수를 써서라도 막아야 해."

그녀는 그렇게 말하고 향수를 만드는 방으로 발걸음을 옮겼다.

"샤를로트는 어떤 화장품을 쓰느냐?" 카트린느가 냉정한 어조로 말했다.

"손 말씀입니까? 아니면…, 입술 말씀입니까?"

"입술."

"제가 특별히 만든 입술 제제를 사용합니다. 내일 샤를로트 부인에게 한 상자 갖다 드릴 예정입니다."

카트린느는 잠시 생각에 잠겼다.

"샤를로트는 정말 아름다워. 앙리가 빠져있다고 해도 이상할 것이 없어."

"그렇지만 샤를로트 부인은 마마께도 헌신적이지 않습니까?"

"사랑에 빠진 여자가 누구에게 더 헌신적이겠나? 네가 샤를로트에게 어떤 최음제를 만들어 준 것은 아니지?"

"맹세코 아닙니다."

"좋아. 그 얘기는 그만하자. 내일 가져다준다고 말했던 그 입술 제제를 좀 보여다오. 아니 약제라고 했던가?"

르네는 진열대로 가서 같은 모양의 은상자 6개를 보여주었다.

"이것이 그녀가 주문한 새로운 입술 제제입니다. 입술이 가늘고 부드러워 잘 트는 사람에게 효험이 좋습니다."

카트린느는 그중 하나를 열어보았다. 매혹적인 진홍색 반죽 같은 것이 들어있었다. 그녀는 잠시 생각에 빠졌다.

"내 손에 바를 것을 가져오거라. 내가 직접 가져가야겠다." 그녀가 말했다.

르네는 왕태후가 요구한 것을 가지러 촛불을 들고 잠시 물러났다. 그 사이에 카트린느는 은상자 하나를 재빨리 집어 망토 속에 감추었다. 그녀의 이런 동작은 능숙하기 그지없었다. 르네는 잠시 후에 돌아와 백합꽃 장식이 있는 주머니 하나를 왕태후에게 내밀었다.

"여기 있습니다."

"그래. 또 하나 당부할 말이 있다. 샤를로트에게 입술 제제를 내일 말고 일주일 후에 갖다 주도록 해라."

"예, 알겠습니다. 배웅해 드릴까요?"

"저 아래까지만. 마차가 기다리고 있으니까."

르네는 하인들이 대기하고 있는 곳까지 왕태후를 따라갔다. 그 후에 자신의 집에 돌아온 르네가 처음으로 한 일은 약제 상자를 세어보는 것이었다. 한 상자가 부족했다. 왕태후가 무슨 이유에서인지 말없이 가져간 것이다.

뒤바뀐 입술 제제

앙리는 습관처럼 거의 매일 저녁 샤를로트 부인의 방을 찾곤 했다. 처음에 이것은 아무도 모르는 비밀이었지만 점차 공공연한 비밀이 되었다. 그가 샤를로트의 방문을 두드리면 드리올러가 비밀스럽게 문을 열어주었다. 샤를로트의 거처는 때로 왕자들이 비밀스럽게 손님들을 접견하는 곳이기도 했다. 융단이 깔린 대기실과 벨벳이 드리워진 접견실이 붙어 있었으며 벽화가 그려진 침실이 있었다. 그녀는 카트린느 메디치를 보좌하는 여인 중 하나였기 때문에 이곳에 있었다.

르네의 집에 왕태후가 다녀간 바로 그다음 날 샤를로트는 침대 위에서 앙리에게 사랑에 대한 두려움을 이야기하고 있었다. 그녀는 삼베로 만든 매력적인 가운을 걸치고 침대에 걸터앉아 연인에게 사랑을 확인하려 했다.

"전하, 솔직하게 말하세요. 나바르 왕비 방에서 전하의 발밑에 라몰을 자게 한 것이 유감스럽지 않았나요?" 그녀가 말했다.

"유감? 전혀 아니오."

"그럼, 전하께서는 이후 그 방에 가시지 않았나요?" 샤를로트가 미소를 지으며 물었다.

"몇 번 당신에게 말해준 때를 빼고 나면…"

“다음에도 제게 말하지 않고 가지는 않으실 거죠?”

“결코.”

“맹세할 수 있어요?”

“물론이오. 적어도 내가 가톨릭이 아니라면 말이오.”

“그게 무슨 말이죠?”

“가톨릭은 절대 맹세를 해서는 안 된다고 하더군.”

“제가 졌군요.”

샤를로트가 고개를 가로저으며 웃었다.

“전하. 이제 제가 쉴 시간이에요. 저는 내일 일찍 왕태후의 방으로 가봐야 해요.”

“오늘 저녁은 날 내쫓는 거요?” 앙리가 말했다.

“전하. 때론 저도 슬프답니다. 오늘이 그래요. 전하께서 저의 그런 모습을 보시면 더 이상 사랑하지 않을까 두려워요. 그래서 이만 가시는 것이 좋겠어요.”

“알았소! 샤를로트. 당신이 화장하는 것만 보고 가도록 하지.”

“나바르 왕비께서는 전하가 있는 곳에서 화장하지 않으시나 보군요.”

“샤를로트. 우리끼리 있을 때는 나바르 왕비에 대한 이야기는 하지 않기로 약속하지 않았소?” 앙리가 말했다.

샤를로트는 화장대 앞에 앉았다. 앙리는 의자 하나를 들고 샤를로트 옆에 앉았다.

“샤를로트. 당신이 나를 위해 아름답게 치장하는 것을 보면 기분이 좋아. 향수병…, 유리병…, 화장품이 많기도 하군.”

“아무리 많아도 이게 무슨 소용이에요? 이 모든 것을 가지고서도 전하 마음 하나 사로잡지 못하고 있는데…"

"우리 정치적인 이야기로 돌아가지는 맙시다. 이 가늘고 섬세한 붓은 뭐요? 혹시 눈썹 그리는 것?"

"그래요."

"상아로 만든 이 굵은 빗은?"

"가르마를 타는 거예요."

"그런 이 멋진 은상자는?"

"입술에 바르는 크림 같은 것인데 르네가 만든 제품이에요. 전하께서 부드럽다고 칭찬해준 저의 입술은 이것 때문이죠."

샤를로트는 그 말이 떨어지기가 무섭게 그것을 어떻게 사용하는지 보여주기 위해 상자를 열었다. 그때 대기실의 건조한 노크 소리가 두 사람을 깜짝 놀라게 했다.

"누가 왔는데요, 마님." 드리올러가 휘장을 젖히고 머리를 내밀며 말했다.

"누군지 알아보고 오너라."

앙리와 샤를로트는 서로를 불안하게 바라보았다.

"향수 제조자 르네입니다." 드리올러가 말했다.

앙리는 자신도 모르게 눈살을 찌푸렸고 무의식적으로 입술을 깨물었다.

"문을 열어주지 말라고 할까요?" 샤를로트가 말했다.

"그럴 필요까지는…. 그가 지금 이곳에 온 데는 분명 무슨 이유가 있을 거요."

"그럼 잠시 다른 방에 가 있으시겠습니까?"

"그럴 필요 없소. 르네는 내가 여기 있는 걸 알고 있을 테니까."

"들어오게 해라." 샤를로트가 드리올러에게 말했다.

잠시 후에 르네가 들어왔다. 샤를로트는 여전히 화장대 앞에 앉아 있었고, 앙리는 어두운 침대에 앉아있었다.

"부인께 사과를 드리러 왔습니다."

"뭘 말이에요, 르네?"

"입술 제제 말인데…, 사정이 생겨…"

"무슨 말인가요? 이미 보냈잖아요? 오늘 저녁에 받았어요."

"네…? 내 이럴 줄 알았지! 부인, 사용하셨습니까?"

"아뇨, 아직은. 지금 한번 사용해 보려던 참이에요."

르네는 그 순간 당혹감을 감추지 못했고 앙리는 그것을 놓치지 않았다.

"르네! 무슨 일인가?" 그가 물었다.

"아닙니다, 전하. 그냥 전하께서 제게 말을 걸어주시기를 기다렸습니다."

"무슨 말인가? 내가 자네에게 적의가 없다는 것을 보여줘야 할 필요가 있나?"

"…전하…"

앙리는 직감적으로 뭔가 이상하다고 생각했다. 르네는 뭔지 모르지만, 마음에 갈등을 일으키고 있었다.

"자넨 이 시각에 왜 이곳에 왔지?"

"전하께 폐를 끼친 것이 아닌지 두렵습니다."

"그냥 물어본 거야. 혹시 날 찾아온 건가?"

"적어도 전하를 만나 뵙게 되어 기쁩니다."

"내게 할 말이라도?"

"예, 전하." 르네가 말했다.

그때 샤를로트가 은상자를 열고 진홍색 반죽을 손끝에 살짝 묻혔다. 르네의 얼굴빛이 창백해졌다. 샤를로트가 그것을 입술에 바르려고 했을 때 르네가 그녀의 팔을 잡았다.

"부인…, 잠깐만요. 이것은 사용법이 특별합니다. 함부로 사용하시면…"

"그게 뭐죠?"

"잠깐만 기다리십시오. 제가 전하께 말씀을 드릴 것이 있는데 그 후에 가르쳐 드리겠습니다. 먼저 이 나폴리 비누를 한번 써보십시오."

르네는 그렇게 말하고 자신이 가져온 꾸러미에서 뭔가를 꺼내 샤를로트에게 건네주었다. 앙리는 그의 말과 동작 하나하나를 보고 뭔가 심상치 않음을 느꼈다. 그는 자리에서 벌떡 일어났다. 향수 제조자는 태도가 이전과는 어딘지 모르게 달랐고 뭔가 마음의 변화가 일어난 것처럼 보였다. 앙리는 르네가 하려는 말을 듣기 위해 다시 원래 자리로 돌아갔다.

"제게는 점성술을 하는 피렌체 동료가 있습니다. 그는 세계의 우수한 학자들과 함께 유럽의 주요 왕족과 귀족들에 대한 점을 쳤습니다."

"그래서?" 앙리가 호기심을 보이며 물었다.

"성 루이의 클레몽 백작 가문이 기울어지는 운명이라면, 부르봉 가문은 가장 높은 곳에 우뚝 솟을 운명이라고 했습니다. 그 말을 흘려들으시면 안 됩니다."

"우리 부르봉 가문이라니…, 정말?" 앙리가 농담 반 진담 반 물었다.

"점성술사의 말에 따르면 전하께서는 가장 찬란한 별빛으로 운명지어져 있다고 했습니다."

앙리는 무의식적으로 눈빛을 반짝이다가 다시 원래대로 돌아왔다.

"그건, 이탈리아 예언자들이 아첨한 거라고 보면 되네!" 그는 웃음을 터뜨리며 말했다.

"전하. 전하께서는 왕이 되실 것입니다." 르네가 진지하게 말했다.

"젠장! 난 이미 왕이야. 그렇지 않나?"

"전하께서는 이 프랑스를 통치하게 되실 것입니다."

"그럼…. 자네 예언이 실현되는 날 내가 자네의 그 친구들에게 거하게 한턱내지. 물론 자네에게도…" 앙리가 빈정거리는 어조로 말했다.

그때 샤를로트가 다시 입술 제제 상자 위로 손을 뻗었다. 그것을 본 르네가 이렇게 말했다.

"전하. 한 말씀만 해주십시오. 그런 예언을 한 자들이 만약 전하의 형제를 독살하거나 전하의 아버지를 암살했다면…, 하늘의 이름으로 맹세컨대…, 나중에 왕이 되신 후에 어떻게 하실 것입니까?" 르네가 진지하게 물었다.

앙리는 생각에 잠겼다. 그의 이마에는 땀방울이 맺혔다. 그는 손으로 이마를 닦았다.

"내가 왕이 되는 것이 확실하다면…, 지상 위에서 신을 대면할 수 있다면…, 나는 신처럼 그들을 용서할 거야." 그는 마침내 그렇게 말했다.

"부인. 그 상자를 제게 돌려주십시오. 이제 보니 저의 제자가 잘못 가져다드린 모양입니다. 제가 내일 다른 것으로 바꿔서 보내 드리겠습니다." 르네는 샤를로트로부터 은상자를 뺏으며 말했다.

무이

생 제르맹 숲에서 기마 수렵이 열리는 날이었다. 앙리는 뜰을 가로질러 말과 마부가 기다리는 마구간으로 걸어갔다. 그가 보초를 서고 있는 한 병사 앞을 지나쳤을 때 누군가가 이렇게 말했다.

"신께서 나바르왕을 굽어살피시길!"

이것은 귀에 익은 음성이었다. 그는 한 걸음 뒤로 물러나며 그를 바라보았다.

"아니, 무이!" 그가 작은 소리로 말했다.

무이는 대학살이 있던 날 밤에 루브르궁을 빠져나오면서 라 몰을 왕비 방으로 안내해준 사람이었다.

"예, 전하. 무이입니다."

"여기서 뭘 하는 건가?"

"전하를 찾고 있었습니다."

"날?"

"이렇게 해서라도 전하와 접촉을 해야 할 것 같아서요."

"잘 못 하다간 자네 목이 날아갈 텐데?"

"알고 있습니다."

앙리는 약간 창백해졌다. 불타는 열정을 가진 젊은이에게는 거칠 것이 없었지만 그 위험은 앙리 자신의 몫이기도 했다. 그는 불안하게 주변의 동정을 살폈다. 주변의 한 창문에서 알랑송이 그들을 바라보는 것이 보였다. 그것을 의식한 앙리는 무이의 구식 보병총을 살펴보는 척했다.

“무이. 이렇게 위험한 일을 하는 데는 이유가 있겠지?”

“예. 오랫동안 동정을 살피며 기회를 엿보았습니다.”

“자…, 총을 받게. 누군가 우릴 보고 있네. 수렵 갔다 오는 길에 기회를 엿보겠네. 그냥 지나쳐도 날 붙잡지 말게나.”

그때 창문에서 알랑송 공작이 소리쳤다.

“오늘 사냥 대회는 열리지 않을 거라고 하는군요!”

“무슨 일로?” 앙리가 실망한 것처럼 말했다.

“느베르 공작에게서 중요한 서신이 온 것 같았소. 내 형 앙주 공작이 폴란드에서 돌아온다고 해서 왕과 왕태후 모두 그곳에 있소.”

“그럼, 여기 있을 필요가 없겠군, 처남! 다음에 봅시다.” 앙리는 그렇게 얘기한 후 무이에게 말했다.

“보초는 이만 끝내게. 지금 안장을 풀어 마구 세공사에게 갖다 주게. 그리고 그의 답변을 갖고 오는 척하며 내 방으로 오게.”

무이는 알랑송 공작이 창문에서 사라지는 것을 보고 재빨리 그의 말에 따랐다. 무이는 사라졌다. 앙리가 방으로 돌아가려는 순간 창문에 있던 알랑송이 나타났다. 알랑송이 무이 자리를 대신한 보초를 바라보며 앙리에게 말했다.

“이 사람은 매부가 조금 전에 이야기를 나눈 사람이 아니잖소?”

“그는 심부름을 보냈소.”

앙리는 이렇게 말하고 더 이상 대화할 이유가 없다는 생각으로 발걸음을 돌렸다. 앙리는 다시 자신의 처소로 돌아왔다. 앙리가 방으로 들어온 지 5분도 채 안 되어 문을 두드리는 소리가 들렸다.

"마구 세공사의 답변을 갖고 왔습니다." 무이인 듯한 목소리가 대답했다.

흥분한 앙리는 그 젊은이를 들어오게 했고 그가 들어오자 얼른 문을 닫아걸었다.

"무이, 자네로군! 난 자네가 제발 심사숙고했기를 바라네."

"전하, 저는 석 달 동안 심사숙고했습니다. 이젠 행동해야 할 때라는 것을 알았습니다."

앙리는 불안하게 몸을 움직였다.

"두려워하지 마십시오. 전하. 우리뿐 입니다. 전하의 대답 한마디면 충분합니다. 명백하고 간단하게 말씀해 주십시오."

"알았네."

앙리는 절대로 피해갈 수 없는 일임을 알았다.

"전하께서 우리 종교를 버리셨다는 것이 사실입니까?"

"사실이야." 앙리가 대답했다.

"진심입니까? 아니면…?"

"아니면?"

"계산에 의한 것입니까?"

"무이! 개종의 원인이 무엇이든 난 이제 가톨릭이네."

"그럼 계속 가톨릭으로 남으실 건가요? 전하의 종교를 다시 찾지 않을 작정입니까? 강요에 의해 가톨릭으로 개종했다는 말씀 한마디만 해주십시오. 그럼 제가 앞으로 있을 일에 대해 답해드리겠습니다."

"그 결정은 나의 자유로운 의사에 따른 것일세."

"그렇다면 우릴 배반하신 것입니까?" 예상치 못했던 반응에 가슴이 답답해진 젊은이가 말했다.

앙리는 태연자약하게 그대로 있었다.

"무이. 난 구원 받았고, 이제는 가톨릭이네. 난 마르그리트의 남편이고, 샤를르왕의 매부이자 카트린느 왕태후의 사위라네. 무이. 이렇게 다양한 지위를 가진 내가 책임감이 없어서 되겠는가?" 앙리는 다시 눈빛을 흐리며 말했다.

"그렇군요, 전하. 그것이 제가 동지들에게 가져갈 대답이군요. 그럼 저는 나바르왕이 우리를 학살한 사람들에게 손을 내밀고 마음을 주었다고 하겠습니다." 무이는 실망스러운 듯이 팔을 떨구면서 말했다.

앙리는 그 젊은이를 대기실로 배웅했다. 아니 밀어내다시피 했다. 젊은이의 절망은 분노로 바뀌기 시작했다. 앙리가 문을 닫았을 때 내쫓긴 무이는 분노와 모욕감으로 자신의 모자를 땅에 내던지고 격렬하게 짓이기며 밟았다. 그리고 복도 쪽으로 달려갔다. 복도 한쪽 모퉁이에서는 알랑송이 창백한 표정으로 그를 바라보고 있었다. 무이는 놀라움을 금치 못했다.

"알랑송 공작님!" 무이가 소리쳤다.

"여기서 죽임을 당하는 것을 원치 않으니 잠깐 날 따라오게."

알랑송이 앞장서서 걸어갔다. 그리고 어떤 방으로 그를 안내했다.

"이 방은 내 밑에 있는 귀족들의 방이네. 귀찮게 할 사람이 없으니 자유롭게 이야기할 수 있네." 알랑송 공작이 말했다.

"공작님께서 제게 따로 하실 말씀이 있으신지요?" 무이는 분노를 삭이지 못하고 그렇게 물었다.

"난 자네의 변장에도 불구하고 알아봤어. 나바르왕과는 일이 틀어진 건가?"

"공작님…" 무이가 말했다.

"솔직하게 말하게. 난 자네와 같은 부류에 속할지도 모르니까."

"전하께서요?"

"내가 아는 것을 말하자면, 자네는 조금 전에 내 매부에게 제안을 하려 했겠지. 실질적인 나바르 왕좌에 그를 앉히기 위해 동지들의 도움을 주겠다고…. 아닌가?" 왕자는 집요하게 말했다.

무이는 조금 놀란 태도로 공작을 바라보았다.

"공작님. 그런 말을 함부로 하시는 건…, 우리…"

"날 동지라고 생각하면 될 걸세. 그러니 동지라고 생각하고 말하게. 자네가 제안한 것을 앙리가 거부한 건가?" 알랑송이 표정을 전혀 흩뜨리지 않고 말했다.

"예, 공작님. 하지만 그런 말은 절 위험하게 만들 뿐입니다."

"무이! 난 앙리 2세의 셋째 아들이야! 내가 그대들을 지휘하기에 아주 적합하다고 생각하지 않나?

"공작님께서 우리 신교도들의 수장이 되시겠다는 겁니까?"

"못 할 이유가 없지. 앙리도 가톨릭이 되었는데 내가 프로테스탄트가 되지 말라는 법이 없지 않나?"

"그건, 그렇습니다. 하지만 설명해 주십시오."

"내 형 샤를르는 신교도들을 처단하고 있지. 또 다른 형인 앙주는 샤를르를 계승해야 하기 때문에 지켜보고 있지. 샤를르 형이 건강이 좋지 못한 걸 자네도 알지 않나? 난 형이 둘이나 되기 때문에 프랑스에는 내가 나설 곳이 없네. 그래서 무이. 나는 피로 뒤덮인 이 프랑스를 자르기를 원한다네."

"저도 그렇게 되기를 원합니다."

"나는 나바르의 왕이 되고 싶네. 출생에 의해서가 아니라 선출로 말이네. 그리고 프랑스의 아들로서 나는 자네 같은 동지들과 동조자들을 보호할 생각이네. 내 제안이 어떤가? 무이?"

"그 제안에 현혹되었습니다. 공작님."

"무이. 그러나 우리에게는 극복해야 할 장애물이 많아."

"공작님. 우선, 제 생각을 말씀드리면 그 제안이 아무리 훌륭하다고 해도 각 파의 수장들이 조건 없이 공작님의 제안을 지지하지는 않을 것입니다. 일단 제가 지도자들과 협의 하는 것이 먼저 필요할 것 같습니다."

"그렇지. 그럼 대답은 언제 가져올 건가?"

무이는 말없이 왕자를 바라보았고 큰 결심을 한 것처럼 말했다. 공작은 무이를 향해 손을 내밀었고 그 손을 꽉 잡았다.

"공작님. 만약 우리가 배신을 당한다고 해도 공작님을 의심하지는 않을 것입니다. 하지만 공작님께서 조금이라도 관련이 되어있다면 공작님의 명예는 완전히 실추될 것입니다." 무이가 말했다.

"일단 오늘 저녁이 어떤가?"

"예, 공작님. 시간이 촉박하니까요."

"바로 이 방에서 괜찮겠나?"

"누구의 방인가요?"

"백작 두 명이 기거하고 있네."

"알겠습니다. 그럼 루브르를 통과하는 통행증을 주십시오."

"무이. 통행증을 주는 것은 나의 파멸과 자네의 목숨을 담보로 하지 않는 이상 불가능해. 오늘 이렇게 무모하게 용기를 낸 것처럼 다시 한 번 용기를 내보도록 해. 오늘 저녁 루브르로 오게."

"제가 어떻게 하고 이곳으로 오길 원하십니까? 이곳에서는 이런 옷을 입을 수가 없는데…, 이것은 현관이나 뜰에서 입는 옷이거든요. 이 옷을 입고 들어왔다가는 의심을 사기에 딱 좋을 것입니다."

"그럼 내가 한번 찾아보지. 잠깐만 기다리게. 그래, 여기 있네."

공작은 주변을 살펴보았고 침대 위에 펼쳐져 있는 라 몰의 화려한 의상에 시선을 고정했다. 그것은 붉은색의 화려한 망토와 흰 깃털이 달린 챙 없는 모자, 그리고 진줏빛이 감도는 비단으로 만들어진 상의였다.

"이런 걸 입게. 내 귀족 중 라 몰이라는 백작의 옷인데 이걸 입었을 때 모두 나를 라 몰로 착각했지. 내가 이 옷을 만든 재단사의 주소를 알려주겠네. 값을 후하게 지불하면 오늘 밤에 당장 만들어줄 거야. 라 몰이라는 이름을 기억하게."

그때 누군가 방문을 여는 소리가 들렸다.

"누군가?" 알랑송이 말했다.

"내 방이라 들어가려는데…, 누구신지?" 라 몰이 말했다.

"무이! 라 몰이야. 저쪽으로 가서 바깥쪽을 내다보게." 알랑송이 작은 목소리로 말했다.

"아니, 알랑송 공작님 아닙니까?" 라 몰이 그를 알아차리고 말했다.

"손님을 접대할 만한 곳을 찾다 보니…" 그가 말했다.

"알겠습니다. 괜찮으시다면 제 망토와 모자만 좀 주십시오."

알랑송은 미소 띤 얼굴로 그에게 망토와 모자를 건네주었다. 라 몰은 자신의 거처에 다른 사람이 있는 것에 개의치 않고 인사를 하고 나갔다.

"그럼, 오늘 밤 자정 전에 복도에서 자네를 기다리겠네. 이 방이 비어 있을지는 모르겠지만 혹시 안된다면 다른 방에서 보도록 하지."

"예, 공작님."

"아! 그런데 무이! 걸을 때 오른팔을 세게 흔들게. 그게 라 몰의 독특한 걸음걸이야."

붉은 망토

코코나가 외딴곳에서 앙리에트와 비밀스러운 만남을 가진 후 루브르로 돌아오고 있었다. 앙리에트가 그의 마음을 사로잡았다. 코코나는 들뜬 마음으로 라 몰을 만나 이야기하고 싶었다. 그는 루브르궁으로 발걸음을 재촉했다. 그가 루브르 부근의 도개교 가까이에 왔을 때 어떤 남자가 조금 떨어진 곳에서 같은 방향으로 걸어가고 있었다. 그의 뒷모습을 보다가 갑자기 표정이 밝아졌다. 앞에 가는 남자는 붉은 빌로드 망토를 걸치고 있었고 깃털 장식이 달린 모자를 쓰고 있었다. 그가 파수병에게 인사를 건네며 협문을 지나갔는데 분명히 라 몰이었다. 코코나는 쏜살같이 달려갔다. 하지만 그가 궁 안으로 발을 들여놓는 순간 발걸음을 재촉하던 붉은 망토가 건물 입구로 사라졌다.

"라 몰! 좀 기다려! 왜 그렇게 서둘러! 일부러 달아나는 거야?" 코코나가 달려가며 소리쳤다.

그러나 붉은 망토의 사나이는 마치 사뿐히 날아서 움직이는 나비처럼 순식간에 2층으로 사라졌다.

"저 친구 도대체 왜 저래? 나한테 화난 거야? 빌어먹을!"

코코나는 추격을 포기하고 욕을 퍼부었다. 그러나 눈으로는 계속 그를 주시했다. 붉은 망토의 사나이는 마르그리트의 방문 앞에서 걸음을 멈추는 것처럼 보였다. 그때 방문이 열리면서 한 여인이 나와 그의 팔을 붙잡았다.

"마르그리트 왕비인듯한데! 그를 기다리고 있었나? 그렇다면 이야기가 달라지지. 이제야 알 것 같군." 코코나가 혼잣말로 중얼거렸다.

그는 더 이상 가까이 다가가지 않고 난간에 기대어 그들을 지켜보았다. 그들은 낮은 목소리로 이야기를 나누더니 함께 왕비의 거처로 들어갔다.

"여기서 기다려볼까? 아니야. 어쩌면 오래 걸릴지도 몰라…. 날은 추워지는데…, 빌어먹을. 방으로 가자. 어차피 돌아올 거니까…"

그는 그들의 거처가 있는 위층으로 발걸음을 옮기기 시작했다. 바로 그때 위층에서도 경쾌한 발걸음 소리가 들렸고 그 소리의 주인이 누군가를 찾듯이 난간에 목을 내밀었다. 그는 다름 아닌 라 몰이었다. 라 몰은 코코나를 발견하고 순식간에 계단을 내려왔다.

"빌어먹을! 자네 어디로 나온 건가?" 코코나가 물었다.

"어디로 나오다니?"

"왕비의 방에서."

"난 왕비의 방에 들어간 적이 없는데? 난 내 방에서 두 시부터 자넬 기다리고 있었어."

"그럼, 방금 왕비의 방으로 들어간 사람이 자네가 아니란 말이야?"

"아니지."

"루브르 협문으로 들어온 사람도?"

"물론."

"빌어먹을! 오늘 포도주를 너무 많이 마셨나? 난 분명히 자네하고 똑같은 붉은색 망토를 걸치고 깃털 모자를 쓴 사람을 뒤따라 달려갔었는데…, 팔을 흔드는 것까지 자네와 똑같은 데다가 마르그리트 왕비가 문에서 기다리다가 데리고 들어가는 것도 봤는데…"

"뭐라고?"

"젠장! 벌써 딴생각을 하나…. 내가 잘못 봤다고는 하지 말게!" 코코나가 소리쳤다.

라 몰은 잠시 질투심과 자제력 사이에서 갈피를 잡지 못했다. 하지만 그는 결국 질투심의 힘에 이끌려 마르그리트의 거처로 달려갔다. 코코나는 그 뒤를 따랐다.

코코나가 잘못 본 것이 아니었다. 붉은 망토의 기사를 멈춰 세우고 거처로 들인 것은 마르그리트였다. 붉은 망토의 남자는 다름 아닌 무이였다. 마르그리트는 방을 나서다가 어두컴컴한 복도에서 그를 라 몰로 착각하고 자신의 거처에 들어오게 했고, 무이는 자신이 다른 사람으로 오해받고 있음을 알면서도 혹시 그녀가 알면 비명을 지르지나 않을까 하는 두려움으로 모른 척 따라 들어갔다. 촛불이 켜진 대기실로 들어섰을 때 마르그리트는 그가 라 몰이 아니라는 것을 알았다. 마르그리트는 깜짝 놀라 한 걸음 물러났지만 큰 동작이 아니었다. 왜냐하면 마르그리트는 무이를 잘 알고 있었기 때문이었다.

"무이!" 그녀가 놀라서 내뱉었다.

"왕비님! 접니다. 제가 루브르에 나타난 것을 아무에게도 알리지 말아 주십시오!"

"무이. 내가 착각했어요!"

"아마 저를 나바르 전하로 잘못 아신 것 아닌지 모르겠습니다." 젊은 남자가 말했다.

"무이…. 이 일을 모르는 것으로 해주세요." 그녀가 말했다.

"죄송합니다. 왕비님이야말로 모르는 것으로 해주십시오."

"네? 나바르왕을 찾아온 것이 아닌가요?"

"나바르 전하께 제가 여기 나타났다는 말씀은 말아 주십시오. 부탁입니다."

"무이. 당신은 내 남편의 가장 충실한 지지자 아닌가요? 내가 잘못 알고 있는 건가요?"

"아닙니다. 적어도 오늘 아침까지는 그랬지만…"

"그럼, 오후에 마음이 바뀐 건가요? 도대체 왜?"

"왕비님. 그것만은 묻지 말아 주십시오." 무이는 경의를 표하면서도 완고하게 말했다.

"하지만, 무이…"

"전하께 절 버리라고 하십시오. 하지만 저에게 새로운 동지를 배반하라고는 하지 말아 주십시오."

마르그리트는 그 말을 듣고 이 일을 어떻게 풀어나가야 할지 잠시 생각에 잠겼다. 그때 기온느가 나타났다.

"나바르 전하께서 오셨습니다."

"어디로?"

"비밀통로입니다."

"왕비님. 제가 이 시간에 이런 복장으로 여기 있는 걸 나바르 전하께서 보신다면 제가 어찌할 바를 모르겠습니다. 절 좀 도와주십시오."

마르그리트는 무이의 손을 잡고 작은 방으로 데려갔다.

"잠시 여기에 숨어 있어요. 몸을 숨기기에 아주 적합한 곳이니까요."

무이가 들어가고 방문이 닫히기가 무섭게 앙리가 나타났다.

"부인! 지금 당장 알랑송의 방에 한번 가 봐줄 수 있겠소? 그는 부인을 신뢰하니 다정하게 맞아줄 거요. 그가 어떤 사람과 비밀 협상을 하고 있지 않은지 한번 알아봐 주겠소?"

"어떤 사람? 누구 말입니까? 전하." 마르그리트는 몸을 오싹 떨며 말했다.

"무이요."

"왜 그렇게 생각하십니까?" 그녀가 침착하게 물었다.

"만약 그렇다면 내 계획이 수포로 돌아가게 될 거요. 우리 계획은…"

"전하. 목소리를 낮추세요."

마르그리트는 작은 방에 누군가가 있다는 신호를 보냈다.

"또 누가 있소? 혹시 라 몰 백작?" 그가 물었다.

"아닙니다. 전하. 무이입니다." 그녀는 미소를 지으며 말했다.

"무이? 그럼 그가 알랑송 방에 있는 것이 아니라는 말이 되는데…. 그를 불러주시오. 할 이야기가 좀 있으니까…"

마르그리트는 작은 방으로 들어가 무이의 손을 잡고 억지로 앙리에게 데려왔다.

"왕비님! 저와 약속을 하시고…, 섭섭합니다. 제가 왕비님께 복수라도 하면 어쩌시려고요…"

"자네는 복수를 할 사람이 아니네." 앙리는 그렇게 말하고 마르그리트에게 말했다.

"부인. 부탁이니 우리를 엿듣는 사람이 없는지 주변을 한번 살펴봐 주시겠소?"

앙리의 말이 떨어지기가 무섭게 기욘느가 겁에 질린 표정으로 다가와 마르그리트에게 귓속말로 속삭였다. 마르그리트는 기욘느를 따라 대기실로 달려갔다. 그곳에는 기온느의 만류에도 불구하고 끝까지 마르그리트를 만나려고 고집하는 라 몰과 코코나가 있었다.

"무슨 일이에요. 라 몰 백작?"

"왕비님. 제 망토와 모자를 쓴 어떤 남자를 추적하고 있습니다. 어쩌면 도둑일지도 모른다는 생각이 들어서…"

"제정신이 아니군요. 라 몰 백작! 지금 백작이 망토를 입고 모자를 쓰고 있는데 무슨 말이에요? 그것도 왕비 앞에서."

"아! 제가 무례했군요." 라 몰은 모자를 벗으며 말했다.

"분명히 저와 같은 복장을 한 남자가 이곳으로 들어왔습니다. 왕비님. 어쩌면 제 이름까지도 쓰고 있는지 모르겠습니다."

그 말에 마르그리트는 그를 한쪽으로 데려가 앙리가 있는 방의 빌로드 휘장을 살짝 걷어 올리며 안을 들여다보게 했다. 라 몰의 눈에 앙리가 붉은 망토의 남자와 이야기를 나누는 것이 보였다. 호기심이 많은 코코나는 유심히 살펴보고 단번에 신교도파의 무이임을 알아차렸다.

"이제 알겠죠? 밖에 있다가 아무도 들여보내지 말고 누군가 오면 알려줘요."

그들이 문밖으로 나가자 코코나가 말했다.

"내가 아는데, 저자는 무이야. 저놈이 자네의 붉은 망토를 입고 하얀 깃털을 꽂고 걷는 걸 흉내 냈다는 건데…, 사랑의 문제가 아니라면 분명 이건 음모야…. 젠장, 빌어먹을! 우릴 정치적으로 끌어들이는군! 자네 생각은?

"글쎄…, 어쩌면 그럴 수도…, 하지만…"

"하지만?"

"만약 자넨 필요하면 음모에 가담할 건가?"

"이보게 친구! 내 말 잘 들어! 우린 아무리 잘해봐야 음모 속의 그림자에 불과해. 가담하면 결국 희생자가 되고 말 거야. 왕비는 자네에게 일시적으로 끌리고 있고, 자넨 왕비에게 환상을 품고 있네. 그게 다야. 난 자네가 사랑에 목숨 거는 건 말리고 싶지 않네. 하지만 정치에 말려들지는 말게."

"코코나! 자네 말이 맞을지도 몰라. 다행인지 불행인지 난 환상이 아니라 진짜로 왕비님을 사랑해. 내 모든 영혼을 바쳐서 말이야. 어쩌면 내가 미쳤는지도 몰라. 하지만 자넨 현명해. 절대로 이 일에 말려들지 말게. 난 자네까지 고통받는 건 원치 않아."

"자넨 사랑에 빠져있지만, 난 한 여인에게 키스하는 것보다 더 가치 있는 것이 있다고 생각해. 내 목숨이 위태로워지면 다시 생각을 해보지. 제발, 자네도 처신 잘하게."

코코나는 이렇게 말하고 라 몰의 손을 잡은 다음 그곳을 떠났다.

방으로 다시 돌아온 마르그리트는 두 사람 사이에 자리를 잡았다. 기온느가 비밀통로를 지키고 있었고, 출입문에는 라 몰이 보초를 서고 있었다.

"부인. 여기서 하는 이야기가 어떤 식으로든 새어나갈 가능성은 없소?"

"전하. 이 방은 벽이 이중 널로 되어 있어 어떤 소리도 통과하기 어렵습니다."

"무이. 여긴 뭣 하러 왔나?"

"사실대로 말하면 그가 자발적으로 들어온 것이 아닙니다. 제가 들어오게 했죠." 마르그리트가 말했다.

"그럼 당신이 아는 것이 있다는 말이오?" 앙리가 물었다.

"짐작일 뿐입니다. 무이! 오늘 오전에 알랑송과 같이 있었죠? 두 백작의 방에서?" 마르그리트가 물었다.

"사실입니다." 무이가 말했다.

"알랑송이 자네 마음을 사로잡았다는 걸 난 알고 있네."

"그건 제 잘못이 아닙니다. 전하께서 저의 제안을 한마디로 거절하셨지 않습니까?"

"거절하다니요?" 마르그리트가 외쳤다.

"부인! 이곳에서 끝없이 맘을 졸이며 하루하루를 보내고 있는 내게 무이가 무슨 말을 했는지 아시오? 한마디로 왕권에 대한 것이었소. 겨우 개종하고 목숨을 간신히 유지하고 있는 내게 말이오. 그런 상황에서 제안하는 것을 내가 어떻게 받아들일 수 있겠소? 젠장! 무이. 자네가 한 일이 얼마나 어리석은 일인 줄 아나?"

"하지만 전하께선 손짓이나 몸짓으로 신호를 주실 수도 있었습니다."

"주변에 알랑송 공작이 있었던 건 기억하나? 다른 사람들이 있었던 것도?"

"예. 그건 압니다."

"자넨 정말 형편없는 음모가야. 한마디만 더 해주면 자넨 절대로 성공하지 못해. 자네는 루브르궁의 벽에 대해 잘 몰라. 벽에도 귀가 있다는 말 못 들어 봤는가? 주변이 온통 샤를르 9세, 왕태후, 앙주 공작이 심어놓은 사람들이 내 일거수일투족을 관찰하는데 그런 곳에서 왕권을 제안하다니 정말 놀라운 발상일세."

"하지만 전하께서는 어떤 신호도 없이 일언 지하에 거절하셨습니다.

저는 이제 끝났다고 생각했습니다."

"무이! 제안을 말해보게."

"하지만 전하! 전 알랑송 공작과 동지가 되기로 약속했습니다!" 무이는 절망적으로 외쳤다.

"늦었다는 건가요?" 마르그리트가 외쳤다.

"부인. 그렇지 않소. 무이! 알랑송과 뜻을 같이하게. 지금 알랑송이 우리의 유일한 구원자야. 불행하게도 난 자네 머리를 지켜줄 수 없지만, 그는 또 입장이 다르네. 나와는 마음으로만 뜻을 같이하면 되네. 그가 나바르의 왕을 원하면 왕권을 약속하게. 그가 이곳을 떠나기를 바란다면 몸을 피하는 법을 일러주게. 그에게 위험이 닥치면 방패막이가 되어주게. 그가 도망갈 수밖에 없는 상황이라면 우리도 도망가지 않으면 안 되네."

"하지만 알랑송을 조심하는 것이 좋을 거예요. 그는 완전히 믿을 수는 없는 사람이에요. 언제나 친구가 적이 되고, 적이 친구가 될 수 있다고 생각하는 것이 좋을 거예요." 마르그리트가 말했다.

"그가 자네를 기다리고 있나, 무이?"

"예, 전하."

"어디서?"

"두 백작의 방에서…"

"그럼, 가보게."

"전하. 하나만 대답해주십시오. 우리 신교도들에게 전하의 뜻을 전해야 하니까요. 전하는 가톨릭교도가 아닙니다. 그렇죠?"

앙리는 그 말이 맞다는 뜻으로 어깨를 으쓱했다.

"전하께서는 나바르 왕권을 포기하지 않으실 거죠?"

"난 어떤 왕권도 포기하지 않네, 무이. 단지 최선의 순간을 위해 제일 나은 선택을 보류하고 있을 뿐이야."

"그럼. 한마디만 더 해주십시오. 제가 필요할 땐 어떻게 전하를 뵐 수 있겠습니까?"

"내 방 열쇠를 가지고 다니게. 그리고 원할 때 언제든지 내 방으로 오게. 루브르를 드나드는 것은 알랑송과 이야기가 되었을 테니 가능하지 않나? 붉은색 망토를 입고 다니게. 부인! 어떤 경우에도 붉은색 망토를 입은 사람이 두 사람이라는 생각이 들게 해선 안 되오."

"알겠어요." 그녀는 별다른 감정의 동요 없이 말했다.

그가 떠난 지 10여 분 정도 지나자 마르그리트가 조심스럽게 문밖에 나타났다. 그녀는 아무 말 없이 라 몰을 이끌고 자신의 방으로 데리고 들어갔다. 그리고 조심스럽게 문을 닫았다.

"자, 이제 우리 둘뿐이니 하고 싶은 이야기를 해봐요. 라 몰 백작."

"오늘 오전에 무이를 보았습니다. 그리고 저녁에 이곳에서도 말입니다."

"그가 무이인지 어떻게 알아요?"

"그는 오전에 망토를 가지러 제 방으로 갔을 때 알랑송 공작과 같이 있었던 바로 그 사람입니다."

"그래요?"

"왕비님에 대한 저의 순수한 사랑은 솔직함을 요구할 권리가 있습니다. 자, 저는 왕비님 앞에 무릎을 꿇었습니다. 만약 왕비님께서 제게 느끼는 감정이 있다면 일시적일지도 모릅니다. 하지만 전 왕비님의 진심 어린 사랑의 약속을 원합니다. 만약 제가 죽어서라도 사랑을 이룰 수가 있다면 기꺼이 한목숨 내놓겠습니다."

"인생에서 가장 중요한 것이 사랑인가요, 라 몰?"

"그렇습니다, 왕비님. 그것이 나의 전부입니다."

"이런! 하지만 난 생각이 달라요. 난 사랑은 부수적인 것이라고 생각해요. 당신이 날 사랑한다면 내 곁에 있게 해주면 되겠어요?"

"제가 바라는 유일한 것은 멀리 떨어지지 않는 것입니다."

"그렇다면 내 곁에 있어요. 나도 당신이 필요해요, 라 몰. 만약 내가 당신을 사랑한다고 말하면 당신은 날 위해 온몸을 바칠 수 있겠어요?"

"이미 그렇게 해온 것을 모르십니까?"

"알고 있어요. 하지만 당신은 여전히 의구심을 품고 있어요."

"송구스럽게도 그건 제 잘못입니다. 왜 무이가 내 것과 같은 붉은 망토를 입고 흉내를 내는지…, 알랑송 공작 방에는 왜 있었는지 전 알고 싶습니다. 그리고 그가 여기 왔었는지도 말입니다."

"한마디만 해줄게요. 그는 나를 만나러 온 것이 아니에요. 내가 그를 데리고 들어온 건 당신으로 착각했기 때문이에요. 그는 알랑송을 만나러 온 거죠."

"그런데 그가 전하와 함께 있었던 이유는 뭐죠?"

"앙리와 내가 원하는 것은 신교도들을 주축으로 나바르 왕국의 실제 주인이 되는 거예요. 아는 것처럼 지금 앙리는 나바르 왕국의 실권자가 아니에요. 무이는 그것을 도와주려 하고 있어요. 백작도 우릴 도와주지 않겠어요?"

"그러면 알랑송 공작의 입장은 어떤 것입니까?"

"공작 역시 자기 나름대로 계산을 하고 무이와 공모하고 있어요. 그냥 놔두면 돼요."

그녀는 그에게 두 손을 내밀었고 라 몰은 몸을 숙여 입맞춤했다.

"예, 왕비님. 왕비님께서 행복하시다면…, 전 기꺼이 헌신할 준비가 되어있습니다. 하지만 저는 지금 알랑송 공작 밑에 있습니다. 어떻게 제가 모시는 사람을 배신할 수가 있겠습니까?"

"배신은 당치도 않는 말이에요. 오히려 당신을 배신한 것은 알랑송이에요. 무이에게 당신과 같은 망토를 걸치게 하고 당신 흉내를 내게 했으니…"

'코코나가 말한 그대로야. 난 음모에 깊이 말려들었어…. 이러다가 죽을지도 몰라…'

라 몰은 창백한 모습으로 자리에서 일어나며 생각했다. 이날부터 라 몰은 더 이상 평범한 종복이 아니었다. 한 가지 달콤한 미래가 그를 유혹했지만, 그것은 모든 것을, 어쩌면 그의 목숨까지도 담보로 해야 하는지도 몰랐다. 그는 창백한 표정으로 무거운 이마를 땅에 숙이고 다녔다. 그것은 이전에 쾌활했던 그를 완전히 다른 사람으로 바꾸어 놓았다.

르네의 은밀한 배신

"샤를로트. 아픈 척하고 침대에 누워있어요. 그리고 내일 어떤 일이 있더라도 사람들을 만나지 말아요. 내 말 알겠소?" 앙리가 샤를로트 곁을 떠나면서 말했다.

샤를로트는 앙리에게 이유를 묻지 않고 그의 말에 따랐다. 그녀는 앙리가 마음속에 뭔지 모르지만 말하지 못하는 어떤 어려운 계산을 하고 있기 때문임을 직감으로 알았다. 그날 저녁 그녀는 시녀 드리올러에게 현기증과 두통이 있다고 말하고, 침대를 내려서다가 마치 아찔해서 다시 침대에 눕는 척 연기를 하기도 했다. 카트린느가 샤를로트는 왜 모습을 드러내지 않는지 물었을 때 이것이 그대로 전달되었다.

"아프답니다."

"얼마나?" 카트린느는 얼굴 하나 찌푸리지 않고 물었다.

"걸을 수 없을 정도로 어지럽다고 합니다."

카트린느는 아무 대답도 하지 않고 즐거움을 감추기 위해 창문으로 걸어갔다. 그리고 창문을 통해 앙리가 궁정의 뜰을 가로질러 가는 것을 발견했다. 그녀는 자세히 보려고 발뒤꿈치를 들었다. 그녀는 앙리의 안색이 창백해지지 않았는지 유심히 살폈다. 왕태후는 혼자 있고 싶다고 말했고 보좌하는 시녀들이 하나둘씩 물러갔다. 마지막 시녀가 나가자 비밀 장롱으로 가서 덮개를 열고 서적 한 권을 꺼냈다. 그리고 그것을 탁자로 가져와 펼쳐놓고 팔꿈치로 턱을 괴었다.

“바로 이건데…. 두통…, 눈의 통증…, 입천장의 부기…. 지금은 좀 아프고 어지럽다고 했으니 이제 곧 다른 증상들이 나타날 거야. 위가 팽창하고…, 심장이 불덩이처럼 부어오르고…, 마치 벼락을 맞은 것처럼 머리가 터진다…”

그녀는 작은 목소리로 계속 읽어내려갔다.

“열여덟 시간 열, 열두 시간 탈진…, 그다음이 여섯 시간 임종…. 총 서른여섯 시간이 걸린다…. 경과가 조금 늦게 나타난다고 해도…. 마흔여덟 시간이면 충분하다…. 그래 맞아. 마흔여덟 시간이면 충분해. 그런데 앙리는 어떻게 걸어 다닐 수가 있지? 아마 신체 건장한 남자라서 그럴 거야…. 그는 분명히 그녀의 입술을 빨았을 거야. 하지만 혹시 닦거나 씻어버렸을 수도 있겠지.”

카트린느는 초조하게 식사 시간을 기다렸다. 앙리가 매일 왕과 한 자리에서 식사를 했기 때문이었다. 그런데 앙리는 머리가 아프다고 호소하면서 식사를 하지 않았을 뿐만 아니라 피곤해서 잠을 좀 자야겠다고 말하며 물러갔다. 카트린느는 시종에게 그의 뒤를 밟게 했고, 그가 샤를로트의 방으로 들어갔다는 것을 알았다.

‘앙리. 오늘 밤 네가 그토록 좋아하는 여자의 곁에서 죽게 해주마. 그동안 제대로 성공하지 못했지만 이제 죽음의 마지막 작품이 될 것이다.’

다음 날 앙리는 아침나절 내내 방에서 나오지 않았다. 그리고 왕과의 저녁 식사에도 모습을 드러내지 않았다. 샤를로트 부인이 점점 병세가 악화하여 간다는 소문이 돌았다. 원인을 모르는 사람들은 이것을 불길한 징조로 여기기까지 했다. 카트린느는 만족감을 느꼈다. 그녀는 의사인 앙브로와즈 파레에게 긴밀한 협조를 부탁했다. 이제 샤를로트와 앙리의 소문이 나는 것만 남아있었다. 이제 그는 그녀가 하라는 대로 할 것이다. 때에 따라 문제가 생기면 그들에 대한 마르그리트의 질투가 빚어낸 결과라는 소문이 돌게 하면 그만이었다. 누군가가 다급히 들어와 '마마. 나바르왕과 샤를로트 부인이 죽었습니다.'라고 말했을 때 그녀는 어떤 표정을 지어야 할지 준비하고 있었다. 오후 4시를 알리는 종이 울렸다. 그녀의 심장은 심하게 방망이질하고 있었다. 비록 침착한 표정을 잃지 않고 있었음에도 불구하고. 갑자기 문이 열렸다.

"왕태후 마마. 나바르왕께서…" 근위대장이 말했다.

"아프다고?" 카트린느가 재빨리 말을 받았다.

"아닙니다. 다행히도 건강이 좋아지셨답니다."

"그럼, 무슨 일로?"

"나바르왕이 오셨습니다."

"나한테? 무슨 일로?"

"왕태후 마마께 선물로 드린다고 아주 귀한 동물을 가져왔습니다."

이때 앙리가 작은 원숭이 한 마리가 담겨있는 바구니를 들고 나타났다. 앙리는 그녀를 보고 미소지었다. 카트린느는 자신을 향해 걸어오는 혈색 좋은 젊은이의 두 뺨을 아찔한 마음으로 바라보았다. 그녀가 말했다.

"자네가 아프다고 하던데 이렇게 온 걸 보니 한결 마음이 놓이는군, 사위. 저번에 몸이 불편하다고 한 것이 쉬기 위한 핑계였나 보군…"

"사실 매우 아팠습니다, 장모님. 하지만 우리 산간지대에서 나는 특효약을 먹고 나았습니다."

"오! 그 조제법 내게도 좀 알려주지 않겠나?"

그리고 카트린느는 혼자 중얼거렸다.

'해독제라…. 그걸 염두에 뒀어야 했어. 아니 샤를로트가 아픈 것을 보면서 의심을 했을지도 모르지. 아니 어쩌면 신의 가호가 내린 건지도 몰라.'

카트린느는 초조하게 기다렸지만 샤를로트 부인의 소식 역시 들려오지 않았다. 마침내 밤이 되었을 때 그녀는 직접 알아보기로 했다. 시녀들이 물러가고 루브르궁의 사람들이 잠자리에 들었을 때 그녀는 검은 실내복을 입고 열쇠 꾸러미에서 샤를로트의 방문 열쇠를 찾은 다음 그녀의 방으로 올라갔다. 조용히 방문을 열고 대기실로 들어가서 샤를로트의 침실로 미끄러지듯이 들어갔다. 드리올러가 한쪽 소파 침대에서 잠이 들어있었다. 샤를로트의 침대는 장막으로 가려져 있었다. 카트린느는 침대의 장막을 살며시 들추었다. 샤를로트의 가벼운 숨소리가 들렸다. 그녀는 샤를로트가 열이 올라 뺨이 고통스럽게 붉어져 있거나 창백해져 있는 모습을 확인하려고 했다. 독약의 효력을 상상하며 짜릿한 흥분으로 몸을 떨었다. 하지만 그곳에는 부드럽게 감긴 눈, 굳게 다문 장밋빛 입술, 부드러운 진줏빛 뺨, 아름다운 모습을 조금도 잃지 않은 한 여인이 곤히 잠들어 있었다. 심지어 그녀는 자면서 웃고 있는 것처럼 보이기도 했다. 그녀는 행복한 꿈을 꾸고 있는 것처럼 얼굴에 미소가 감돌았다.

카트린느는 놀라서 뒤로 물러서며 작은 비명을 질렀다. 그때 한쪽 침상에서 자고 있던 드리올러가 잠에서 깼고, 카트린느는 재빨리 장막 뒤로 몸을 숨겼다. 시녀는 다시 잠에 곯아떨어졌다. 시녀가 다시 잠들자 카트린느는 한쪽에 있는 작은 방으로 들어갔다. 그곳에서 그녀는 자신이 보낸 입술 제제가 든 은상자를 발견했다. 그것은 삼 분의 일 정도 비어 있었다. 그녀는 금침에 그 제제를 조금 묻혀 그곳을 빠져나왔다. 그녀는 자신의 거처로 돌아와 저녁에 앙리가 선물로 준 원숭이에게 그것을 먹여보았다. 원숭이는 향기에 이끌려 그것을 넙죽 받아먹고는 바구니로 들어가 몸을 웅크렸다. 카트린느는 무슨 일이 일어나는지 살펴보려고 십오 분을 기다렸다. 그러나 아무 일도 일어나지 않았다.

'내 개는 이 독의 절반을 먹고 채 일 분도 안 되어 죽었는데…, 뭔가 잘못되었군! 아니 내가 당한 건가! 아니면 르네가? 르네가 바꿔치기를? 그건 있을 수 없어…. 그럼 운명의 장난이란 말인가? 그가 지배할 운명을 타고났기 때문에 죽지 않았단 말인가?'

사실 독이 든 입술 제제는 르네가 미리 알아차리고 다른 것으로 바꾸어준 것이었다. 카트린느는 또다시 불길한 예언이 맞아들어가는 것에 대해서 극도로 불안감을 느꼈다. 그녀는 이제 단호히 하지 않으면 안 된다는 결론을 내렸다. 다음 날 그녀는 근위대장을 불러 누군가에게 서신 한 통을 전하게 했다. 그 서신의 수신인은 루비에르 드 모르벨이었다. 그는 대학살이 있던 날 밤에 코코나와 함께 행동했던 폭발물 담당 지휘관이었다.

기마 사냥

아름다운 햇살이 루브르궁의 안뜰을 비추는 화창한 아침이었다. 이날은 기마 사냥이 있는 날이기도 했다. 궁정의 안뜰에는 날렵한 바르바리아 말이 콧김을 내뿜으며 샤를르 9세가 나오기만을 기다리고 있었다. 그러나 샤를르 9세는 카트린느 메디치에게 붙들려 있었다. 두 사람은 창이 있는 방 안에서 이야기를 나누고 있었다. 샤를르는 멧돼지로부터 보호하기 위해 얼룩무늬 갑옷을 입은 두 사냥개를 채찍으로 자극하고 있었다.

"아들아, 조심해야 한다. 나하고 너 외에는 폴란드에서 사절이 오는 것을 아는 사람이 아무도 없다. 내가 보기에 앙리는 개종했음에도 신교도들과 내통하고 있는 것이 분명해. 그는 비밀리에 외출도 하고 검술도 배우고 있다. 넌 눈치채지 못했니?"

"오! 어머니. 그가 저를 죽이고 앙주도 죽일 수 있다고 보십니까? 그는 저보다 검술이 부족합니다. 앙주는 저보다 훨씬 더 강하고요."

"아들아. 제발 이 어미가 말하는 걸 흘려듣지 말아라. 곧 폴란드 대사들이 도착하는데 그는 분명 그들의 환심을 사려고 할 것이다. 마르고까지 가세할 것이고. 난 절대 잘못 아는 법이 없다. 사냥 중에 분명히 무슨 일이 있을 거야."

이때 정각을 알리는 종이 울렸고, 샤를르 9세는 그 소리에 어머니의 말을 더 이상 듣지 않았다. 카트린느는 아랑곳하지 않고 말을 이어갔다.

"제발 프랑스의 운명을 가볍게 여기지 말아라. 너는 사냥 사냥 하는데 사냥보다 더 중요한 것이 있다. 왕의 의무를 다하고 사냥하러 가면 안 되겠느냐?"

"어머니. 제발 하실 말씀이 있으면 빨리하십시오."

카트린느는 때가 되었다고 생각하고 단도직입적으로 말했다.

"무이가 파리에 돌아왔다는 증거가 있다. 모르벨이 그를 보았다고 하더구나. 어쩌면 그는 앙리와 접촉을 하고 있을지도 모른다."

"제발 어머니…. 앙리를 아직도 의심하고 계십니까? 여전히 그를 죽이고 싶으신 건가요?"

"아니! 천만에!"

"그럼 추방을 원하십니까? 앙리가 우리 눈에서 사라지면 더 위험한 존재가 되는 것을 모르십니까?"

"그것도 아니다."

"그럼 뭔가요? 빨리 말씀하십시오."

"폴란드 대사들이 파리에 머무는 동안만 잠시 감옥에 가두었으면 한다."

"어머니! 제발…. 그건 안됩니다. 앙리 없이는 사냥할 수 없습니다."

"사절단은 빨라야 내일이나 모레 도착할 것이다. 오늘 사냥 대회가 끝난 후에 잠시 체포하자."

"제발! 어머니. 왜 그렇게 무모하십니까? 그 이야기는 사냥 끝나고 하죠!"

"아들아, 제발! 오늘 저녁이나 밤이 제일 좋을 것 같다. 네가 서명을 미리 해두면 저녁에 그걸 이행하마."

카트린느는 나가려는 그의 팔을 잡아 세웠다.

"어머니. 지금 사냥이 늦었습니다. 사람들이 기다리고 있습니다."

"알고 있다. 이미 다 준비해놓았으니 몇 자 적고 국새만 찍고 가려무나."

카트린느는 민첩하게 움직여 양피지와 잉크, 그리고 깃털을 가져와 내밀었다. 샤를르는 이것을 하지 않으면 쉽게 빠져나가지 못할 것을 예감했다.

앙리 드 나바르를 체포해서
바스티유 감옥에 넣을 것을 명령한다.

그는 재빨리 휘갈겨 쓰고 국새를 찍었다. 그리고 그는 성가시게 하는 카트린느로부터 무사히 빠져나갈 수 있었다. 뜰에는 많은 사람이 초조하게 샤를르를 기다리고 있었다. 마침내 그가 모습을 드러내자 환호와 뿔피리 소리가 났고, 말과 사냥개의 부산한 움직임이 있었다. 샤를르는 잠시 이 열기에 마음이 흥분되는 것을 느꼈다. 곧 팡파르가 울려 퍼졌다. 샤를르가 앞장섰고 알랑송 공작, 앙리, 마르그리트 왕비, 앙리에트 부인, 타반느 장군, 샤를로트 부인 등 귀족들이 뒤따르며 출발했다. 라 몰과 코코나가 참석한 것도 말할 필요가 없었다. 앙리는 샤를르 왕을 기다리며 대기해 있는 동안 서신 전달자로 이용하는 한 시종을 불렀다.

"오늘 샤를로트 부인의 사촌 집으로 가서 샤를로트 부인이 오늘 저녁에 이야기할 것이 있다고 전해라. 그리고 내가 없더라도 내 침대에서 기다리면 된다고 해라."

"전달하고 전하께 답을 드려야 합니까?"

"아니, 그럴 필요는 없다. 열쇠를 그에게 직접 주거라."

행렬은 생 오노레가를 따라 행진하는 것을 시작으로 생드니가로 접어들었다. 앙리가 왕에게 합류했을 때 샤를르는 알랑송과 오늘 사냥감인 멧돼지 이야기를 하고 있었다. 하지만 샤를르는 앙리를 본체만체했다. 오전 중에 그들은 봉디에 도착했다. 이 사냥은 멧돼지가 있는 곳의 정보를 얻는 것이 중요했다. 그들이 대기해 있는 동안 마장이 멧돼지가 숲에 있다는 정보를 가지고 왔다. 왕이 간단한 식사를 하며 포도주를 한 잔 마셨을 때 한 무리의 병사들과 함께 기스 공작이 나타났고 샤를르와 비밀스럽게 이야기를 나누었다. 그리고 그들의 행진이 다시 시작되었다. 그때 앙리는 마르그리트에게 다가가 이렇게 말했다.

"새로운 소식 없소?"

"오라버니가 당신을 대하는 태도가 자연스럽지 못해요."

"나도 이미 그것을 알아차렸소."

"대비해 놓았나요?"

"쇠사슬 갑옷과 에스파냐 사냥용 단검을 가지고 있는 정도요."

"제발 조심하세요."

그때 마장들이 멧돼지의 소굴에 도달했다는 신호를 보냈다.

그들이 사냥터로 가고 있는 동안 카트린느는 왕의 직인을 찍은 양피지를 말면서 한 남자를 들어오게 했다. 그는 얼마 전에 근위대장으로부터 서신을 전해 받은 모르벨이었다. 그의 한쪽 눈은 안대에 가려져 있었고 매부리코의 얼굴에 희끗희끗 수염이 나 있었다. 그리고 그는 길고 두꺼운 망토를 두르고 있었는데 그 안에는 온갖 무기들이 감추어져 있어 완전 무장이 되어있었다. 그의 손은 속에 감춰진 단검의 손잡이에서 한시도 떠나지 않았다.

"왔소? 그대의 공이 컸던 성 바르톨로메오 축일 사건 이후, 내가 일없이 두지는 않을 거라고 약속하지 않았소? 지금 기회가 왔소."

"마마. 진심으로 감사드립니다."

"두 번 다시 오지 않을 기회요. 잘 이용하시오."

"마마. 무슨 일인지 말씀해 주십시오."

"그대에게 맡긴 것을 알면 타반느 장군이나 기스 공작이 부러워할 그런 일이오."

"마마. 명령만 내려주십시오. 시키는 대로 하겠습니다."

"그렇다면…, 이것을 먼저 읽어보시오."

그는 카트린느에게서 양피지를 받아 읽고 얼굴이 백지장처럼 하얗게 질렸다.

"나바르왕을 체포하라는 말씀입니까?"

"그것이 뭐가 이상하단 말이오?"

"하지만 마마…. 이런 일은 저보다…, 사실 전 훌륭한 종복이 못될까 봐 두렵습니다."

"궁정에서 제일 큰 힘은 내 신뢰요. 모르벨."

"왕태후 마마의 은총을 진심으로 바랍니다."

"좋소. 시행하시오. 그런데 어떤 작전을 쓸 작정이오?"

"마마의 의견에 따를까 합니다."

"잡음이 날까 그러는 거요?"

"예. 그렇습니다."

"일단 열두 명의 부하를 고르시오."

"네…, 마마. 이제 이해가 됩니다. 하지만 어디서 나바르왕을 체포할까요? 될 수 있으면 제가 보호를 받을 수 있는 곳이었으면 좋겠습니다."

"이해하오. 루브르궁이 어떻겠소?"

"더없는 장소입니다. 마마. 그런데 루브르궁 어디서…?"

"그의 방에서." 왕태후가 대답했다.

"언제면 좋겠습니까?" 모르벨이 몸을 숙였다.

"오늘 저녁이나 밤이오. 밤이 더 좋겠소."

"그럼 한 가지만 더 말씀해 주십시오. 제가 어떤 자격으로 행할 수 있는지 말입니다."

"자격이라…. 프랑스 왕이 아무에게나 이런 일을 시키겠소?"

모르벨은 다시 몸을 숙였다.

"그 점에 대해 분명히 마마께서 허락해 주십시오."

"허락하오."

"그런데…, 마마…. 중요한 것이 한 가지 더 있습니다…. 그가 이의를 제기하거나 저항하면…, 어떻게…, 해야…"

"왕의 명령을 이행하는 데 불복하는 자가 있다면 어떻게 하겠소?"

"영광스럽게도 제가 그 일에 대한 책임을 지고 있다면, 그리고 그것이 별 볼 일 없는 귀족이라면 즉결처형하겠습니다. 하지만…"

"내 말이 바로 그거요. 성 바르톨로메오 축일 이후 있었던 일들을 잊었소? 프랑스 국왕만이 유일한 왕이오. 그 외에는 아무리 왕족이라고 하더라도 별 보잘것없는 귀족이나 다를 바가 없소."

모르벨은 그 말을 이해하고 하얗게 질렸다.

"…으음…. 그건 나바르왕을 죽이라는 말씀입니까?"

"누가 죽이라고 했소? 그를 죽이라는 명령이 어디 있소? 왕의 명령은 바스티유 감옥에 집어넣으라는 것뿐이오. 만약 순순히 잡히지 않고 저항하며 그대를 죽이려고 한다면…"

"한다면?"

"누구나 자신을 방어할 권리는 있소. 내 말이 무슨 뜻인지 알겠소?"

"예, 마마. 하지만 그래도…"

"그럼 이렇게 해주면 되겠소? 체포하라는 말에 '죽이든 살리든'이라는 조건을 달아주면 되겠소?"

"예, 마마. 그러면 제가 안심하고 이행하겠습니다."

"그럼 내가 단서를 적어 주겠소. 그 외 명령 집행에 대해 궁금한 건 없소?"

"마마께서 열두 명의 병사를 내주시겠다고 하시지 않았습니까? 여섯 명만 주십시오. 만약 왕을 구금하는 일에 열두 명이나 동원된다면 처음부터 의도를 의심받을 것입니다."

"사실 말이 왕이지 그는 왕국도 없는 왕이오."

"마마. 왕을 만드는 것은 왕국이 아니라 태생입니다."

"그렇다면 좋을 대로 하시오. 대신 루브르궁에서 나가면 안 되오. 충복을 부르고 샤를르 국왕의 무기실을 본부로 쓰시오. 내 아들이 사냥에서 돌아오면 잠시 내 기도실로 옮겨줄 테니."

"하지만 우리가 어떻게 나바르왕의 방으로 들어갈 수 있습니까? 그는 분명히 의심을 하면서 들이지 않을 텐데…"

"난 이곳의 모든 문 열쇠를 가지고 있소. 그의 방문을 여는 것은 하나도 문제가 되지 않소. 더욱 중요한 건 프랑스 왕이 명령한 것을 한 치의 오차도 없이 이행하는 것이오. 그렇지 않으면 그건 왕의 명예를 더

럽히는 짓이오."

카트린느는 그 말을 마치고 근위대장인 낭세이를 불러 모르벨을 국왕의 무기가 있는 작은 방으로 안내해 주라고 지시했다.

*

멧돼지는 마장의 말처럼 덤불과 가시나무 숲속에 있었다. 마장은 멧돼지의 발자국을 보고 힘이 매우 센 늙은 멧돼지임을 알았다. 멧돼지는 앞으로 돌진했고 왕으로부터 50보 정도 떨어진 곳에서 가로질러 달아났다. 그 뒤로 사냥개들이 멧돼지를 추격하기 시작했다. 샤를르는 말을 타고 뒤따라 돌진했다. 그 뒤로 알랑송이 따르고 있었고 조금 더 뒤에 앙리가 오고 있었다. 그 뒤로 사냥꾼들이 있었다. 15분쯤이 지나자 사냥감이 어디로 사라졌는지 흔적도 보이지 않았다. 사냥감을 향해 맹렬히 짖어대던 개들의 외침 소리가 점점 약해지면서 주위가 잠잠해졌다.

"젠장! 알랑송! 넌 무슨 향수병에 목욕하고 왔나? 개들이 네 향수 냄새 때문에 다 잡은 걸 놓쳤어. 그리고 앙리! 자넨 총도 없고 창도 없이 무슨 사냥을 하겠다는 건가?"

"폐하. 총이 무슨 소용이 있겠습니까? 전 폐하께서 개들에게 사냥감을 물게 하여 잡는 것을 좋아하신다고 들었습니다. 그리고 창은 제가 쓸 줄을 모릅니다. 제가 자란 산에선 곰을 잡을 때 창을 쓰지 않고 단검을 씁니다."

"제기랄! 앙리. 자네가 사냥을 잘한다는 증거를 보이려면 앞으로 곰을 한 수레는 보내야 할 거야. 잠깐, 개 짖는 소리가 들리지 않나? 내가 잘못 들었나?"

샤를르왕은 그렇게 말하고 뿔피리를 불었다. 그러자 팡파르가 울려 퍼지며 마장들이 나타났다. 다시 멧돼지가 모습을 드러낸 것이다.

"저기 보인다! 보여!"

샤를르는 다시 소리를 지르며 돌진했고, 60여 마리의 개들이 달려들었다. 그는 있는 힘을 다해 뿔피리를 불면서 추격했다. 알랑송과 앙리는 비교적 멀지 않은 곳에 있었다. 주변에는 기스 공작과 그 부하들이 거만하게 서 있었다. 교차로에는 부인들과 구경꾼들이 옹기종기 모여 있었다.

갑자기 사냥개들의 소리가 들렸다. 그것들은 막다른 오솔길로 멧돼지를 추격했다. 그 뒤로 흥분한 샤를르가 모자까지도 내팽개치고 있는 힘을 다해 뿔피리를 불며 그들을 몰았다. 서너 명의 마장이 그 뒤를 따라붙었다. 한순간 사냥개들이 짖는 소리가 들리면서 멧돼지가 사람들이 모여 있는 교차로에 나타났다. 수십 마리의 개떼들이 헐떡거리면서 추격했다. 그 뒤로 망토도 모자도 다 팽개친 채 가시나무에 온통 옷이 찢긴 샤를르왕이 피 묻은 얼굴과 손으로 말을 몰았다. 그는 개들을 흥분시키려고 한순간도 쉬지 않고 뿔피리를 불었다. 알랑송과 두 마장이 왕의 뒤를 바짝 쫓았다. 멧돼지가 머지않아 잡힐 것 같았기 때문이었다. 멧돼지는 오솔길을 벗어나 다시 숲으로 방향을 틀었고 개들에게 들이받을 기세로 달려들었다. 사냥에서 가장 흥미로운 순간이었다. 개들은 왕의 뿔피리 소리에 흥분되어 멧돼지에게 달려들었다. 사냥꾼들이 주변을 에워쌌다. 왕이 가장 앞에 있었고 그다음에 화승총을 든 알랑송 공작이, 그 부근에는 단검을 든 앙리가 있었다. 알랑송은 화승총

심지에 불을 붙였다. 앙리는 칼집에서 사냥용 칼을 뺐다. 마장 하나가 갑옷으로 무장한 샤를르의 몰로스 개들을 붙잡고 있었다. 그 개들은 당장 쇠사슬을 끊고 달려나갈 기세로 으르렁거렸다. 멧돼지는 뒤로 물러나는 듯하다가 개들에게 달려들어 날카로운 이빨로 개들을 물어뜯었다. 개들의 배가 갈라져 내장이 드러나는 것이 보였다.

"훠이! 훠이!" 샤를르가 말을 진정시키며 소리쳤다.

10여 분이 지나자 개들의 체력이 갑자기 떨어지는 것이 선명히 보였다.

"젠장! 똥개 새끼들 같으니!" 샤를르가 외쳤다.

이때 마장이 갑옷을 두른 몰로스 개들의 목줄을 풀었고, 그 개들은 단숨에 돌진하여 멧돼지의 살 한가운데를 물어뜯고 귀를 하나씩 물었다. 멧돼지는 마지막으로 발악하듯이 저항했다.

"잘한다! 옳지! 힘내! 악테옹! 창! 어서 창! 창!" 샤를르가 소리쳤다.

"총으로 쏠까요?" 알랑송이 말했다.

"창이 제격이야! 창! 창을 줘!"

누군가가 불에 달구어진 뾰족한 사냥용 창을 샤를르에게 건네주었다. 창을 건네받은 샤를르는 개들에게 물려있는 멧돼지를 겨냥해 창을 날렸다. 하지만 햇빛을 받아 번쩍이는 창의 움직임에 놀란 멧돼지가 몸을 움직이는 바람에 창은 멧돼지를 빗나가 바위에 떨어졌다.

"젠장! 빌어먹을! 놓쳤잖아! 다시 창! 창을 줘!" 샤를르가 몇 발 뒤로 물러나며 소리쳤다.

하지만 그 순간 멧돼지가 몰로스 개들의 이빨을 뿌리치고 귀를 뜯긴 채 빠져나갔다. 그리고 그것은 마지막 발버둥을 치는 것처럼 샤를르를 향해 돌진했다. 샤를르는 사냥을 한두 번 해본 것이 아니었기에 충분히 예측했다. 그는 말을 뒷발로 세웠다. 그런데 그가 고삐를 죄는 순간 말의 몸이 한쪽으로 쏠리며 말이 균형을 잃고 넘어졌다. 주변에서 비명이 새어 나왔다. 말이 넘어지면서 샤를르의 다리 한쪽을 덮쳤다. 샤를르는 침착하게 고삐를 늦춘 다음 왼손으로 안장을 잡고 오른손으로 칼집에서 칼을 빼려고 했다. 그러나 말의 무게 때문에 좀처럼 칼이 칼집에서 빠지지 않았다. 그 순간 멧돼지가 샤를르에게 달려들었다.

"알랑송! 날 좀 구해줘! 날 구해줘!" 샤를르가 다급하게 소리쳤다.

샤를르가 알랑송의 이름을 부르는 순간 알랑송이 겁에 질린 표정으로 멧돼지에게 화승총을 겨누었고 발사했다. 하지만 총알은 멧돼지를 빗나가 말의 무릎을 관통했다. 말이 다시 땅에 쓰러졌다. 그 순간 돌진해온 멧돼지가 샤를르의 장화를 물어뜯기 시작했다.

'앙주형이 프랑스 왕이 되고 내가 폴란드 왕이 되나!…' 알랑송이 창백한 입술로 중얼거렸다.

멧돼지는 샤를르의 허벅지를 물었다. 그때 누군가 다가와 뭔가를 내리치며 멧돼지를 찔렀다. 그것은 뾰족하고 예리한 단검이었다. 앙리였다. 그는 대담하게 한 손으로 허벅지를 물고 있는 멧돼지의 머리를 샤를르에게서 잡아뗐다. 샤를르는 무사히 빠져나와 천천히 일어났다. 주변은 온통 피투성이였다.

"폐하, 괜찮으십니까?"

앙리는 그렇게 말하며 칼을 다시 들어 멧돼지를 찔렀고 그것은 많은 피를 흘리며 쓰러졌다. 숨죽이며 이 광경을 지켜보던 사람들이 몰려들었고, 샤를르는 앙리의 침착한 모습과 대담한 용기에 감탄하며 그를 그윽한 시선으로 바라보았다. 그리고 두 손으로 그를 꽉 잡고 이렇게 말했다.

"고맙네! 앙리!"

"불쌍한 형님!" 알랑송이 샤를르에게 다가오며 소리쳤다.

"알랑송! 명사수라고 자랑하는 주제에!"

"멧돼지를 쏘았어요." 알랑송이 말했다.

"처남이 쏜 총알은 폐하의 말 다리에 박혔습니다!" 앙리가 말했다.

"뭐! 그게 사실인가?"

"순간적으로 손이 떨렸어요." 놀란 알랑송이 말했다.

"명사순데 실수했다 이건가? 앙리. 다시 한번 고맙네. 여러분 우리 이제 돌아갑시다. 오늘은 이만하면 충분하오."

그때 마르그리트가 샤를르 옆으로 다가왔다.

"마르고! 앙리를 진심으로 칭찬해주렴. 그가 없었다면 앙주가 왕이 되었을지도 모르겠다…" 샤를르가 말했다.

"부인. 일이 더 난처하게 됐소. 알랑송 공작이 날 더 원망하게 생겼소."

앙리는 그렇게 말하고 멧돼지의 사체에서 단검을 뽑고 피를 닦아내려고 두세 번 땅에 꽂았다가 뺐다

음모의 실패

샤를르 9세를 구한 앙리의 행동은 어쩌면 현명한 계산이었을지도 모른다. 샤를르 9세가 죽게 되면 그다음으로 카트린느의 사랑을 제일 많이 받는 앙주가 프랑스의 왕이 될 운명이었다. 프랑스 왕국의 주인이 바뀌는 대혼란은 앙리에게 유리할 것이 없었다. 그나마 루브르에서 그에게 가장 관대한 사람이 샤를르 9세였다. 앙리에 대한 샤를르 9세의 애정은 일부 누이에 대한 것이기도 했다. 그래서 샤를르 9세의 생명은 앙리의 그것과 직결되어 있었다. 물론 샤를르는 앙리가 자신의 목숨을 구한 이런 동기를 알 수도, 이해할 수도 없었다. 하지만 마르그리트는 알고 있었다. 그렇다고 해도 그녀는 앙리의 놀라운 용기에 감탄을 금할 수가 없었다. 물론 그것으로 모든 문제가 해결된 것은 아니었다. 앙리는 자신의 왕국인 나바르를 되찾아야 했다. 실권을 잃고 볼모처럼 붙잡혀 있는 루브르에서 그는 자신의 왕국으로 당당히 가야 했다. 어쩌면 이 과정에서 신교도들의 힘을 빌리지 않을 수 없는 상황이 생길 수도 있었다.

앙리는 봉디에서 돌아오면서 이 모든 것을 계산했다. 하지만 그는 또한 나바르 왕좌를 탐내고 있는 알랑송과의 관계도 생각해야 했다. 그는 루브르로 돌아와 제일 먼저 알랑송에게 갔다. 알랑송은 기분이 언짢아 보였다.

"총을 잘못 쏜 걸 지적해서 기분이 좋지 않소…? 처남."

"어떻게 매부의 행동에 의심이 안 들겠소? 내가 형님의 의혹을 산 결과가 되고 말았으니…. 우리 사이에 그림자가 드리워진 것 같소."

"그렇지 않소. 내가 지금 하는 말을 듣고 판단해도 늦지 않소."

"말해요. 듣겠소, 앙리."

"모르벨에게 암살당한 드 무이 장군의 아들. 무이에 관한 거요. 아마 처남도 알 거요."

"알고 있소."

"그가 목숨을 걸고 날 찾아왔었소. 내게 신교도들의 수장이 다시 되어 달라고 말이오."

"으음…. 그래서 뭐라고 대답했소?"

"처남도 아는 것처럼 난 샤를르왕을 좋아하오. 날 여러 번 지켜줬으니 말이오. 그래서 거절했소."

"무슨 제안이었소?" 알랑송은 마치 아무것도 모르는 것처럼 물었다.

"신교도들이 나바르 왕좌의 재건을 원한다는 거였소. 지금 명목상의 왕은 나지만 그들은 실권을 제안했소."

"그럼, 거절했을 때 무이가 순순히 받아들였소?"

"그런 것 같았소…. 그 후 무이는 나 대신 다른 사람을 내비쳤소."

"그게 누구요?" 놀란 알랑송이 물었다.

"잘 모르겠지만…, 콩데 공작이 아닐까 하는…. 독실한 신교도니까 말이오."

"그럴 수도 있겠지…"

"하지만 누군지 알아내는 건 어렵지 않소." 앙리가 모르는 척 말했다.

알랑송의 얼굴이 납덩이처럼 굳어졌다.

"또 하나 문제가 있소. 무이는 신교도 파벌들을 모두 결집할 수가 없소. 그들 역시 나누어져 있으니까 말이오. 무이와 별개로 아직 내게 희망을 버리지 않는 자들이 있는 모양이오."

"다른 파들이?"

"그렇소. 그들 역시 내게 끊임없는 접촉을 시도하려고 하고 있소. 나로선 적절한 기회를 노렸다가 이곳을 떠날 수도 있지만 심사숙고한 끝에 두 가지 결론을 내렸소. 처남을 내 동지로 생각하고 한번 말해볼까 하는데…"

"아니 그것보다 '처남 매부로서'가 좋겠소."

"그럼, 처남 매부로서…"

"어서 말해보시오. 들어 줄 테니."

"잘 들으시오, 처남. 난 궁정에서 좋아하는 사람은 처남밖에 없소. 나처럼 박해를 받고 있기 때문이오. 왕비도 그런 것은 잘 알고 있고 말이오. 난 처남에게 무이 외에 나머지 파들의 힘까지 몰아주고 싶소. 처남이 이 일에 앞장서시오. 그리고 나바르를 통치하시오."

"나바르 통치! 그렇지만 만약…"

"만약 샤를르 국왕이 어떻게 되면…? 그렇다면, 앙주 공작이 폴란드를 통치하는 것을 기정사실로 받아들이고 가정해보면 간단하지 않소?"

"어떻게?"

"만약 앙주 공작이 폴란드의 왕으로 임명된 후에 샤를르 국왕이 죽는다면 나바르에서 여기까지 오는 거리는 폴란드에서 오는 거리의 절반밖에 되지 않소. 그러니 처남이 폴란드 왕이 도달하지 못한 틈을 타서 유언을 받게 될 거요. 그리고 그때 처남이 만족스럽다면 내게 나바르의 왕권을 넘겨주시오. 난 그런 뜻으로 교섭을 제의하는 거요. 지금 처남은 셋째 왕자로 솔직히 나와 크게 다를 것이 없는 처지 아니오?"

"틀린 말은 아니지만…, 그래도 이해가 안 되는 건…. 왜 매부는 싸워보지도 않고 미리 포기하는 건지…"

"난 아무리 발버둥을 쳐도 감당할 수 없는 짐들이 너무 많소. 난 두렵고 지쳤소. 그래서 나바르 왕국을 넘겨주려는 거요."

"앙리. 정말 포기한 거요?"

"이미 무이에게 말했소. 지금 반복하고 있소."

"하지만 이런 건 증거가 있어야지 말만으로 되는 건 아니지 않소?"

"오늘 밤 그 증거를 보여주겠소. 이 일을 추진하는 지도자들의 명단을 당신 방으로 보내겠소. 난 이미 무이에게 포기 의사를 밝혔으니…"

알랑송은 앙리의 손을 꼭 잡았다. 그때 갑자기 카트린느가 언제나 그렇듯이 기척도 없이 방으로 들어왔다.

"처남 매부가 함께 있는 것이 보기가 좋군." 그녀는 미소를 지으며 그렇게 말했다.

"항상 바라던 것입니다." 앙리가 대답했다.

"참! 자네 용기를 칭찬하는 것을 잊어버릴 뻔했군. 오늘 샤를르 국왕의 목숨을 구했다지. 언젠가 그 보답을 받게 될 거야."

그리고 그녀는 알랑송에게 말했다.

"잠깐 나 좀 보자꾸나. 너에게 줄 선물이 있단다."

앙리는 아들과 어머니가 이야기하도록 잠시 몇 발자국 떨어진 곳에 있었다. 왕태후는 보석함 속에서 매우 멋진 보석을 꺼내며 말했다.

"피렌체에서 온 것인데 네 장검 손잡이에 달도록 하렴." 그리고 목소리를 낮추어 재빨리 말했다.

"오늘 밤 앙리 방에서 좀 시끄러운 소리가 들리더라도 꼼짝 말고 여기 있어."

*

모르벨은 오후 내내 왕의 무기실인 작은 방에 있었다. 사냥 갔던 일행이 돌아왔을 때 카트린느는 모르벨에게 자신의 기도실로 오게 했다. 샤를르는 유모로부터 어떤 남자가 한동안 무기실에 있었다는 말을 듣고 누군지 물었다. 그는 인상착의를 듣고 초면이 아니고 언젠가 이곳에 온 적이 있는 사람이라는 말에 모르벨임을 알아차렸다. 그리고 자신이 오전에 어머니로부터 빠져나가기 위해 억지로 쓴 명령서와 직인이 생각났다. 샤를르는 자신을 구한 앙리를 체포하는 것이 말도 안 된다고 생각하며 어머니의 방으로 발걸음을 옮겼다. 하지만 그는 또다시 끝없는 입씨름을 해야 한다는 사실을 깨닫고 걸음을 멈추었다.

"유모. 오늘 아무도 들여보내지 말아요. 조용히 쉬고 싶으니까."

그는 잠시 혼자 시간을 보낸 후 9시 종소리가 울리자 망토를 걸치고 모자를 쓴 다음 카트린느 조차도 모르는 비밀 문을 통해 나갔다. 샤를르는 앙리의 방으로 직행했지만, 앙리는 없었다. 샤를르는 그가 마르그리트에게 가 있는 것이 분명하다고 생각하고 그곳으로 갔다.

마르그리트는 라 몰과 코코나를 자신의 거처에 초대해 앙리에트와 식사하고 있었다. 샤를르가 문을 두드리자 기온느가 문을 열었다. 그녀는 국왕을 보고 놀란 나머지 마르그리트에게 먼저 말할 엄두도 내지 못하고 대기실로 들어오게 했다. 샤를르는 웃음소리가 나는 식당 쪽으로 곧장 발걸음을 옮겼다. 그는 그곳으로 가서 휘장을 걷어 올리며 말했다.

"날세!"

마르그리트는 샤를르를 보고 당황했다.

"폐하!"

그녀는 공포가 어린 음성으로 외치며 자리에서 일어났다. 불행 중 다행히도 라 몰과 코코나가 등을 돌린 상태였기에 직접 얼굴을 보지 않았다. 순간적으로 코코나가 침착함을 잃지 않고 일어나는 척하면서 테이블보를 잡아당겼다. 그러자 테이블 위에 있던 식기와 촛불이 넘어지면서 암흑이 되었다.

"빨리 나가!" 코코나가 라 몰에게 귓속말로 말했다.

라 몰은 순간적으로 작은 방으로 향했다. 그곳으로 가는 찰나 비밀 통로로 들어온 한 남자와 부딪쳤다. 샤를르는 영문을 알 수 없는 이 소란에 당황하며 소리쳤다.

"도대체 무슨 일이야? 앙리! 어디 있나? 대답 좀 하게!"

마르그리트조차 당혹스러워하고 있었을 때 어떤 사람이 그녀에게 귓속말을 했다.

"부인. 내가 왔으니 진정해요!"

"어머!" 마르그리트가 놀라서 내뱉었다.

"쉿. 조용히!" 앙리가 말했다.

"무슨 밀담들을 그렇게 하는 건가? 대답 좀 해. 앙리!" 샤를르가 소리쳤다.

“폐하. 저 여기 있습니다.” 앙리가 말했다.

“이제 우리 목이 두 번 날아가겠군.” 구석에서 앙리에트 옆에 있던 코코나가 말했다.

이때 용감하지만 무모한 코코나가 매도 빨리 맞는 것이 좋다는 생각으로 촛불에 불을 붙였다. 방이 다시 환해졌다. 앙리가 마르그리트 옆에 있었고, 앙리에트 부인이 방 한쪽에 있고, 방 중앙에서 코코나가 불이 밝혀진 촛대를 들고 서 있었다.

“오라버니, 용서하세요. 오라버니께서 이렇게 오실 거라곤 미처 생각 못 했어요.”

“저 역시 너무 놀라서 일어나다가 식탁을 그만…” 모든 사태를 파악한 앙리가 말했다.

‘이제 보니 이 부부는 이심전심이군!’

코코나는 그렇게 생각하고 앙리를 쳐다보았다.

“앙리. 식사도 이리되었으니 오늘 밤 나와 함께 다른 곳에서 식사하세. 기분 전환도 할 겸.” 샤를르가 말했다.

“폐하. 저는 더없는 영광입니다!”

“마르고. 앙리는 오늘 밤에 내가 좀 데리고 있으마. 내일 아침에 보내주지.”

“허락은 구하지 않으셔도 됩니다. 오라버니께서 저이의 주인이시니까요.”

“폐하. 제 방에 가서 망토를 좀 갈아입고 와도 되겠습니까?”

“지금 그 옷이면 충분해. 그럴 필요 없네.”

“그렇지만 폐하.”

"충분하다고 하지 않는가? 자 가세." 샤를르가 말했다.

"그렇게 하세요." 마르그리트가 남편의 손을 잡아끌며 말했다.

그녀에게는 샤를르가 보통 때와 조금 달라 보였기 때문이었다.

"저 귀족은 누군가? 혹시 '라 몰'이라는 사람인가?" 샤를르가 물었다.

"누가 라 몰 백작에 대해 말하던가요? 유감스럽게도 이 사람은 코코나 백작으로, 라 몰 백작과 함께 알랑송 밑에 있습니다."

"그런가? 자 빨리 나가세. 앙리! 오늘 밤에는 나만 믿게. 루브르 공기가 별로 안 좋으니!" 샤를르가 말했다.

하지만 앙리는 자신의 방에 혼자 있을 무이에 대한 걱정으로 잠시 침묵을 지켰다.

"코코나라는 작자가 마르고를 보는 눈빛이 부드럽지 않던가?" 그들이 도개교를 가로질러 갈 때 샤를르가 앙리에게 물었다.

"누가 그런 말을…?"

"누군가가 해주더군."

"폐하. 그건 사실과 다릅니다. 코코나 백작이 부드러운 눈길로 보는 사람이 있긴 있습니다. 그건 왕비가 아니고 앙리에트 부인입니다."

"오호! 정말인가? 하! 하!" 샤를르는 웃음을 터뜨리기 시작했다.

"기스 공작이 다시 한번 그 이야길 꺼내면 코를 납작하게 해줘야지. 자기 형수인 줄도 모르고…. 그런데 그가 말한 사람이 라 몰인지 코코나인지는 잘 모르겠단 말이야."

"누구면 어떻습니까? 중요한 건 제 아내의 마음이 아니겠습니까?"

"좋아! 앙리. 그래서 내가 자네를 좋아한다는 말이야. 용감하고 남자다워서!"

이렇게 말하며 샤를르는 휘파람을 불었다. 그러자 보베가의 끄트머리에서 대기하고 있던 호위병 네 명이 다가왔고 그들은 시내로 나갔다.

앙리와 샤를르를 보낸 후 네 사람은 클로쉐 페르시가에 있는 작은 집으로 가기로 했다. 마르그리트와 앙리에트 부인은 먼저 출발했다. 라 몰과 코코나는 그곳으로 가기 전에 일단 지시대로 알랑송 공작에게 갔다. 알랑송이 작은 방에서 두 사람을 기다리고 있었다. 그는 그들에게 내일까지 푹 쉬라고 말했다. 그리고 그들은 망토를 입고 칼을 꽂은 다음 두 부인을 만나기로 한 곳으로 가기 위해 루브르를 빠져나왔다. 루브르궁은 정적에 싸여 있었다. 마르그리트와 앙리에트 부인이 티종가를 향해 가고 있었고, 라 몰과 코코나가 그 뒤를 따라가고 있었다. 샤를르와 앙리는 파리 시내를 배회하고 있었다. 알랑송은 꼼짝 말고 방에 있으라는 카트린느의 말을 떠올리며 오늘 밤 무슨 일이 일어날지 예의 주시하고 있었다.

카트린느는 침대에 누워 샤를로트 부인이 책 읽어주는 것을 듣고 있었다. 10여 분이 지나자 카트린느는 책 읽기를 잠시 중단시켰다.

"기도실에 있는 보초들을 보내. 호위대장."

이것은 모르벨에게 명령을 이행하라는 신호였다. 그 후에 샤를로트 부인은 쉬지 않고 15분 동안 책을 읽었다. 15분이 지났을 때 고함과 함께 총성이 울려 퍼졌다.

"샤를로트. 왜 중단하느냐?"

"마마. 소리를 듣지 못하셨습니까?" 샤를로트가 하얗게 질린 얼굴로 말했다.

"무슨 소리?"

"총소리와 비명 말입니다."

"루브르에서 그런 일이 한두 번이냐? 신경 쓰지 말고 계속 읽어라."

"제가 한번 알아볼까요?" 근위대장 낭세이가 말했다.

"그럴 필요 없네. 별것도 아닌 걸 갖고." 카트린느는 손을 들고 제지했다.

왕태후의 침착함이 공포스러운 분위기와 뚜렷한 대조를 이루고 있었기에, 샤를로트 부인은 그녀에게 의혹의 시선을 던졌다.

"하지만 마마. 누군가를 죽이는 것 같습니다. 혹시 나바르왕이 아닐까요? 그분의 처소 근처에서 들리는데…"

"어리석은 것 같으니라고. 이 바보에겐 나바르왕밖에 아는 사람이 없나 보군. 샤를로트. 계속 책을 읽어라."

카트린느는 태연하게 베개 위로 다시 누웠다. 샤를로트 부인은 그녀의 명령에 따랐지만, 정신은 온통 다른 곳에 있었다. 그녀는 앙리가 죽임을 당하는 끔찍한 장면을 상상했다. 그것은 그녀에게 엄청난 충격이었다. 그녀는 책을 떨어뜨리고 정신을 잃었다. 점점 더 큰 소리가 났다. 무거운 발소리가 복도를 뒤흔들며 두 번의 총성이 유리창을 진동시켰다. 카트린느는 예상외로 길어지는 소란에 창백한 얼굴로 벌떡 일어났다. 낭세이가 나가보려고 하자 그녀가 멈춰 세웠다.

"여기서 사람들이 나가지 못하게 지키게. 내가 가서 무슨 일인지 알아보고 오겠네."

그녀는 그곳을 나와 앙리 방으로 향했다. 이때 이미 모든 것이 결판나 있었다.

*

앙리가 사냥을 떠난 날 아침에 무이는 앙리의 시종 오르통으로부터 앙리가 보낸 열쇠를 받았다. 그 열쇠 구멍 안에 돌돌 말린 쪽지가 있었는데 그는 핀으로 그것을 꺼냈다. 오늘 밤에 루브르로 오라는 말이었다. 오르통이 구두로 10시에 만나러 오라고 알려주었다. 9시 30분쯤 무이는 기사복을 입고 단검과 권총을 차고 라 몰의 것과 같은 붉은 망토를 입었다. 무이는 붉은 망토 덕택에 루브르의 협문을 무사히 통과했다. 그는 라 몰처럼 보이는 걸음걸이로 앙리의 방으로 갔지만 오르통이 나바르왕의 부재를 알렸고, 그가 오면 방에서 기다리게 하라는 말을 전해주었다. 바로 앙리가 마르그리트의 방으로 갔을 때였다. 무이는 앙리의 방에서 시간을 보냈지만, 앙리는 돌아오지 않았다. 무이는 기다리는 시간이 길어지자 무료함에 눈을 깜박이며 하품을 하다가 침대에서 쉬어도 된다는 앙리의 허락이 있었기 때문에 권총과 단검을 탁자 위에 빼둔 후 장검을 옆에 두고 침대에 누워 몸을 뻗었다. 그는 한순간 잠이 들었다.

그때 장검과 단검을 쥔 여섯 명의 자객들이 복도를 따라 조용히 다가오고 있었다. 그 복도는 카트린느의 방에서 앙리의 방으로 통해 있었다. 그 여섯 명 중 한 명이 선두에 있었다. 바로 모르벨이었다. 단검과 장검, 그리고 권총으로 무장한 그는 조심스럽게 앙리의 방문 앞에서 걸음을 멈추었다. 그가 문에 손을 대자 뒤따르던 병사가 그를 제지하며 말했다.

"대장님. 여기는 나바르왕의 방입니다."

"누가 아니라고 했나?"

자객들은 놀라서 서로 얼굴을 바라보았다. 그들은 뒷걸음질을 쳤다.

"예? 이 시간에 루브르에서 체포할 사람이 나바르왕이었습니까?"

"그렇다면?"

"대장님. 이런 일은…, 말하자면 매우 심각한 사안입니다. 국왕 폐하의 직인이 찍힌 명령서 없이는 좀…"

"여기 읽어보게."

그는 기사복 윗도리에서 카트린느에게서 받은 체포장을 꺼내 그들에게 건넸다.

"더 이상 드릴 말씀이 없습니다."

"자, 준비됐나? 다들 내 말 잘 듣게. 계획을 알려주겠네. 두 사람은 입구에, 두 사람은 방문에, 두 사람은 나하고 같이 들어간다."

"그리고…?"

"만약 그가 저항하거나 소리를 질러 사람을 부르면 죽여도 좋다는 명령도 들어있네."

"모든 것이 그가 하기에 달렸다는 것입니까?"

"그렇지. 나바르왕은 이제 독 안에 든 쥐야."

그는 그렇게 말하고 카트린느로에게서 받은 열쇠를 자물쇠에 넣고 문을 열어 두 명을 남겨두고, 네 사람과 함께 안으로 들어갔다. 오르통은 앙리가 들어오는 소리로 생각하고 대기실로 맞이하러 갔다가 그들을 발견하고 놀라 뒷걸음질을 쳤다.

"누구세요? 뭘 원하는 겁니까?" 그가 물었다.

"국왕의 이름으로 묻는다. 네 주인은 어디 있느냐?"

"주인님 말입니까?"

"그렇다. 나바르왕 말이다."

"전하는 지금 안 계십니다. 그러니까 이곳에는 들어올 수 없습니다." 오르통은 하나뿐인 문을 막아서고 말했다.

"누굴 속이려고! 이 자식이! 비켜!" 모르벨이 소리쳤다.

하지만 오르통이 버티고 서서 비켜주지 않자 네 사람이 달려들어 그를 문에서 떼어냈다. 오르통은 소리를 지르려고 입을 열었으나 모르벨이 그의 입을 손으로 막았다. 오르통이 암살자를 깨물었다. 모르벨은 소리 없는 비명을 지르며 검의 손잡이로 그의 머리를 내리쳤다.

"살려줘요! 살려줘…" 오르통은 이 소리를 끝으로 정신을 잃었다.

암살자들은 그를 건너 앙리의 방으로 들어갔다. 두 사람은 대기실에 남았다. 침대 머리맡에 불빛이 있었지만, 침대는 장막에 가려져 있었다. 누군가가 그곳에 있었다.

"열어!" 모르벨이 두 사람에게 말했다.

하지만 이 소리와 동시에 무시무시한 외침이 장막 안에서 흘러나왔다. 두 사람이 장막을 찢자 동시에 갑옷으로 완전 무장을 한 남자가 칼을 무릎에 비스듬히 세우고 두 손으로 권총을 겨누었다. 모르벨은 잠시 멈칫했지만, 곧 그가 나바르왕이 아니라 무이임을 알았다. 그는 머리카락이 곤두서는 것 같았다. 유령이라도 본 듯 백지장처럼 창백해진 얼굴로 뒷걸음질을 쳤다.

"이 간악한 인간! 잘 만났다! 내 아버지를 죽이더니 이제 나까지 죽이려고!" 무이가 소리쳤다.

동시에 모르벨을 향해 총을 발사했다. 그 순간 모르벨은 재빨리 무릎을 꿇었고 총알은 뒤에 있던 병사의 가슴을 뚫고 지나갔다. 다음 차례로 모르벨이 반격을 시도했지만, 총알은 무이의 허벅지를 스쳐 지나갔다. 무이가 검을 뽑았다. 모르벨도 뽑았다. 칼을 주고받는 전투는 끔찍했지만, 곧 결판이 났다. 모르벨은 목구멍 속으로 들어오는 검의 차가운 냉기를 느꼈다. 그는 비명을 지르면서 쓰러졌다. 그 순간 그가 쓰러지면서 램프를 엎어 순식간에 사방이 깜깜해졌다. 무이는 날렵하게 대기실로 돌진해 검으로 한 사람을 쓰러뜨리고 다른 한 명을 넘어뜨린 후 문을 열고 두 대기병 사이를 빛의 속도로 빠져나갔다. 그들은 두 발을 쏘았는데 모두 복도를 맞고 튕겼을 뿐이었다. 무이는 앙리의 방을 도망쳐 나온 후에 알랑송 방으로 잠시 피신할지, 아니면 루브르를 빠져나갈지 생각하다 일단 빠져나가기로 했다. 그리고 그는 암호를 말하고 협문 초소를 통해 빠져나왔다.

카트린느가 촛대를 들고 맨발에 빌로드 슬리프를 끌며 연기가 자욱한 복도를 따라 그림자처럼 침착하게 앙리의 방으로 갔다. 모든 것이 암흑과 정적에 휩싸여 있었다. 카트린느는 앙리의 방문 입구에 도달해 안으로 들어갔다. 대기실에 오르통이 쓰러져 있었다. 그때 그녀의 발에 뭔가가 '탁' 걸렸다. 불을 비추어 자세히 보니 머리가 깨져 죽어있는 호위병의 시체였다. 세 발자국쯤 더 가자 또 한 명의 병사가 죽어있었다. 마지막으로 나타난 것은 목을 가로질러 칼에 찔린 채 피를 흘리는 한 남자였다. 그는 일어나려고 안간힘을 썼다. 바로 모르벨이었다. 카트린느는 전율했다. 그녀는 침대 주변을 살폈지만, 그곳에는 아무도 없었다. 피를 흘리고 있는 셋 중에 혹시 앙리가 있지 않을까 하여 한 번 더 살폈지만 허사였다.

"그는 어디에 있소? 어떻게 된 거요? 놓쳤소?"

카트린느가 모르벨에게 말했지만, 모르벨은 알 수 없는 신음 소리를 냈다. 그의 입술에서 붉은 거품이 흘러나오고 있었다.

"뭐라고? 말을 해보시오. 한마디라도!"

카트린느가 재촉했지만 결국 그는 의식을 잃었다. 카트린느가 그를 흔들어 깨웠지만 깨지 않았다. 말은 고사하고 아예 꿈적도 하지 않았다. 종잇장 같은 것이 그의 윗도리에서 삐져나와 있었는데 그것은 다름 아닌 체포 명령서였다. 카트린느는 얼른 그것을 집어 자신의 품 안에 감추었다. 그때 바스락거리는 소리와 함께 누군가가 들어왔다. 알랑송이었다. 그는 자신도 모르게 소리에 이끌려 이 광경을 보게 되었다.

"어머니. 대체 무슨 일입니까?"

"넌 네 방으로 돌아가 있거라! 알랑송. 곧 알게 될 것이다."

*

알랑송은 앙리의 방으로 여섯 명의 자객이 들어가는 것을 지켜보았다. 그는 자신이 나서지 않아도 뭔가 이루어지는 것이 아닌가 하는 생각에 빠져있었다. 얼마 후에 총성과 함께 한 남자가 계단으로 내려가는 모습이 보였다. 그는 붉은 망토를 입고 있었는데 알랑송은 그가 누군지 알아볼 수가 없었다. 무이일 수도 있다고 생각했지만 아닐 수도 있었다. 어쩌면 라 몰일지도 모른다고 생각하고 다시 돌아와 두 귀족의 방으로 갔다. 그 방은 비어 있었다. 그런데 놀랍게도 붉은 망토는 방 한쪽 구석에 걸려 있었다. 모든 것이 명백해졌다. 그는 라 몰이 아니라 무이였다. 그는 창백해진 얼굴로 그가 붙잡혀 비밀을 누설하는 것이 아닐까 하는 두려움으로 몸을 떨며 루브르의 협문 쪽으로 재빨리 달려갔다. 붉은 망토의 사나이가 루브르의 협문을 무사히 빠져나가는 것을 지켜보았다. 그리고 격전이 일어난 곳으로 다시 갔고 그곳에서 죽은 자들 사이에서 하이에나처럼 돌아다니는 왕태후를 발견했다. 그는 왕태후의 지시대로 일단 자신의 방으로 물러갔다. 카트린느는 또 한 번 음모가 실패로 돌아가자 절망감에 사로잡힌 채 근위대장을 불러 시체를 치우게 하고 모르벨을 옮기게 했다. 그리고 그녀는 절대로 국왕을 깨우지 못하게 했다.

"이번에도 빠져나가는군! 신의 가호가 내린 거야. 그렇지 않으면 절대로 이런 일이 있을 수가 없어! 그가 또 이겼어!" 그녀는 자신의 방으로 돌아가면서 중얼거렸다.

의혹

앙리의 거처에서 일어난 일이 처리되고 카펫의 핏자국까지 말끔히 제거되었을 때 카트린느는 보좌하는 여인들을 모두 돌려보냈다. 거의 자정 무렵이었다. 그녀는 잠을 청해보려고 애썼지만, 마음의 동요가 그녀를 놓아주지 않았다. 그녀가 느끼는 좌절감은 적지 않았다. 그녀에게는 끊임없이 덫에서 빠져나가는 앙리가 어떤 전지전능한 힘의 보호를 받는 것처럼 보였다. 그녀가 아무리 발버둥을 쳐도 막을 수 없는 어떤 운명이라고 할까…. 그런데도 그녀는 애써 모든 것을 우연으로 돌리려고 했다. 내일이면 순식간에 퍼져나갈 이 미수 사건으로 앙리가 오히려 신교도들로부터 입지를 굳힐지도 모른다는 사실에 그녀는 울화가 치밀었다. 그녀는 이 우연이 혹시 그에게 유리하게 작용한다면 자신의 허리에 있는 피렌체 단검으로 앙리에게 미소 짓는 운명을 찔러 버려야 한다고 생각했다. 그녀는 눈을 감았지만 쉽게 잠이 들지 않았다. 머릿속에는 수많은 새로운 계획들이 파노라마처럼 펼쳐졌다. 새벽이 되자 옷을 주섬주섬 주워입고 샤를르의 거처로 갔다. 그녀가 새벽에 아들의 처소로 가는 것은 거의 습관적인 일이었기 때문에 호위병들은 아무 말 없이 그녀를 들여보냈다. 그녀는 무기실로 들어갔다. 그곳에는 밤을 지새운 것처럼 보이는 유모가 있었다.

"폐하는?"

"폐하께선 8시 이전에는 아무도 방에 들여보내지 말라고 하셨습니다."

"난 해당되지 않네."

"모두에게 해당되는 겁니다. 마마."

카트린느는 묘한 미소를 짓고는 자신의 호주머니에서 아들 방의 열쇠를 찾아 재빨리 문을 열었다. 방은 텅 비어 있었고 침대 시트는 전혀 구겨진 흔적이 없었다. 사냥개 악테옹만이 그녀를 보고 다가와 그녀의 손을 핥았다.

"젠장! 나가고 없잖아. 기다려야겠다."

그녀는 루브르 협문이 보이는 창가에 가서 자리를 잡고 한동안 생각에 잠긴 채 앉아있었다. 두 시간 정도가 지났을 무렵 한눈에 봐도 샤를르왕과 앙리라고 알아차릴 수 있는 무리가 협문에서 나타났다. 그제야 그녀는 모든 것을 깨달았다. 샤를르가 자신과 한마디 상의도 없이 그를 밖으로 데리고 나가 체포를 막았다는 것을.

'이런 멍청이 같으니!' 그녀는 입속으로 중얼거렸다.

잠시 후 무기실 방에서 말소리가 들렸다.

"폐하. 이제 왜 저를 데리고 나가셨는지, 보답이란 것이 무슨 뜻인지 말씀해 주십시오."

"앙리. 언젠가 알게 될 날이 있을 거야. 지금은 내가 어머니와 입씨름을 해야 한다는 것만 알아두게."

그는 이렇게 말하고 자신의 방문 휘장을 걷어 올렸고 카트린느와 마주쳤다.

"어머니…. 여기 계셨군요!" 샤를르가 미간을 찌푸리며 말했다.

"그래 아들아. 우리 이야기 좀 하자."

"저하고 둘만 말입니까?"

"그래."

"앙리, 그럼 가보게. 난 여기서 빠져나갈 수 있을 것 같지 않군."

"이만 물러가겠습니다. 폐하." 앙리는 인사를 하고 물러났다.

"어머니. 계획이 망쳐져 저를 꾸짖으시려고 여기서 기다리고 계셨군요. 전 어머니와 싸우고 싶지 않았습니다. 제 목숨을 구해준 사람이 바스티유에 끌려가는 것을 차마 볼 수가 없었습니다. 그러니 절 용서해주시고 모든 것이 잘 되었다고 생각하십시오."

"네가 잘 모르는 것이 있어. 그냥 넘길 문제가 아니다."

"제발…. 어머니…, 이제 그 일은 그만 잊어버리세요…"

"너 때문에 일이 틀어졌어. 대단한 음모가 드러날 기회였는데 말이다."

"다음번에 제가 도와 드리죠. 그러니 이 일은 그만…, 어머니."

"다음번에 돕겠다고? 이미 때가 늦었다. 이번에 탄로가 났기 때문에 그는 한층 더 경계를 강화할 거야."

"그럼 이야기를 한번 해보세요. 왜 그렇게 앙리를 가만두지 않으려고 하십니까?"

"그가 음모를 꾸미고 있기 때문이야."

"어머니. 루브르궁에 있는 사람치고 조그만 음모 하나 꾸미지 않고 속임수 한번 쓰지 않는 사람이 어디 있습니까?"

"그가 꾸미는 건 그 정도가 아니다. 훨씬 더 위험해. 의심할 여지 없이."

"그것이 뭡니까? 어머니."

"앙리에게 직접 물어봐라. 어젯밤에 그의 방에서 무슨 일이 있었는지.”

“어젯밤에…, 그의 방에서?”

“내가 말한다면 넌 내가 틀렸다고 부인부터 할 거야.”

“혹시 여자가 있었습니까?”

“여자라고?”

”여자가 두 명의 검객을 죽이고 모르벨에게 치명적인 상처를 입힌단 말이냐?“

“예? 그렇다면 보통 문제가 아닌데요. 피를 많이 흘렸습니까?”

“세 사람이 쓰러졌다.”

“그렇다면 그렇게 만든 사람이 누구입니까?”

“그는 도망갔다.”

“누군지 모르지만 보통 사람이 아니군요. 어머니 말씀도 일리가 있습니다.”

“적어도 앙리는 알고 있을 것이다.”

“흔적을 남긴 것은 없습니까? 옷 한 조각이라도 남겼을 것 아닙니까?”

“사람들이 목격한 건 그가 아주 기품있는 붉은 망토를 둘렀다는 것뿐이다.”

“붉은 망토라…. 특이한 붉은 망토를 두른 사람을 저도 본 적이 있습니다.”

“바로 그자야.”

“예?”

“내가 지시해놓은 것이 있으니 좀 있다가 다시 오마.” 카트린느는 샤를르를 두고 그 방을 나왔다.

앙리는 매우 불안한 마음으로 비밀 계단을 통해 자신의 거처로 가고 있었다. 그때 그가 올라가고 있는 계단에 그림자 하나가 나타났다. 그는 본능적으로 단도를 움켜쥐고 걸음을 멈추었다. 곧 그것이 자신과 친숙한 여자의 것임을 알았다. 그녀는 샤를로트였다.

"전하. 무사하셨군요."

"무슨 일이 있었소?"

"방에 가보시면 알 거예요. 오르통은 무사하니 걱정하지 마세요."

그 말을 끝으로 젊은 여인은 재빨리 계단 아래로 사라졌다. 무슨 일인지 물어볼 틈도 주지 않고 가버린 그녀를 보며 그는 잠시 멍하니 있었다. 그때 계단 위쪽에서 또 한 사람의 그림자가 나타났다. 이번에는 남자의 것이었다.

"쉿!" 그가 말했다.

"아니, 알랑송 공작!"

"내 이름을 부르지 마시오."

"무슨 일이 있었소?"

"일단 매부 방에 가보면 알 거요. 그리고 아무도 없는지 주위를 살핀 후에 내 방으로 오시오. 문은 잠가놓지 않았으니 밀면 열릴 거요."

그는 그 말을 마치자마자 유령처럼 재빨리 사라졌다.

"젠장 무슨 일이 있었던 거야! 다들 내 방으로 가보라고 하니. 가보면 알겠지."

그는 자신의 거처 입구에 있는 문으로 다가갔다. 문을 열고 대기실을 살펴보았다. 적막한 기운이 감돌았다. 하지만 그것만으로는 아무것도 알 수 없었다. 그는 두 번째 문을 열었다. 엄청나게 쏟아부은 물에도 불구하고 불그스름한 자국들이 곳곳에 남아 있었다. 가구는 박살이

나 있었으며 침대 장막은 찢어져 있고 거울은 총에 맞아 깨져 있었다. 벽에는 손에서 묻은 것 같은 핏자국이 있었다. 모든 것은 이곳에서 끔찍한 혈투가 있었음을 말해주었다. 앙리는 놀라서 혼잣말로 이렇게 중얼거렸다.

"오! 이제 알겠군, 보답을…. 누군가가 날 죽이려고 왔었군. 그럼 무이는? 무이가 죽은 것이 아닐까?"

그는 조금 전에 알랑송이 한 말을 생각해내고는 그가 이 모든 것을 알고 있을 것이라는 생각에 주변을 잘 살핀 후 알랑송의 방으로 황급히 갔다. 알랑송은 대기실에 있다가 앙리가 들어오자 쉿! 하는 뜻으로 입술에 손가락을 대고는 재빨리 그를 이끌고 침실의 작은 방으로 들어갔다.

"어젯밤에 정말 끔찍했소!"

"사람들이 매부를 체포하려고 왔었소."

"나를?"

"그렇소."

"이유는?"

"나도 잘 모르겠소. 그런데 어젯밤 어디 있었소?"

"폐하께서 시내로 구경 가자고 하셔서 나갔었소."

"그렇다면 형님이 당신 목숨을 구했군요. 그건 그렇고 매부 방에 있었던 사람은 누구요?"

"누가 내 방에 있었소?" 앙리는 짐짓 모르는 듯이 물었다.

"그렇소. 한 남자였소. 내가 도울까 하고 달려갔을 때는 이미 늦었소."

"그 사람 잡혔소?" 앙리가 초조하게 물었다.

"아니오. 모르벨에게 치명상을 입히고 호위병 둘을 죽이고 무사히 도망쳤소."

"용감한 무이!"

"무이였소?" 알랑송이 기다렸다는 듯이 물었다.

순간 앙리는 실수했음을 깨달았다.

"추측일 뿐이오. 사실은…, 내가 무이를 통해 이전에 말한 대로 나바르 왕권을 당신에게 제안하기로 한 권리를 양도하기로 했었소."

"만약 그 사실이 발각되면 우린 끝장이오." 알랑송이 창백한 표정으로 말했다.

"맞소. 모르벨이 말을 할 것이기 때문에."

"모르벨은 목에 칼을 맞았는데, 의사 말로는 며칠 있어야 의식이 돌아오고 약 일주일 정도가 지나야 말을 할 수 있다고 했소."

"일주일이라…. 그 정도면 피신하고도 남을 시간이오."

"모르벨이 말을 하기 전까지는 무이가 아닌 딴 사람으로 생각할 여지가 많소." 알랑송이 말을 이었다.

"그 사람은 순식간에 사라졌고, 목격자들이 본 것은 붉은 망토뿐이오."

"…라 몰 백작으로 볼 수도 있단 말이오?" 앙리가 말했다.

"그렇소. 나도 그자가 도망치는 것을 보고 순간적으로 그렇게 의심했으니까 말이오."

"처남조차 그랬다면 다들 틀림없이 그렇게 믿을 거요."

"그는 전혀 관련이 없지 않소?" 알랑송이 말했다.

"당연히 관련 없소. 하지만 그 백작이라고 말하면 왕비에게 큰 고통이 될 거요. 왕비가 그와 가까우니까 말이오. 그를 처남에게 추천한 사람도 바로 왕비가 아니오?"

"그래도 일단 그라고 합시다. 실제로는 관련이 없으니 무사는 할 거요." 알랑송이 말했다.

"왕비도 반드시 알아야 할 일이니 지금 내가 가서 말하겠소."

앙리는 그렇게 말하고 마르그리트의 처소로 발걸음을 돌렸다.

마르그리트는 지난 밤의 일로 마음이 매우 편치 않았다. 그녀가 라 몰과 코코나, 그리고 앙리에트 부인과 식사를 하고 있었을 때 샤를르와 앙리가 갑자기 나타났다. 그들이 나간 후 네 사람은 클로쉐 페르시가의 작은 집에서 즐거운 시간을 보냈다. 그리고 그녀는 앙리에트의 집에서 나머지 밤을 보내고 루브르로 돌아온 것이다. 그때 방문을 두드리는 소리가 났다. 기온느로부터 방문자를 전달받은 후에 그를 들어오게 했다. 앙리의 표정에는 지난 밤에 있었던 일에 대한 유감 같은 것은 전혀 없었다.

"부인. 부인에게 안 좋은 소식이 있소."

"뭐죠?"

"지금 부인의 충복 중 하나가 위기에 빠져있소."

"누구…, 말이죠?"

"라 몰 백작이오."

"무슨 일이죠?" 마르그리트가 놀라서 물었다.

"지난밤에 일어난 일 때문이오!"

마르그리트는 어젯밤에 샤를르가 등장했을 때를 떠올렸다. 그리고 용기를 내어 물었다.

"어떤…일 말이죠?"

"세상에! 아직도 어젯밤에 루브르에 무슨 일이 있었는지 모른단 말이오?"

"예, 전하. 아직…"

"좋게 말하면 잠을 푹 잤다는 증거 아니겠소?"

"무슨 일이 있었나요?"

"모후께서 모르벨과 여섯 명의 호위병들에게 날 체포하라고 명령한 모양이오."

"전하를요? 도대체 무엇 때문에?"

"나도 잘 모르겠소. 모후의 깊은 뜻을 누가 알겠소?"

"그런데 당신이 아는 것처럼 나는 국왕께서 데리고 나가 시내에 있었소. 하지만 내가 없는 동안 다른 사람이 그곳에 있었소."

"누가요?"

"라 몰 백작이라고 하는 것 같소."

"…아닙니다. 라 몰 백작은 그곳에 있었을 리가 없어요. 왜냐면 그는 다른 곳에 있었기 때문입니다." 마르그리트는 당황했지만, 사실대로 이야기했다.

"오! 알리바이가 성립된다면 또 얘기는 다르오. 그가 어디에 있었는지를 말하면 모든 것이 해결될 테니까."

"어디에 있었는지 말하면…, 해결되다니요?"

"어쩌면 오늘 중으로 그 백작이 체포되어 심문을 받을 수도 있소. 불행하게도 사람들에게 목격된 증거가 있으니 말이오."

"증거라니…, 어떤?"

"도망친 자는 붉은 망토를 입고 있었다고 하오."

"하지만 전 알고 있어요. 붉은 망토는 라 몰 백작만 입지는 않는다는 것을…"

"그것도 사실이오, 부인. 우리 한번 생각해 봅시다. 내 방에 있던 사람이 라 몰이 아니라면 그가 누구라고 생각하오? 아니 부인은 알 거라고 생각하오."

"알아요!"

"부인. 우리는 엄청난 장벽에 부딪혔소. 무이가 체포된다면 왕권을 되찾는 것뿐만 아니라 우리 모두 끝장이오."

"…알아요…"

"하지만 라 몰이라면 누구도 위험에 빠트리지 못하오. 그러니…, 라 몰 백작에게 알리바이를 함구하도록 부탁한다면…"

"부탁하면 당연히 그는…, 말하지 않을 거예요."

"확신하오?"

"물론이에요."

하지만 마르그리트는 이렇게 말하면서도 팔을 비틀면서 고통스럽게 외쳤다.

'안돼. 하느님! 제발, 불쌍한 이 젊은이를 구원해 주시기를!'

도주

샤를르는 카트린느와 이야기를 나누자 또 다른 알 수 없는 의혹이 생기는 것을 막을 수 없었다. 반면에 카트린느는 점점 즐거운 기분이 되어갔다.

"그자가 라 몰 백작이라고요? 먼저 앙리와 알랑송의 이야기를 들어 봐야겠어요."

"원한다면 그들을 불러라, 아들아. 하지만 그들에게서 아무것도 알아낼 수는 없을 거다. 그들은 생각보다 긴밀한 관계를 맺고 있어. 그들에게 어설프게 물어보는 것은 더 경계하게 만드는 결과밖에 만들지 않을 가능성이 크다. 차라리 내버려 두면 그들이 대담하게 결정적인 기회를 만들 거야."

"어머니. 전 기다리는 것이 싫습니다. 어머니는 기다리는 것이 어떤 것인지 모르십니다. 만약 라 몰 백작에게 죄가 없다면 불행 중 다행일 것입니다. 알랑송을 불러오라고 하세요. 그런 다음 앙리를 부르세요. 전 둘을 따로 불러 물어볼 겁니다. 어머니께서 여기 있고 싶으시면 계셔도 됩니다."

카트린느의 머릿속에는 어쩌면 이번 기회에 원하는 모든 것을 얻어낼 수 있을지 모른다는 생각이 불현듯 스쳐 갔다. 알랑송이 들어왔다. 그는 이미 앙리와 말을 맞추었기 때문에 침착했다. 그의 대답에는 한

치의 흐트러짐도 없었다. 어머니가 미리 방에 있으라고 했기 때문에 그 날 밤의 일에 대해서는 잘 모른다고 대답했다. 총소리를 듣고 밖을 내다보다가 붉은 망토를 입은 남자 하나가 도망가는 것만을 목격했다고 말했다.

"붉은 망토라고?"

"예. 붉은 망토였습니다."

"혹시 의심 가는 사람이 있느냐?"

"언뜻 보기에는…, 제가 데리고 있는 귀족 중 한 명인 것 같았지만…"

"그 귀족 이름은?"

"라 몰 백작입니다."

"그런데 라 몰은 왜 네 곁에 있지 않았느냐?"

"그에게 쉬라고 했습니다."

"좋아. 가봐라."

샤를르는 그를 유모의 방을 통해 내보냈다. 샤를르는 앙리와 알라송이 서로 마주치는 것을 원치 않았다. 그는 이미 두 사람이 말을 맞추었음을 알지 못했다. 알랑송이 나가고 난 뒤에 앙리를 들어오게 했다.

"폐하께서 저를 때맞추어 부르셨습니다. 마침 저도 내려올 참이었습니다."

샤를르가 미간을 찌푸렸다.

"어제 폐하께서 저를 구해주셨지만, 자칫 죽임을 당할 뻔했습니다. 제가 자객들에게 암살당할 만큼 나쁜 짓을 했습니까?"

"절대로 자객이 아니네. 그냥 체포하러 간 것뿐이야." 옆에 있던 카트린느가 거들었다.

"제가 체포될 만큼 어떤 죄를 지었습니까? 제가 어제 죄인이었다면 지금도 죄인이 아니겠습니까? 폐하."

샤를르는 대답할 말이 없자 어머니를 바라보았다.

"수상한 사람을 받아들이지 않았느냐?" 카트린느가 말했다.

"좋습니다. 수상한 사람이 저의 명예를 더럽힌 겁니까? 왕태후 마마."

"그렇네."

"그의 이름을 말해주십시오. 그가 누군가요? 그리고 저와 대면시켜 주십시오!"

"해명을 요구할 권리가 있네." 샤를르가 말했다.

"저는 폐하와 왕태후 마마께 그것을 요구합니다. 저는 마르그리트와 결혼한 이후로 그녀의 남편으로, 그리고 가톨릭으로 개종해서 지금까지 아무 문제도 일으키지 않고 지내고 있습니다. 왕족의 한 사람으로 말입니다." 우위에 섰다고 판단한 앙리가 말했다.

"앙리. 그건 맞는 말이야. 하지만 자네가 음모를 꾸미고 있다고 말하는 사람들이 있네. 어떻게 된 건가?"

"제가 누구에 대해 반역을 꾀한단 말입니까?"

"나에 대해서."

"그럼 사냥 갔을 때 왜 제가 폐하를 구했겠습니까? 폐하를 내버려 두는 것이 저에게 훨씬 이로울 텐데 말입니다."

"젠장! 어머니. 이제 그의 말이 옳다는 것을 아시겠습니까?"

"하지만 그날 밤 자네 방에 있었던 자는 누군가?" 카트린느가 물었다.

"그건 제가 답을 할 수가 없습니다. 7시쯤 제 방을 나와 10시 이후부터 쭉 폐하와 같이 있었기 때문입니다."

"그러나 자네를 잘 아는 누군가가 왕의 근위병 2명을 죽이고, 또 모르벨에게 부상을 입힌 건 사실이야." 카트린느가 말했다.

"저를 잘 아는 사람이라고요? 누굽니까? 이름을 대보십시오."

"모두 라 몰 백작이라고 의심하더군." 샤를르가 말했다.

"라 몰은 제 밑에 있는 사람이 아닙니다. 그자는 알랑송 밑에 있습니다. 그리고 마르그리트가 그를 알랑송에게 추천했습니다."

"그런데 왜 그가 자네 방에 있었나?"

"폐하. 그것을 제가 어찌 알겠습니까. 라 몰 백작은 매우 점잖을 뿐만 아니라, 마르그리트에게도 매우 충성스러운 백작입니다. 가끔씩 제게 마르그리트나 알랑송의 전갈을 전해주는 일을 합니다만…"

"라 몰이 붉은 망토를 가지고 있는가?"

"그자가 붉은 망토를 입었다는 것이 사실입니까?" 앙리가 물었다.

"그렇다네."

"그럼 달리 말씀드릴 것이 없습니다. 라 몰을 오게 하여 그에게 직접 물어보는 것이 더 낫지 않겠습니까? 폐하께 드리고 싶은 말이 하나 더 있습니다."

"그게 뭔가?"

"왕의 이름으로 된 체포 명령서를 보고도 따르지 않고 반항한 것이 저였다면, 저는 죄인이며 천벌을 받아 마땅합니다. 하지만 그자는 명령서와 아무런 상관이 없습니다. 누군가 그자를 부당한 방법으로 체포하려 했기 때문에 자신을 방어한 것입니다. 물론 정도가 지나친 점이 있다 해도 그의 입장에서 보면 정당방위가 아닙니까?"

"하지만…" 카트린느가 말문이 막혀 중얼거렸다.

"그자가 저와 공모하여 반역을 꾀하려 했다는 것을 밝혀내지 못한다면 그는 죄가 없습니다."

앙리가 이렇게 말하고 샤를르를 바라보며 덧붙였다.

"폐하. 저는 루브르를 떠나지 않겠습니다. 그리고 폐하의 말씀이라면 기꺼이 감옥에 갈 준비도 되어있습니다."

그리고 앙리는 당당하게 인사하고 그 자리를 빠져나왔다.

"좋아!" 샤를르는 그가 나가는 것을 지켜보며 소리쳤다.

"좋다니! 그가 우리를 갖고 노는 데도 칭찬을 하는 거냐?" 카트린느가 소리쳤다.

"어머니께선 잘못 알고 계십니다. 앙리는 저의 동지입니다. 이미 말한 것처럼 그가 반역을 꾀하려 했다면 제가 멧돼지 밥이 되도록 놔두었을 것입니다."

"앙주가 프랑스 왕이 되는 것이 더 싫어서 그렇게 한 것일 수도 있지 않느냐?"

"어머니. 어떤 동기건 간에 분명한 것은 그가 저를 구했다는 것입니다."

그리고 샤를르는 어머니에게 쉬시기를 당부했다. 하지만 카트린느는 오히려 의혹이 더 생겼을 뿐이었다. 그녀는 샤를르의 곁을 떠나면서 어떻게 해서든 또 다른 실마리를 찾아야 한다고 생각했다. 처소로 돌아온 카트린느는 마르그리트가 기다리는 것을 발견했다.

"이 아침에 웬일이지?"

"말씀드릴 것이 있어서 왔습니다. 어머니께서는 뭔가 잘못 알고 계세요."

"무엇을?"

"어머니께서 라 몰 백작을 체포하라고 했다면서요?"

"네가 잘못 알고 있다. 내가 아니라 왕이 체포령을 내릴 거야."

"어머니. 라 몰은 범인이 아닙니다. 누군가가 그에게 죄를 덮어씌우려고 하고 있어요."

"라 몰이 범인이 아니라고?"

카트린느는 마치 뭔가 미궁에 빠진 사건의 실마리를 발견하기 일보 직전에 있는 사람처럼 흥분해서 몸을 떨었다.

"네, 아니에요. 그는 범인일 수가 없어요. 왜냐면 그는 그 시간에 앙리의 방에 있지 않았기 때문입니다."

"그럼 그가 어디 있었단 말이냐?"

"저하고 같이 있었습니다."

카트린느는 딸의 고백에 너무 놀라 눈앞이 캄캄해졌다. 그녀는 잠시 휘청거렸다. 이것은 왕실의 끔찍한 추문으로 연결될 수도 있는 것이었다. 그것은 마르그리트의 타락이었다.

"만약 그를 체포하셔서 어디서 누구와 무엇을 하고 있었는지 묻는다면 그가 사실대로 말할 수밖에 없을 것입니다." 마르그리트는 라 몰이 절대로 그럴 사람이 아니라는 것을 알고 있었지만 그렇게 말했다.

"네 말이 옳아. 체포하면 안 되겠구나…"

마치 체념하는 것 같은 카트린느의 어조는 마르그리트를 더 두렵게 만들었다. 거기에는 또 다른 어떤 끔찍한 의미가 담겨있었기 때문이었다.

"그럼 라 몰이 아니라면 누구란 말이냐? 네가 아는 사람이냐?"

"아뇨…, 어머니." 마르그리트는 기어들어 가는 소리로 대답했다.

"머뭇거리지 말고 분명히 말해보아라."

“어머니. 다시 한번 말씀드리지만 저는 잘 모릅니다.” 창백한 표정의 마르그리트가 대답했다.

“곧 알게 되겠지. 어미가 네 명예를 지켜주려고 애쓰고 있다는 것만 명심해라.”

마르그리트는 카트린느의 방을 떠났다.

‘쯔쯧! 앙리…, 마르그리트…. 이것들이 결탁을 했어! 정말 노련하구나. 자신들이 잘하고 있다고 생각하겠지. 하지만 사실이 드러날 날도 머지않았어. 모르벨이 글을 쓰거나 말을 할 수 있게 되면 모든 것이 밝혀질 테니…. 두고 보자…. 그때 너희들의 결탁도 깨지겠지.’

*

저녁 무렵 한 젊은이가 목욕을 끝내고 상쾌한 기분으로 방안에서 콧노래를 부르고 있었다. 또 다른 한 젊은이는 침대에서 빈둥거리고 있었다. 흥겨운 남자는 라 몰이었고, 침대에서 빈둥거리는 남자는 코코나였다. 라 몰과 코코나는 지난 밤에 무슨 일이 있었는지 전혀 모르고 있었다. 새벽녘에 돌아온 그는 오후 늦게까지 달콤한 잠에 빠져있었다. 그리고 침대에서 일어나 욕조에서 한 시간을 보내고 옷을 차려입고 있었다. 곧 마르그리트를 만나기로 했기 때문이었다.

“어디 가는데?” 코코나가 물었다.

“왕비님에게. 왜?”

“클로쉐 페르시가에 있는 작은 집에서 다시 식사할 수 있다면 어제 먹다 남은 값비싼 포도주가 있을 텐데…”

“그건 경솔한 짓이네. 그건 그렇고…, 저쪽에 있는 내 망토 좀 주게.”

"맞아. 그런데…, 그놈의 망토가 어디 갔지? 아 여기 있군." 코코나가 말했다.

"아니 검은색 말고 붉은색. 왕비님은 붉은색을 더 좋아해."

"그건 없는데? 자네가 직접 찾아봐." 두리번거리던 코코나가 말했다.

"없다고? 그럴 리가. 도대체 어디 갔지?"

"그럼…. 내 것을 입게."

"아! 그래? 초록색 상의에 노란색 망토라? 앵무새가 따로 없군."

"까다롭기는! 싫으면 말고."

바로 그때 그가 옷을 다 입고 거울에 비춰보고 있었을 때 알랑송의 한 시종이 문제의 붉은 망토를 가지고 들어왔다.

"백작님의 망토인가요? 알랑송 공작께서 색깔 맞추기 내기를 해서 나리님 방에서 가져갔다고 했습니다." 시종이 말했다.

"그분께 필요하다면…"

"아닙니다. 내기는 끝났습니다."

"그런데 자넨 이제부터 뭘 할 건가?" 라 몰이 코코나에게 물었다.

"모르겠어."

"저녁에도 계속 여기 있을 건가?"

"잘 모르겠어. 내가 자네에게 말해야 할 의무라도 있나?"

"그럼 나중에 봐. 아무튼 잘 지내게!"

"저 친구는 언제나 뭘 할 건지 물어본단 말이야. 난 잠이 오는데…"

코코나는 이렇게 중얼거리며 다시 눈을 감았다. 라 몰은 마르그리트의 방으로 급히 달려갔다. 그런데 복도 저편에서 알랑송이 기다리고 있었다.

"라 몰 백작?"

"예, 공작님." 라 몰은 공손하게 경의를 표하며 대답했다.

"어디 가는 길이오?"

"마르그리트 왕비님께 문안드리러 갑니다."

"몇 시쯤 돌아올 거요? 라 몰 백작."

"혹시 저에게 내리실 분부라도?"

"아니오. 지금 당장은. 하지만 오늘 밤 백작에게 할 이야기가 있는데…, 9시에서 10시 사이쯤 와줬으면 좋겠소."

"그럼 그때 공작님의 방에서 뵙겠습니다."

라 몰은 인사를 하고 마르그리트의 거처로 갔다. 그가 문을 두드렸고 기욘느가 마르그리트에게 안내했다. 마르그리트는 뭔가에 열중해 있었다. 글을 쓴 종이 한 장에 온통 줄이 그어져 있었고, 이소크라테스의 책 한 권이 그녀 앞에 놓여 있었다. 잠시 후 그녀는 펜을 놓고 그에게 앉으라고 했다. 라 몰의 표정이 빛났다.

"그리스어군요. '이소크라테스의 연설'…. 오호라 이것을 라틴어로 옮기셨군요." 그는 책을 쳐다보면서 말했다.

"그래요. 폴란드 대사들이 불어를 못 해서요."

"그들의 연설 내용을 모르면서 어떻게 답례 연설을 준비하실 수 있습니까?"

"누군가가 미리 연설문을 가져다주었어요. 그래서 답례 연설을 쓴 거예요. 즉흥 연설처럼 보일 수도 있지만…"

"폴란드 대사들이 곧 도착하겠군요."

"사실은 오늘 아침에 사람들 눈을 피해 이미 도착했어요. 도착 행렬은 모레 있을 거예요. 너무 웅변적이지 않나요?" 마르그리트는 스스로 만족스러워하는 표정으로 라 몰에게 말을 이었다.

"이 이야긴 다음에 하고, 알고 싶은 게 있어요. 혹시 왕태후 마마를 만나지 않았어요?"

"아뇨. 왕태후 마마께서 왜, 절…"

"그럼 샤를르 국왕은요?"

"당연히 아니죠."

"그럼 앙리는요?"

"마찬가지입니다."

"알랑송은요?"

"네. 조금 전에 복도에서 만났습니다."

"그가 무슨 말을 하던가요?"

"이야기할 것이 있으니 나중에 들르라고 했습니다."

"또 다른 이야기는 없었나요?"

"없었습니다."

"이상하군요. 그렇게 시끄러운 사건이 있었는데."

"무슨 일이 있었나요?" 라 몰이 의아하게 물었다.

"라 몰 백작은 지금 벼랑 끝에 서 있어요."

"제가요? 왜…"

"위험해요. 지금부터 내가 하는 말 잘 들어요. 어젯밤에 앙리를 체포하기 위해 앙리 방에 갔던 자객들이 그곳에 있던 무이에게 공격을 당했어요. 무이는 도망갔고요. 사람들이 그를 자세히 보지는 못했지만 붉은 망토만은 본 모양이에요."

"그래서요?"

"붉은 망토만으로 당신을 범인으로 의심하고 있어요. 나도 이전에 착각했을 정도니까요…. 당연히 그럴 수 있어요. 그리고 오늘 아침에 당신을 체포한다는 말이 있었어요. 만약 체포된다면 어젯밤에 어디에 있었는지 말할 건가요?"

"그걸 말하면 왕비님께서 곤란해지지 않겠습니까?" 라 몰이 비장하게 말했다.

"내 눈에선 이미 눈물이 흘렀어요. 그래서 당신이 체포되기 전에 어머니에게 당신이 앙리의 방에 있지 않았다는 것을 밝혔어요."

"왕비님! 저를 위해 그렇게까지 해주시다니…" 라 몰이 감격해서 소리쳤다.

그때 쨍그랑! 하는 소리가 들렸다. 그 소리가 그들을 전율케 했다. 라 몰은 알 수 없는 공포감에 사로잡혀 한 걸음 뒤로 물러섰다. 마르그리트는 깨진 창문을 잠시 멍하니 바라보았다. 깨진 창문으로 달걀만한 조약돌이 날아 들어왔다. 그것은 바닥을 데굴데굴 굴렀다. 라 몰은 그제야 창문이 누군가 던진 돌에 맞아 깨어졌다는 것을 알았다. 그는 창문으로 급히 달려갔다.

"도대체 어떤 무례한 놈이?"

"잠깐만. 돌에 줄이 감겨 있어요." 마르그리트가 말했다.

"그렇군요. 뭔가 종이 같은 것이 끼워져 있는데요."

마르그리트는 돌멩이를 집어 들고 줄을 풀어 종이를 빼냈다. 돌에는 또 다른 끈이 매어져 있었는데 그것은 창문 밖으로 이어져 있었다. 마르그리트는 종이를 펼치고 읽기 시작했다.

알랑송 공작의 방으로 통하는 복도에

긴 칼을 찬 사람들 몇 명이 라 몰을 기다리고 있소.

창문으로 빠져나가게 하는 것이 좋을 거요.

그를 무이가 있는 곳으로 보내시오.

마르그리트는 창백한 표정으로 조각상처럼 굳어진 채 옆에 있던 라 몰에게 그것을 건네주었고, 라 몰은 재빨리 그것을 읽었다.

"이 쪽지를 보낸 사람이 누굴까요?" 라 몰이 물었다.

마르그리트는 라 몰의 손을 잡고 열정적으로 말했다.

"앙리의 글씨체예요! 라 몰. 도망가요! 제발 부탁이에요."

"왕비님, 정말 제가 도망치기를 바라시는 겁니까?" 라 몰이 반문했다.

"물론이에요. 창문으로 나가요."

"왕비님의 분부가 정 그렇다면 이 창문에서 뛰어내리겠습니다."

"잠깐만요. 이 돌멩이에 줄 하나가 더 묶여있어요."

두 사람은 그 줄을 끌어 올리기 시작했다. 그 줄에 굵은 명주실 같은 밧줄이 딸려 올라왔다. 그들은 기쁨에 찬 얼굴로 그것을 바라보았다.

"이제 살았어요."

"하지만 이것이 함정이라면…, 혹시 이 줄이 끊어지게 되어있다면…"

기쁨으로 밝아졌던 마르그리트의 얼굴이 다시 수심으로 드리워졌다.

"그럴 수도 있겠군요."

그리고 그녀는 문 쪽으로 달려갔다.

"뭐 하시는 겁니까?" 라 몰이 소리쳤다.

"복도에서 당신을 기다리고 있는 것이 사실인지 내가 확인을 해볼게요."

"안돼요. 잘못하다가는 왕비님이 화를 당하실 수도 있어요."

"걱정하지 말아요. 감히 일국의 공주에게 덤비다니요?"

마르그리트는 위엄있게 문 쪽으로 걸어갔다. 라 몰은 그녀에게 위험이 없으리라고 확신했다. 마르그리트는 기온느에게 자신이 지시를 내리면 라 몰을 도망치게 하거나, 아니면 기다리게 하라고 일러 놓고는 복도로 나갔다. 복도를 돌면 도서실과 연회장이 나오게 되어있었다. 복도를 더 따라가면 샤를르의 거처, 카트린느의 거처로 이어지고 알랑송과 앙리의 방으로 통하는 계단이 있었다. 9시였음에도 불구하고 복도의 불이 꺼져 있었다. 마르그리트는 두려움 없이 걸어갔다. 그녀가 복도의 절반쯤 왔을 때 모퉁이를 도는 곳에서 뭔가 수군거리는 것 같은 느낌이 있었다. 그것은 매우 기분 나쁜 것이었다. 그녀는 위험에 정면으로 맞서 계속 앞으로 걸었다. 그녀는 침착해 보였지만 실제로는 두 손이 떨리고 있을 정도로 많이 긴장해 있었다. 불길한 침묵이 점점 더 강하게 그녀를 압박했다. 복도 모퉁이에 이르렀을 때 그녀 앞에 갑자기 휴대용 촛불을 든 남자 하나가 나타나 이렇게 소리쳤다.

"그자다!"

그는 다름 아닌 샤를르였다. 그 뒤에 손에 줄을 쥔 알랑송이 있었고 더 뒤에 두 사람이 칼을 들고 있었다. 어둠 속에서 칼날이 번쩍거렸다. 마르그리트는 모든 상황을 한눈에 알아차렸다. 그녀는 기지를 발휘했다.

"오라버니, 저예요!"

샤를르는 한발 뒤로 물러났고, 다른 사람들은 꼼짝하지 않았다.

"마르고 아니냐? 이 시간에 어디를 가느냐?"

"왜요? 너무 늦었나요?"

"어디로 가고 있는지 묻지 않느냐?"

"'키케로의 연설'에 대한 책을 찾으러 가요. 어머니 방에 두고 온 것 같아서요."

"그런데 불도 없이?"

"복도에 켜져 있는 줄 알았어요."

"네 방에서 나오는 길이냐?"

"예."

"오늘 저녁에 뭘 했느냐?"

"폴란드 사절들에게 연설할 글을 적고 있었어요. 내일 오라버니께 그 연설문을 보여드리고 의견을 들어야 하니까요."

"혹시 너의 일을 도와준 사람이 있느냐?"

마르그리트는 침착함을 유지하려 애쓰면서 말했다.

"예, 오라버니. 라 몰 백작이 도와줬어요. 그는 학식이 높아요."

"그래. 그는 유식하지. 누나하고 일이 끝나면 내 방에 들르라고 했는데." 알랑송이 조바심을 내며 말했다.

"그를 기다리고 있었어?"

"그랬지."

"그럼, 일이 끝났으니까 보낼게."

"책은?"

"기온느를 시켜야겠어요."

두 형제는 서로 신호를 보냈다.

"그럼 우리는 계속 순찰을 하자꾸나."

"순찰이라뇨? 도대체 찾는 게 뭐죠?"

"붉은 망토를 입은 자를 찾고 있어. 넌 그 자를 본 적이 없니? 알랑송이 봤다고 해서 말이다."

"그럼 그렇게 하세요."

마르그리트는 재빨리 자신의 방으로 발걸음을 옮겼다. 가면서 그녀는 힐끔거리며 뒤를 돌아보았는데 네 사람이 움직이지 않고 소곤거리며 뭔가를 의논하고 있었다.

잠시 후 그녀는 재빨리 말했다.

"기온느, 문열어!" 마르그리트는 안으로 뛰어들며 라 몰에게 소리쳤다.

"도망가요. 빨리! 지체해선 안 돼요. 빨리! 빨리! 당신을 붙잡으려고 복도에서 기다리고 있어요!"

마르그리트가 나간 사이에 라 몰은 창문 밧줄이 튼튼한지 확인을 해두었다. 밧줄의 첫 매듭에 발을 내려놓기 전에 그는 마르그리트의 손에 다정한 입맞춤을 했다.

"만약 밧줄이 함정이더라도 저에게 한 약속을 기억해 주십시오."

"그건 약속이 아니라 맹세예요. 아무 걱정하지 말아요. 안녕. 우리 다시 봐요."

라 몰은 밧줄을 붙잡고 조심스럽게 내려가는 것이 아니라, 대담하게 거의 미끄러지듯이 순식간에 타고 내려갔다. 바로 그때 문에서 노크 소리가 났다. 마르그리트는 라 몰을 지켜보다가 그가 무사히 내려간 것을 확인한 후 창가에서 몸을 돌렸다.

"왕비님!" 기온느가 말했다.

"왜, 무슨 일이지?"

"폐하께서 오셨습니다."

"문을 열어드려."

기온느가 문을 열었다. 네 사람은 라 몰을 기다리다가 이곳으로 온 것이었다. 마르그리트는 미소를 머금고 샤를르 앞으로 나아갔다. 왕은 재빨리 주위를 살폈다.

"무엇을 찾으시나요? 오라버니."

"라 몰. 젠장!"

"라 몰이라고요?"

"그래. 그자는 지금 어디에 있느냐?"

마르그리트는 샤를르의 손을 잡고 창문으로 데려갔다. 두 남자가 말을 타고 질주하고 있었다. 두 사람은 다름 아닌 라 몰과 오르통이었다.

폴란드 사절단

앙주는 파리로 돌아온 후에 카트린느를 자유롭게 만나지 못했다. 그는 왕태후가 가장 아끼는 아들이라는 소문이 있었다. 실제로 카트린느는 다른 자식들보다 그를 더 총애했다. 어쩌면 그것은 그의 잘생긴 용모 때문이었을 수도 있고, 사교계에 많은 염문을 뿌리는 그의 매력이 카트린느의 젊은 시절을 떠오르게 했기 때문일 수도 있었다. 앙주가 파리로 돌아온 것을 아는 사람은 카트린느 뿐이었다. 샤를르조차도 동생이 파리에 온 것을 안 것이 우연히 콩데 공작의 저택 앞에서 마주쳤을 때였다. 그는 국왕에게 자신이 하루 일찍 온 것은 폴란드 사절들과 미리 의논해야 할 일이 있었기 때문이라고 둘러댔지만 샤를르는 그 말을 곧이곧대로 듣지 않았다.

자식들에게 냉정한 카트린느였지만 그토록 기다려온 아들인 앙주가 자신의 방으로 들어왔을 때는 감격해서 껴안았다.

"어머니! 아무에게도 들키지 않고 어머니와 포옹할 수 있다니! 하늘이 도운 거예요. 세상에서 가장 불행한 이 아들을 위로 좀 해주세요. 어머니."

"사랑하는 아들아, 그게 무슨 말이냐?" 카트린느가 웃으면서 말했다.

"어머니. 전 사절들과 함께 여기를 떠나고 싶지 않습니다. 형은 절 미워해요. 내쫓고 싶어 해요."

"폴란드 왕관을 주는 것이 내쫓는다는 말이냐?"

"어머니. 전 정말 떠나고 싶지 않아요. 그곳은 우아한 이곳과 달리 야만스럽기 짝이 없어요. 술을 몇 통이나 마실 수 있는지를 보고 왕의 능력을 판단하는 그런 족속들이에요. 다시 떠나느니 여기서 죽어버리겠어요."

"얘야, 그게 네가 떠나고 싶지 않은 진짜 이유냐?" 카트린느는 아들의 손을 꼭 붙잡고 물었다.

앙주는 가슴속에 있는 말을 차마 내뱉지 못하고 고개를 떨구었다.

"더 실질적인 이유가 있을 것 아니냐?"

"어머니께서 말씀하시지 않으셨나요? 형은 태어날 때부터 별자리 점을 쳐보니 젊어서 죽을 운명이라고요."

"하지만 점은 틀릴 수도 있어."

"분명히 형의 운세에는 그렇게 된다고 되어있었죠?"

"그래, 25년을 산다고 되어있었지. 그런데 그것이 나이를 나타내는 건지 재위 기간을 나타내는 건지는 잘 모르겠구나."

"제가 여기에 남을 수 있도록 어머니께서 힘 좀 써주세요."

"그래. 그렇게 될 수만 있다면 얼마나 좋겠느냐."

"어머니. 생각해 보십시오. 프랑스 왕관과 폴란드 왕관을 맞바꾸다니요. 여기 우아한 궁전에서 현명한 어머니를 모시고 충고를 들으며 국사를 이끌면 훌륭한 왕이 될 수 있는데, 먼 타국에서 괴로워하며 하루하루를 견뎌야 하는 제 심정을…"

"얘야, 너무 낙심하지 마라. 앞으로 어떻게 할지 생각해 보았니?"

"예. 그 때문에 예정보다 하루 일찍 온 겁니다. 전 폴란드 사절 중 가장 영향력이 있는 라스코 앞에서 무례할 정도로 반감을 표시했습니다. 저를 택하지 않도록 말입니다."

"얘야. 그건 좋은 방법이 아니야. 프랑스 국익이 우선이다. 그가 어떻게 나오더냐?"

"그런 나를 왕으로 받들 수 있겠느냐고 대답을 재촉하자 그는 망설이는 것처럼 보이긴 했습니다."

"어리석은 짓이야. 일단 의회가 승인하면 아무도 어쩌지 못한다."

"하지만 어머니. 저 대신 알랑송을 보내면 되지 않습니까?"

"그건 불가능하다. 설사 가능하다고 하더라도 매우 어려운 일이야."

"아무튼, 어머니께서 힘닿는 대로 애 좀 써주세요."

"네가 라스코를 찾아간 것을 형은 모르지?"

"예. 분명히 모를 거예요."

"좋아. 그러면 내가 샤를르에게 한번 말해보마."

"어머니. 저는 여기에 남을 수만 있다면 얼마나 행복할지 모르겠습니다. 어머니를 마음껏 만날 수도 있고…"

"하지만 네가 여기 남는다고 해도 샤를르가 너를 여기에 두지는 않을 거다. 다시 전쟁터로 보낼 거야."

"프랑스를 떠나는 것만 아니라면 전 아무래도 괜찮습니다."

"그러다가 죽을 수도 있어. 형은 너에게 질투를 느끼고 있다. 너의 호탕한 성격. 게다가 스무 살이 되기도 전에 전투마다 승리를 거두니 어떻게 질투를 하지 않을 수가 있겠니? 다른 사람들에게 네 마음을 털어놓지 말고 왕의 마음에 들려고 노력해라. 그리고 폴란드의 왕이 되어라. 나머지는 이 어미에게 맡기고. 그런데 어젯밤 일은 어떻게 되었느냐?"

"실패했습니다. 누군가가 미리 그놈에게 귀띔을 해줬나 봅니다. 창문으로 도망쳤습니다."

"꼭 찾아내고 말 테다. 짐작이 가는 데가 있긴 하지만…, 저주나 내렸으면…"

"누구 말씀입니까?"

"아무것도 아니다. 그 일은 내게 맡겨라."

그녀는 앙주를 물러가게 했다.

잠시 후 왕실 가족이 모두 카트린느의 방에 모였다. 전날 밤에 있었던 일은 아무도 언급하지 않았다. 마르그리트 역시 아무 일이 없었던 것처럼 준비한 연설문을 읽었다. 샤를르 외에는 모두 연설문을 작성해야 했고, 샤를르는 차례대로 그것을 들었다. 그는 마르그리트의 연설문에 대해서는 별다른 지적을 하지 않았지만, 알랑송의 연설문은 어휘가 너무 어렵다고 핀잔을 주었고, 앙주의 것은 악의가 느껴진다고 수정을 지시했다. 연설문을 다시 써야 하는 앙주는 먼저 자리에서 일어났고, 마르그리트는 어젯밤 이후 소식이 없는 앙리와 라 몰을 걱정하며 방으로 돌아갔다. 알랑송은 앙주와 왕태후의 태도가 석연치 않다고 생각하며 자리에서 일어났다. 하나둘씩 떠나고 샤를르마저 자리에서 일어났을 때 카트린느가 그를 불러 세웠다. 샤를르 역시 어머니와 앙주가 뭔가를 꾸미고 있다고 감을 잡았지만 모른 척하며 물었다.

"무슨 일이십니까?"

"중요한 걸 잊고 있었구나. 즉위식은 언제 치를 거냐?"

"말씀해 보십시오. 언제쯤 치르는 것이 좋을까요?"

"난 네가 어떤 생각으로 즉위식에 대해 그렇게 무관심한지 모르겠구나."

"무슨 말씀입니까?"

"난 폴란드인들이 내준 왕관을 쓰고 좋다고 곧장 돌아가는 것이 별로 좋은 모양새가 아니라고 생각한다."

"전 그 반대입니다. 그들이 서둔 만큼 우리도 서둘러야 한다는 생각입니다. 영예에는 영예로, 예절에는 예절로 보답해야 하지 않겠습니까?"

"네 말도 일리가 없는 것은 아니지만 내 말도 틀린 건 아니다. 즉위식을 서두르겠다는 말이냐?"

"그렇습니다. 재단사와 보석 세공인들이 앙주의 임명 사실을 안 날부터 작업에 들어갔습니다. 모든 것이 오늘 안으로 준비될 것입니다. 혹은 다른 일이 생긴다고 해도 사나흘이면 다 준비될 것입니다."

"세상에! 내가 생각하는 것보다 훨씬 더 서두는구나."

"영예에는 영예로 답해야 한다고 말씀드렸지 않습니까?"

"그들이 보여준 영예가 널 우쭐하게 만드는 거냐?"

"그렇습니다."

"동생이 한시바삐 폴란드 왕이 되어 떠나는 것이 너의 소망이겠지?"

"부인하지는 않겠습니다."

"그래. 네가 몰두하는 것은 사람이 아니라 늘 어떤 사실일 뿐이야. 넌 누가 그곳을 다스리든지 상관이 없지. 안 그러냐?"

"아닙니다. 폴란드인들이 선택을 잘했다고 생각합니다. 그 민족은 호전적인 전사들로 이루어져 있어 전쟁 영웅인 앙주가 적격입니다. 그런 그를 두고 누굴 보내겠습니까? 알랑송? 그런 게으름뱅이를요?"

"네 동생을 멀리 보내려고 하는 것이 그를 싫어해서가 아니냐?"

"하! 하! 어머니. 그걸 어떻게 아셨습니까? 제가 왜 그 애를 좋아해야 합니까? 또 그 애는 저를 좋아할까요? 아니 어머닌 저를 좋아합니까? 내 개들과 유모 빼고 저를 진심으로 좋아하는 사람이 있는 줄 아십니까? 아뇨, 없습니다. 제가 미워하는 만큼 그 애가 저를 미워해도 상관없습니다."

카트린느는 몸을 떨었다. 그녀의 눈에서 불꽃이 일었다.

"네가 속마음을 털어놓은 이상 나도 할 말은 해야겠다. 넌 참으로 우유부단하고 현명하지 못한 왕이다. 앙주는 네게 혹시 불행한 일이 생겼을 때 가장 적합한 왕위 계승자야. 네 말처럼 알랑송은 철이 없고 우유부단해. 아니 게으르다고 하는 것이 옳을 것이다. 게다가 뒤에는 무슨 결탁을 했는지 앙리가 버티고 있고!"

"젠장! 제가 죽은 후에 일어나는 일들이 저와 무슨 상관이 있습니까? 앙리가 그의 뒤에 버티고 있다고요? 그것참 잘된 일이군요. 난 앙리를 좋아합니다. 누구보다도 솔직하고 따뜻한 손길을 가졌습니다. 그는 나를 배신할 인물이 아닙니다. 게다가 난 그에게 빚이 있습니다. 그의 어머니는 독살당했습니다. 내 가족 중 누군가의 손에 말입니다. 내가 아프면 앙리를 부를 겁니다. 내가 죽게 된다면 나는 그를 프랑스와 나바르의 왕으로 임명할 것입니다. 그는 적어도 날 위해 울어줄 것입니다."

그 순간 카트린느는 벼락을 맞은 것 같은 전율을 느꼈고 잠시 말문이 막혔다. 곧 그녀는 사납고 격렬한 눈빛으로 샤를르를 바라보며 소리쳤다.

"뭐라고? 앙리를? 내 아들이 멀쩡하게 살아있는데 그를 프랑스의 국왕 자리에 앉힌다고? 하느님! 성모 마리아여! 저를 굽어살피소서!"

"당신의 아들? 그럼 저는 뭔가요? 저는 늑대의 자식입니까? 이 프랑스 국왕은 당신의 아들이 아니죠. 프랑스 왕에겐 어머니가 없습니다. 신하들만 있을 뿐이지." 샤를르는 분노로 온몸을 떨면서 소리쳤다.

그의 눈이 사납게 이글거리며 불타올랐다.

"너는 내 말을 잘못 이해한 것 같구나. 난 내 곁을 떠날 왕자를 아들이라고 부른 것뿐이다. 그 아이를 영원히 잃게 될까 봐 말이다. 어미로서 그런 것도 죄가 되느냐?"

"한 번 더 분명히 말씀드리지만, 앙주는 이곳을 떠납니다. 이틀 후에 말입니다. 어머니께서 이런 식으로 나온다면 그의 출발 날짜는 내일로 당겨질 수도 있습니다. 아니면 어젯밤에 어머니께서 마르그리트의 애인을 목 졸라 죽이고 싶어 한 것처럼 내가 그를 죽여버릴 수도 있습니다. 라 몰은 놓쳤지만, 앙주는 절대 놓치지 않을 것입니다."

샤를르의 협박 아닌 협박에 카트린느는 순응하지 않을 수 없었다. 하지만 그녀의 굴복은 오래가지 않았다.

"가련한 아이 같으니! 형이 동생을 죽이려 하는구나! 걱정 마라. 이 어미가 지켜주마…"

"정말 저의 용기를 시험하시는군요! 아니 당장 제가 그를 죽여버리겠습니다. 지금 당장 말입니다. 내게 칼을 다오! 어서!"

샤를르는 주위를 두리번거리다가 카트린느가 허리에 차고 있는 조그만 단검을 보고 그것을 빼서 밖으로 뛰쳐나갔다. 그리고 이곳저곳을 뒤지기 시작했다. 그 순간 너무 흥분하여 온몸에 힘이 빠지는 것을 느꼈다. 그는 절망에 찬 비명을 지르며 바닥에 쓰러졌다. 바로 그 순간 붉은 피가 그의 입과 코에서 흘러나왔다.

"하느님! 절 죽이려고 하고 있어요! 오 하느님! 살려주세요!"

뒤따르던 카트린느는 그가 넘어지는 것을 보았다. 그녀는 잠시 그것을 보며 서 있었지만, 곧 샤를르에게 다가갔다. 그것은 아들에 대한 사랑 때문이라기보다는 그렇게 하지 않을 수 없었기 때문이었다. 그녀는 문을 열면서 소리쳤다.

"폐하께서 쓰러지셨다! 의사를 불러라! 어서!"

시종들과 기사들, 귀족들 등 많은 사람이 모여들었다. 그들 중에 한 여인이 달려와 샤를르를 안아 일으켰다.

"유모. 날 죽이려 했어. 날 죽이려 했어…" 샤를르는 식은땀을 흘리며 말했다.

그리고 다시 정신을 잃었다. 그때 앙브로와즈 파레가 달려왔다.

"진작 저를 부르시지 않고요! 증세가 심각합니다!" 그가 말했다.

'지금이 절호의 기회야. 어떻게 하든 즉위식을 연기시켜야 해.'

냉혹한 카트린느는 마음속으로 생각했다. 그녀는 기도실에서 자신을 기다리는 둘째 아들 앙주를 만나기 위해 그곳을 떠났다.

카트린느가 앙주를 만나 조금 전에 있었던 일을 말해주고 방으로 돌아왔을 때 르네가 기다리고 있었다. 전날 밤에 카트린느의 서신을 받고 온 것이었다.

"모르벨을 보았느냐?"

"네, 그렇습니다."

"좀 어떻더냐?"

"많이 좋아졌습니다."

"말은?"

"아직 못합니다. 후두를 찔렸습니다."

"글을 써보게 했느냐?"

"예. 써보라고 하니 온 힘을 다했지만, 너무 힘이 없어 두 자밖에는 쓰지 못했습니다. 그리곤 다시 정신을 잃었습니다. 그런데 그것마저도 분명하지가 않습니다. 피를 너무 많이 흘린 것 같습니다."

"그 글자를 한번 보자."

"여기 있습니다."

르네가 주머니에서 재빨리 종이 한 장을 꺼내 카트린느에게 내밀었다.

"M과…, O라…, 라 몰이 분명하군. 마르그리트의 말은 그를 보호하려는 방법이었어."

"감히 제 의견을 말씀드리자면…. 라 몰이라는 백작은 온통 사랑에 미쳐 있어 정치적으로 개입할 여지가 없어 보이는데요…"

"어떻게?"

"그는 마르그리트 왕비님을 너무 사랑하고 있습니다. 그런 그가 나바르왕에게 충성을 다할 리가 있겠습니까? 사랑에는 언제나 질투가 따르는 법이니…"

"그가 정말 왕비를 사랑한단 말인가?"

"확실합니다."

"혹시 그가 너에게 도움을 청하더냐?"

"예."

"사랑의 묘약? 아니면…?"

"밀랍인형 주술을 원했습니다."

"인형 가슴을 찌르는 것 말이지?"

"예."

"그 인형 가지고 있느냐?"

"예."

"버리지 말고 갖고 있어라. 언젠가 쓸 데가 있을지 모르니. 마르그리트는 라 몰을 사랑하느냐?"

"제가 보기에 파멸을 겁내지 않을 만큼 사랑하는 것처럼 보였습니다. 왕태후 마마께서는 언제나 의심이 많으시군요."

"내가 의심을 하지 않게 되었느냐? 과학이 나를 버렸는데."

카트린느는 르네를 빤히 바라보았고, 르네 역시 그녀를 뚫어지게 바라보았다.

"무슨…, 말씀입니까?"

"너는 내 말뜻을 알고 있을 거다. 네가 만든 입술 제제가 기적을 일으켰지…. 샤를로트의 입술은 어느 때보다도 붉고 아름다웠다."

"그렇지 않아도 말씀드리고 싶었는데 마마께서 충고하신 이후로 전 그 부인에게 입술 제제를 보내지 않았습니다. 은상자들은 그대로 집에 있습니다. 저도 모르는 사이에 하나가 없어지긴 했지만 말입니다. 누가 무엇에 쓰려고 그걸 가져갔는지 모르겠습니다."

"알았다. 그건 다음에 이야기하지. 다른 이야기가 있어. 사람의 수명을 맞히려면 무엇이 필요하지?"

"태어난 날짜와 태어난 순간에 별들의 위치를 알아야 합니다."

"그다음은?"

"그 사람의 머리카락과 피가 있어야 합니다."

"만약 내가 머리카락과 피를 주고 태어난 날짜를 알려주면 결과는 언제쯤 나오느냐?"

"며칠 걸리지 않습니다."

"알았다. 머리카락은 이미 있고, 피는 곧 손에 넣을 수 있을 거야."

"그 사람이 하루 중 몇 시에 태어났습니까?"

"오후 5시경에 태어났다."

"그럼, 내일 5시에 저의 집으로 오십시오. 그 사람이 태어난 시간에 실험해야 합니다."

"알았다. 우리가 거기로 가마."

르네는 인사를 한 후에 그 자리를 떠났는데, 카트린느가 '우리'라고 한 말을 무심결에 흘려들었다. 그것은 누군가와 같이 오겠다는 뜻이었는데 르네는 별다른 관심을 두지 않았다.

다음 날 정오경에 카트린느는 샤를르의 방으로 갔다. 그녀는 아들의 병세가 어떤지 시종에게 물었다. 시종은 왕이 또 신경발작을 일으킬까봐 앙브로와즈 파레가 피 뽑을 준비를 해놓고 있다고 대답했다. 샤를르는 흘린 피 때문에 창백한 얼굴로 잠들어 있었다. 유모가 자리를 지키고 있었다. 샤를르의 입에 선 때로 거품 같은 것이 흘러나왔다. 유모는 그것을 정성스럽게 닦아주었다. 샤를르의 머리맡에는 피로 얼룩진 수건이 놓여 있었다. 카트린느는 처음에 그 수건을 손에 넣으려고 했지만, 타액이 섞여 본래 효과를 낼 수 없다고 생각했다. 그녀는 유모에게 의사가 샤를르의 피를 뽑지 않았는지 물었고, 유모는 피를 너무 많이 뽑아 샤를르가 두 번이나 기절했다고 대답했다. 카트린느가 의사에게 피를 보여달라고 하자 의사는 대수롭지 않게 가리켜 주었다. 피는 옆방에 작은 용기에 담겨있었다. 카트린느는 피를 살펴보는 척하면서 소매 속에 숨겨온 작은 병에 샤를르의 피를 퍼 담았다. 그리고 주머니에 감추었는데 손에 묻은 약간의 피만이 그녀의 감쪽같은 행동을 알려줄 뿐이었다.

약속시간에 맞춰 카트린느는 르네의 집으로 향하고 있었다. 카트린느가 르네 집에 데려온 사람은 다름 아닌 앙주였다. 앙주가 먼저 안으로 들어섰다. 그는 가발을 쓰고 얼굴을 가면으로 가리고 있었을 뿐만 아니라 야회복 망토도 걸치고 있었기 때문에 신분을 숨길 수 있었다.

"알겠느냐?" 카트린느가 르네에게 물었다.

"예. 마마께서 알고자 하시는 분의 운명은 황소자리가 흔히 그렇듯 유례없는 격렬한 심장의 소유자입니다. 그는 강한 권력을 가지고 있습니다. 스물다섯이 되었군요. 그 사람은 하늘로부터 권세와 부를 얻었습니다. 그렇지 않습니까?"

"그렇다."

"머리카락과 피는 가져오셨습니까?"

"그래. 여기 있다."

카트린느는 머리카락과 피를 담은 작은 병을 르네에게 내밀었고 르네는 그 병을 흔들었다. 그리고 붉게 달구어진 칼날 위로 피를 한 방울 떨어뜨렸다. 그 순간 칼 위에 거품이 일면서 이상한 문양이 나타났다.

"격심한 고통으로 온몸을 비트는 모습이 보입니다. 신음 소리도 들립니다. 주위는 온통 피로 물들어갑니다. 죽어가는 그의 침대 옆에서 큰 싸움이 일어나고 있습니다."

"얼마나 오래 살겠느냐?"

그녀의 말에 르네는 제단으로 가서 무릎을 꿇고 주문을 외웠다. 관자놀이의 혈관이 팽창될 정도로 온몸을 떨기 시작했다. 다시 일어나

한 손에 피가 조금 남아 있는 병을 들고 다른 한 손에는 머리카락 한 줌을 든 채 모든 것이 준비되었다고 말했다. 그는 칼날 위에 남은 피를 쏟아부었고 머리카락을 장작불 속에 집어 던졌다. 그리고 한 번도 들어본 적이 없는 히브리어로 주문을 외웠다.

"한 일 년 정도 더 살다가 죽을 겁니다. 한 여인이 그의 죽음을 슬퍼하고 있습니다."

하지만 르네는 그 이상은 카트린느에게 말해줄 수 없었다. 칼날이 식으면서 모든 것이 사라졌기 때문이었다.

"그 사람의 이번 달 운세는?" 카트린느가 물었다.

"늘 그렇듯이 피어 있습니다. 신들의 싸움으로 운명이 바뀌지 않는 한…, 하지만…"

"하지만?"

"묘성을 이루는 별들 하나가 제가 관찰하는 동안 구름에 가려졌습니다."

"구름? 그건 뭔가?"

르네는 무릎을 꿇고 장작불 앞에 앉아 작은 병에 남은 마지막 피 한 방울을 자신의 손안에 떨어뜨렸다.

"우리 같은 사람들의 예언을 의사나 학자들은 절대 믿지 않습니다. 그렇습니다. 그들의 눈으로 보면 이 피는 단지 매우 건강하고 혈기왕성한 사람의 것일 뿐입니다. 하지만 제 눈에는 혈기가 사라져가는 것이 보입니다. 일 년 안에 이 피의 주인공은 운명을 다할 것입니다."

르네는 말을 이었고, 카트린느와 앙주는 마치 솔깃한 제안을 들은 것처럼 귀를 기울였다.

"보통 학자들은 현재만을 알 뿐이죠. 하지만 우리는 과거와 미래를 모두 알 수 있습니다."

"정말 일 년 안에 그가 죽을 것이라고 확신하느냐?" 카트린느가 다시 물었다.

"우리 세 사람이 언젠가 죽어서 관에 들어갈 것이라는 사실만큼 확실합니다."

"하지만 조금 전에 그 피가 깨끗하고 건강하다고 하지 않았느냐?"

"그렇죠. 순리에 따르면 그렇습니다. 하지만 사고나 불상사가 생기지 말라는 법이 없지 않습니까?"

"그럴 수도 있어. 들었지?" 카트린느가 앙주에게 말했다.

"이제 돌아가시죠. 더 들을 말이 없는 것 같습니다." 앙주가 카트린느에게 속삭였다.

"고맙소. 이 돈지갑 받으시오." 앙주가 르네 쪽으로 몸을 돌리고 목소리를 가장하면서 말했다.

"백작. 우리 이제 갑시다."

카트린느는 르네가 추측할 수 없도록 의도적으로 백작이라는 호칭을 사용하며 말했다. 그들은 그곳을 떠났다.

"어머니. 만약 사고가 일어난다고 하더라도 저는 1600킬로나 떨어진 곳에 있습니다. 그러니 그렇다 해도 소용없지 않겠습니까?"

"하지만 일주일 안에 올 수 있지 않느냐?"

"있죠. 하지만 그때까지 알랑송이나 앙리가 가만히 있겠습니까?"

"혹시 르네가 말한 사고가 어제 그 사고일지도 모르지 않니? 샤를르는 지금 침대에서 사경을 헤매고 있어. 너는 먼저 돌아가거라. 난 수도원에 들를 것이다. 앙주. 형이 깨거든 절대로 화나게 하지 않도록 조심해라."

*

코코나는 라 몰이 마르그리트를 만나러 나간 이후 밤새 돌아오지 않자 처음에는 대수롭지 않게 여겼다. 하지만 이튿날 아침에도 그가 나타나지 않자 진심으로 친구가 걱정되기 시작했다. 그는 '아름다운 별'로, 클로쉐 페르시가의 작은 집으로, 티종가로 그를 찾아다니다가 생 미쉘 다리를 거쳐 다시 루브르궁으로 돌아왔다. 코코나는 라 몰이 음모에 연루되어 쥐도 새도 모르게 죽었거나 끝을 알 수 없는 지하 감옥에 갇혀 버린 것이 아닌지 걱정스러웠다. 그는 마지막 수단으로 알랑송 공작에게 친구의 실종에 대한 해명을 요구하러 갔다. 알랑송은 언제나 무례한 코코나를 당장이라도 내쫓고 싶었지만, 그가 비장한 어조로 말하자 자신도 모르게 한발 물러났다.

"라 몰은 붙잡힐 뻔했지만 운 좋게 달아났네."

"아! 그렇습니까? 라 몰을 구해준 친구가 있습니까? 나쁜 소식이라도 상관없습니다. 지하 감옥으로 버려졌습니까? 아니면 끌려갔습니까?"

"그 이후에 사라졌네. 지금 그가 있는 곳을 아는 사람은 아무도 없어."

"젠장! 그가 지옥에 있더라도 내가 찾아낼 겁니다!" 코코나는 강하게 반응했다.

"귀띔을 하나 해주자면 마르그리트는 라 몰이 어떻게 되었는지 알고 있을 거야. 가서 물어보고 혹시 알게 되면 내게도 좀 알려주게. 나도 이만저만 걱정이 되지 않으니. 한 가지 당부할 말은 절대 내 부탁으로 왔다고는 하지 말게. 그럼 아무것도 알아낼 수 없을 테니까."

마르그리트는 코코나를 기다리고 있었다. 코코나가 라 몰의 행방을 수소문하고 다닌다는 것을 익히 듣고 있었기 때문이었다. 친구를 찾는 과정에서 코코나가 과격한 소란을 피운 것이 소문을 빨리 퍼지게 했다. 코코나는 마르그리트 왕비 앞에서 언제나 그렇듯 어려워했고 당혹감을 감추지 못했다. 하지만 그는 용기를 내어 말했다.

"왕비님. 제 친구를 돌려주십시오. 부탁입니다. 저는 그 친구 없이 살 수가 없습니다. 무례한 부탁이라고 하더라도 관대히 여기시고 제 친구 소식을 알려주십시오."

마르그리트는 미소를 지으며 사실대로 말해주었다. 그녀는 그에게 비밀을 지킬 것을 맹세하게 한 후에 라 몰이 창문을 통해 도망갔다는 것을 알려주었다. 하지만 지금 어디에 있는지는 알랑송 공작의 귀에 들어갈지도 모른다는 생각으로 말하지 않았다.

"나머지는 나바르왕에게 물어보세요. 그가 라 몰의 행방에 대해 알고 있는 유일한 사람입니다. 내가 말할 수 있는 건 당신 친구가 살아있다는 것뿐입니다."

코코나는 물러갔다. 그는 좀 더 구체적으로 알아낼 방법을 궁리했다. 그래서 얼마 전에 다투고 연락을 하지 않은 앙리에트 부인과 화해하는 방법을 생각해냈다. 사실 마르그리트는 라 몰에 대해 전혀 걱정하지 않았다. 여기에는 분명히 그럴만한 이유가 있었다. 라 몰은 도망친 이후 앙주의 폴란드 왕 즉위식 겸 폴란드 사절 접견식 전날 밤까지 마르그리트의 창문 아래에 계속 찾아왔기 때문이었다.

*

폴란드 왕 즉위식 바로 전날 밤 9시경 루브르의 모든 사람이 즉위식 준비에 한창일 때 발코니 아래서 라 몰이 나타났다. 라 몰은 그녀를 향해 쪽지를 던졌고 마르그리트는 그것을 읽기 위해 방으로 들어갔다. 쪽지는 두 장이었다. 첫 번째는 이런 내용이 들어있었다.

나바르 전하께 전할 말이 있습니다.
급합니다.
기다리겠습니다.

두 번째 쪽지에는 이런 말이 있었다.

나의 마르그리트.
당신에게 보내는 내 입맞춤을 받아 주십시오.
기다리고 있겠습니다.

그때 기온느가 앙리의 행차를 알렸고, 마르그리트는 재빨리 한 장은 옷 속에, 다른 하나는 코르셋 속에 넣었다. 그리고 서둘러 창문을 닫은 다음 문 쪽으로 몸을 돌려 미소를 띠며 말했다.

"전하. 어서 오세요."

앙리는 평소처럼 상냥한 미소를 지으며 말했다.

"즉위식 준비를 하느라 한창들이오. 당신에게 긴히 의논할 일이 있소. 내 일이 곧 당신의 일이기도 하니까 말이오. 그렇지 않소?"

"맞는 말씀입니다."

"며칠 전부터 알랑송이 날 피하고 있소. 그는 그저께부터 생 제르맹 숲에 파묻혀 나타나질 않소. 혼자 나바르로 떠날 방책을 강구 하는 건지, 아니면 아예 떠날 생각이 없는 건지 알 수가 없소."

"맞아요. 알랑송의 침묵은 알 수가 없어요. 그는 기회를 엿보다 자신의 태도를 바꾸려는 것이 분명해 보여요."

"샤를르는 앓아누워있고, 앙주는 폴란드로 떠나고…, 알랑송은 오히려 프랑스 왕관을 노리고 계속 파리에 남아 있으려는 것이 아닌지 모르겠소."

"그럴 가능성도 충분히 있어요."

"그가 남는다면 우리 계획은 수정될 수밖에 없소. 처남이 동참하지 않으면 우린 세 배 더 힘들어질 거요. 내 신변도 보장되지 않고 말이오. 그런데 어떻게 된 건지 무이가 아무 소식이 없소. 이렇게 조용히 있을 사람이 아닌데 혹시 그의 소식을 알고 있소?"

"그렇지 않아도 전하께 드리려던 것이 있어요. 창문을 열어두고 밖에 나갔다 돌아오니 바닥에 쪽지가 떨어져 있었어요."

"보여주지 않겠소?"

마르그리트는 두 장의 쪽지 중에서 옷 속에 넣어둔 쪽지를 꺼내 그에게 내밀었다.

"이건 라 몰의 글씨체가 아니오?" 앙리가 물었다.

"제가 보기엔 위조한 것처럼 보이기도 합니다."

나바르 전하께 전할 말이 있습니다.

급합니다.

기다리겠습니다.

"기다리겠다는 말이 있는데…"

"어떻게 하실 거예요?"

"그를 기다려야겠소."

"그를 오게 한다고요? 지금 상황에서 그를 오게 하는 것이 가능할까요? 다 지키고 있는데?"

마르그리트가 놀라서 남편을 바라보았다.

"창문을 이용하면 될 거요."

"그렇지만 어떻게 올라오죠?"

"내가 당신에게 보내준 그 밧줄 혹시 가지고 있소?"

"예, 가지고 있어요."

"완벽하군. 잘 됐어."

"어떻게 하시려고요?"

"간단하오. 그 밧줄을 발코니에 묶어 놓는 거요. 만약 기다리겠다는 말을 쓴 자가 무이라면…, 틀림없이 올라올 거요."

마르그리트가 그것을 찾는 데는 그리 오래 걸리지 않았다.

"부인이 수고스럽겠지만, 이 밧줄을 발코니에 묶어주겠소?"

"왜 저에게 하라고 하시는지요? 전하."

"음모가는 모든 일에 신중해야 하오. 남자가 아른거리는 것이 보이면 일단 겁부터 집어먹지 않겠소?"

마르그리드는 웃으면서 밧줄을 발코니에 묶었다.

"당신 모습이 보이도록 거기에 서 있어요. 그리고 밧줄을 들어서 보여줘요."

방 한쪽 구석에 몸을 숨긴 앙리가 말했다. 앙리 말대로 10여 분 정도가 지나자 한 사나이가 밧줄을 타고 발코니로 올라왔다. 그는 왕비의 모습이 보이지 않는 것을 보고 잠시 주저했다. 앙리가 대신 앞으로 나갔다.

“무이가 아니었군. 라 몰…, 들어오시오.” 앙리가 정중하게 말했다.

라 몰은 놀라서 한동안 우두커니 서 있었다. 앙리는 그에게 들어오게 하여 의자를 권했다.

“저는 파리 변두리에서 무이와 헤어졌습니다. 그는 모르벨이 전하 방에 있었던 사람이 자신이었다는 것을 밝혔는지 알고 싶어 합니다.”

“아직은 아니지만 밝혀지는 건 시간 문제요. 그러니 모든 걸 서둘러야 하오.”

“무이도 그렇게 생각하고 있습니다. 내일 저녁까지 알랑송 공작이 떠날 준비가 되면 자신이 150명의 병사와 함께 생 마르쉘 문에서 기다리겠다고 했습니다. 그리고 퐁텐블로에서 500명이 전하를 기다리고 있을 것입니다. 전하께서는 블루아, 앙굴렘 그리고 보르도를 손에 넣으실 수 있다고 했습니다.”

“부인. 나는 내일까지 준비가 될 거요. 하지만 부인은?”

“저도 당신이 간다면 따라갈 준비가 되어있습니다. 하지만 알랑송과 행동을 같이해야 한다는 것을 아시겠죠? 안 그러면 그는 우리를 배신할지 몰라요. 만약 그가 망설인다면 우리도 움직이지 않는 것이 좋겠어요.”

“혹시 알랑송은 그 사실을 알고 있소, 라 몰 백작?” 앙리가 라 몰에게 물었다.

“며칠 전 무이로부터 서신을 받았을 것입니다.”

“나에게는 일언반구도 없었는데…”

“그를 조심하세요. 경계해야 해요.” 마르그리트가 말했다.

"그런데 무이에게 어떻게 답을 하지요? 라 몰 백작."

"전하. 무이는 내일 폴란드 사절들의 환영 연회장에 변장하고 나타날 것입니다. 왕비님의 연설로 전하께서 계획을 실행에 옮기실 것인지 아닌지, 알랑송이 거절했는지 찬성했는지, 또 자신이 전하를 기다려야 되는지 도망가야 하는지 알아차리도록 말씀하시면 됩니다. 만약 알랑송 공작이 거절하면 2주 안으로 다시 계획을 짠다고 했습니다."

"무이는 모든 것이 정확하단 말이야. 부인. 무이가 하라는 대로 할 수 있겠소?"

"그럼요. 그건 별로 어렵지 않아요."

"그럼 난 내일 알랑송을 만나보겠소. 무이는 눈치가 빠르니 잘 알아들을 거요."

"라 몰 백작. 그에게 내 대답을 전해주겠소? 근처에 말이나 하인을 대기시켜 놓았소?"

"예, 전하. 오르통이 강기슭에서 저를 기다리고 있습니다. 어디로 나갈까요?"

"나와 함께 나가면 될 거요. 망토를 걸치시오. 얼굴을 가려야지. 문은 별로 어렵지 않게 통과할 수 있을 거요. 나도 오르통에게 할 말이 있으니 같이 갑시다. 일단 여기서 기다리시오. 내가 먼저 복도를 살펴보고 올 테니."

앙리가 복도로 나갔다. 라 몰은 마르그리트와 단둘이 남게 되었다.

"언제쯤 다시 볼 수 있을까요?" 라 몰이 물었다.

"만약 내일 우리가 나바르로 떠나면 내일 저녁쯤 볼 수 있을 거예요. 하지만 그렇게 하지 못한다면 클로쉐 페르시가의 작은 집에서 며칠 후에 만나요."

"아무도 없소! 라 몰 백작, 갑시다." 앙리가 돌아와 말했다.

라 몰은 몸을 숙여 왕비에게 공손히 인사했다.

"그가 손에 입맞춤하는 걸 허락해 주시오. 그는 평범한 기사가 아니잖소?"

앙리의 말에 마르그리트는 순순히 따랐다.

"그리고 밧줄은 다시 잘 보관해 놓아요. 우리 같은 음모자들에겐 더없이 귀중한 물건이니 말이오. 이제 갑시다! 라 몰 백작."

즉위식

카트린느는 마지막 순간까지 앙주의 폴란드 왕 즉위식이 연기되기를 기대했지만, 그녀의 바람과 달리 즉위식은 여지없이 다가왔다. 샤를르는 심한 발작을 한 이후로 카트린느와 말을 하지 않았다. 그는 모든 일에 대해 냉정하고 차가운 반응만 보일 뿐이었다. 그래서 즉위식 날도 흥겹거나 들뜬 분위기와는 거리가 멀었다. 넓은 연회장에 모든 것이 준비되어 있었다. 연회가 크게 벌어지는 즉위식은 왕의 허락만 있으면 호위병에서 보초까지 모두 들어올 수 있었다. 앙리는 라 몰로부터 무이가 변장을 하고 즉위식에 참석할 것이라는 말을 전해 들었기 때문에 그를 찾아 사방을 두리번거렸다. 마침내 그는 노인 같은 차림이지만 노인 같지 않은 날렵한 몸놀림을 하는 한 남자를 발견했고, 그가 무이일지도 모른다고 생각하며 계속 시선을 보냈다. 한순간 시선이 마주쳤을 때 그 노인은 앙리에게 신호를 보냈고 앙리는 그가 무이임을 확신했다. 앙리는 마르그리트의 귀에 대고 뭔가를 속삭였다. 마르그리트의 시선 역시 무이에게 가서 닿았다.

연설이 시작되었다. 샤를르가 첫 번째로 연설을 시작했고 연설이 끝나자 폴란드 사절의 라스코가 폴란드 의회의 이름으로 폴란드 왕관을 프랑스 왕자에게 수여해도 되는지 샤를르에게 동의를 구하는 절차가 있었다. 샤를르는 간결하게 동의를 해준 후 앙주를 소개하고 폴란드 사절들을 치하하는 말을 했다. 라스코는 앙주 공작에게 몸을 돌려 라틴어로 폴란드 국민의 이름으로 앙주에게 왕관을 수여한다고 말했다. 앙주 공작 역시 라틴어로 자신에게 주어진 영광을 아주 감사하게 받아들인다고 대답했다. 앙주가 수락 연설을 하는 동안 샤를르는 매처럼 그를 위협적으로 바라보고 있었다. 앙주의 연설이 끝나자 라스코는 붉은색 비로드 방석 위에 놓인 왕관을 들어 올려 샤를르의 두 손에 바쳤다. 그동안 두 명의 폴란드 귀족이 앙주에게 망토를 입혔다. 샤를르가 앙주에게 신호를 했다. 앙주는 샤를르 앞에 무릎을 꿇었고, 샤를르는 의례적으로 왕관을 그의 머리 위에 씌워주고 입맞춤을 했다. 시종장이 외쳤다.

"이제 프랑스 왕가의 알렉상드르 에두아리 앙리 드 앙주 공작께서 폴란드의 왕이 되셨습니다. 폴란드 왕 만세!"

"폴란드 왕 만세!" 연회장에 있던 모든 사람이 동시에 복창했다.

그때 라스코는 마르그리트에게 몸을 돌렸다. 다음 차례로 마르그리트 왕비에 대한 연설이 예정되어 있었기 때문이었다. 라스코는 마르그리트에 대해 아름다운 수식어를 사용하여 찬사와 찬미로 이루어진 연설을 했다. 그의 연설이 끝나자 라틴어를 알아듣는 사람들은 크게 박수를 쳤고, 그렇지 않은 사람들은 동조의 박수를 쳤다. 다음은 마르그리트의 답례 연설이었다. 마르그리트는 먼저 라스코의 연설에 대한 감사를 표한 다음 연설을 시작했다. 하지만 무의식적으로 그녀의 시선은 무이를 찾아 헤맸다. 그녀의 연설문에는 샤를르가 전날 밤 보지 못했던 내용이 있었다. 그러나 샤를르는 표현상의 문제일 뿐이라고 생각하고 대수롭지 않게 여겼다. 게다가 그는 라틴어를 잘 알아듣지 못했다.

"…. 소중한 친구인 앙주를 우리에게서 앗아가는 불행만 아니라면 우리의 기쁨은 배가 되었을 것입니다. 당신과 같이 떠나면 좋을 텐데 같이 가지 못해 정말 슬픕니다. 당신이 곧장 파리를 떠나는 것이 운명인 것처럼 우리는 이곳에 머물러야 하는 것이 운명입니다. 그러니 떠나세요. 사랑하는 형제여…. 떠나세요. 사랑하는 친구여…. 우리를 남겨놓고 떠나세요. 우리의 희망과 바람을 안고서 떠나세요."

앙주에게 하는 이 말은 이중적인 의미를 지니고 있었다. 그것은 동시에 무이에게 하는 말이기도 했다. 무이는 귀를 기울이며 들었고 가끔 앙리를 바라보았다. 앙리는 그를 향해 알랑송이 거절했음을 알려주기 위해 고개를 흔들었지만, 그 의미가 무이에게 명확히 가 닿지는 않았다. 마르그리트의 연설 역시 알랑송의 태도를 전달하기에는 다소 애매모호 했다. 무이는 마르그리트를 뚫어지게 주시하며 연설문 하나하나에 온 신경을 집중했다. 그의 그런 태도는 우연하게도 카트린느의 시선에 포착되었다.

"저 수상한 자는 누군데 마르그리트와 앙리를 저렇게 유심히 번갈아 보지?" 그녀는 중얼거렸다.

그때 누군가가 그녀에게 향 주머니 하나를 내밀었다. 그녀는 재빨리 향 주머니 속을 살폈고 그 속에서 쪽지 하나를 발견했다. 마르그리트의 연설은 이어졌다. 카트린느가 쪽지를 펼쳤을 때 그 속에는 이런 말이 있었다.

제가 준 약을 먹고 모르벨이 다소 기운을 회복해
그날 밤 나바르왕의 방에 있었던 자의 이름을 썼는데,
그는 무이였습니다.

"그럼 저 노인네가 혹시…, 무이?"

그녀는 주변에 있던 근위대장에게 몸을 숙여 검은색 비로드를 입은 수상한 노인을 감시하라고 속삭이며 덧붙였다.

"문을 지켜라. 만약 그가 나가면 왕이 저녁 식사에 초대한다고 일러라. 그가 순순히 따라오면 그를 잡아 가두고, 혹시 반항하면 수단과 방법을 가리지 말고 붙잡아."

마르그리트가 연설하는 동안 틈틈이 카트린느를 살피고 있던 앙리가 카트린느의 표정에 변화가 생긴 것을 알아차렸다. 그는 카트린느가 무이 있는 쪽을 노려보고 호위병에게 뭔가 지시하는 것을 보고 심상치 않음을 눈치챘다. 앙리는 순간 무이에게 몸을 피하라는 신호를 보냈다. 무이는 그 신호를 보자마자 사람들의 틈 사이로 사라졌다. 잠시 후에 낭세이가 다시 돌아와 카트린느에게 뭔가 속삭였을 때 그녀의 얼굴이 찌푸려지는 것을 보고 앙리는 그들이 무이를 잡지 못했다는 것을 알고 안도했다. 그때 마르그리트의 연설이 끝났다. 그녀는 라스코와 비공식적인 대화를 나누었다. 즉위식이 끝나고 앙주는 샤를르 국왕에게 가지 않고 자신의 어머니가 있는 곳으로 갔다.

"어머니. 전 추방 명령을 받은 것이나 다름없습니다." 앙주가 소리쳤다.

"아들아. 르네가 한 예언을 잊었느냐? 진정하고 어서 폴란드로 가거라."

"어머니. 샤를르왕이 죽는 즉시 저에게 전령을 보내주십시오. 부탁입니다."

"진정해라. 내가 대기실에 있는 말에 항상 안장을 얹어놓고 무슨 일이 생기면 바로 떠날 준비를 해둘 테니까 걱정하지 말거라."

오레스트와 필라드의 우정

즉위식이 끝나고 앙주는 폴란드 왕이 되어 떠나갔고, 루브르궁은 어느 때보다도 평온함을 되찾았다. 샤를르는 우울증을 극복하고 다시 건강을 되찾았고, 카트린느 역시 보통의 어머니로서 자식들을 대하고 있었다. 샤를로트에게도 상냥하게 굴었다. 단 한 사람만이 예외였다. 그는 점점 우울해지고 있었다. 다름 아닌 코코나였다. 그는 라 몰이 살아있다는 것을 알았지만 그것만으로는 위로가 되지 않았다. 앙리에트 부인의 총애도 받고 있었지만 그런 사랑의 행복감이나 편안함도 라 몰과 파리를 쏘다니거나 '아름다운 별'에서 감미로운 포도주를 앞에 두고 나누었던 즐거움에 비하면 별 것 아니었다.

앙리에트는 코코나가 자신 때문이 아니라 라 몰 때문에 언제나 우울해 있다는 것을 알고 있었지만, 그런 그가 싫지는 않았다. 라 몰이 매력적이었을 뿐만 아니라 마르그리트의 연인이었기 때문이었다. 그녀 역시 이전에 네 명이 만나던 시간이 그리웠기 때문에 마르그리트를 찾아가 코코나의 상태를 말해주고 코코나와 라 몰을 만나게 해달라고 요청했다. 마르그리트는 라 몰 또한 친구를 그리워하고 있다는 것을 알았기 때문에 앙리에트 부인을 통해 약속 장소와 시간을 알려주었다. 코코나는 앙리에트로부터 티종가의 작은 집에서 9시 반에 만나자는 연락을 받고 마지못해 그곳에 갔다. 10시쯤 도착하였고 앙리에트 부인은 이미 와 있었다.

"왜 이렇게 늦었나요? 이렇게 숙녀를 기다리게 하다니 정말 무례하군요."

"9시에 루브르에서 나왔습니다. 그런데…"

"그런데?"

"지름길로 오려고 하는데 모퉁이에서 라 몰과 비슷한 사람을 본 게 아니겠습니까?"

"아직도 라 몰이예요?"

"그건 제 마음입니다."

"젠장!"

"…! 우리 예의 좀 지킵시다. 숙녀분이 말이 그게 뭡니까?"

"라 몰 얘기는 그만 좀 할 수 없어요?"

"내가 먼저 시작한 게 아닙니다. 물어봤기 때문에 답한 것뿐입니다."

"하지만 그건 나를 기다리게 했기 때문이죠."

"당신은 찾아야 하는 사람이 없으니 내 마음을 모릅니다."

"계속해요. 그래서요?"

"라 몰과 비슷해서 계속 쫓아갔습니다. 마침내 코퀼리에르가에서 그자의 얼굴을 보았죠. 그런데 라 몰이 아니었습니다."

"참 잘됐군요."

"내가 말했죠. '멀리서 보니 멋진 내 친구를 닮았는데, 가까이서 보니 미련곰탱이가 따로 없군!'이라고. 그러자 그자가 칼을 뽑았어요. 그래서 한판 붙었어요. 그리고 오는데 라 몰처럼 생긴 자가 또 지나가지 않겠어요? 쫓아가려는데 너무 지치고 피곤해서 그냥 여기로 왔어요."

"피곤해서 왔다고요? 참 친절하기도 하셔라."

"불쌍한 라 몰을 가지고 날 괴롭히지 말아요. 당신은 남자들의 우정에 대해 잘 몰라요. 사랑은 우정에 비하면 촛불 같은 거예요. 우정은 늘 빛나는 별이지만 사랑은 모두 타버릴 수 있는 촛불이죠. 당신은 촛대에 초만 다시 갈아 끼우면 된다고 말하겠지만."

"코코나. 당신 정말 어리석군요."

"오호! 그리고?"

"무례해요."

"그리고?"

"괴팍해요."

"부인. 미리 말씀드리면 부인이 없어지면 라 몰보다 아마 세 배 더 보고 싶을 겁니다."

"당신은 날 사랑하지 않아요."

"그 반대입니다. 하지만 한가한 시간에는 친구를 찬미할 것입니다."

"그럼 지금이 한가한 시간이라는 말인가요?"

"무슨 말을 그렇게 합니까? 불쌍한 라 몰이 내 머릿속에서 떠나지 않는데…"

"정말 미워요! 그냥 나보다 라 몰이 더 좋다고 말하지 그래요?"

"앙리에트 부인! 제발 진정하시고! 전 모든 여자 중에서 당신을 가장 사랑합니다. 그리고 모든 남자 중에서 라 몰을 가장 좋아합니다. 이제 됐나요?"

"대답 한번 멋지군!"

갑자기 어떤 목소리가 들려왔다. 벽을 장식하고 있던 벽걸이가 떨어지면서 라 몰이 나타났다.

"오오! 라 몰! 라 몰! 세상에! 이게 어떻게 된 건가! 라 몰!" 코코나는 마르그리트가 옆에 있는 것도 의식하지 않고 소리쳤다.

그리고 그는 소파와 테이블을 박차고 달려가 그를 힘껏 껴안았다. 라 몰 역시 감격하여 그를 힘껏 안았다. 라 몰은 앙리에트 부인에게 감사의 말을 했다.

"혹시 코코나가 저 때문에 부인의 마음을 상하게 했다면 용서하십시오. 코코나. 내가 자네를 만날 수 있었던 건 왕비님 덕택이야."

"앙리에트. 보다시피 난 약속을 지켰단다." 마르그리트가 말했다.

코코나는 라 몰을 열 번도 더 껴안고 스무 번도 더 돌아보고 얼굴을 자세히 보려고 촛대를 얼굴에 가까이 대면서 이루 말할 수 없는 기쁨을 표시했다. 코코나는 그렇게 하고 나서야 마르그리트 앞에 무릎을 꿇고 그녀의 옷자락에 입을 맞추었다.

"이제 제가 제법 괜찮은 사람이라는 걸 알겠죠?"

"전 모든 사람을 모아놓고 당신이 나의 진정한 여왕이라고 고백하고 싶습니다."

"진정하게 코코나. 그러면 마르그리트 왕비님은 뭐가 되지?"

"마르그리트 왕비님은 왕비님들 중에서 여왕이 되는 거지!" 코코나가 익살스럽게 외쳤다.

누가 뭐라고 하던 그에게는 친구인 라 몰밖에 눈에 들어오지 않았다.

"마르그리트. 두 사람이 시간을 보내게 해주자. 그동안 이야기할 것이 오죽 많았겠어? 날 위해서라도 그렇게 해줘. 난 저 괴팍하고 별 볼 일 없는 작자를 사랑하고 있어." 앙리에트가 마르그리트에게 말했다.

마르그리트는 라 몰에게 귓속말로 뭔가를 속삭이고 앙리에트와 함께 그 방을 나갔다. 방에는 이제 두 사람뿐이었다. 코코나는 어떻게 된 일인지 물었고, 라 몰은 그동안 있었던 일을 이야기했다.

"날 구해준 건 나바르왕이고, 날 잡아 죽이려고 한 건 알랑송 공작이야. 줄까지 준비했어."

"뭐라고? 어떻게 그런 일이? 빌어먹을! 아무리 왕자라도 자신의 기사이자 내 친구인 자네를 목 졸라 죽일 생각을 하다니! 내일 내가 가서 좀 따져야지."

"자네 미쳤어?" 라 몰이 정색을 했다.

"안 그러면 또 알아? 그는 다시 시도할지도 몰라…"

"진정해. 11시 반이면 공작에게 가야 하지 않나?"

"미쳤어? 내 친구 목을 조르려던 인간에게 돌아가게? 싫어. 이제 더 이상 자네하고 헤어지지 않겠어. 난 여기 있을 거야."

"자네 취했는가? 생각을 해보게."

"내가 취했다면 루브르에 불을 싸질러버렸을 거야. 다행인 줄 알아."

"군주에게 기사로서 봉사하는 건 신성한 임무야. 돌아가야 해."

"그럼 자네도 나와 함께 갈 거지?"

"그건 불가능해."

"또 누가 자넬 죽일까 봐?"

"아니 그건 아냐. 난 그들이 치밀한 계획을 세워 살인해야 할 정도로 중요한 인물이 아니야. 그날 저녁은 왕자들이 순간적인 기분에 취해서 그런 거야."

"그럼 자넨 어떻게 할 생각인데?"

"난 당분간 거처 없이 떠돌아다닐 거야."

"그럼 나도 그렇게 할 거야. 이제 둘이니까 누가 공격해도 당하지 않을 거고."

"정 그러면 휴가를 신청해보게."

"알았네. 결정했어."

"일이 생겼다고 말하게."

"그거 좋은 생각이야. 서신으로 보내야지."

"서신? 그건 경솔한 짓이야. 그래도 그는 왕족의 피를 이어받은 왕자야."

"그럼 내 친구의 피는 피도 아닌가! 난 그런 것 따위 신경 쓰고 싶지 않아." 코코나는 그렇게 말하고 종이와 펜을 꺼내 글을 써 내려가기 시작했다.

알랑송 공작님께

공작님께서는 고대 작가들의 작품에 일가견이 있으시니
오레스트와 필라드의 이야기를 잘 알고 있을 것입니다.
이 두 영웅은 엄청난 불행에도 변치 않은 우정으로 유명하지요.
제 친구 라 몰은 오레스트처럼 불행하여
친구인 저의 도움이 필요합니다.
그래서 저는 그와 떨어질 수 없습니다.
아니 공작님께서 허락하지 않으신다고 해도
저는 휴가를 갈 것입니다.
아무리 강압적인 방법으로 떼어놓으려 해도
저는 친구와 떨어지지 않을 것입니다.
그리고 저를 용서해 주시지 않아도 크게 상관이 없습니다.

공작님의 가장 충실하지만

라 몰과 헤어질 수 없는 친구 올림

편지를 다 쓴 코코나는 라 몰에게 읽어주었다.

"으음. 알랑송 공작이 우리를 비웃을 것 같군." 라 몰이 듣고 말했다.

"우리를?"

"그래 너하고 나 우리 둘 다를 "

"적어도 둘을 죽이는 것보다는 낫다고 봐. 내일 아침 편지를 보내야겠어. 그런데 오늘은 어디서 묵지?"

"위리에르 여인숙으로 가자고. 작은 방 있지 않은가?"

"그리고 편지는 그에게 좀 전해달라고 하면 되고."

그다음 날 아침 '아름다운 별'의 위리에르는 코코나의 편지를 들고 루브르로 떠났다.

오르통의 죽음

앙리는 즉위식 이후에 모든 일을 다시 계획했다. 그리고 가능하면 알랑송과 더 친하게 지내려고 노력했다. 카트린느는 앙리와 알랑송, 마르그리트가 결탁을 하고 있다고 판단했다. 그래서 틈만 나면 마르그리트로부터 정보를 캐내려고 애썼다. 그녀는 마르그리트에게 이것저것 물어보았다. 마르그리트는 어머니의 질문에 꼬박꼬박 대답을 잘했지만, 이상하게도 오히려 카트린느를 더 혼란스럽게 만들었다. 그녀는 질문하기 전보다 머릿속이 더 복잡해지는 것을 느꼈다. 그녀는 앙리와 알랑송의 연대부터 끊어버려야겠다고 생각했다. 그리고 곳곳에 미끼를 던지기 시작했다. 그녀는 물고기가 미끼를 덥석 물때까지 참을성 있게 기다리는 노련한 어부처럼 기다렸다.

*

한 남자가 생 앙투안느 다리 근처의 수로 주변에 있는 풀밭을 돌아 왼편에 있는 대로변을 걷다가 아르발레트의 정원으로 들어섰다. 그는 기온이 점차 높아지고 있었음에도 망토를 벗을 생각이 없어 보였다. 가끔 망토 사이로 보이는 허리에는 권총 두 자루와 단도가 꽂혀 있었다. 다른 한쪽에는 긴 장검을 차고 있었는데 걸어 다니는 병기창이 따로 없었다. 그가 걸을 때마다 후들거리는 다리 사이로 칼집이 부딪치는 소리가 났다. 그는 병약해 보였고 모퉁이를 돌아 도랑을 건너 덤불을 지날 때마다 뭔가를 열심히 탐색하는 것처럼 보였다. 그러다가 풀밭에 앉아 물약 같은 것을 홀짝거리면서 마셨다. 어느 순간 그는 갑자기 눈빛을 빛내며 벌떡 일어났다. 이 남자는 모르벨이었다.

저 멀리서 망토를 입은 기사 하나가 다가오고 있었다. 무이였다. 모르벨은 숨을 죽이고 바로 옆에 있는 정자에 몸을 웅크리고 무이의 동태를 살폈다. 무이가 잠시 서 있자 생 니콜라 거리에서 꽉 끼는 상의를 입은 젊은 남자 하나가 다가왔다. 그는 앙리의 시종인 오르통이었다. 두 사람은 주변을 경계하면서 이야기했다. 모르벨의 눈과 귀가 바쁘게 움직이기 시작했다.

"샤를로트 부인에게 이 쪽지를 전해라. 만약 부인이 안 계시거든 전하께서 쪽지를 남겨두시는 거울 뒤에 남겨두고 오거라. 기다리면 누군가가 너에게 답장을 가져다줄 것이다. 그럼 그것을 보관해 두어라. 만약 답을 얻지 못하면 이전에 내가 가르쳐줬던 집으로 날 만나러 오너라." 무이가 오르통에게 말했다.

"예, 알겠습니다."

"그럼 난 이만 가봐야겠다. 아마 전하께서는 오늘 오전에 사냥 수업을 받고 계실 것이다. 그리고 샤를로트 부인을 보거든 보살펴줬던 일에 대해 감사의 말을 전해라."

모르벨의 이마에 땀이 맺혔다. 그는 무의식적으로 권총을 꺼내 무이를 겨냥했다. 방아쇠를 당긴다면 무이의 단단한 허벅지를 총알이 관통할 것이다. 하지만 무이는 매우 날렵할 뿐만 아니라 무장을 철저히 하고 다녔기 때문에 만약 조금이라도 실수하면 자신의 죽음으로 직결될 수 있었다. 긴장한 모르벨은 한숨을 쉬며 겨냥했던 총을 거두었다. 게다가 그는 순간적으로 무이가 준 쪽지가 무이의 목숨보다 더 값나가는 것인지도 모른다고 생각했다. 무이는 다음 순간 망토로 얼굴을 가린 후 재빨리 습지 쪽으로 사라졌다. 오르통 역시 어딘가로 사라졌다.

모르벨은 즉시 말을 타고 루브르로 달려가 카트린느를 만나 그 사실을 말했다. 그리고 그 일에 대한 수고의 대가로 금화 천 에퀴를 받았다. 모르벨이 루브르를 나온 직후에 오르통이 루브르에 도착했다. 그는 무이의 말대로 위축되지 않고 당당하게 샤를로트 부인의 방으로 갔다. 그곳에는 드리올러 뿐이었다.

"그럼 잠시 기다리지요."

그는 그렇게 말하고 드리올러가 잠시 자리를 비운 사이에 아무도 없는 것을 확인한 후 거울 뒤에 쪽지를 숨겼다. 그런데 그가 손을 떼는 바로 그 순간 카트린느가 침실로 들어왔다. 그 순간 오르통의 표정이 굳어졌다.

"이곳에 어쩐 일이냐? 샤를로트 부인을 찾고 있느냐?"

"네, 마마. 샤를로트 부인에게 감사드릴 일이 있어 찾아왔습니다."

"무슨 일로?"

"제가 저번에 나바르 전하의 방에서 쓰러졌을 때 샤를로트 부인께서 저를 구해주시고 간호도 해주었습니다."

"가엾게도! 그래 지금은 회복됐느냐?"

"예, 마마."

"그럼, 이제 나바르왕에게 다시 돌아가느냐?"

"아닙니다, 마마. 나바르 전하께서는 제가 왕태후 마마의 명령에 불응했다는 것을 아시고 저를 내쫓았습니다."

"사실이냐? 하지만 샤를로트는 지금 바쁘다. 네 감사는 내가 전해줄 테니 이만 가보거라. 그녀는 지금 내 방에 있다."

카트린느는 오르통이 아직 쪽지를 감추지 못했을 것으로 생각하고 그에게 시간을 주기 위해 얼른 거실로 나갔다. 왕태후의 예상치 못한 출현에 당황한 오르통은 그녀가 무슨 흉계를 꾸미는 것은 아닐까 생각하고 있었다. 그 순간 천장에서 뭔가가 세 번 탁탁 치는 소리가 났다. 그것은 그가 샤를로트 부인 방에 있는 앙리에게 위험을 알릴 때 사용하는 신호였다. 그 소리에 오르통은 다시 거울 뒤로 달려가 쪽지를 회수했다. 거실에서 벽걸이의 작은 틈 사이로 그의 행동을 엿보던 왕태후는 그가 몸을 숙이는 것을 보았지만, 쪽지를 두는 것인지 도로 꺼내는 것인지 알 수가 없었다. 그녀는 다시 샤를로트 부인의 침실로 들어갔다.

"왜 아직 꾸물거리고 있느냐? 무엇을 기다리느냐? 내가 한 말을 잊었느냐?"

"아닙니다."

오르통은 예를 표하고 총총걸음으로 그곳을 떠났다. 샤를로트 부인의 거실에는 놀랍게도 근위대장이 대기해 있었다. 오르통이 방을 나가기가 무섭게 카트린느는 거울 뒤로 갔다. 하지만 그곳에는 아무것도 없었다. 오르통이 쪽지를 다시 가져간 것이 분명했다.

"이런 망할 놈 같으니라고! 근위대장 들어오게!" 카트린느가 떨리는 목소리로 낭세이를 불렀다.

"예, 마마."

"방금 나간 자를 다시 데려오게! 아직 멀리 못 갔을 거야."

"이름이 뭡니까?"

"오르통이네. 만약 오지 않으려고 하면 강제로 데려오게. 하지만 겁을 너무 많이 주지는 말게나."

낭세이는 밖으로 뛰어나갔다. 그는 계단 아래로 내려가고 있는 오르통을 발견하고 그를 불러세웠다. 오르통은 놀라서 도망가야 한다고 생각했다. 그러나 지금 도망가면 모든 일이 틀어져 버릴 것 같았다.

"오르통! 걸음을 멈추어라."

"누구십니까?" 그는 일단 정중하게 물었다.

"근위대장인데 왕태후 마마께서 다시 부르신다. 같이 가야겠다."

오르통은 불길했지만 달리 방법이 없었기에 이마의 땀을 훔치면서 다시 계단을 올라갔다. 그 뒤로 낭세이가 따르고 있었다. 처음에 카트린느는 다이아몬드 단추 하나가 없어졌다고 말하고 그의 몸을 뒤져 쪽지를 빼낼 생각이었지만, 그를 도둑으로 모는 것이 앙리의 귀에 들어가 의심을 사서 오히려 일이 틀어질 위험이 있었다. 두 번째는 오르통을 감옥에 보내는 방법이었다. 하지만 아무리 비밀리에 하더라도 루브르에 소문이 나지 않을 리 없을 것이고 앙리로 하여금 한층 더 경계하게 하는 역효과만 낼 뿐이었다. 그녀는 그 쪽지가 분명히 음모와 관계가 있다고 확신했다. 그리고 그것을 반드시 손에 넣어야만 했다. 오르통은 왕태후가 있는 방을 들어서다 말고 흠칫 놀랐다. 카트린느의 얼굴에서 소름 끼치는 끔찍한 표정이 떠올랐기 때문이었다.

"저를 다시 불러주시다니 영광입니다. 그런데 무슨 일로…"

카트린느의 얼굴이 다시 밝아졌다.

"그래, 널 다시 불렀다. 너에게 약속한 것도 있고 해서 샤를로트 부인을 만나게 해주지. 자 나를 따라오너라."

그리고 그녀는 낭세이에게 말했다.

"자네는 말을 준비시키게. 심부름시킬 것이 있으니!"

낭세이는 그 말에 밖으로 나갔다. 카트린느는 앞장서서 걸었고 오르통은 그녀를 뒤따랐다. 카트린느는 한 계단 아래로 내려갔다. 국왕의 거처와 알랑송의 거처가 있는 층이었다. 그 복도를 따라가다가 그녀는 나선형 계단을 한 층 더 내려갔다. 또 한 층 더 내려갔다. 문이 나타났다. 그녀는 그 문을 열었다. 그 문의 열쇠는 샤를르와 그녀만이 가지고 있었다. 그 외에는 모두 출입 금지였다. 그녀는 먼저 어둠 속으로 걸어갔다. 주변에 사람이라곤 그녀와 오르통 뿐이었다. 갑자기 그녀는 몸을 돌리며 오르통을 보았다. 오르통은 어둠 속에서도 카트린느의 얼굴에 소름이 돋을 만큼 기분 나쁜 표정이 나타나는 것을 보았다.

"거기 서거라." 그녀가 말했다.

오르통은 몸이 부르르 떨렸다. 마치 카트린느의 날카로운 눈길이 자신의 심장을 꿰뚫는 것처럼 느껴졌다.

"나바르왕에게 주려던 쪽지는 어디 있느냐?"

"쪽지…, 라뇨?" 오르통이 더듬거렸다.

"네가 거울 뒤에 놓아두려고 가져온 쪽지 말이다."

"제가요? 무슨 말씀인지 모르겠습니다."

"한 시간 전에 무이가 너에게 건네준 쪽지 말이다."

"저는 쪽지 같은 건 가지고 있지 않습니다. 마마께서 잘못 아시는 것 같습니다."

"거짓말하지 마라. 쪽지를 내놔. 그럼 내가 너를 부자로 만들어주겠다."

"저는 쪽지를 가지고 있지 않습니다."

"돈은 네가 원하는 대로 주겠다. 천 에퀴? 이천 에퀴? 원한다면 만 에퀴까지 줄 수 있다."

"마마. 전 쪽지 같은 건 없습니다."

카트린느의 분노는 서서히 끓어올랐고 오르통은 앙리를 구하는 유일한 길이 그 쪽지를 입에 넣어 삼키는 것뿐이라는 결론을 내렸다. 그는 손을 주머니로 가져갔다. 하지만 카트린느는 미리 알아차리고 멈추게 했다.

"넌 정말 충실한 시종이구나. 내가 그냥 약속을 지키마. 자 특별히 생각해서 돈을 좀 줄 테니 그 쪽지를 네 주인에게 잘 전해주려무나. 나 없이도 들어온 문을 찾아서 나갈 수 있겠지? 잡아당기면 열릴 것이다."

카트린느는 그렇게 말하고는 어리둥절해 있는 오르통의 손에 돈주머니를 쥐여주었다. 오르통은 순간적으로 위험에서 벗어났다고 생각했다.

"고맙습니다, 마마. 왜 저에게 이런 은총을 내리시는 겁니까?"

"그냥 네가 주인에게 매우 충실한 것 같아서 그렇다. 어서 가 보거라."

오르통은 정중하게 예를 갖추고 문 쪽을 향해 걸어갔다. 하지만 그가 몇 발자국 내딛자 어떤 소리와 함께 바닥이 아래로 꺼지는 것을 느꼈다. 그 순간 그의 몸은 균형을 잃었고 두 팔을 휘저으며 뭔가를 잡으려고 했다. 그러나 그는 공포에 찬 비명을 지르며 바닥이 어디인지도 모를 깊은 곳으로 떨어졌다. 카트린느가 비밀 장치를 잡아당겼기 때문이었다.

"괜한 고집을 부려 사람을 힘들게 하는군…. 또 한참을 내려가야겠군."

카트린느는 먼저 자신의 방으로 돌아와 램프를 들고 비밀 장치를 원래 상태로 해놓은 후에 깊은 지하로 통하는 나선형 계단을 내려갔다. 그녀는 지하 감옥으로 통하는 철문을 열었다. 바로 그곳에 오르통이 피투성이가 되어 쓰러져 있었다. 두꺼운 벽 뒤로 센느강의 물소리가 들렸다. 계단 아래쪽은 강물이 스며들어 매우 축축했다. 그녀는 오르통을 발견하고 그의 몸을 뒤져 쪽지를 찾아냈다. 그리고 시체를 발로 밀고 또 다른 비밀 장치를 눌렀다. 그러자 감옥 바닥이 한쪽으로 기울어지며 오르통의 시체가 센느강으로 사라졌다. 아마 그의 시체는 센느강을 따라 흔적도 없이 사라질 것이다. 카트린느는 자신의 방으로 돌아와 방문을 닫고 그 쪽지를 읽었다.

오늘 저녁 10시에 라르브르섹 거리의
'아름다운 별'에서 뵈었으면 합니다.
만약 오신다면 답장을 쓰지 마시고,
오시지 못한다면 전령에게 말씀하십시오.

무이 올림

카트린느는 회심의 미소를 지었다. 이제 모든 증거가 명백하게 드러났고 현장에서 그들을 체포하기만 하면 승리는 두말할 필요 없이 그녀의 것이었다. 그녀는 샤를로트 부인의 방으로 올라가 쪽지를 거울 뒤에 놓아두었다. 그리고 낭세이를 불렀다.

"오늘 밤 반드시 성공적으로 해줘야 하는 일이 있네…"

그녀는 상세한 지시를 내리고 이제 마침내 모든 것이 끝났다고 생각하며 거처로 돌아갔다. 그로부터 두 시간 후에 일을 마친 샤를로트가 자신의 방으로 돌아왔고 앙리 역시 그녀의 방으로 왔다. 드리올러로부터 오르통이 다녀갔다는 말을 전해 들은 앙리는 거울 뒤쪽을 살폈고 그 속에서 쪽지를 발견하고 꺼냈다.

오늘 저녁 10시에 라르브르섹 거리의
'아름다운 별'에서 뵈었으면 합니다.
만약 오신다면 답장을 쓰지 마시고,
오시지 못한다면 전령에게 말씀하십시오.

그런데 누가 보냈는지 이름이 없었다. 카트린느가 지워버렸기 때문이었다. 카트린느는 앙리가 약속 장소로 나갈 것이라고 확신했다. 그가 가지 못한다는 말을 전하고 싶어도 전령을 찾지 못할 것이기 때문이었다. 카트린느의 예측대로 정확히 들어맞았다. 앙리는 드리올러에게 오르통의 행방을 물었지만, 우연히 방문한 왕태후와 같이 나갔다는 대답을 들은 것이 전부였다. 앙리는 쪽지가 제자리에 있고 오르통이 자신을 배신할 인물이 아니라는 것을 알았기 때문에 크게 개의치 않았다.

8시쯤에 앙리는 두 명의 귀족을 데리고 생 오노레가를 통해 루브르를 나섰다. 그들은 브와탑 방향으로 돌아서 센느강을 건너 생 자크에 이르렀다. 앙리는 연인을 만나러 가는 척하며 두 사람을 따돌렸다. 그는 혼자 퐁 오 뫼니에를 건너 라르브르섹 거리의 '아름다운 별'에 도착했다. 바로 위리에르의 여인숙이었다. 라 몰과 코코나는 그 시간에 그곳에 있었다. 문이 열리면서 낯선 귀족이 들어오자 위리에르가 그에게 다가갔다. 그리고 앙리를 머리부터 발끝까지 한번 훑어보았다. 그에게 앙리의 차림은 궁색하기 그지없었다.

"누구신지요?" 그가 앙리에게 물었다.

"젠장! 가스코뉴 궁정에 한 번 진출해 보려고 파리에 온 사람인데."

"무엇을 원하십니까?"

"방을 하나 내주게. 그리고 밤참도 부탁하네."

"으음. 그런데 하인이 있습니까?"

"없네. 하지만 한탕 하면 하나 둘 생각이네."

"시종이 딸린 방 밖에는 없습니다요."

"방값 외에 금화 한 닢을 더 줘도?"

"오호! 정말 관대하신 분입니다. 당연히 드리죠." 위리에르는 그 말을 믿어도 되는지 의아한 시선으로 앙리를 훑어보며 말했다.

"그런데 내가 파리 친구 한 사람을 초대해놓았네. 여기서 이야기를 나누며 밤참을 먹을 작정으로. 아르브와산 포도주 있나?"

"당연하죠."

"그럼, 포도줏값은 따로 내겠다. 아! 저기 내 친구가 오는군."

문이 열리며 몇 살은 더 들어 보이는 신사 하나가 긴 칼을 찬 채 안으로 들어왔다.

"저분이 바로 친구분이신가요?"

"그렇네. 우리에게 먹을 것을 좀 준비해 주게."

"4층 2호실! 그레고와르. 안내해드려라."

두 남자는 램프를 들고 계단을 올라가는 그레고와르를 뒤따랐다. 라 몰은 그들이 사라질 때까지 시선을 떼지 않았다. 그때 위리에르의 부엌에서 자고새를 구우러 들어갔다가 나온 코코나가 주변을 살피며 말했다.

"그 사람들 같은데?"

"누구…, 말인가?"

"글쎄…. 나바르왕과 붉은 망토의 사나이…"

"맞아! 하지만 큰 소리로 말하지 마."

"이 누추한 곳에 뭐하러 왔을까?"

"사랑과 관련 있지 않을까? 그런 생각이 들지만…" 라 몰이 모른 척 말했다.

"정말 그렇게 생각해? 아냐. 내 생각이 맞는다면…, 확실해."

"뭐가?"

"음모야."

"코코나! 정신 나가지 않고 어떻게 감히 그런 말을!"

"내 말은…"

"나 같으면 설사 그렇다고 해도 그들의 문제라고 말해주고 싶네."

"맞아. 나는 이제 알랑송의 사람도 아닌데 음모를 꾸미든 말든 무슨 상관이야?"

한편 앙리와 무이는 방에 둘만 있게 되었다.

"그런데 오르통을 보셨습니까?"

"아니. 보지 못했네. 하지만 쪽지를 봤기 때문에 일단 왔는데, 그가 겁을 집어먹고 어딘가에 숨어 있는 게 아닐까? 왕태후를 만나 제법 오랫동안 이야기를 했다고 하는데…"

"괜찮을 겁니다. 그는 꾀가 많거든요. 그리고 왕태후가 알았다고 해도 쉽게 마음대로 하지는 못했을 것입니다."

"그럼 이제 일을 의논해볼까 하는데 밖은 괜찮을까?"

"끄떡없습니다. 라 몰이 망을 보고 있습니다."

"잘됐군."

"그런데 알랑송 공작은 어떻게 된 겁니까?"

"그는 떠나고 싶어 하지 않았어. 분명히 자기 입장을 밝혔어. 앙주 공작이 폴란드 왕으로 임명되어 떠난 후에 왕의 건강이 좋지 못한 걸 보고 생각을 바꾼 것 같네."

"우리 계획을 그르친 게 그였군요."

"그렇네."

"그가 우리를 배신할까요?"

"아직은 아냐. 하지만 그는 자신에게 불리해지면 언제든지 우릴 배신할 거야."

"비열한 자 같으니! 그런데 왜 제가 보낸 편지에 답장하지 않았을까요?"

"만약의 경우를 대비해 자신에게 불리할 증거를 남기지 않기 위해서겠지."

"하지만 지금 일이 순조롭게 진행되고 있습니다. 알랑송이 이끄는 파들은 거의 전하 편입니다. 그들은 알랑송을 단지 방패막이로 이용하고 있을 뿐입니다. 물론 알랑송 공작과 함께 간다면 병사 100명이면 충분했을 것입니다. 하지만 이제 그것만으로는 안될 것 같아서 제가 1500명의 군사를 모았습니다. 일주일 후에 모든 것이 준비될 것입니다. 이것은 도피가 아닙니다. 1500명이면 안심하시겠습니까?"

"자넨 내가 남들이 생각하는 만큼 겁이 많지 않다는 사실을 모르는

군." 앙리가 웃으면서 말했다.

"알고 있습니다, 전하. 저뿐만 아니라 프랑스 전체가 알아야 한다고 생각합니다."

"일단 음모를 계획했으면 반드시 실행에 옮겨야 해. 중요한 건 빠르고 확실한 결단이야."

"사냥 일이 언제인가요?"

"오늘 했으니까 8일 후나 10일 후쯤 또 있겠지. 확정된 건 아니지만…"

"들어보십시오. 앙주 공작이 떠난 뒤로 분위기가 많이 좋아졌습니다. 우리에 대한 박해도 거의 중지되었고요. 왕태후께 계속 유화적인 태도를 보이십시오. 알랑송 공작에게도 잘 대해 주십시오. 그 없이는 절대 떠날 수 없다고 말해주십시오."

"알았네."

"그는 전하를 신뢰하나요?"

"아니. 하지만 누나인 왕비 말은 믿는 편이야."

"왕비님은 변함없이 협조적입니까?"

"오! 그건 틀림없는 사실이네. 그녀가 나바르 왕국의 실권을 되찾고 싶어 하는 마음은 나 못지않네."

"그럼 됐습니다. 사냥이 결정되면 3일 전에 저에게 사냥 장소를 알려 주십시오. 봉디인지, 생 제르맹인지, 랑부이예인지. 그리고 준비가 되었는지도 알려 주십시오. 전하. 라 몰이 앞장서서 말을 타고 가면 그를 따라가십시오. 왕태후가 전하께서 숲 밖으로 나가는 것을 보면 전하를 잡을 생각에 뒤따를 것입니다. 하지만 왕태후의 노르망디산 말은 우리 바르바리아산 말을 따라잡지 못합니다."

"그건 맞네. 무이."

"돈은 가지고 계십니까? 전하?"

"많지는 않지만, 왕비가 좀 있을 거야."

"가능한 한 많이 가져오셔야 합니다."

"그런데 그동안 자네는 무얼 할 건가?"

"전 모르벨을 다시 한번 추적하겠습니다. 어제 오르통이 봤는데 아르스날 부근에서 어슬렁거리더랍니다. 르네 덕분에 살아난 것 같습니다."

"알아서 하게, 무이. 그것보다 라 몰은 믿을만한가?"

"충성스럽고 매력적이고…, 용감한 젊은이입니다. 저를 믿으시는 만큼 그 친구를 믿으셔도 될 것 같습니다."

"우리가 나바르에 도달하면 그 친구에게 어떤 답례를 해야 할지 생각해둬야겠군."

앙리가 그 말을 마쳤을 때 갑자기 문이 열리며 라 몰이 창백한 얼굴로 흥분된 채 방으로 뛰어들었다.

"전하! 큰일 났습니다. 집이 포위되었습니다."

"뭐라고? 누가?"

앙리가 벌떡 일어나면서 소리쳤다.

"왕의 호위병들입니다."

"젠장! 싸웁시다!" 무이가 권총을 뽑아 들면서 말했다.

"하지만 수적으로나 무기로나 저쪽이 훨씬 우세한데 어떻게 상대하시려고요?" 라 몰이 말했다.

"라 몰 백작의 말이 옳네. 그건 좋은 생각이 아니야. 그보다 여기를 빠져나갈 방법이 없겠나?" 앙리가 말했다.

"제가 한번 써 본 방법이 있긴 한데…, 저를 따르시죠…"

"무이는?"

"두 분 다 가시면 됩니다. 하지만 서둘러야 합니다."

계단에서는 이미 발걸음 소리가 들려오고 있었다.

"너무 늦었군." 앙리가 말했다.

"5분 정도 시간을 끌어야 합니다…" 라 몰이 말했다.

"전하를 모시고 가게. 저들은 일단 내가 상대할 테니."

무이는 왕의 접시와 유리잔을 재빨리 치웠다. 그는 혼자 식사를 한 것처럼 보이게 했다.

"자넨 어쩔 작정인가?" 앙리가 말했다.

"제 걱정은 마십시오. 어서…"

"무이!"

"제발 먼저 떠나십시오. 전하!"

무이는 앙리를 방 밖으로 밀어내고 방의 빗장을 걸었다.

"빨리요! 전하 빨리 오십시오!"

라 몰은 앙리를 재촉해 두 층 더 위로 올라갔다. 그리고 어떤 방으로 들어가 안에서 빗장을 걸었다. 방의 욕실로 들어가 창문을 열었다.

"지붕으로 가야 하는데 괜찮겠습니까?"

"난 산에서 영양들을 사냥하던 사람이네."

라 몰은 먼저 창문 밖으로 나갔다. 그리고 지붕의 처마를 조심스럽게 기어갔다. 그 지붕의 처마 끝은 다른 지붕과 연결되어 있었고, 계곡처럼 경사진 곳으로 내려가면 작은 창문 같은 것이 있었다. 그곳은 아무도 사용하지 않는 창고 같은 곳이었기에 유리가 거의 깨져 있었다.

"일단 저 안으로 들어가시죠."

"아! 다행이네."

앙리는 이마의 땀방울을 훔쳤다.

"제가 얼마 전에 저곳으로 빠져나온 적이 있었는데, 그곳에서 나가면 샛길이 나옵니다. 샛길을 따라가면 큰 길이 나옵니다."

라 몰이 먼저 그곳으로 기어들어서 갔고, 앙리는 그의 도움을 받아 안으로 들어갔다. 그곳에서 계단을 타고 반쯤 내려왔을 때 앙리가 갑자기 걸음을 멈추었다. 그가 멈춘 곳은 창문 앞이었는데 '아름다운 별' 내부의 광경이 훤히 눈에 들어왔다. 병사들이 칼과 횃불을 들고 이리저리 뛰고 있었다. 그런데 그 순간 앙리의 눈에 병사들에게 붙잡혀 내려가는 무이의 모습이 보였다.

"불쌍한 무이…. 딱하게도!"

"전하. 표정을 보니 크게 걱정하지 않으셔도 될 것 같습니다. 그는 웃고 있습니다. 지략이 없다면 저런 웃음이 나오겠습니까?"

"백작과 함께 있던 젊은이는?"

"코코나 말씀입니까?"

"그렇네."

"그는 걱정할 필요가 없습니다. 그를 체포하려면 꽤 골치 아플 겁니다. 순순히 따라갈 인물이 아니거든요."

"자, 그럼 모든 것이 잘 되겠지. 루브르로 가지."

"망토로 얼굴을 가리십시오, 전하. 지금 구경나온 사람들이 많이 있으니 오히려 빠져나가기에는 더 좋습니다."

앙리와 라 몰은 문을 열고 밖으로 나갔다. 거리는 구경나온 사람들로 붐볐기 때문에 아무런 어려움 없이 그곳으로부터 빠져나갈 수 있었다. 하지만 그들이 아베롱가에 도착했을 때 그들의 눈에는 무이가 근위대장 낭세이와 그의 부하들에게 생 제르맹 록세루아 교회의 광장으로 끌려가는 것이 보였다.

"루브르로 데려가는 것 같은데? 만약 내가 그보다 늦게 들어가면 내가 그와 함께 있었다는 증거가 될 텐데…"

"전하. 문으로 가지 마시고 다른 길로 가십시오."

"어떻게?"

"왕비님의 창문이 있지 않습니까?"

"젠장! 라 몰 백작. 자네 말이 맞네. 나는 생각도 못 하고 있었네. 그런데 왕비에게 어떻게 알리면 좋겠나?"

"돌을 던지시면 될 겁니다."

무이의 반격

카트린느는 이번에는 틀림없이 자신이 이겼다고 생각했다. 10시쯤 그녀는 승리감에 의기양양해져 샤를르의 거처로 갔다. 그녀의 밝은 표정을 보고 샤를르가 이유를 물었다.

"지금은 한 가지밖에 말할 수 없구나. 오늘 저녁에 모든 것을 알게 될 거야. 너의 가장 큰 적이 잡혀 올 것이다."

"좋습니다. 한번 기다려 보지요."

샤를르는 별 관심 없는 듯 그렇게 말하며 휘파람으로 사냥개를 불렀다. 그때 갑자기 어디에선가 총소리가 났다.

"무슨 소리죠?" 샤를르가 눈썹을 찡그리며 물었다.

그의 사냥개가 귀를 쫑긋 세우면서 벌떡 일어났다.

"아무것도 아니다. 그냥 신호일 뿐이야. 이제 모든 것이 끝났다는 신호다."

"누굴 죽였습니까?"

"아니다. 잡혀 왔다."

"어머니. 제발 부탁입니다. 이제 저도 다 컸습니다. 모든 일을 어머니 마음대로 하고 싶으시면 폴란드의 앙주에게 가십시오. 어머니의 판단이 두렵습니다."

"아들아. 이번이 마지막이다. 이건 오래전부터 계획된 음모야. 꼭 밝혀내어 내 말이 옳았다는 것을 보여주마."

그때 복도에서 병사들의 발걸음 소리가 들리면서 들어가도 되는지 허락을 구하는 낭세이의 목소리가 들렸다.

"들어오게 하라." 샤를르가 조급한 말투로 말했다.

낭세이가 들어와 샤를르에게 먼저 예를 갖춘 다음 카트린느를 보며 말했다.

"마마의 분부대로 그를 잡아 왔습니다."

"뭐라고? '그'라니? 그럼 한 명만 잡아 왔단 말인가?"

"그는 혼자 있었습니다, 마마."

"저항하던가?"

"아닙니다. 방에 들어가니 혼자 식사를 하고 있었습니다. 저희가 체포 명령이 내려졌다고 하자 순순히 잡혀 왔습니다."

"그가 누군가?" 샤를르가 물었다.

"곧 알게 될 것입니다." 왕태후는 언제나 그렇듯 다른 사람들 앞에서 정중하게 말했다.

"그 죄인을 들어오게 하라! 낭세이 대장" 카트린느가 말했다.

"무이! 어찌 된 일인가?"

"폐하께서 허락해주시면 제가 그것을 묻고 싶습니다."

"폐하께 묻는 대신 앙리 방에서 두 호위병을 죽이고, 모르벨을 다치게 하고 반란을 꾀한 자가 누구인지 먼저 이야기하라." 카트린느가 말했다.

"무이. 그자의 이름을 알고 있나?"

"예. 알고 있습니다. 그자의 이름은 드 무이 생팔입니다."

"그럼…, 바로 자네?"

“예. 바로 접니다.”

카트린느는 무이의 당돌함에 적잖이 놀라 한 발 더 다가갔다.

“왜 내 명령에 반항했는가?” 샤를르가 물었다.

“먼저 그것이 폐하의 명령인지 몰랐습니다. 저에게 그자는 제 아버지를 죽인 자일 뿐입니다. 이전에 폐하께서는 분명히 제 아버지를 죽인 자를 찾아내어 벌하시겠다고 약속하셨습니다. 그래서 모르벨을 보는 순간 하늘이 제게 그를 보낸 것이 아닐까 하는 생각을 했습니다.”

카트린느는 아무 말도 할 수가 없었다. 그녀도 샤를르가 성 바르톨로메오 축일의 학살 사건 전에 그에게 약속했던 것을 기억하고 있었다.

“하지만 왜 그 시간에 나바르왕의 방에 있었는가?” 카트린느가 물었다.

“그 이야기는 정말 깁니다. 알고 싶으시다면 말씀드리겠습니다.”

“말해보게. 알고 싶네.” 샤를르가 말했다.

“제가 폐하의 가장 충실한 신자이자 우리의 형제인 나바르왕의 방에 있었던 것은…”

그때 카트린느가 샤를르에게 신호를 보냈다.

“어머니! 좀 진정하십시오. 그의 말을 좀 들어봐야 하지 않겠습니까? 무이. 계속하게. 왜 그곳에 있었지?”

“나바르왕에게 알려줄 것이 있었습니다. 그는 개종하여 우리 교파들의 신임을 잃었지만 우리는 그의 아버지와 어머니를 왕과 왕비로 받들었던 사람들로서 그에게 자진해서 왕의 자리를 내놓게 하자고 결정했습니다.”

“뭐라고?” 예상치 못한 반격에 왕태후가 어리둥절했다.

“나바르의 왕관이 내 허락 없이 가당키나 한단 말인가?” 샤를르가 말했다.

"죄송합니다, 폐하. 저희도 폐하께서 우리 신교도들에게 관대한 것을 항상 감사하게 생각하고 있습니다. 그러니 폐하께서 추천해 주시면 저희도 감사하게 받아들이겠습니다."

"추천해 달라고? 누구를? 정말 이해가 안 되네."

"알랑송 공작입니다."

이 말에 카트린느는 시체처럼 창백해졌다. 그녀는 무이를 노려보았다.

"알랑송도 그 사실을 알고 있느냐?"

"예."

"그가 왕관을 받아들이겠다고 하던가?"

"폐하께 여쭙게 했습니다."

"그렇지! 그러고 보면 알랑송에게 딱 어울리는 자리긴 하지! 무이. 정말 고맙네." 샤를르가 말했다.

"모르벨과의 일만 없었더라면 더 일찍 이 모든 계획을 폐하께 알릴 수 있었을 것입니다. 저는 폐하의 은총을 잃게 될까 두려워 나타날 수가 없었습니다."

"앙리의 반응은?" 카트린느가 물었다.

"나바르왕은 기꺼이 포기하겠다고 했습니다. 포기 각서까지 준비해 놓았습니다."

"그럼 그 포기 각서를 가지고 있는가?" 카트린느가 다시 물었다.

"그가 직접 날짜를 쓰고 사인한 각서를 가지고 있습니다."

"그 일이 일어나기 전에 말인가?"

"예, 그렇습니다. 그 전날 만들어진 것입니다."

무이는 호주머니에서 앙리가 나바르 왕좌를 포기한다는 내용을 담은 각서를 꺼냈다. 그 각서에는 무이의 말대로 날짜와 앙리의 서명이 들어있었다.

"그가 어떤 대가를 요구하지 않던가?" 카트린느가 물었다.

"전혀 요구하지 않았습니다. 그분이 원한 건 폐하와의 우정뿐이었습니다. 왕관을 잃는다고 해도 폐하께서 본인을 잘 돌봐주실 것이라고 말했습니다."

카트린느는 패배감으로 인한 분노로 입술을 꽉 깨물었다.

"이제 모든 것을 아셨겠죠?" 샤를르가 왕태후에게 밝은 목소리로 말했다.

"그럼 오늘 밤에는 왜 만났는가? 이미 결정되었다면." 카트린느는 아랑곳하지 않고 추궁했다.

"제가요? 낭세이 대장이 저를 직접 체포하러 왔을 때 전 혼자 있었습니다. 폐하께서 그에게 직접 물어보십시오."

"낭세이!" 샤를르가 그를 불렀다.

근위대장이 다시 나타났다.

"낭세이. 무이가 정말 혼자였나?"

"예. 들어가 보니 혼자였습니다. 하지만 여인숙 홀에 한 사람이 더 있긴 했습니다."

"누군가?"

"누군지 보지 못했습니다만, 제 부하 두 명을 때려눕히고 달아났습니다."

"그자가 누군지 모른단 말이지?"

"그자를 목격한 부하들 말로는 코코나 백작이라고 했습니다. 알랑송 공작님 밑에 있는 자입니다."

한동안 침묵이 흘렀다. 무이의 얼굴에는 통쾌한 승리감이 감돌았다. 카트린느는 일이 뜻대로 풀리지 않자 허리 끝에 달린 장식끈을 손으로 비틀었다.

"어머니. 잘못된 것은 아무것도 없습니다. 무이. 나바르 왕국은 독립된 왕국이네. 또 그래야 하고. 알랑송을 나바르의 왕으로 추대한 것은 잘된 일이네. 문제는 앙리의 권리 주장인데 스스로 포기했다고 했으니 달리 문제 될 것도 없지."

"그렇습니다. 폐하."

"그럼, 무이. 형제들에게 전하게. 나바르의 왕으로 알랑송을 원한다면 나 역시 기꺼이 보내주겠다고. 가능하면 빨리 알랑송에게 화려한 행렬을 이끌고 프랑스를 떠나 나바르로 가게 해줄 테니. 낭세이! 무이를 내보내라. 그는 자유다."

"폐하! 정말 허락하시는 겁니까?"

"그렇네."

무이는 바닥에 무릎을 꿇고 왕의 손에 입을 맞추었다.

"또 한 가지. 모르벨은 자네가 알아서 처리하도록 허락하겠네."

"폐하! 정말 감사드립니다. 꼭 제가 그자를 찾아내겠습니다."

무이는 왕과 왕태후에게 공손히 인사하고 그곳을 떠났다. 카트린느는 침울하게 자신의 방으로 돌아갔다. 그녀는 혹시나 하는 마음으로 마르그리트의 방에 들어가 보았지만, 그곳에서는 잠자리에 막 들려고 하는 앙리만 보았을 뿐이었다.

그로부터 얼마 후 마르그리트는 라 몰을 통해 무이의 편지 한 통을 받았다. 그녀는 그 편지를 읽자마자 어둠이 지기 시작한 틈을 타서 급히 비밀 통로로 내려갔다. 그녀는 두리번거리면서 사방을 살핀 후 앙리의 거처로 들어갔다. 대기실은 오르통이 모습을 감춘 이후로 아무도 지키는 사람이 없었다. 앙리는 오르통을 매우 걱정했다. 샤를로트 부인의 정보를 종합해보면 오르통의 실종은 분명히 왕태후와 관련이 있었다. 하지만 증거가 없었다. 마르그리트는 텅 비어 있는 대기실을 지나 앙리의 방으로 들어갔다. 그녀가 매우 조용히 들어갔음에도 앙리는 그 소리에 놀라 뒤돌아보았다.

"부인이오?"

"그래요. 이것 좀 읽어보세요."

그녀는 무이로부터 온 쪽지를 그에게 내밀었다.

우리 계획을 실행할 때가 되었습니다.
제 말 잘 들으십시오.
모레 센느강을 따라 생 제르맹에서 메종까지 가는
매 사냥에 참석하십시오.
사냥복 안에 갑옷을 입고 좋은 칼을 차고
제일 훌륭한 말을 타십시오.
분위기가 한창 무르익을 정오 무렵에 혼자 빠져나오십시오.
왕비님께서 오시겠다고 하시면 같이 오셔도 됩니다.
50여 명의 병사가 프랑수아 1세의 별장에 숨어 있을 것입니다.
밤에 그곳으로 들어갔기 때문에 아무도 모릅니다.
또 문이 모두 굳게 닫혀 있을 것이기 때문에
아무도 의심하지 않을 것입니다.

비올레트의 오솔길에 제가 있을 것입니다.

그 오솔길 오른쪽에 있는 숲속의 공터에 라 몰과 코코나가

말 두 필을 준비해놓고 기다릴 것입니다.

타고 오시던 말이 지쳐 있을 것 같아

새로 준비해놓은 것입니다.

그 말로 갈아타십시오.

조심하십시오. 전하, 곧 뵙겠습니다.

"전하, 시저의 말처럼 이제 주사위는 던져졌습니다. 한번 해보시지요."

"그 말에 반박하고 싶지 않소." 앙리가 말했다.

"전하. 이제 전하의 신념을 한번 충실하게 따라 보세요. 그리고 저에게 아름다운 왕관을 씌워주세요." 마르그리트가 말했다.

앙리의 얼굴 위로 묘한 미소가 살짝 스쳤다. 그는 마르그리트의 손에 입맞춤하고 먼저 자신의 방에서 나왔다. 그가 침실을 나선 순간 알랑송 공작이 대기실로 들어왔다. 앙리는 마르그리트를 재빨리 돌아보고 신호를 보내면서 큰 소리로 말했다.

"아! 처남! 잘 왔소!"

마르그리트는 모든 것을 알아차리고 침실에 딸린 작은 방으로 몸을 급히 숨겼다. 앙리는 알랑송과 함께 다시 방으로 들어왔다. 알랑송은 주위를 살피며 방을 기웃거렸다.

"우리 둘밖에 없는 것이 분명하오?" 알랑송이 목소리를 낮추며 말했다.

"보다시피. 그런데 무슨 일이오? 무척 당황하는 것 같은데." 앙리가 말했다.

“우리, 발각됐소.”

“발각되다니? 어떻게?”

“무이가 체포됐소.”

“나도 알고 있소.”

“무이가 왕에게 모든 걸 털어놓았소.”

“그가 뭐라고 했소?”

“내가 당신 자리를 탐내고 있다고…, 그래서 내가 음모를 꾸미고 있다고 했다오.” 알랑송이 말했다.

“그놈 참! 그래서 처남 명예가 위태롭게 되었겠군요. 그런데 처남은 괜찮소? 어쩌면 체포될 수도 있을 텐데.”

“나도 어찌 된 건지 모르겠소. 왕이 그 자리를 내게 주려는 척했는데. 비웃음인지…. 내 마음에 있는 말을 듣고 싶었는지는 모르겠지만, 아무튼 난 아무것도 말하지 않았소.”

“잘했소. 끝까지 버티길 바라겠소. 우린 한배를 탔으니까…” 앙리가 말했다.

“하지만 그게 간단한 문제가 아니오. 내가 묻고 싶소. 내가 머물러야겠소? 아니면 떠나야겠소?”

“왕의 의중은 잘 살폈소?”

“물론…”

“그럼 왕의 의중을 고려하여 생각대로 하시오.”

“그렇다면…, 난 남는 게 좋겠소.” 알랑송이 대답했다.

“그럼 그렇게 하든지…” 앙리가 말했다.

“매부는 어떻게 할 거요?” 알랑송이 물었다.

"처남이 남는다면 나도 떠날 이유가 없소. 내가 떠난다고 한 것은 오직 처남이 있었기 때문이오. 내가 좋아하는 형제를 따르기 위해서였을 뿐이오."

"그럼 우리 계획은 수포가 된 거요? 왜 매부는 싸워보지도 않고 포기하는 거요?"

"여기 남아도 그게 끝이라고는 생각하지 않소. 난 워낙 낙천적인 성격이라 어느 곳에서도 잘 지낼 수 있소."

"흠…. 혹시 새로운 결심이 서거든 내게 말해주시오." 알랑송이 말했다.

"기억해 두겠소. 날 믿어요. 우리끼리는 비밀이 없어야 하지 않겠소?" 앙리가 대답했다.

그때 알랑송은 뭔가를 말하려다가 입을 다물었다. 그리고 생각하는 것처럼 잠시 머뭇거리다가 자리에서 일어났다. 그가 작은 방의 커튼이 조금 흔들리는 것을 알아차렸기 때문이었다. 마침내 알랑송이 자리를 떠나자 커튼이 올라가면서 마르그리트가 다시 나타났다.

"알랑송이 찾아온 것을 어떻게 생각하오?" 앙리가 물었다.

"뭔가 또 다른 중요한 일이 있나 봅니다." 마르그리트가 대답했다.

"무슨 일인 것 같소?"

"잘 모르겠어요. 곧 알게 되겠죠."

"그렇지. 기다려 봅시다."

"내일 저녁 제 방에 오는 것 잊지 마세요."

"절대 잊지 않겠소."

"앙리는 마르그리트의 손에 다정하게 입맞춤하고 말했다. 마르그리트는 조심스럽게 자신의 거처로 향했다.

독 묻은 책과 뒤바뀐 희생자

이틀 뒤 루브르는 사냥 일에 흔히 그런 것처럼 동이 틀 무렵부터 부산한 움직임이 있었다. 알랑송은 아침에 왕태후의 방으로 갔다. 그녀가 와 달라는 전갈을 보냈기 때문이었다. 카트린느는 침실에 없었는데 잠시 거실에서 기다리라고 하는 지시가 있었다. 얼마 후 뭔가 코를 톡 쏘는 냄새와 함께 카트린느가 밀실에서 나왔다. 그곳은 아무도 들어갈 수 없는 그녀만의 공간이었다. 알랑송의 눈에 그곳에서 연기가 나는 것이 보였다.

"오래된 양피지를 좀 태웠더니 고약한 냄새가 나는구나. 그건 그렇고. 어제 이후로 뭔가 새로운 소식이 있니?" 그녀는 작고 붉은 점들이 소름처럼 돋아있는 손을 넓은 소매 속에 감추면서 물었다.

"없습니다. 어머니."

"앙리를 만나봤느냐?"

"예."

"절대로 안 떠난다고 하지?"

"예. 절대로요."

"음흉한 놈!"

"…? 무슨 말씀입니까?"

"그는 오늘 떠날 것이다."

"예?"

"확실하다."

"그가 도주라도 한다는 말씀입니까?"

"그래."

"그냥 떠나도록 두실 겁니까?"

"그냥 두는 것이 아니다. 떠날 수밖에 없도록 만들어줄 것이다."

"도대체 무슨 말씀입니까? 그리고 어떻게 그렇게 확신하십니까?"

"난 그의 모든 계획을 알고 있다. 그는 생 제르맹 숲속에서 자신의 추종자들을 만날 것이다. 50명 정도가 퐁텐블로까지 그를 호위할 것이고, 그곳에서 기다리는 또 다른 500명의 호위를 받을 것이다."

"마르고 누나는?" 알랑송은 창백한 얼굴로 물었다.

"같이 떠날 것이다. 하지만 걱정할 필요는 없다. 앙리가 죽으면 그 애는 다시 자유를 얻은 미망인이 되어 루브르로 돌아올 테니까."

"앙리가 죽는단 말씀입니까? 확실합니까?"

"내게 수렵 책 한 권을 준 사람이 있다. 그가 말하길, 앙리가 그 책을 보면 몹쓸 폐병에 걸려서 죽을 것이라고 하더구나. 그 병은 어떤 방법으로도 고칠 수 없다는구나."

"그런데 그 책이 어디 있습니까? 카트린느는 밀실의 문을 열고 안으로 들어갔다가 잠시 후 손에 책을 들고 나타났다.

"여기 있다."

알랑송은 정확히 그 의미를 이해하지 못했음에도 소름 끼치는 시선으로 그 책을 바라보았다.

"이 책이…?"

"아까 말했지 않냐? 수렵 책이라고. 매 사냥 교본 같은 거란다."

"제가 어떻게 해야 합니까?"

"지금 앙리에게 갖다 주어라. 그가 네게 수렵 책 좀 빌려달라고 저번에 말하지 않았느냐? 오늘 매 사냥이 있으니 그가 몇 페이지 정도는 읽고 갈 것이다. 왕에게 뭔가를 보여줘야 하니까 말이다."

"어머니. 전 못하겠습니다."

"왜? 이건 그냥 책이야. 너무 오래되어 페이지들이 달라붙은 것을 빼고 나면. 넌 절대로 이걸 읽으려고 하지 마라. 손가락에 침을 묻혀가며 한 장씩 넘겨야 하니까 말이다. 시간도 걸리고 힘들 거다."

"하지만 시간이 걸리고 힘이 들어도 읽는 사람은 읽겠죠."

"그래, 얘야. 이제 내 말을 알아들었구나."

"아! 앙리는 지금 뜰에 있을 텐데. 그가 없을 때 제가 가져다 놓을게요. 그러면 들어와서 보지 않을까요?"

"난 네가 직접 전해주었으면 한다, 알랑송. 그게 확실해."

"하지만 어머니. 전 그럴 용기가 없습니다."

"알았다. 그럼 그의 눈에 잘 띄는 곳에 놓아두거라."

알랑송은 떨리는 손으로 카트린느가 내미는 책을 받았다.

"책 만지는 것은 위험하지 않다. 정 꺼림칙하면 장갑을 끼거라."

알랑송은 불안한 마음을 감추지 못하고 망토로 그 책을 감쌌다. 그리고 앙리 방으로 향했다. 그의 안색은 마치 시체처럼 창백했다. 앙리가 그를 보면 즉시 이상한 낌새를 알아차릴 수 있을 정도였다. 알랑송은 앙리의 방으로 들어갔다. 새벽의 여명이 빈방을 비추고 있었다. 앙리의 방은 보통 때와 매우 달랐다. 긴 칼과 제법 불룩한 돈주머니, 단검이 테이블 위에 놓여 있었고, 갑옷 허리에 필요한 쇠사슬 고리가 바닥에 흩어진 채 벽난로에는 불태운 종이들의 재가 흩날리고 있었다. 이 모든 것은 앙리가 이미 갑옷을 입었고 돈을 마련했으며 그동안 받았던 비밀 서신들을 모두 태워 없앴다는 것을 의미했다.

"어머니 말이 옳았어! 교활한 놈! 날 배신하다니!"

알랑송은 두려운 마음이 다소 사라졌다. 배신에 대한 확신이 그에게 새로운 힘을 불어넣었다. 복도는 깊은 정적이 감돌았다. 그는 재빨리 자신의 망토에서 책을 꺼내 돈주머니가 있는 테이블 위에 놓았다. 알랑송은 책을 놓고 얼른 한걸음 뒤로 물러났다. 그리고 장갑 낀 손으로 책 표지를 넘겼다. 그 속에는 수렵하는 그림이 있었다. 또다시 세 걸음 뒤로 물러났다. 그리고 자신이 끼고 있던 장갑을 벗어 여전히 타고 있는 벽난로 속에 던졌다. 부드러운 가죽이 오그라들면서 마치 커다란 뱀의 사체처럼 쪼그라들었다. 그는 장갑이 다 탈 때까지 있다가 책을 말았던 망토를 돌돌 말아 옆구리에 끼고 그곳을 빠져나왔다. 그가 자신의 방에 왔을 즈음 계단에서 발걸음 소리가 났다. 그는 앙리가 돌아오는 것이 분명하다고 생각하며 문을 닫았다.

알랑송은 여전히 긴장이 풀리지 않아 책을 한 권 꺼내 들었다. 하지만 모든 정신이 책에 집중되지 않았다. 그는 가슴이 타들어 가고 관자놀이가 격렬한 경련을 일으키는 것을 느꼈다. 그 끔찍한 책을 생각하지 않으려고 했으나 그것은 마치 어깨 위에 달라붙어 떨어지지 않는 유령 같았다. 그 책을 넘겼을 때 얼핏 본 그림까지 그의 뇌리에 깊이 남았다. 말을 탄 기사가 손에 매를 얹고 들판을 달리는 모습이었다. 알랑송의 상상 속에서 앙리가 책을 읽고 페이지를 넘기다가 잘 떨어지지 않자 집게손가락에 침을 묻혀 넘기는 모습이 그려졌다. 그 장면의 압박감을 이기지 못해 그는 자리에서 일어나 창가로 갔다. 하지만 더 놀란 건 바로 다음이었다. 놀랍게도 궁정의 뜰에 앙리가 있었기 때문이었다. 앙리가 노새 두 마리에 사냥에 필요한 물품들을 싣는 사람들한테 어떤 지시를 내리고 있는 장면이 보였다. 알랑송은 마치 그 자리에 못 박힌 것처럼 꼼짝할 수가 없었다. 그렇다면 비밀 계단으로 간 사람이 앙리가 아니란 말인가? 그의 놀라운 상상과 달리 일은 아직 시작도 되지 않은 상태였다. 알랑송은 자신의 방문을 조금 열고 밖에서 나는 소리에 귀를 기울였다. 분명히 앙리였다. 그는 앙리의 발걸음 소리를 알고 있었다. 앙리의 방문이 열리고 닫혔다. 알랑송은 다시 거실 의자에 털썩 주저앉았다. 그의 이마에 식은땀이 맺혔다.

'독이 금방 효력을 나타낼까? 아니지, 어머니가 말했잖아. 서서히 폐병으로 죽어간다고…. 그러니 금방은 아닐 거야…'

그는 자리에서 일어났다. 더 이상 혼자서 일분일초를 감당할 수가 없었다. 불안감을 감추고 알리바이를 만들기 위해 샤를르의 거처로 갔다. 딱히 형에게 볼일이 있지는 않았다. 그냥 앙리가 있는 곳에서 멀리 도망가고 싶었을 뿐이었다. 사냥이 있는 특별한 날이었기 때문에 출입이 통제되지 않아 안으로 쉽게 들어갈 수 있었고, 호위병의 별다른 제지를 받지 않았다. 알랑송은 샤를르가 보이지 않자 언제나 그런 것처럼 무기실에 있으리라 생각하고 그곳을 노크하고 안으로 들어갔다. 샤를르는 등받이가 있는 의자에 앉아 있었다. 그가 뭔가를 읽고 있었다.

"정말 대단한 책이야…. 이런 책이 있다는 말은 들어봤지만, 프랑스에 있을 줄이야…. 젠장, 그런데 왜 이렇게 잘 안 넘어가지? 다른 사람들이 못 보도록 일부러 붙여놓았나?" 샤를르는 집게손가락을 입술로 가져가며 말했다.

알랑송은 그 말에 놀라 책을 바라보았다. 놀랍게도 그 책은 자신이 앙리 방에 두고 온 바로 그 수렵 책이었다.

"하느님!"

그는 말 없는 비명을 지르며 그 책을 뺏으려고 했다. 하지만 그때 샤를르가 말했다.

"알랑송. 잘 왔다. 이 책 좀 봐. 정말 멋진 수렵 책이야."

알랑송은 잠시 주춤했다. 그 순간 음흉한 생각이 그를 사로잡았다. 그의 얼굴에는 놀라울 정도로 소름 끼치는 표정이 나타났다가 사라졌다.

"폐하. 어떻게 이 책을 손에 넣었습니까?" 알랑송이 물었다.

"아침에 사냥 준비가 되었는지 물어보려고 앙리 방에 갔다가 발견한 거야. 그는 마구간에 있는지 방에 없었어."

샤를르는 또 한 번 집게손가락을 입술에 가져갔다.

"폐하. 말씀드릴 것이 있는데…"

"잠깐만. 이 장만 읽고…. 겨우 50페이지밖에 안 읽었는데 조금 지치는군." 샤를르가 말했다.

'50페이지…. 그럼 스물다섯 번의 독을 먹었다는 건데…. 형은 이제 끝이구나…' 그는 운명의 장난이 아니면 이런 우연이 있을 수 없다고 생각했다. 하지만 그는 계산했다. 샤를르가 죽는다면…, 앙리가…, 폴란드의 앙주가….

"폐하. 기다리라고 하셨지만, 긴히 드릴 말씀이 있습니다."

"젠장! 별로 듣고 싶지 않다. 앙리에 대해 한마디만 더 하면 앙주를 쫓아버린 것처럼 너도 쫓아버릴 것이다."

샤를르의 얼굴은 홍조를 띠고 있었다. 책을 너무 열심히 읽어서인지, 아니면 벌써 독이 퍼져서인지 알랑송은 알 수가 없었다.

"제가 말씀드리는 건 나바르로 떠나는 문제가 아닙니다. 다른 문제입니다. 전 이번 기회에 제가 배신자가 아니라는 것을 보여드리고 싶습니다."

"이번엔 또 뭐냐. 새로운 것이냐? 아니면 고자질이냐?" 샤를르는 책에 시선을 고정한 채 그에게 말했다.

"분명히 음모가 있습니다."

"음모?" 샤를르가 책에서 눈을 떼고 그를 쳐다보며 말했다.

"예. 오늘 폐하께서 생 제르맹에서 사냥하실 때 앙리는 그쪽 숲에서 대기 중인 병사들과 함께 나바르로 도주할 것입니다."

"또 누군가 불쌍한 앙리를 모함했구나! 넌 언제까지 그를 괴롭힐 참이냐?" 샤를르가 말했다.

"모략인지 진실인지는 곧 드러날 것입니다."

"어떻게?"

"오늘 앙리가 사라질 것이기 때문입니다."

샤를르는 벌떡 일어나며 말했다.

"잘 들어. 이번 한 번만 네 말을 믿어보겠다. 하지만 분명히 말해두겠는데 어머니도 너도 이것이 마지막이다."

"앙리를 불러오너라!" 샤를르가 소리쳤다.

호위병 하나가 앙리를 부르러 가려고 했다. 하지만 알랑송이 손짓하며 말했다.

"부르는 건 좋은 생각이 아닙니다. 앙리가 여기 오면 당연히 모든 사실을 부인할 것입니다. 그리고 자신의 공모자들까지 도피시킬 것입니다."

"그렇다면?"

"폐하. 동생으로서 이름을 걸고 감히 말씀드립니다. 그는 전부터 폐하를 배반할 책략을 꾸미고 있었습니다. 이번에는 빠져나가지 못할 증거를 잡아야 합니다."

샤를르는 아무 말도 하지 않았다. 그는 창가로 가서 창문을 열었다.

"그래서?"

"제가 경기병 3개 분대로 생 제르맹 숲을 감시하겠습니다. 11시경에 프랑수아 1세 별장을 기습할 생각입니다. 매를 뒤쫓는 것처럼 가장하여 앙리 뒤를 쫓겠습니다. 그래서 공모자들과 앙리를 체포하겠습니다."

"하지만 반드시 알아야 하는 건 이번이 마지막 기회야. 낭세이를 오라고 해."

샤를르는 그렇게 말하고 호각을 불었고 낭세이가 들어왔다. 샤를르는 낭세이에게 귓속말로 뭔가를 지시했다. 그들이 이야기를 나누는 동안 샤를르의 사냥개인 악테옹이 한쪽에서 날카로운 이빨로 뭔가를 물어뜯고 있었다. 그 순간 샤를르가 그것을 보고 저주의 말을 퍼부었다. 개가 물어뜯는 것이 샤를르가 조금 전에 보았던 수렵 책이기 때문이었다. 샤를르는 채찍을 들고 개를 몇 대 쳤고, 악테옹은 책을 팽개치고 테이블 밑으로 기어들어 갔다. 샤를르는 다시 책을 주워들고 한 장만 찢긴 것을 발견하고는 다행이라는 듯 선반 위에 조심스럽게 올려놓았다. 그때 시계가 6시를 알렸다. 이제 샤를르는 화려한 망토를 두른 남자들이 대열을 이루고 있는 궁정의 뜰로 내려가야 했다. 매 사냥을 맡은 담당관들이 머리 덮개를 씌운 매를 팔목 위에 올려놓고 있었다. 샤를르는 나서면서 방문을 잠그고 열쇠를 호주머니에 넣었다. 계단을 내려가다가 그는 잠시 걸음을 멈추고 손을 이마에 대었다. 현기증이 나는 사람처럼 보였다. 그를 따라 내려가던 알랑송은 두려움으로 다리가 후들거렸지만, 그것을 감추기 위해 힘을 주었다. 샤를르는 다시 내려갔고 그들은 마침내 뜰에 도착했다.

이른 아침의 상쾌한 공기 속에서 사냥꾼들의 외침과 100여 명 되는 귀족들의 인사는 분위기를 활기 있게 만들었다. 그는 먼저 앙리 부부를 찾았다. 두 부부는 함께 자리해 있다가 샤를르를 보고 다가갔다.

"오늘 사슴 사냥인 줄 아나? 매 사냥이야!" 그는 앙리가 사슴 가죽으로 된 옷을 입은 것을 보고 그렇게 말하고는 대답도 듣지 않고 연이어 말했다.

"자! 출발한다!"

카트린느는 방안에서 창문으로 이 모든 것을 지켜보고 있었다. 그녀는 행렬이 사라지고 15분이 지났을 때 자신의 방에서 나와 나선형 계단을 타고 앙리의 방으로 들어갔다. 그녀는 비밀 열쇠로 앙리 거처의 문을 열었다. 그녀는 수렵 책을 찾았지만, 어디에도 보이지 않았다.

'알랑송이 이미 치운 걸 거야. 겁이 많고 신중한 아이니까.'

그녀는 마음속으로 그렇게 생각하며 이번에야말로 틀림없다고 확신하며 자신의 방으로 돌아갔다.

*

얼마 후 왕을 선두로 사기충천한 행렬이 생 제르맹 숲에 도달했다. 왕 앞에서 왕이 아끼는 매를 팔에 얹은 수렵관 들이 흰 말을 타고 가고 있었다. 그리고 여섯 마리의 개가 달리고 있었다. 마침내 구름 속에 가려졌던 해가 다시 비치자 왜가리 한 마리가 기다렸다는 듯이 숲에서 날아올랐다. 그 순간을 놓치지 않고 샤를르는 매의 머리 덮개를 벗기고 왜가리가 날아간 방향으로 매를 날렸다.

“훠이! 훠이!” 그는 매를 응원하는 소리를 냈다.

매는 큰 원을 그리며 하늘을 맴돌다가 날아오른 왜가리를 발견하고 그쪽으로 사정없이 날아갔다. 왜가리는 마치 더 높이 날면 되는 것처럼 높이 날아올랐다. 매는 추격하듯이 빠른 속도로 따라잡기 시작했다. 샤를르는 그것을 보려고 목을 길게 뺐다. 매는 왜가리의 배 아래쪽을 공격할 것처럼 보였다. 매가 빠르게 다가가자 왜가리는 긴 부리를 이용하여 반격했다. 길고 날카로운 부리의 공격을 받은 매는 마치 얼빠진 것처럼 주춤거리며 하강하기 시작했다. 하지만 매는 다시 힘을 얻은 것처럼 날카로운 울음소리와 함께 날아오르기 시작했다. 왜가리는 매가 올라오는 순간 도망가는 수밖에 방법이 없다는 것을 알았는지 그 틈을 타서 멀리 도망갔다. 매는 쉽게 물러서지 않았다. 그것은 직선으로 돌진하여 왜가리와 거리를 좁히며 다시 달려들었다. 잠시 후 두 새가 공중에서 사라졌다. 둘 다 작은 점으로 멀어졌다. 그리고 그것마저도 희미해졌다. 샤를르와 구경꾼들은 움직임을 따라잡을 수가 없었다.

“다들 보이시오? 매가 더 위에 있소! 날아라!”

“둘 다 보이지 않는데요.” 앙리가 말했다.

“제 눈에도 보이지 않아요, 오라버니.” 마르그리트가 말했다.

“보이지 않는다고? 그래도 소리가 들리지 않느냐? 매가 이겼어!”

샤를르가 그 말을 하기가 무섭게 매와 왜가리가 다시 나타났다. 멀리서 보면 작은 점으로 보이지만 매가 왜가리 위에 있는 것이 보였다.

“다들 보시오. 매가 이기고 있지 않소!” 샤를르가 외쳤다.

왜가리는 매에게 제압당해 더 이상 방어하려고 하지 않았다. 계속 비명만 질러댈 뿐이었다. 왜가리는 갑자기 날개를 접고 아래로 내려왔고 매 역시 같은 속도로 내려오기 시작했다. 왜가리가 날개를 펴고 다시 날아오르려고 시도하자 매는 사나운 부리로 마지막 공격을 가했다. 결국 왜가리는 땅으로 떨어졌다.

"잘했다! 가자! 매에게!"

샤를르는 왜가리가 떨어진 방향으로 고삐를 잡았다. 그리고 말에 오르려다 갑자기 동작을 멈추었다. 그는 작은 신음 소리를 냈다. 한 손으로 채찍을 잡고 다른 한 손으로 배를 움켜쥐며 마치 내장이 찢어지는 것처럼 신음하기 시작했다. 사람들이 웅성거리며 모여들었다.

"아무것도 아니다! 아무것도 아냐…. 배 위에 불에 달군 쇠를 올려놓은 것 같아. 자! 갑시다. 난 괜찮으니…" 샤를르는 상기된 얼굴로 혼란스러운 눈빛으로 말했다.

주변에 있던 사람들이 놀란 표정으로 서로 바라보다가 다시 왕을 뒤따르기 시작했다. 그들은 매와 왜가리가 떨어진 곳에 마침내 도달했다. 매는 이미 왜가리의 머리를 먹고 있었다. 그곳에 도달하자 샤를르는 사냥감을 자세히 보려고 말에서 내렸다. 하지만 내리다가 다시 비틀거리며 안장에 몸을 기댔다.

"폐하! 왜 그러십니까?" 옆에 있던 마르그리트가 말했다.

"온몸에 열이 나서 불이 나는 것 같구나. 하지만 괜찮다."

그리고 샤를르는 숨을 몰아쉬었다. 사람들이 샤를르왕 주위로 모여들었다.

"괜찮소. 별 것 아니오. 햇빛이 강해서 그런 것 같소. 자! 매 사냥을 합시다. 이제 매를 모두 풀어놓으시오. 다 같이 즐깁시다!"

눈을 가린 보자기에서 풀려난 매들이 사냥감을 향해 사방으로 흩어져 날아갔다. 이제 왕은 매 사냥을 위해 강변으로 방향을 돌렸다.

"어떻소?" 앙리가 마르그리트에게 물었다.

"왕이 이쪽으로 돌아오지만 않는다면 숲으로 가는 것은 어렵지 않을 것 같아요." 마르그리트가 대답했다.

빗나간 계획

비올레트 오솔길의 오른쪽에 초목들로 둘러싸인 길과 이끼로 뒤덮인 공터가 있었다. 이곳은 토끼와 노루가 가끔 라벤드와 히드나무 사이로 출몰하는 곳이었다. 이 빈터에 두 남자가 망토를 뒤집어쓰고 누워 있었다. 그들 옆에는 긴 검이 놓여 있었고, 검 옆에는 총이 있었다. 그리고 조금 떨어진 곳에는 멋진 말들이 서 있었다. 그들 중 한 명이 몸을 비스듬하게 일으켜 마치 토끼처럼 숲에서 들리는 소리에 귀를 기울였다. 그는 라 몰이었다.

"가까이 다가오는 것 같은데…? 사냥꾼들 고함이 들리는군." 그가 말했다.

그러자 그 옆에서 태평하게 누워있던 또 다른 남자가 말했다. 코코나였다.

"누누이 말했지? 여긴 관찰하기에 별로 좋은 장소가 아니라고. 우리가 보기는 어려워도, 다른 사람들 눈에는 잘 띄는 곳이라고."

"그만해. 코코나! 그래도 난 무이를 비난하고 싶지 않아. 오히려 그가 총지휘하는 것을 보고 그의 깊은 뜻을 알게 되었네. 비록 음모자라 해도 말이야."

"알았어. 결정했어! 기다리자고. 자네와 뜻을 같이하기로 했으니 우린 이제 공모자군." 코코나가 말했다.

“공모하는 게 아니야. 왕과 왕비님에게 봉사하는 거지.”

“공모나 봉사나 그게 그거지.”

“코코나. 난 이미 자네에게 말했어. 강요하지 않겠다고. 내 감정 때문에 자네가 짐을 나누어지는 건 원치 않아. 아니, 이건 나누어서 질 수 없는 짐이야.” 라 몰이 말했다.

“젠장! 빌어먹을! 누가 자네더러 강요한다고 했나? 자네가 강요하면 내가 따를 사람인가? 자네가 지옥으로 들어가는 모습이 훤히 보이는데 어떻게 내버려 둔단 말인가?”

“잠깐. 코코나! 저 아래서 왕비님의 흰 말이 얼핏 보였던 것 같은데. 왕비님이 갈 것이라고는 생각도 못 했는데. 왜 이렇게 가슴이 뛰지?”

“그 가슴 참 유별나군! 내 가슴은 얌전히 있는데.” 코코나가 하품을 하며 말했다.

그는 망토를 등 뒤로 하고 풀밭에 몸을 뻗고 누웠다. 그러다 그의 귀가 땅에 닿았을 때 손가락을 입술에 대며 라 몰에게 조용히 하라는 신호를 보내고 꼼짝하지 않았다.

“쉿! 조용히! 소리가 났어.”

“그 참 이상하군. 내 귀에는 안 들리는데.”

“저쪽을 좀 봐.”

코코나가 손가락으로 노루를 가리켰다.

“그래서?”

“좀 더 지켜보라고.”

라 몰이 노루를 바라보았다. 노루는 풀을 뜯어 먹으며 머리를 숙이고 있다가 나뭇가지 사이로 머리를 들고 귀를 곤두세우더니 순식간에 숲으로 뛰어 들어갔다.

"자네 말이 맞아. 저 노루는 뭔가 소리를 감지한 거야." 라 몰이 말했다.

"이제 알겠지? 땅에 울림이 있다는 말이야."

실제로 그들에게 아주 작은 소리가 들렸지만, 그것은 감지하기 어려웠다. 그러나 멀리서 들려오는 말발굽 소리가 분명했다. 잠시 귀를 기울이던 라 몰이 자리에서 벌떡 일어났다.

"이제 오는 거야! 조심해!" 라 몰이 말했다.

코코나도 일어났다. 하지만 그는 더없이 침착했다. 곧이어 일정하고 규칙적인 소리가 그들의 귓전을 때렸다. 말의 울음소리가 그들로부터 열 걸음 정도 떨어진 곳에 대기해 있던 두 말의 귀를 곤두서게 했다. 오솔길로 한 여인이 말을 타고 지나갔다. 그녀는 그들 쪽으로 이해할 수 없는 신호를 보내며 사라졌다.

"왕비님!" 그들은 동시에 말했다.

"그런데 저 신호가 무슨 뜻이지?" 코코나가 물었다.

"조금만 기다려달라는 것이 아닐까?" 라 몰이 말했다.

"아니. 달아나라는 것 같던데." 코코나가 말했다.

"그럼 각자 신념에 따라 행동해. 자넨 떠나게. 난 여기 남을 거야." 라 몰이 말했다.

코코나는 못 말리겠다는 듯 어깨를 으쓱하고 다시 드러누웠다. 바로 그때 반대 방향의 오솔길에서 병사들 한 무리가 말을 타고 전속력으로 달리고 있었다. 두 사람은 그들이 바로 나바르왕을 지지하는 신교도임을 알았다. 그들은 정말 날렵한 무사들처럼 나타나기가 무섭게 사라졌다.

"젠장! 심상치 않아. 프랑수아 1세의 별장으로 가보자고." 코코나가 말했다.

"아니, 오히려 그곳은 피해야 해. 만약 수색한다면 그곳이 일 순위야. 집회 장소로 흔히 사용되니까." 라 몰이 말했다.

"그건 자네 말이 맞아." 코코나가 시큰둥하게 말했다.

그런데 코코나가 말을 마치기가 무섭게 말을 탄 기사 한 사람이 순식간에 숲에서 나타나 울타리를 뛰어넘어 그들 쪽으로 날렵하게 질주하며 다가왔다. 무이였다.

"무이다! 달아나는 건가! 조금 전의 사람들도?" 코코나가 불안감을 감추지 못하고 말했다.

"빨리 달아나시오! 이 말을 해주려고 왔소! 빨리 몸을 피하시오!"

그가 이 말을 끝냈을 때는 이미 멀리 가버린 후였다. 라 몰은 순간이 모든 상황을 판단할 수가 없었다. 그는 얼떨떨한 마음으로 멀리 사라져가는 무이의 뒷모습을 바라보며 잠시 서 있었다. 하지만 코코나는 순식간에 말에 올라탔고 라 몰에게 다른 말의 고삐를 던져주었다.

"자, 자, 제발 이제 가자고! 무이가 한 말 못 들었어? 도망치라고. 무이는 신용 있는 사람이야. 달아나자고! 라 몰!"

"잠깐. 여기 온 목적이 뭔가?"

"적어도 교수대에 매달리려고 온 건 아니지. 상황을 자꾸 복잡하게 해석하려고 하는데 한마디만 하겠네. 무이가 달아날 때는 모두 달아나야 한다!"

"하지만 무이에게 왕비님은 안중에도 없어. 그는 왕비님을 좋아하지 않으니까." 라 몰이 말했다.

"젠장! 빌어먹을! 지금 이 꼴이 사랑 때문이라면 그 사랑 지옥에나 가라 그래! 그놈의 빌어먹을 사랑 두 번만 했다간 황천길 행이야! 황소

고집이 따로 없어! 샤를르왕의 말처럼 우린 공모했어. 하지만 공모가 잘못됐을 때는 달아나는 게 상책이야."

"자네 혼자 가게, 코코나. 자네 목숨은 내 것보다 소중해. 그러니 어서 피해."

"차라리 '우리 같이 교수형을 당하세'라고 말해. 혼자 달아나라고 하지 말고!"

"무슨 소리야? 사형대 밧줄은 우리 같은 귀족들을 위해 있는 게 아니야."

"정말 못 말리겠군. 이제 어쩔 건데?"

"왕비님을 찾아야지."

"어디서?"

"나도 모르겠어. 나바르왕을 찾으면 되겠지."

"나바르왕은 어디 있는데?"

"나도 모르겠어. 하지만 한번 찾아보자고."

"목숨을 건 사랑…. 이건 정말 불길한 징조야!" 코코나가 말했다.

"일단 말을 타자고!" 라 몰이 말했다.

라 몰이 안장에 타려고 몸을 돌리는 순간 위협적인 음성이 들려왔다.

"거기 서! 항복하라!"

동시에 떡갈나무 뒤에서 병사들이 나타나기 시작했다. 약 서른 명 정도의 기병들이었다. 그들은 말에서 내려 히드나무 숲을 샅샅이 수색했다.

"제길. 내가 뭐랬나?" 코코나가 투덜거렸다.

그들 중 대장이 총을 겨누라고 명령했다.

"쏘지 마시오. 젠장! 동지를 죽일 생각이오? 우린 완전히 항복했소." 코코나가 검을 공중에 던지며 말했다. 그러자 기병들이 총을 거두었다.

"하나만 물어봅시다. 우리가 왜 잡혀가야 하오?"

"나바르왕에게 물어보시오."

"그러니까 우리가 무슨 범죄를 저질렀다는 거요?"

"알랑송 공작에게 물어보시오."

알랑송의 이름이 나오자 코코나와 라 몰은 불안한 시선으로 서로를 바라보았다. 그들은 순순히 말에서 내리라는 명령에 따랐고, 기병들에 둘러싸여 프랑수아 1세의 별장으로 갔다.

"자네 평소에 프랑수아 1세의 별장을 보고 싶어 하지 않았나?" 코코나가 나무들 사이로 매혹적인 고딕 건물의 벽이 보이자 라 몰에게 말했다.

라 몰은 대답하지 않았다. 단지 그는 코코나에게 손만 내밀었다. 프랑수아 1세가 사냥 모임터로 항상 이용했기 때문에 프랑수아 1세의 별장으로 불리는, 루이 12세 때 지어진 이 건물에는 수렵용 산막 같은 것이 옆에 세워져 있었다. 산막은 화승총과 미늘창, 그리고 번쩍이는 검으로 둘러싸여 있었다. 그들이 끌려간 곳은 바로 이 산막이었다.

*

신교도들이 프랑수아 1세의 별장에 결집해 있는 동안 무이는 비올레트의 오솔길 끝에서 나바르왕을 기다렸다. 하지만 사냥 전에 알랑송과 샤를르의 지시를 받은 낭세이가 멀리서부터 숲을 에워싸며 그 별장을 서서히 포위했고 마침내 별장을 기습하여 모두 체포했다. 무이는 오솔길 모퉁이에서 나바르왕을 기다리다가 멀리서 움직이는 붉은 띠를 보게 되었다. 그것은 거대한 원 형태로 숲을 둘러싸며 집회 장소를 향해 거리를 좁히던 병사들의 움직임이었다. 그는 한순간 오솔길 쪽에서 국왕 근위병들의 화승총이 번쩍거리는 것을 보았다. 그는 모자를 세워 공중으로 던졌다. 그것은 모든 것이 실패로 끝났음을 알려주는 신호였다. 나바르왕과 마르그리트는 그 신호를 보고 왔던 길을 되돌아갔고, 무이는 말에 박차를 가하며 도주했다. 그리고 도주 중에 라 몰과 코코나에게 달아나라는 신호를 주었던 것이다.

한편 앙리가 보이지 않는 것을 알아차린 샤를르는 알랑송의 말처럼 두 사람이 음모를 꾸미다 잡혀서 산막에 갇혀있는지 알아보려고 알랑송의 호위를 받으며 그곳으로 갔다. 알랑송은 확실한 증거를 잡았다고 생각하며 자신감에 차 있었다.

"자! 자! 서둘러라. 난 곧 루브르로 돌아가지 않으면 안 된다. 소굴에 있는 모든 신교도를 끌어내라. 오늘은 성 바르톨로메오의 사촌 성 블레즈의 날이다!"

왕의 이 말에 숲과 별장에서 체포된 신교도들이 하나씩 차례대로 끌려 나왔다. 하지만 앙리의 모습은 어디에도 없었다.

"앙리는 어디 있느냐? 마르고는? 알랑송! 분명히 그들을 잡았다고 하지 않았느냐?"

"나바르왕과 왕비는 저희도 보지 못했습니다, 폐하." 낭세이가 말했다

바로 그때 강으로 나 있는 오솔길의 끝에서 앙리와 마르그리트가

나타났다. 두 사람은 전혀 동요하지 않는 것처럼 보였다. 그들은 손에 매 한 쌍을 얹고 정겨운 모습으로 나란히 오고 있었다. 그 모습에 알랑송은 창백해졌고, 샤를르는 가슴이 후련해짐을 느꼈다. 샤를르는 알랑송의 생각이 허사로 돌아가기를 내심 바라고 있었기 때문이었다.

"또 빠져나갔어…." 알랑송이 창백한 목소리로 중얼거렸다.

그 순간 샤를르는 복부에서 또다시 통증이 엄습해오는 것을 느꼈다. 그는 고삐를 놓치고 두 손으로 옆구리를 움켜쥐면서 비명을 질렀다. 앙리가 멀리서 그 모습을 보고 재빠르게 다가왔다. 하지만 그가 다가왔을 때 샤를르는 다시 정신을 차렸다.

"어디서 오는 길인가?" 샤를르가 물었다.

"숲 쪽에서 사냥하고 오는 길입니다." 앙리가 답했다.

"오늘 사냥은 강가에서 했지 숲에서 한 것은 아니지 않은가?"

"한참 왜가리를 보고 있었을 때 제 매가 꿩을 낚아챘습니다, 폐하."

"그 꿩은 어디 있느냐?"

"여기 있습니다. 아름다운 수꿩이지 않습니까?"

앙리는 천연덕스럽게 오색찬란한 빛이 감도는 꿩을 그에게 내밀었다.

"그렇다면 그걸 잡고 왜 우리와 합류하지 않았나?"

"새가 숲으로 날아갔기 때문입니다. 저희가 다시 강으로 내려왔을 때는 폐하께서 이미 한참이나 앞질러 가고 있는 것이 보였습니다. 그래서 부랴부랴 이렇게 쫓아온 것입니다."

"그럼 이 귀족들은 뭔가?" 샤를르가 힐책하듯이 물었다.

"어떤…, 귀족들 말입니까?" 앙리는 주위를 둘러보며 말했다.

"젠장! 이 자들이 지금 내 초대를 받고 왔다고 생각하나!"

"하지만 폐하. 제 초대도 아닙니다. 어쩌면…, 알랑송 공작의 초대일 수도…"

"나라고?" 알랑송이 말했다.

"그렇소. 처남은 어제 나바르의 왕이 되려 한다는 것을 알리지 않았소? 그래서 공작을 왕으로 추대한 신교도들이 감사함을 표하기 위해 여기 왔을 수도 있지 않소?"

"그렇습니다! 알랑송 공작 만세! 샤를르왕 만세!"

"난 신교도들의 왕이 아닙니다. 아니, 그들의 왕이 되고 싶지 않습니다." 알랑송이 정색을 하며 말했다.

"어쨌든, 앙리. 자네 행동에 미심쩍은 데가 많다는 것을 잘 알고 있겠지? 내가 심문하면 자네는 뭐라고 할 텐가?" 샤를르가 말했다.

"폐하. 저도 명색이 왕자가 아닙니까? 그것이 왕좌도 없이 태생에 의한 것이기는 하지만 말입니다. 폐하의 친구나 형제로서 답은 할 수 있지만, 죄인의 자격으로 답할 수는 없습니다."

"하지만 내 인생에서 정말 이렇게 알고 싶었던 적은 없었네." 샤를르가 중얼거렸다.

"무이를 데려오면 안 될까요?" 알랑송이 말했다.

"체포된 자들 속에 무이가 있느냐?" 샤를르가 소리쳤다.

하지만 아무 대답이 없자 낭세이가 나서서 이렇게 말했다.

"무이는 체포자들 속에 없습니다. 제 부하들 몇 명이 그를 보았다고 하는데 그가 분명한지 확신하지는 못합니다."

그때 라 몰과 코코나의 지혜를 믿어볼 만하다고 생각한 마르그리트가 이렇게 말했다.

"폐하. 저기 알랑송 공작 밑에 있는 두 젊은이가 있으니 그들에게 한번 물어보시면 어떨까 합니다."

알랑송은 뒤통수를 한 대 얻어맞는 것 같음을 느꼈다.

"저자들은 내 밑에 있지 않음을 증명하려고 체포한 것입니다." 알랑송이 말했다.

"두 사람은 체포당할 때 뭘 하고 있었나?" 샤를르가 물었다.

"폐하. 저희는 그냥 이런저런 이야기를 나누고 있었습니다."

"무장을 하고서 이야기를 나눈다?"

"폐하께서는 잘못 알고 계십니다. 저희는 그냥 참나무 그늘에 누워 있었습니다."

"누워있었다고?"

"저희가 폐하께 죄를 지었다면 달아날 수도 있었습니다. 여러분들! 병사의 명예를 걸고 이야기 좀 해주시오! 우리가 도망치려고 했다면 도망갈 수도 있지 않았겠소?" 코코나가 그들을 체포한 기병들 쪽으로 몸을 돌리며 말했다.

"그건 사실입니다. 이들은 도망가려고 하지 않았습니다." 낭세이 대장이 말했다.

"말이 너무 멀리 떨어져 있었겠지?" 알랑송이 끼어들며 물었다.

"공작님께 죄송한 말씀이지만, 저는 이미 말에 올라타 있었고, 라몰도 고삐를 쥐고 있었습니다." 코코나가 말했다.

"저 말이 사실인가?" 왕이 물었다.

"예, 사실입니다. 코코나 백작은 우릴 보고 도로 말에서 내렸습니다."

코코나는 '자, 다들 아시겠지요?'라는 득의양양한 미소를 지으며 사방을 둘러보았다.

"하지만 이 훌륭한 말과 노새들, 그리고 위에 실려 있는 함들은?" 알랑송이 물었다.

"우리가 마부입니까? 그것을 실은 마부를 찾아오라고 하십시오." 코코나가 말했다.

"마부 같은 건 없어." 알랑송이 대답했다.

"그렇다면 미리 겁을 집어먹고 달아났나 봅니다. 천민에게 귀족의 침착함을 요구할 수는 없지 않습니까?" 코코나가 말했다.

"언제나 같은 각본이군. 폐하. 이 자들은 며칠 전부터 더 이상 제 밑에 있는 자들이 아닙니다." 알랑송이 이를 갈며 말했다.

"제가요? 제가 공작님 밑에 있는 것이 아닙니까? 이런 안타까운 일이!"

"에이! 빌어먹을! 본인이 더 잘 알지 않나? 며칠 전 무례하기 짝이 없는 사직서를 전해주지 않았나? 다행히 내가 그걸 가지고 있길래 망정이지."

"오! 전 홧김에 썼던 것이라 공작님께서 너그럽게 용서해 주실 것으로 생각했습니다. 공작님께서 제 친구를 잡으려고 루브르궁 복도에서 줄을 들고 기다렸다는 말을 듣고, 제 친구를 목매달고 싶어 한다고 생각했거든요."

"그런데?" 샤를르가 물었다.

"하지만 이후에 저는 알랑송 공작님이 혼자서 한 일이 아니라 적어도 세 명이 같이 하셨다는 사실을 알았습…"

"됐어! 그만해!" 샤를르가 소리쳤다. 그리고 그는 앙리에게 고개를 돌려 말했다.

"떠나지 않겠다는 약속은?"

"폐하. 지키겠습니다."

"낭세이 대장과 함께 파리로 가서 자네 방에서 근신하고 있게. 그리고 두 사람은 검을 대장에게 주어라."

라 몰과 코코나는 대장에게 검을 넘겨주었다.

"무이는 찾았나?" 왕이 물었다.

"못 찾았습니다, 폐하. 숲에는 없었습니다. 멀리 도망간 것 같습니다."

"유감이군…. 이제 돌아가자. 몸이 떨리고 현기증이 나는구나. 앞이 잘 보이지도 않고…"

하지만 샤를르는 말고삐를 잡다가 놓치며 쓰러졌고 왕의 두 번째 발작에 겁에 질린 신하들이 그를 일으켜 세웠다. 그는 몸을 가누지 못하고 의식을 잃었다. 시종이 들 것을 가지고 와서 그를 실었다. 그러자 귀족들이 어깨에 두른 망토를 벗어 그를 덮어주었다. 좀 떨어진 곳에서 알랑송은 이마의 땀을 손으로 닦으며 이 광경을 지켜보고 있었다. 그는 샤를르가 쓰러진 원인이 무엇인지 알고 있었기 때문이었다. 사냥 행렬이 파리를 향해 조용히 떠나고 있었다. 그 뒤로 죄인들을 호송해가는 광경이 뒤따랐다.

"출발!" 경기병들을 이끄는 지휘관이 소리쳤다.

"저 실례가 안 된다면…, 한마디만 물어보고 싶은데 우리는 어디로 가는 겁니까?" 코코나가 물었다.

"빈센느 감옥이오."

"다른 곳이 더 좋은데 언제나 원하는 곳에 갈 수는 없지." 코코나가 중얼거렸다.

길을 가는 동안 샤를르는 다시 의식을 되찾았고, 기력을 조금씩 회복했다. 그는 행렬이 루브르에 들어섰을 때 타반느 장군의 팔에 기대어 자신의 거처로 올라가 아무도 들어오지 못하게 경비를 세워놓았다. 그리고 의사가 올 때까지 머리를 쿠션에 기대고 소파에 앉아 있었다. 의사가 도착하려면 아직 한참을 기다려야 했다. 물을 끝없이 들이켰음에도 입이 바싹바싹 타면서 갈증이 가시지 않았다. 그는 애써 마음을 진정시키며 차라리 다른 일에 집중하는 편이 훨씬 나을 것으로 생각하고 호위병을 통해 근신 중인 앙리를 호출했다. 잠시 후에 앙리가 나타났다. 그는 앙리에게 말했다.

"둘이 있을 때는 솔직하겠다고 했지?"

"예, 폐하. 무엇이든 물어보십시오." 앙리가 대답했다.

"알랑송의 비난이 사실인가?"

"어느 정도는 사실입니다. 알랑송이 주도하고 저는 따르기로 했습니다."

"무엇 때문에? 무엇 때문에 그를 따라가려고 한 거지? 내게 불만 있나?"

"아닙니다. 오히려 그 반대입니다, 폐하. 저는 폐하께 만족하고 있습니다."

"그렇다면 이곳을 떠나려는 이유가 뭐지?"

"이곳은 저를 사랑하는 사람들도 있지만, 증오하는 사람들도 있습니다. 저는 저를 증오하는 사람들로부터 달아나려고 한 것입니다."

"그게 누군가?"

"제가 마음을 열고 이야기해도 되겠습니까?"

"말하게."

"누구보다도 왕태후 마마입니다. 전 그분을 경계합니다. 그리고 그렇게 한 것이 언제나 제게 도움이 되었습니다."

"어머니를?"

"예. 그분과 그분을 둘러싸고 있는 사람들입니다."

"어머니가 자네에게 관심이 좀 많은 것은 나도 알고 있네. 하지만 조금 자세히 설명해보게."

"폐하. 저는 이곳에서 두 번이나 목숨을 건졌습니다. 신의 가호로 말입니다. 특히 두 번째는 제가 폐하 덕택에 목숨을 건졌습니다. 폐하께서도 아시지 않습니까?"

"그럼 첫 번째는?"

"주술사 르네 덕분입니다. 왕태후께서 아신다면 매우 놀라실 것입니다."

"르네가?"

"르네가 독으로부터 절 구해주었습니다."

"르네가? 도통 믿기질 않는군. 자신의 본분을 벗어나 자네를 구해주다니?"

"하늘의 도움으로 두 번 기적이 일어났습니다. 하지만 폐하. 솔직히 말씀드리면 전 이렇게 하늘에 몸을 맡기는 것이 두렵습니다."

"왜 진작 말하지 않았나?"

"어제까지만 해도…, 제가 말했다면 폐하께서는 절 밀고자로 여겼을 것입니다."

"그럼, 오늘은?"

"오늘은 제가 죄인이 되었기에 변호하는 것입니다."

"첫 번째는 확실한 건가?"

"예, 폐하. 두 번째 만큼이나 그렇습니다."

"자네를 독살하려고 했다고? 어떻게?"

"입술 제제로."

"입술 제제로…, 독살하는 것이 가능한가?"

"오! 폐하. 르네에게 물어보십시오."

샤를르는 눈살을 찌푸렸다. 하지만 그의 표정은 오히려 밝아졌다.

"그건 됐어. 죽음으로부터 달아나려는 것은 인간의 본성이지."

"폐하. 저는 매일 살아있다는 것이 놀라울 정도입니다."

"사람들은 내가 자넬 좋아한다는 것을 알고 있네. 그러니 처벌을 두려워해서라도 자중할 거야. 자유롭게 기다리게."

"파리를 떠나도 됩니까? 폐하."

"아니. 내가 자네 없이 지낼 수 없다는 것을 잘 알지 않는가?"

"그렇다면 한 가지만 부탁을 들어주십시오."

"어떤…?"

"절 형제의 이름이 아닌 죄인의 이름으로 다스려 주십시오."

"…? 그게 무슨 말인가?"

"폐하의 호의가 저를 잃게 한다는 것을 모르십니까? 저는 폐하의 눈 밖에 나야만 목숨을 부지할 수 있습니다. 차라리 저를 감옥에 가두어 주십시오."

"앙리. 자네가 힘들다는 것은 알겠지만 그래도 이러는 이유를 모르겠네. 이제 돌아가게. 내가 몸이 좀 편치 않네. 개를 보고 잠자리에 들어야겠어."

"폐하. 의사를 부르셔야 합니다. 오늘 폐하의 건강이 좋아 보이지 않습니다."

"이미 불렀네."

"예. 그럼 저는 안심하고 물러가겠습니다. 폐하. 낭세이에게 저를 좀 인계해 주십시오."

"꼭 그렇게까지 해야겠나?"

"그것이 제가 폐하를 오래 모시는 방법입니다."

"…. 낭세이!" 샤를르가 불렀다.

낭세이가 들어왔다.

"이 죄인을 자네의 손에 맡기니 목숨을 걸고 지키도록 하게."

그는 앙리를 데리고 나갔고, 앙리는 겁에 질린 것처럼 따라 나갔다.

사냥개 악테옹

앙리를 보낸 샤를르는 유모를 찾았지만, 그녀는 다른 일이 있는지 자리에 없었다. 그는 다시 자신의 몸이 불덩이가 되는 것을 느꼈다. 끊임없는 갈증에 테이블에 놓인 우유를 한잔 들이키고는 아침에 개를 가둬두었던 무기실로 들어갔다. 그런데 악테옹이 나타나지 않았다. 뿐만 아니라 주인이 나타났을 때 으레 그렇듯 반갑게 짖는 소리도 없었다. 샤를르는 휘파람으로 악테옹을 불렀다. 그래도 개는 나타나지 않았다. 그가 불빛을 방구석 구석까지 비추어보았을 때 방석 위에서 꼼짝하지 않는 물체가 하나 있었다.

"악테옹! 어이!" 샤를르가 소리를 질렀다.

다시 휘파람을 불었다. 그러나 개는 전혀 움직일 기미가 없었다. 샤를르는 악테옹에게 다가가 그것을 만졌다. 순간 그는 놀라서 뒷걸음질 쳤다. 개는 이미 뻣뻣하게 굳은 채 식어 있었다. 입에는 피와 침이 섞인 거품이 흘러 있었다. 갑자기 샤를르의 마음속에서 알 수 없는 분노가 치밀었다. 그는 고래고래 소리를 지르고 싶었다. 그러나 그렇게 하지 못했다. 그는 음모를 떠올렸다. 그리고 개 앞에 무릎을 꿇고 예리한 시선으로 개를 살폈다. 혀에 있는 물집 같은 것이 그를 몸서리치게 했다. 샤를르는 허리춤에 있던 장갑을 낀 채 개의 입을 벌리고 안쪽을 살피기 시작했다. 개의 송곳니 사이에 뭔가가 끼어 있었다. 약간 희끄무레한 조각이었는데 샤를르가 그것을 빼내 보니 종잇조각이었다. 그쪽의 잇몸은 마치 황산에 부식된 것 같이 처참한 형태를 하고 있었다. 샤를르는 주변을 살폈다. 양탄자 위에도 똑같은 조각이 몇 개 떨어져 있었다. 그중에서 조금 큰 조각 하나를 집어 들고 그것을 유심히 살폈다. 숲 그림의 일부가 보였다. 샤를르는 신경이 바늘 끝처럼 곤두서는 것을 느꼈다. 그것은 그가 아침에 본 수렵 책의 일부였다. 그는 아침에 악테옹이 수렵 책을 물어뜯었던 것을 기억했다.

"세상에! 이럴 수가! 책에 독이 묻어 있었어!"

그는 뭔가에 사로잡힌 것처럼 말하며 자신이 아침에 했던 행동들을 상기했다. 손가락에 침을 묻혀가며 책의 페이지를 넘겼던…. 그는 말없는 신음 소리를 내며 문으로 달려가 호위병에게 소리쳤다.

"르네를 데려오너라! 빨리! 르네를! 십 분 내에! 그리고 의사는 오면 잠시 기다리게 해라."

호위병이 달려갔다. 샤를르의 이마에 땀방울이 맺혔다. 손이 부들부들 떨리고 가슴이 고동치는 속에서 개의 사체에 시선을 고정했다. 십여 분 후에 노크 소리와 함께 르네가 들어왔다. 샤를르는 다급하게 그에게 걸어갔다.

"너는 화학자지?"

"예, 폐하."

"내 모후를 통해 잘 알고 있으니 생략하고, 저 개를 살펴라. 이빨에 끼인 것을 보고 왜 죽었는지 말해라."

샤를르는 개의 사체가 있는 곳으로 그를 데려갔고, 르네는 한 손에 촛불을 든 채 몸을 낮추었다. 그리고 호주머니에서 메스 같은 것을 꺼내 사냥개의 이빨 사이에 끼인 종잇조각을 떼어냈다. 그리고 그 부근의 증상을 세심하게 살폈다.

"폐하. 이것은 매우 끔찍한 증상입니다."

샤를르는 공포에 휩싸인 전율이 혈관을 타고 내려가 심장에 꽂히는 것을 느꼈다.

"이 개는 독에 중독된 거지?"

"예. 유감스럽게도 그렇습니다."

"어떤 독이냐?"

"광물성 독약 같습니다."

"더 확실하게 알려면 어떻게 해야 하느냐?"

"위를 절개해 보면 확실합니다."

"당장 절개해! 난 지금 분명히 알아야겠다."

"도와주는 사람이 있어야 합니다."

"내가 도와주겠다!"

"폐하께서 직접 말입니까?"

"그래. 만약 독에 중독되었다면 위에 어떤 증상이 있지?"

"붉은 반점이 있고, 식물화가 되어있을 것입니다."

"빨리하라."

샤를르가 촛대를 들고 그 부근을 비추자 르네는 개의 가슴 부분을 절개했다.

"여기 보십시오, 폐하. 여기에 증거가 있지 않습니까? 붉은 반점들이 있고…, 핏줄이 뿌리처럼 뻗쳐 있다고 해서 식물화라고 부르는 증상이 있지 않습니까?"

"그럼 개는 독 때문에 죽은 것이 분명한가?"

"예, 그렇습니다. 모든 가능성을 추론해볼 때 그것밖에는 없습니다."

"그렇다면…. 만약 사람이 부주의하게 이 독을 먹었다면 어떤 증상이 일어나느냐?"

"심한 두통이 있고, 몸이 불에 타는 것 같은 작열감. 복부 통증과 함께 구토증 같은 것이 따릅니다."

"갈증은?"

"갈증도 심하게 일어납니다."

"그렇군…. 그래…"

"폐하께서 왜 이러시는지 모르겠습니다."

"넌 알 필요 없다. 내가 묻는 말에나 대답해." 샤를르가 말했다.

"그러면 해독제는?"

르네는 잠깐 생각에 잠긴 후 말했다.

"광물성 독은 한둘이 아닙니다. 정확히 어떤 경로로 중독되었는지 알아야 답을 드릴 수 있습니다. 개가 어떻게 하다가 이렇게 되었습니까?"

"개가 책을 한 장 먹었다."

"네? 어떤 책을요?"

"여기 있다."

샤를르는 그렇게 말하고 오늘 오전에 선반에 두었던 책을 르네에게 내밀었다. 르네는 그 책을 보고 당혹감을 감추지 못했고, 샤를르는 그것을 놓치지 않았다.

"폐하. 제가 이 책을 한 페이지 찢어도 되겠습니까?"

"마음대로."

르네는 한 장을 찢어 촛불에 대었고 종이는 불에 타면서 지독한 마늘 냄새를 풍겼다.

"이 개는 비소가 섞인 독에 중독되었습니다."

"확실한 것이냐?"

"예."

"그럼 해독제는?"

르네는 고개를 흔들었다.

"뭐라고? 없단 말이냐? 아니면 모른단 말이냐?"

"중독된 직후에 계란 흰자를 우유에 섞어 먹으면 좋다고 하지만…, 시간이 지난 후에는…"

"지난 후에는?"

"위험합니다, 폐하. 이것은 매우 무서운 독입니다." 르네가 말했다.

"그렇지만…, 즉시 죽지는 않겠지?"

"그렇습니다. 하지만 시간이 문제지 죽는 것은 확실합니다. 그래서 가끔 그런 용도로 사용되었습니다."

샤를르는 탁자에 몸을 기댔다.

"하나 더 말할 것이 있다. 넌 이 책을 알고 있지?" 샤를르가 르네의 어깨 위로 손을 올리며 말했다.

"제가요? 폐하." 르네가 하얗게 질리면서 말했다.

"왜 놀라느냐? 네가 이 책을 알아본다는 것은 너도 음모에 가담한 게 되는 거야."

"폐하! 전 맹세코…"

"르네. 내 말 잘 들어라. 향기 묻은 장갑…, 램프 연기…, 독 묻은 사과로 여러 사람을 독살한 것 기억하겠지? 모두 다 네놈 짓이지 않으냐? 이 책이 누구의 것인지 말하지 않으면 내가 불에 달군 집게로 네 몸을 지져서 갈가리 찢어버릴 것이다."

르네는 샤를르의 분노를 풀 방법이 없다는 것을 알고 대담하게 이렇게 말했다.

"제가 사실대로 말씀드리면 선처해 주시겠습니까?"

"그렇다."

"그렇다면 말씀드리겠습니다. 이 책은 원래 저의 것입니다."

"뭐라고? 네 것이라고?"

"그런데 어떻게 네 손에서 벗어났느냐?"

"저의 집에서 이것을 가져가신 분은 왕태후 마마입니다."

"어머니가?"

"그렇습니다."

"무슨 목적으로?"

"제가 알기로는 나바르왕의 손에 들어가게 할 목적이었던 것 같습니다. 나바르왕이 알랑송 공작에게 수렵 책을 한 권 부탁했다고 하시면서."

"아…! 이제 모든 것이 풀리는군. 그래서 이 책이 앙리의 방에 있었군…. 그런데 내가 감수해야 할 운명이라니…" 샤를르는 자리에 털썩 주저앉으며 신음했다.

"폐하. 왜 그러십니까?"

"아니다. 목이 말라서 그러니 물을 좀 다오."

르네는 떨리는 손으로 컵에 물을 따라 샤를르에게 건네주었다. 샤를르는 그것을 단숨에 들이켰다.

"내가 부르는 대로 책에 받아적어라."

"무엇을 말씀입니까?"

"'이 수렵 책을 왕태후 카트린느 메디치께 드립니다.'라고…"

르네는 깃털 펜을 들고 그대로 받아적었다.

"서명하라."

그는 서명했다.

"폐하께서 제 목숨을 살려주시기로 약속하셨습니다."

"약속은 지키겠다."

"하지만 왕태후 마마께서는?"

"그것까지는 내 소관이 아니다."

"그렇다면 제가 생명을 위협받는다고 판단될 때 프랑스를 떠나도 되겠습니까?"

"그것에 대해선 보름 후에 대답해주지."

"하지만 기다리다가…"

그때 샤를르의 유모가 나타났다. 르네는 적절한 기회라고 여기고 예를 갖추며 물러났다.

"폐하. 무슨 일이예요?"

"유모. 이슬을 맞고 걸었더니 몸이 좀 안 좋아."

"정말 안색이 창백합니다, 폐하."

"유모. 날 침대에 좀 눕혀줘."

유모가 다가오자 샤를르는 그녀의 부축을 받아 방으로 들어갔다.

"혼자 좀 누워있고 싶어."

"의사가 오면요?"

"괜찮아졌다고 볼 필요가 없다고 전해줘. 그리고 계란 흰자에 우유를 좀 넣어서 줘. 불쌍한 악테옹이 죽었어. 좋은 친구였는데…. 내일 정원 한쪽에 묻어줘야겠어."

쟁점의 중심이 된 밀랍인형

그 이후로 일주일 동안 샤를르는 간질 같은 격렬한 발작과 고열로 자리에 누워있었다. 그는 발작이 일어나면 자주 비명을 질렀고, 그것은 루브르궁에서 음산한 메아리로 울려 퍼졌다. 발작이 지나가면 탈진 상태에 빠져 오직 유모에게만 의지하며 침묵을 지켰다. 전부터 샤를르가 몸이 약하고 가끔 신경발작을 일으켰기 때문에 궁에서는 그의 병세가 더 깊어진 것으로 받아들이고 있었다. 루브르의 의사들조차도 왕의 정확한 병명을 알지 못했다. 그들은 단지 르네가 말해준 식이요법 정도를 처방해줄 수 있을 뿐이었다. 카트린느는 한동안 침묵을 지켰고, 샤를르 역시 말하지 않았다. 알랑송은 음흉한 생각으로 멀리 떨어져 지켜볼 뿐이었다. 앙리는 빈센느 감옥에 갇혀있었다. 그가 샤를르에게 특별히 부탁했기 때문에 누구도 그를 만나는 것이 허락되지 않았다. 심지어 마르그리트조차 불가능했다. 카트린느와 알랑송은 이제 그가 끝장이라고 생각했다.

어느 날 샤를르는 심한 고비를 넘겼다고 생각하고 가족들과 고위 귀족들이 들어오는 것을 허락했다. 그들은 왕의 창백한 뺨, 움푹 팬 눈, 창백한 안색, 그리고 눈 주위의 시커먼 자국을 보고 그가 중병을 앓는다고 생각했다. 카트린느는 침착했고, 알랑송은 위선으로 가득 찬 미소를 지었으며, 마르그리트는 앙리가 감옥에 투옥된 이후 낙심해 있었다.

"폐하. 좀 어떠십니까?" 카트린느가 물었다.

"매우 좋습니다."

"의사가 뭐라고 합니까?"

"그들이야 언제나 하는 말이 있지 않습니까? 유모. 마실 것 좀 줘요."

"지금 폐하께 필요한 것은 하루빨리 쾌차하셔서 햇볕을 쬐는 일입니다. 사냥도 하시고요." 알랑송이 말했다.

"그래. 하지만 사냥은 내게 해롭단다." 샤를르는 알랑송이 이해하기 어려운 미소를 지어 보이며 그렇게 말했다.

그는 자리에 누우며 물러가라는 손짓을 했다. 고관들은 접견이 끝났다고 생각하고 자리를 떴다. 알랑송은 샤를르에게 다가가려고 했으나 몸이 말을 듣지 않았다. 그는 예의만 표시하고 자리에서 물러났다. 마르그리트는 샤를르가 내미는 손을 꽉 잡고 그 위에 입맞춤하고는 자리에서 물러났다. 카트린느만이 그의 침대 머리맡에 남아 있었다. 그녀가 그의 침대로 다가와 냉정한 시선만큼이나 차가운 손을 그에게 뻗쳤을 때 샤를르는 떨림과 공포를 느꼈다. 그는 그녀의 시선을 외면하고 벽으로 시선을 돌렸다.

"계속 여기 계실 겁니까?" 샤를르가 물었다.

"그래. 중요한 이야기가 있다."

"말씀하십시오."

"조금 전에 의사들 말이다. 네가 아픈 이후로 뭘 했지?"

"사실 별로 한 것이 없습니다. 그들이 말하는 건 언제나 이론일 뿐…"

"내가 하나만 제안해도 되겠느냐?"

"예. 말씀하십시오."

"그들은 너의 병에 대해서 잘 모른다. 그들은 병을 치료하는 것이 아니라 증상만 치료하고 있을 뿐이다."

"저도 같은 생각입니다."

"그래서 난 네가 아프다는 말을 듣고 알만한 사람들을 불러 모았단다."

"의학 분야에서 말입니까?"

"아니. 인간의 육체뿐만 아니라 정신까지 들여다보는 사람들이지."

"주술사들이군요. 하지만 왕들은 그렇게 할 수가 없죠. 그런데 결론은…?"

"내가 바라던 것을 찾았단다. 너의 정신과 육체를 회복시킬 방법을 말이다."

샤를르는 몸을 떨었다. 그는 카트린느의 의도를 전혀 짐작할 수가 없었다. 어쩌면 그는 자신이 예정보다 더 일찍 죽을지도 모른다고 생각했다.

"그게 뭔가요? 어떻게 하면 되나요?"

"내 말 잘 들어라, 아들아. 멀리 있는 사람에게 은밀하게 복수를 기도해서 자신이 원하는 것을 얻는다는 이야기를 들어본 적이 있지?"

"칼입니까? 독입니까?"

"아니다. 그런 것보다 더 사악한 방법이지."

"설명해보십시오."

"흑주술이다. 너의 고통은 바로 거기서 나오는 것이다. 너의 적은 정면 공격을 하지 않고 너를 음해 기도하고 있어. 그런데 그것이 너무 교묘해서 주동자를 잡지 못한 거야."

"그건 아닙니다. 어떻게 저를 음해 기도했나요? 궁금합니다." 샤를르는 그녀의 교활함에 반발하며 말했다.

"주술로 했단다."

"설명해보십시오." 샤를르는 내막을 알면서도 이야기를 들어야 하는 것에 역겨움을 느끼며 말했다.

"내가 말하는 음해자는 너도 마음속으로 짐작할 수 있는 사람이다. 하지만 너의 형제는 너를 끝없이 생각하고 있단다."

"어떤 형제 말입니까?"

"알랑송이다. 그가 공모를 밝혔지 않느냐? 비록 공모의 흔적들뿐이었지만. 나는 좀 더 구체적인 증거들을 찾았단다. 왜냐면 난 죄지은 사람의 심리를 잘 알기 때문이지. 한 젊은이의 탈주에 대한 증거를."

"한 젊은이라면…. 앙리 말입니까?" 샤를르는 모후의 위선이 어디까지인지 궁금한 나머지 물었다.

카트린느는 교묘하게 시선을 내리깔았다.

"전 그를 체포해서 빈센느 감옥에 넣으라고 명령했습니다. 그것만으로는 부족합니까? 그가 더 중죄를 지었습니까?"

"내가 너의 증상을 말해볼까? 심장이 타는 불덩이 같고…, 바늘로 쿡쿡 찌르는 것 같은 통증이 눈에서 뇌로 이르고?"

"그렇습니다! 어떻게 제 병의 증상을 그렇게 소상하게 알고 계십니까!"

"그건 매우 간단하다. 이걸 보아라." 모후가 말했다.

그리고 그녀는 망토 아래서 어떤 물건 하나를 꺼내 왕에게 보여주었다. 그것은 6인치 정도 되는 누르스름한 밀랍인형이었다. 인형은 반짝이는 별이 수 놓인 옷을 입고 왕실의 망토를 두르고 있었다.

"이게 뭔가요?" 샤를르가 물었다.

"이건 너란다. 이 인형은 너의 왕관을 쓰고 너의 망토를 입은 바로 네 모습을 나타낸 것이다."

"이걸 누가 만들었습니까?" 연극에 지친 샤를르가 말했다.

"앙리입니까?"

"아니다."

"아니라고요?"

"엄밀하게 말하면 아니다. 하지만 그렇다고 볼 수도 있다."

샤를르는 지쳐서 말이 나오지 않았다. 그는 가만히 있었다.

"이 인형은 매 사냥 때, 나바르왕을 도주시키려고 말을 대기시켜 놓고 기다리던 한 남자의 방을 수색하다 발견이 되었다."

"라 몰 백작?"

"그래. 그자의 방이다. 이 심장을 꿰뚫고 있는 강철 바늘을 잘 보아라. 바늘의 꼬리에 써진 문자가 뭐로 보이냐?"

"'M'이군요."

"그래 잘 봤다. 죽음을 의미하지. 주문 공식이다. 이 인형을 만든 자가 자신의 소원을 적은 거지. 만약 미치기를 기도했다면 'F'였을 것이다."

"그럼 제 생명을 노린 자가 라 몰입니까?"

"그렇지. 이것은 단검으로 심장을 찌르는 것과 같다."

"그럼 이 모든 것이 제 병의 원인이란 말씀이시군요. 하지만 어떻게 풀지요? 어머니께선 아시겠네요. 평생 연구해 오셨으니."

"주문을 건 자를 죽이기만 하면 된다. 그러면 주문이 풀려 병이 낫게 된단다."

"정말입니까?"

"그렇단다."

"그럼 이제 제 병이 누구 때문인지 그리고 누구를 벌해야 하는지 답이 나왔군요." 샤를르가 말했다.

카트린느의 표정이 밝아졌다. 샤를르는 건성으로 말했다.

"그럼 결론은 라 몰인가요? 그가 죄를 저질렀다고 하셨으니."

"그는 일개 하수인일 뿐이야."

"그렇습니까? 알아서 하십시오. 저는 더 이상 관여하고 싶지 않습니다."

"그럼. 네가 승낙한 것으로 알아도 되겠지?"

"알았습니다."

카트린느는 샤를르의 손이 떨리는 것을 느끼지 못하고 그의 손을 꽉 잡고는 방을 나갔다. 그러나 카트린느가 나가면서 휘장이 내려오기가 무섭게 유모 방으로 통하는 문의 휘장이 움직였다. 그가 몸을 돌리자 마르그리트가 서 있었다. 마르그리트는 창백한 얼굴과 넋이 나간 표정으로 격한 감정을 드러내고 있었다.

"오! 오라버니!" 마르그리트는 이렇게 외치며 달려왔다.

"어머니는 거짓말을 하고 계십니다. 오라버니."

"뭐?"

"어머니를 비난하는 것은 끔찍한 일이지만 들어주십시오. 어머니가 또 그들을 괴롭히지 않을까 하여 제 발길이 떨어지지 않았습니다. 제 목숨을 걸고, 두 사람의 영혼을 걸고 맹세하건대 어머니가 오라버니에게 한 말은 거짓입니다."

"그들이라니? 누구 말이냐?"

"앙리입니다. 앙리는 누구보다도 오라버니를 좋아하고 헌신적입니다."

"나도 그렇게 믿고 있다."

"그렇다면 왜 그를 체포해서 감옥에 가두셨습니까?"

"그건 그가 택한 거야."

"그이가 오라버니에게 갇히게 해달라고 했다는 말씀입니까?"

"그래. 앙리는 내 총애를 받는 것보다 내 미움을 받는 것이, 그리고 루브르궁보다는 빈센느 감옥이 더 안전하다고 믿더구나."

"아! 이해가 됩니다, 오라버니. 그럼 그는 안전한가요?"

"볼리외가 목숨을 걸고 지키겠다고 했으니 안전할 거다."

"감사합니다, 오라버니. 하지만…"

"하지만…, 뭐냐?"

"한 사람이 더 있습니다. 잘못인 줄은 알지만 제가 관심 있는 사람입니다."

"누구? 혹시…, 라 몰 백작?"

"예, 오라버니. 오라버니께서 일전에 그 사람을 죽이려고 하셨죠. 하지만 그는 기적적으로 살았습니다."

"그것은…, 마르고…. 그가 왕실을 모독했기 때문이야. 그건 그렇다 치고 이번 일은 용서받기 어렵다."

"하지만 오라버니. 그는 죄가 없습니다."

"불쌍한 마르고. 어머니 말씀을 듣지 못했느냐?"

"오라버니. 그건 제가 이미 오라버니께 말씀드렸습니다. 어머니께서 거짓말하는 것이라고요." 마르그리트가 목소리를 낮추며 말했다.

"라 몰 백작의 방에서 밀랍인형이 발견된 걸 모르느냐?"

"알고 있습니다."

"그렇다면 무슨 할 말이 있느냐?"

"그 인형이 어깨에 왕실의 망토를 걸치고 머리에 왕관을 쓴 것은 사실입니다. 하지만 그 인형은 남자가 아닌 여자 인형입니다."

"그렇다면 그 심장에 꽂힌 바늘은?"

"그것은 사랑하는 여인을 사랑에 빠지게 하는 주문이지 음해 기도가 아닙니다."

"그러면 M이 의미하는 것은?"

"그것은 죽음의 첫머리 글자가 아닙니다. 그것은 라 몰이라는 청년이 사랑하는 한 여자의 이름입니다."

"그녀의 이름은?"

"저 마르그리트입니다."

그녀는 왕의 침대 앞에서 무릎을 꿇고 그의 두 손을 꼭 잡았다. 그리고 그의 손을 눈물로 젖은 자신의 얼굴에 갖다 댔다.

"조용히 해라. 네가 엿들은 것처럼 우리 말을 엿듣는 사람이 또 있을지 모르니까."

"상관없습니다. 이 세상 사람들 전부가 듣더라도 상관없습니다. 오히려 제가 먼저, 일개 귀족의 사랑을 이용하여 누군가를 음해한다는 누명을 씌우는 야비한 짓을 세상 사람들에게 알리고 싶습니다."

"마르고…! 나 또한 너만큼 진실을 알고 있다면? 만약 내가 너만큼 라 몰이 무고하다는 것을 알고 있다면…"

"알고 계셨습니까?"

"내가 진짜 죄인이 누군지 알고 있다면?"

"그럼 정말 음모가 있었다는 말입니까?"

"물론 자의든 우연히든 하나의 범죄가 저질러졌다."

"오라버니께요?"

"그래. 내게."

"말도 안 돼요."

"말이 안 된다고? 날 잘 보아라, 마르고."

그녀는 샤를르의 창백한 모습에 떨림을 느꼈다.

"마르고. 난 살아야 몇 달이다."

"오라버니! 오라버니께서요?" 마르그리트가 소리쳤다.

"마르고. 난 독에 중독되었단다."

마르그리트가 비명을 질렀다.

"비밀을 지켜야 한다. 그냥 내가 주술로 인해 죽는 것처럼 믿게 해야 한다."

"그럼 오라버니께서 그 범죄자를 알고 계십니까?"

"알고 있다."

"라 몰…은, 아니죠?"

"그래. 그 사람은 아니다."

"앙리도 물론 아니겠고…, 그럼 틀림없이…, 알랑송…, 아니면 어머니…" 마르그리트는 자신이 내뱉는 말이 두려운 것처럼 소리를 낮추었다.

샤를르는 침묵을 지켰다. 마르그리트는 그를 바라보았다. 그녀는 그의 시선에서 자신이 두려워하는 것이 곧 사실임을 깨닫고 의자에 털썩 주저앉았다.

"오! 세상에! 그건 있을 수 없어요."

"있을 수 없다고! 르네가 지금 이 자리에 없는 것이 유감이구나." 샤를르가 코웃음을 치며 말했다.

"르네가요?"

"그가 있었다면 이런 이야기를 해주었을 것이다. 감히 거역할 수 없는 한 여인이 수렵 책을 원해서 주었다고. 그 책에는 페이지마다 독이 묻어 있었고, 어디로 갈 운명이었는지 모르지만 마치 운명의 장난처럼 예정된 자가 아닌 내가 대가를 치르게 된 것이다. 르네는 없지만 네가 그 책을 보고 싶다면 내 작은 방에 있으니 가서 보려무나. 책 위에 르네가 직접 쓴 글이 있단다. 누구에게 넘겨주었는지. 그리고 그 책은 공모자에게 넘겨지고…, 결국 내가…"

"오라버니. 조용히 하셔야겠습니다."

"이제 너도 알겠지? 내가 누군가의 음해 기도로 죽었다는 것으로 믿게 해야 한다는 것을."

"하지만 그건 부당합니다. 너무 끔찍해요. 제발, 오라버니! 오라버니는 그가 결백하다는 것을 아시지 않습니까?"

"잘 알고 있다. 하지만 그를 범인으로 믿게 해야 한다. 넌 연인을 잃어 슬프겠지. 하지만 나를 봐라. 이렇게 죽어가면서도 프랑스 왕실의 명예를 위해 침묵할 수밖에 없다는 것을. 나는 이 비밀이 내 죽음과 함께 영원히 묻히기를 바란다."

마르그리트는 라 몰의 목숨을 구하기 위해 그에게 자비를 요구하는 것이 소용없는 짓임을 깨닫고 고개를 숙였다. 그녀는 이제 자신이 할 수 있는 일이 없다는 절망감에 고통스럽게 눈물을 흘리며 물러났다.

사건 심리

카트린느는 샤를르로부터 알아서 처리해도 좋다는 말을 들은 후 방으로 돌아와 라그슬러 총감에게 편지를 썼다.

라그슬러 총감.

오늘 저녁 라 몰 백작이 왕을 음해
기도했다는 것이 확실하게 드러났소.
파리에 있는 그의 방에서 그것을
입증할 증거물이 발견되었소.
수석 재판장을 불러 한시바삐 밀랍인형
사건을 심리하도록 하시오.
그자는 밀랍인형의 심장을,
아니 왕의 심장을 정곡으로 찌른 것이오.

라 몰과 코코나는 앙리가 갇힌 빈센느 감옥 5층에 갇혀있었다. 그들은 앙리가 그 감옥 3층에 투옥된 것을 모르고 있었다. 그들은 각각 독방에 갇혀있었지만 8일이 지난 후 간수는 그들을 하루에 한 번씩 만나게 해주었다. 코코나는 간수의 보이지 않는 친절 뒤에 그들을 보호

해주는 '보이지 않는 방패'가 존재하고 있음을 알아차렸다.

카트린느가 편지를 쓴 다음 날 간수는 코코나를 라그슬러 총감과 두 명의 판사가 자리해 있는 방으로 데리고 갔다. 심문이 시작되었다. 그것은 처음에는 나바르왕의 의도, 탈주 계획, 두 사람의 역할 등을 묻는 것으로 시작되었다. 코코나는 모든 질문에 모호하면서도 교묘한 방식으로 대답했다. 그런데 어느 시점부터 심문 주제가 바뀌었다. 그들이 르네를 몇 번 방문했는지, 그리고 라 몰의 주도로 밀랍인형을 몇 개 만들었는지 물었다. 코코나는 주제가 밀랍인형으로 넘어가자 처음에는 오히려 심문 강도가 약해졌다고 생각했다. 그것은 계산할 필요도 지어낼 필요도 없을 정도로 음모와는 상관이 없었기 때문이었다. 그는 자신의 친구가 인형을 갖고 놀지 않은 지는 한참 되었다고 재치있게 답변하자 재판관들이 미소를 머금는 것을 보고 만족감을 느꼈다. 그리고 그것으로 심리가 종결될 것이라고 예견했다. 그는 떠들썩하게 콧노래를 흥얼거리며 자신의 방으로 왔고 라 몰 역시 그의 노랫소리를 듣고 별로 대수롭지 않게 여겼다.

이번에는 라 몰의 차례였다. 라 몰 역시 주제가 이탈하는 것을 보고 뜻밖이라고 여겼지만, 사실대로 이야기했다. 르네에게 몇 번 갔는지 물었을 때 한번 갔다고 했고, 르네에게 밀랍인형을 요구했느냐는 질문에는 르네가 만들어놓은 인형을 보여주었다고 했으며, 그 인형이 남자인지 물었을 때 여자라고 대답했다. 주문이 누군가를 음해하는 기도가 아닌지 물었을 때 그는 한 여인이 사랑에 빠지도록 주문을 기도한 것 뿐이라고 대답했다. 하지만 그들은 그것으로 질문을 멈추지 않고 수백

가지 방향으로 계속 질문했다. 그는 어떤 질문에도 한결같이 대답했고 대답에는 모순이 없었다. 판사들이 어떻게 결론을 내려야 될지 몰라 서로 얼굴만 쳐다보며 망설이고 있었을 때 쪽지 하나가 전해졌다. 거기에는 이렇게 적혀 있었다.

만약 피고가 부인하거든 고문을 사용하시오.

총감은 그 쪽지를 호주머니에 넣고 일단 라 몰을 돌려보냈다. 라 몰은 유쾌한 기분은 아니었지만, 안도감으로 자신의 방으로 돌아왔다. 한 시간 후에 간수의 발걸음 소리가 들리면서 문 아래쪽에 쪽지 하나가 전해졌다. 라 몰은 쪽지를 펼쳤다.

용기를 잃지 말아요. 내가 지켜줄게요.

그것은 마르그리트의 글씨체였다. 라 몰은 그것을 보는 순간 기쁨으로 몸을 떨었다. 그리고 그는 마르그리트의 손이 닿았던 그 종이에 입맞춤하며 소리쳤다.

"그녀가 지켜준다면…, 그녀가 지켜준다면…, 우린 살았어!"

실제로 그들에게 '보이지 않는 방패'는 마르그리트와 앙리에트였다. 마르그리트는 그들이 감옥에 갇힌 후에 클로쉐 페르시가의 작은 집에서 앙리에트 부인을 만났다.

"뭔가 소식 있니?" 마르그리트가 물었다.

"좋지 않은 소식이야! 왕태후께서 지금 빈센느 감옥이 있는 성채에 머물며 직접 지시를 내리고 있대."

"르네는?"

"체포되었어."

"네가 그에게 말을 하기도 전에?"

"응."

"그럼, 두 사람은?"

"그들은 독방에서 매일 잠깐씩 만나고 있어. 오늘 오전에 도주와 반란에 대한 심문을 받았고 사실대로 말하지 않았대."

"입을 열지 않겠지. 하지만 침묵을 지켜도 결국…"

"그래. 우리가 구해줘야 해."

"계획은 생각해봤니?"

"그래. 어제 내내 생각하다 지금 볼리외하고 협상하고 오는 길이야. 그 사람이 몸값으로 삼십만 에퀴를 달라는 거야. 탐욕스러운 인간!"

"그렇지만…. 그렇게라도 할 수 있다면…. 삼십만 에퀴를 내라는 것뿐이라면 오히려 아무것도 아닐 수도 있어!"

"아무것도 아니라고? 네 보석과 내 보석 전부를 합쳐도 안 되는 액수야."

"걱정 마. 어떻게든 오라버니한테 얻어볼게."

"미쳤어! 그건 안돼. 걱정하지 마. 돈은 일단 내가 구했으니까." 앙리에트가 말했다.

마르그리트는 앙리에트의 손을 잡았다.

"내 말 잘 들어 마르그리트. 우리 계획이야. 그 성채에는 죄수가 아닌 여성들만 들어갈 수 있는 예배당이 있어. 누군가가 우리를 몰래 제단 뒤에 숨겨줄 거야. 제단보 아래에는 단검 두 자루가 있어. 간수가 그들을 데려오면 코코나가 간수를 공격해 간수가 다친척할 거야. 간수가 돈을 받고 그렇게 하기로 합의했어. 그러면 우리가 그들을 데리고 제의실 문을 통해 달아나면 돼. 암호가 있으니까 암호를 말하면 무사히 빠져나갈 수 있어."

"빠져나가면?"

"밖에 말 두 마리가 기다리고 있어."

"그들은 말을 타고 로레인으로 가서 한동안 몸을 피해 있다가 가끔 돌아오는 거야."

"그럼 날짜는?"

"볼리외가 알려줄 거야. 사나흘 뒤에." 앙리에트가 대답했다.

"그런데 만약 빈센느 성채 주위에서 사람들이 우릴 알아본다면…, 계획은 끝장이 아닐까?"

"어떻게 알아보겠니? 두건을 쓸 건데. 코끝 하나 보이지 않게."

"최대한 조심해야 해. 그런데 앙리는 어떤지 알아봤니?" 마르그리트가 말했다.

"당연하지. 그는 모범적인 수감 생활을 하고 있대. 웃기도 하고 노래도 부르면서. 그가 요구하는 것은 자신을 잘 감시해 달라는 것뿐이래."

"좋아! 앙리에트. 우리가 최대한 빨리 움직이자. 만약 불쌍한 죄수들이 감옥을 바꾸기라도 하면 모든 것을 다시 시작해야 하니까."

"침착해, 마르그리트. 나도 너만큼 간절히 원해."

"그래, 알아. 고마워. 네가 지금까지 해준 것이 얼마나 고마운지 몰라."

마르그리트는 친구의 목을 껴안았다. 두 여인은 다음 날부터 매일 같은 곳에서 같은 시간에 만날 것을 약속하고 헤어졌다.

증인

라 몰과 코코나는 하루 중 잠시 같이 있게 되었을 때 간수를 통해 전해 받은 계획에 관해 이야기했다.

“간수가 걱정되는군. 위험하지 않겠나? 자네 칼에 찔려야 하는데…. 우리와 같이 갈 수 있다면 좋을 텐데…” 라 몰이 말했다.

“본인이 원하지 않아. 우리에게 오백 에퀴를 받을 뿐만 아니라 나라에서 배상금도 받을 수 있고, 또 승진할지도 모르는데…, 왜 우릴 따라가겠어?” 코코나가 말했다.

“또 궁금한 것이 있는데…. 예배당에 가는 것은 왜일까?” 라 몰이 어두운 얼굴로 말했다.

“부활절 영성체 때문이 아닐까…? 언제나 이맘때쯤이었으니까.”

“하지만 내가 알기로는 사형 선고나 고문을 받은 사람들만 데려가는데.”

“뭐라고? 그렇다면 심각한 문젠데…. 간수한테 한번 물어보자고. 그는 우리 편이니.”

코코나가 간수를 불렀다.

“이보게 간수!”

“예, 나리. 부르셨나요?” 계단을 감시하던 간수가 달려오며 말했다.

“그래. 이리 좀 와 보게.”

"예."

"우리가 가기로 되어있는 곳이 예배당이지?"

"쉿!" 간수가 주위를 둘러보며 말했다.

"예, 나리. 맞습니다."

"그럼 우리를 예배당으로 데려가는 이유가 뭔가?"

"관례입니다. 사형 선고를 받은 사람이 예배당에서 하룻밤을 보내게 하는 것이 관례입니다."

라 몰과 코코나는 소스라치게 놀라 서로 얼굴을 바라보았다.

"그럼…, 우리가 사형 선고를 받는다는 건가?"

"여부가 있겠습니까? 나리님들도 그렇게 알고 계시지 않습니까?"

"뭐라고? 우리가 그렇게 알고 있다고?"

"그러니까 탈주 계획을 세우는 게 아닙니까?"

"라 몰. 이 사람 말도 일리가 있는 것 같군…"

"적어도 우린 큰 도박을 하고 있군."

"나리. 저도 마찬가집니다. 저는 아무 위험도 없는 줄 아십니까? 만약 나리께서 순간적으로 계산을 잘못해서 제 옆구리를 잘못 찌르는 날엔…"

"젠장! 그래도 자네가 더 낫지. 내 손과 칼만 걱정하면 되니까." 코코나가 말했다.

"우리가 사형이라니…. 말도 안 돼…" 라 몰이 절망적으로 말했다.

"말이 안 되다니요? 왜요?" 간수가 천연덕스럽게 물었다.

"쉿! 아래층에서 누가 문을 여는 소리가 들려…"

"자, 나리들. 빨리 각자 방으로 들어가십시오. 빨리! 빨리!" 간수가 재촉했다.

"알겠네. 그런데 우리 판결은 언제쯤 나지?"

"적어도 내일 밤까지는 날 겁니다. 하지만 손을 쓸 테니까 걱정하지 마십시오." 간수가 말했다.

두 친구는 서로 포옹하고 각자의 방으로 돌아갔다. 라 몰은 한숨을 쉬고, 코코나는 노래를 불렀다.

그날 저녁 6시가 될 때까지 별다른 일은 없었다. 빈센느의 성채 위로 축축한 어둠이 내려앉았다. 코코나는 탈출하는 즐거움을 상상하며 왕성한 식욕으로 식사를 하고 졸고 있었다. 그때 바람 소리와 함께 그가 이전에 들어보지 못한 음산한 소리가 들려왔다. 어느 곳인지 확실하지는 않았지만, 감옥 문을 여닫는 소리였다. 라 몰의 방문이 열리는 듯한 소리가 들렸기에 코코나는 연이어 자신의 방문도 열릴 것으로 생각했다. 그는 목을 빼고 기다렸다. 그러나 예상과 달리 아무도 오지 않았다.

"그 참 이상하군. 그의 방문이 열린 것 같은데…. 여긴 오지 않다니…. 무슨 일이지?"

그는 그렇게 중얼거리며 의아해하고 있었다. 그로부터 한참이 지난 후에도 아무런 연락이 없었다. 코코나가 기다리다 지쳐 막 잠이 들었을 때 자물쇠 열리는 소리가 났다. 그는 벌떡 일어났다.

"벌써 시간이 된 건가…? 아직 사형 선고도 안 받았는데 설마 예배당으로 데려가려나? 젠장! 야간도주라…. 그것도 나쁘지 않군."

그가 무심코 간수에게 물어보려고 고개를 돌렸을 때 간수는 입술에 손가락을 대며 쉿! 하는 신호를 보냈다. 곧 간수 뒤로 어둠 속에서 뚜렷한 모습을 드러내는 두 개의 투구가 나타났다.

"병사들을 따라가라!"

누군가가 그렇게 말했는데, 코코나는 두 병사와 함께 다른 사람이 어둠 속에 서 있다는 것을 깨달았다.

"젠장! 어디로 데려가나요? 라 몰 백작은? 그도 같이 가야 하는데…"

"병사들을 따라가!" 같은 목소리가 반복됐다.

일단 그는 지시에 따르지 않을 수가 없었다. 그리고 자신에게 지시를 내린 그 사람을 힐끗 보았는데 검은 옷을 입고 있었고 굽은 척추를 한 채 다리를 절고 있었다. 그들은 나선형 계단을 따라 천천히 내려갔다. 2층에 도착하자 병사들이 걸음을 멈추었다. 어떤 방으로 들어가는 문이 열렸다. 날카로운 시선과 사냥개의 후각을 가진 코코나는 순간적으로 모든 것을 알아차렸다. 그는 판사들이 있는 곳임을 알았고 한쪽에 소매를 걷고 대기해 있는 한 남자를 보았다. 그는 낯이 익은 사람이었는데 모습을 보는 것만으로도 그의 이마에 식은땀이 흐르게 했다. 코코나는 귀족다운 자세로 주먹을 옆구리에 붙인 채 자연스럽고 당당하게 걸어갔다. 누군가가 벽걸이를 걷어 올리자 코코나의 예상대로 판사들과 서기들이 있었다. 그리고 약간 떨어진 곳의 한쪽 의자에 라 몰이 앉아 있는 것을 보았다. 그는 라 몰에게 눈짓을 했다. 코코나가 재판석으로 인도되었다.

"이름은?"

"마르크 아니발 드 코코나입니다. 백작입니다."

"어디서 태어났나?"

"생 콜롬방입니다."

"몇 살인가?"

"스물일곱하고 석 달입니다."

"좋아." 재판장이 말했다.

코코나는 재판장의 마음에 흡족한 대답을 생각했다. 재판장은 서기에게 기록할 시간을 주기 위해 잠시 침묵을 지킨 후 연이어 말했다.

"알랑송 공작을 떠난 이유는?"

"제 친구인 라 몰 백작과 같이 있기 위해서였습니다. 그가 먼저 그만두었으니까요."

"사냥하던 날 체포될 때 무엇을 하고 있었지?"

"사냥입니다."

"국왕께서도 사냥에 나갔다가 지금 중병에 걸려 고통을 겪고 계신다."

"우리는 그 근처에 얼씬도 하지 않았습니다. 저는 그분이 어떤 병에 걸렸는지도 모릅니다."

"정말 몰랐느냐?"

"예, 재판장님. 유감스럽게도 모릅니다. 저의 명예를 걸고 말씀드립니다. 알랑송 공작과 달리…"

"지금 알랑송 공작이 문제가 아니다. 국왕 폐하의 문제다."

"예. 하지만 누가 뭐래도 저는 국왕 폐하의 미천한 봉사자입니다."

"정말 그렇게 생각한다면 솔직하게 말해라. 주문을 건 인형에 대해 아는 대로 털어놓아라."

"오! 또다시 인형 이야기로 돌아가는 겁니까?"

"그렇다. 불쾌한가?"

"아닙니다. 전 오히려 그쪽이 더 마음에 듭니다. 물어보십시오."

"그것이 왜, 라 몰 백작의 방에 있었나?"

"라 몰 백작의 방이라뇨? 르네의 집을 말하는 거겠죠."

"그럼 그 인형이 있다는 것은 인정하는가?"

"보여주신다면…"

"이것 아닌가?"

"맞습니다."

"서기. 피고가 이 인형을 라 몰 백작의 방에서 본 것을 인정했다고 기록하시오."

"아닙니다! 그걸 본 것은 르네 집이라고 했습니다."

"르네 집에서? 언제?"

"라 몰 백작과 딱 한 번 간 적이 있습니다."

"서기. 피고가 주술을 행하기 위해, 라 몰 백작과 르네 집으로 갔음을 인정했다고 기록하시오."

"나 참! 재판장님! 사실만을 기록하십시오. 저는 그런 말을 한 적이 없습니다. 그곳에 갔다가 우연히 행해진 일이지 주술을 목적으로 갔던 것이 아닙니다."

"하지만 주술이 행해진 것은 사실이지 않으냐?"

"부인하지 않겠습니다."

"서기. 피고가 르네의 집에서 국왕 음해 기도 주문이 있었음을 인정했다고 기록하시오."

"뭐…! 뭐라고요? 국왕의 음해 기도라고요? 말도 안 됩니다. 그런 거짓말이 어디 있습니까? 우리는 왕의 죽음을 주문한 적이 없습니다."

"판사님! 이제 아시겠습니까?" 한쪽에 앉아 있던 라 몰이 말했다.

"그 인형은 남자의 상이 아니라 여인의 상입니다." 코코나가 덧붙였다.

"제가 이미 말씀드리지 않았습니까?" 라 몰이 말했다.

"라 몰 백작. 백작은 질문할 때만 대답하도록."

"그렇다면 왜 왕관을 쓰고 왕실의 망토를 둘렀는가?"

"그건…, 간단합니다. 젠장! 왜냐면 그것이…"

그때 코코나는 라 몰이 입에 손가락을 대는 것을 보았다. 그는 더 이상 답을 할 수 없었다. 그는 실타래가 점점 꼬여가는 것을 느꼈다.

"왜 답을 못하는가? 아니면 답을 거부하는 건가?"

"제가 태어난 지방에 사는 한 여인입니다." 라 몰이 말했다.

"라 몰 백작! 입을 다물라! 백작에게 하는 질문에만 답하라! 안 그러면 입을 틀어막게 하겠다."

"뭐? 어떻게 그런 말을 할 수 있소? 검은 옷 입은 양반! 내 친구의 입을 틀어막겠다고?" 코코나가 말했다.

"르네를 들어오게 하라!" 라그슬러 총감이 명령했다.

"저도 바라던 바입니다. 르네를 불러주십시오. 어서요. 우리가 옳은지 당신들이 옳은지 결판을 냅시다." 코코나가 말했다.

르네가 들어왔다. 르네가 맞는지 알아보지도 못할 정도로 창백하고 쇠약한 모습으로 변해 있었다. 그는 뭔가에 짓눌려 있었다.

"르네. 이 두 사람을 알아보겠나?"

"예, 판사님. 저희 집으로 온 사람들입니다."

"이들이 무슨 목적으로 왔던가?"

"밀랍의 형상을 요구하러 왔습니다."

"잠깐, 잠깐. 르네. 뭘 잘못 알고 있네." 코코나가 재빨리 말했다.

"조용히! 이 인형은 남자의 상인가? 여자의 상인가?" 재판장이 물었다.

"남자 상입니다." 르네가 대답했다.

코코나는 전기에 감전되어 충격을 받은 사람처럼 벌떡 일어났다.

"남자라고?"

"예. 남자입니다." 그는 반복했다.

하지만 그 소리는 재판장의 귀에만 들릴 정도로 작았다.

"이 인형이 머리에 왕관을 쓰고 왕실의 망토를 두른 이유는?"

"왕을 나타내기 때문입니다."

"말도 안 돼! 이 거짓말쟁이!" 코코나가 격분해서 소리를 질렀다.

"진정해! 코코나! 진정해! 그냥 내버려 두게. 저자는 이미 영혼을 잃었어." 라 몰이 그를 진정시켰다.

"인형의 가슴에 꽂힌 바늘은 무엇을 의미하는가? 그리고 M자는?"

"그것은 검이나 단검을 의미하며 'M'은 죽음을 의미합니다."

코코나가 르네 쪽으로 달려들자 네 명의 호위병들이 그를 제지했다.

"그렇군. 이제 충분하다. 죄수들을 대기실로 데려가." 라그슬러 총감이 말했다.

"나는 반론조차 못 하는 이런 재판은 받아들일 수 없소!" 코코나가 소리쳤다.

하지만 호위병들이 달려들어 두 사람을 끌고 각각 다른 문으로 나갔다. 그러자 라그슬러 총감이 코코나가 어둠 속에서 보았던, 낯익은 한 남자에게 신호를 보냈다.

"당신은 가지 마시오. 오늘 밤에 해야 할 일이 있으니까."

"어느 쪽부터 시작할까요?" 그가 정중하게 물었다.

"저쪽."

재판장은 손으로 한쪽을 가리켰는데 라 몰이 나간 곳이었다. 그리고 재판장은 르네에게 다가와 이렇게 말했다.

"잘했소. 국왕과 왕태후께서는 당신이 진실을 밝히는 데 일조했다는 것을 알아줄 것이오."

하지만 르네는 대답 대신 깊은 한숨을 내쉴 뿐이었다.

판결문과 고문

새 감방에 갇혔을 때 코코나는 재판장과 벌인 논쟁과 르네에 대한 분노로 좌절감을 느끼지 않을 수 없었다. 하지만 그는 사형 선고를 기정사실로 했고, 사형당하기 전에 예배당에 가서 탈주할 수 있다는 사실에 그나마 위안을 얻었다. 그 후 잠깐 감옥은 적막에 싸여 있었다. 갑자기 어떤 소리가 들리기 시작했다. 코코나는 오싹함을 느꼈다. 그도 그럴 것이 도저히 인간의 소리로 여겨지지 않는 끔찍한 소리가 육중한 쇠창살을 뚫고 진동했기 때문이었다. 코코나는 자신도 모르게 온몸을 부르르 떨었다. 코코나는 인간이 과연 저런 소리를 낼 수 있을까 의아해하며 꼼짝 않고 자리에 서 있었다. 어쩌면 그는 자연의 세계에서 나는 소리를 잘못 들었을지도 모른다고 생각했다. 하지만 소리는 점점 더 구체적으로 들렸다. 그것은 감당할 수 없는 고통에 짓눌려 신음하는 인간의 비명이 틀림없었다. 한순간 그는 그 소리를 내는 사람이 라 몰이 아닐까 하는 생각을 했다. 아니 그는 라 몰이라고 확신했다. 그런 깨달음과 함께 그는 자신이 두꺼운 벽과 철창이 있는 곳에 갇혀있다는 사실도 잊은 채 모든 것을 뒤엎을 기세로 벽을 들이받았다. 그가 벽에 부딪히자 그 충격으로 나가떨어졌고 그는 다시 털썩 주저앉았다.

"그 자식들이 라 몰을 잡고 있군! 가증스러운 인간들! 하지만 무기도 없고 싸울 수도 없고…, 아무것도 없으니…"

그는 자신의 무력함에 절망했다. 그때 갑자기 감방문이 열리면서 횃불 두 개가 나타났다. 두 병사와 한 남자였다.

"이리 오십시오. 백작님." 한 남자가 말했다.

그들은 그를 데리고 어떤 방으로 들어갔다. 그 방은 조금 전에 재판을 받았던 곳이었다. 그들이 심문받는 동안 한쪽이 가려져 있어 보이지 않았을 뿐이었다. 그쪽의 휘장이 걷히면서 그곳이 모습을 드러냈다. 어둠으로 구석까지 보이지 않았지만, 횃불에 비친 부분만으로도 얼마나 끔찍하고 무시무시한 곳인지 알 수 있었다. 코코나는 다리가 후들거리는 것을 느꼈다.

"오! 하느님!" 그는 공포의 비명을 질렀다.

밧줄과 도르래, 목마, 쇠사슬, 칼날 등 여러 가지 고문 기구들이 줄지어 있었다. 조금 떨어진 곳에서 타오르는 불이 그 주변을 비추었는데 어떤 남자 하나가 손에 밧줄을 쥔 채 마치 석고상처럼 꼼짝 않고 서 있었다.

"무릎을 꿇으시오. 아니발 드 코코나. 무릎을 꿇고 판결을 받으시오." 누군가가 말했다.

하지만 그런 것에 굴복할 코코나가 아니었다. 그는 계속 서 있었다. 병사 두 사람이 다가와 그의 어깨를 강제로 눌러 그를 무릎 꿇게 했다. 그 목소리는 계속되었다.

"아니발 드 코코나에 대해, 빈센느 탑에서 개정된 재판의 판결을 공포한다. 피고는 대역죄. 국왕의 암살 기도. 국왕을 음해한 마술과 주문을 건 죄. 국가의 안전을 위협한 음모죄. 왕족을 반란에 끌어들인 죄를 지었다. 따라서 아니발 드 코코나는 감옥에서 생 장 앙 그레브 광장으로 호송되어 참수형에 처할 것을 명한다. 그의 가문의 숲은 6피트로 갈라질 것이고 성은 허물어질 것이다. 그의 죄목은 동판에 새겨져 말뚝으로 영원히 보관될 것이다."

코코나는 불량학생처럼 그의 말에 박자를 맞추어 고개를 끄덕거리며 건들거렸다.

"젠장! 내 목은 잘라도, 내 성이나 산림은 프랑스 왕실에 있는 모든 곡괭이와 톱을 동원해도 자를 수 있을지나 모르겠군."

"조용히 하라!" 판사는 주의를 주고 계속 말을 이었다.

"게다가 코코나에게는…"

"정말 무자비하시군! 참수형을 받은 사람에게 무엇을 더 가한단 말인가!"

"집행에 앞서 쐐기 열 개짜리 특별 고문을 명령한다."

"뭐 때문에…!" 그는 고작 이렇게 소리쳤을 뿐이었다.

달리 말이 생각나지 않았다. 고문은 코코나의 희망을 송두리째 앗아갔다. 일이 틀어지고 있음을 느꼈다. 그는 고문에 대해 잘 알고 있었다. 고문이 끝나면 예배당으로 보내지겠지만 그전에 죽을 수 있다는 것도 알고 있었다. 용감하고 강인한 사람일수록 자백을 하지 않았기 때문에 고문으로 죽는 경우가 더 많았다. 자백하지 않으면 자백할 때까지 고문의 강도는 점점 높아졌다.

"공범자와 음모를 더욱 상세히 자백받기 위해서이다."

"젠장! 더럽고 비열하고 치졸한 짓을 하는군!"

곧 눈물로 바뀌게 될 피고들의 익숙한 분노에 재판장은 아무 반응을 보이지 않았다. 코코나는 누군가에게 인정사정없이 끌려가 고문용 목마에 올려져 어깨와 발이 묶였다.

"파렴치한들! 야비한 인간들! 어디 한번 해보시지! 이따위로 내 입을 열려고 하는 모양인데 어림 반푼어치도 없을걸!"

그가 고래고래 소리치며 사납게 몸부림을 치자 고문 집행관조차도 뒷걸음질을 쳤다.

"서기는 받아 적을 준비를 하시오."

"그래. 내가 하는 말 모두 받아 적어! 망할 놈의 새끼들! 작품이 한 권 나올 거다!"

"자, 집행관. 편상화를 붙이시오."

그러자 석고상처럼 서 있던 집행관이 그에게 다가왔다. 코코나는 그를 노려보았다. 그런데 놀랍게도 그는 코코나가 아는 사람이었다. 파리 헌병대의 사형집행관 카보슈였다. 이전에 코코나를 위해 물약을 지어준 사람이었다. 그는 회복한 후에 라 몰과 그의 집을 방문한 적이 있었다. 그는 소리치거나 동요하는 것도 잊고 멍하니 그를 바라보았다. 카보슈는 그를 전혀 모르는 사람처럼 표정 한번 변하지 않고 코코나의 다리 안쪽에 각각 긴 판자를 대고 바깥쪽으로 크기가 같은 판자를 대어 그의 다리를 밧줄로 묶었다. 이것은 편상화 고문이라고 불리는 것으로 여섯 개의 쐐기가 죄면서 살을 짓누르게 되어있었다. 특별 고문은 열 개의 쐐기를 박는 것인데 살을 짓누르는 정도가 아니라 다리뼈를 부러뜨릴 수 있는 강도였다. 그의 다리를 묶는 작업이 끝나자 카보슈가 손에 망치를 들고 무릎을 꿇고 재판장의 지시를 기다렸다.

"보통 쐐기부터 시작하시오."

카보슈는 무거운 망치를 들어 올려 무시무시한 일격을 가해 첫 번째 쐐기를 박았다. 하지만 코코나의 입에서는 아무런 신음 소리도 나오지 않았다.

"숲에 숨어 있었던 목적은?"

"그늘에 앉아 좀 쉬려고 했소!"

"고문하시오."

카보슈는 망치를 들어 쐐기를 다시 내리쳤다. 하지만 첫 번째 내리칠 때와 다름없이 코코나는 눈썹 한번 까닥하지 않고 앞을 노려보았다. 재판장이 눈살을 찌푸렸다.

"정말 지독한 인간이군! 집행관. 쐐기는 제대로 박힌 거요?"

카보슈는 그것을 확인하는 척하면서 코코나에게 몸을 숙이며 이렇게 속삭였다.

"제발 비명 좀 질러요, 이 멍청한 양반아." 그리고 몸을 일으키며 말했다.

"끝까지 박혔습니다."

그의 한마디는 코코나에게 모든 것을 말해주었다. 그는 집행관으로서 자신에게 손을 내민 코코나에게 가장 고귀한 봉사를 해주러 온 것이었다. 그는 떡갈나무 쐐기 대신 안쪽이 고무로 된 쐐기를 그의 다리에 박음으로써 고통뿐만 아니라 자백하는 수치도 면하게 해준 것이었다.

"카보슈! 안심해. 내가 비명을 질러 줄 테니까. 내가 만족스럽게 하지 않으면 당신만 난처해질 테니." 코코나가 중얼거렸다.

"두 번째 쐐기를 박으시오."

카보슈는 첫 번째 것보다 더 굵은 쐐기를 넣었다.

"내리치시오." 판사가 말했다.

카보슈는 한방에 탑 전체를 무너뜨리려는 기세로 내리쳤다.

"으으으윽…! 천벌을 받을 놈들! 으으윽…! 아아아아…!" 코코나는 다양한 비명을 질렀다.

그리고 숨을 몰아쉬었다.

"이번에는 제법 효과가 있군."

"숲에서 뭘 하고 있었나?" 다시 재판장이 물었다.

"말했잖소? 바람을 쐬고 있었다고."

"계속 내리치시오." 재판장이 말했다.

"제발 아무 말이나 좀 하십시오" 카보슈가 작은 소리로 속삭였다. 그리고 그는 첫 번째만큼 정확하게 내리쳤다. 코코나는 비명을 지르느라 목이 메는 것을 느꼈다.

"뭘 알고 싶은 거요? 누구의 명령으로 그곳에 있었는지?"

"그렇다."

"알랑송 공작의 명령으로 그곳에 있었소."

"서기. 기록하시오."

"난 알랑송의 꼭두각시였을 뿐이오."

서기는 기록하기 시작했다.

"나쁜 자식! 날 이용해 먹고 이렇게 밀고하다니! 두고 봐라!"

그는 알랑송이 앙리를 방문한 일과 무이와 은밀히 계획을 추진한 일, 그리고 붉은 망토 사건을 이야기했다. 알랑송 공작을 궁지에 몰아넣을 수 있는 것은 세세한 일들까지 엄청나게 부풀려 말했다. 마치 고통에 못 이겨 모든 것을 발설하는 것처럼. 그가 고통스러운 듯이 천연덕스럽게 얼굴을 붉혀가며 분노하고 탄식하는 바람에 재판장은 프랑스 왕자에게 누가 되는 이런 사실들을 세세히 기록해야 한다는 데 당황하여 고문을 종결짓고 말았다. 재판장은 그가 말한 것을 자백으로 인정하고 선처를 하고 나갔다. 그는 카보슈와 단둘이 남게 되었다.

"나리. 어떻습니까?" 카보슈가 물었다.

"용감한 카보슈. 자네가 날 위해 해준 이 모든 일은 평생 감사하며 살겠네."

"틀린 말이 아니죠. 발각되면 제가 목마를 타는 날이 될 것입니다."

"그런데 자네는 어떻게 이런 생각을 하게 되었나?"

"저는 우연히 나리가 체포된 것과 재판을 받는다는 것을 알게 되었죠. 그리고 왕태후가 나리를 죽이려고 한다는 것도 알게 되었습니다. 누군가 고문할 사람을 구하리라 생각하고 제가 지원하게 되었습니다."

카보슈는 피 묻은 천으로 코코나의 다리를 감싸며 말했다.

"일이 잘못되면 위험해질 텐데?"

"나리. 이 세상에서 제게 손을 내밀어 준 사람은 나리밖에 없었습니다. 저는 사형집행관이지만 그래도 인간의 가슴이 있습니다. 아무튼, 나리께선 내일 제가 한 치도 오차 없이 일을 수행하는 것을 보게 될 것입니다."

"내일?"

"예. 내일입니다."

"무슨 일?"

"무슨 일이라뇨? 나리. 판결을 잊어버리셨습니까?"

"그렇지. 판결…"

코코나는 판결을 잊어버린 것이 아니라 다른 생각을 하고 있었다. 그는 그 전에 예배당으로 가서 무사히 빠져나가는 방법에만 모든 신경을 집중하고 있었다. 그것 역시 한 치의 오차 없이 행해져야 했다. 그는 자유를 향한 질주와 프랑스 국경 너머에 있는 안전을 생각했다.

"나리. 이제 들것으로 옮겨야 합니다. 제 밑에 있는 사람들에게도 다리가 부러진 것처럼 알게 해야 합니다. 움직일 때마다 비명을 지르는 것을 잊지 마십쇼."

"아야야!" 코코나는 들것을 들고 오는 두 하인을 보자마자 비명을 질렀다.

"벌써 비명을 지르면 좀 이따가 어쩌려고 그러십니까?"

"제발 저자들이 날 만지지 못하게 해주겠나? 자네 손길만큼 부드럽지 못할 테니."

"들것을 목마 옆에 놓아."

두 명의 병사가 카보슈의 말에 따랐고 그는 부드럽게 코코나를 들것 위로 옮겼다. 그가 조심스럽게 했음에도 코코나는 비명을 질렀다.

"이제 예배당으로." 카보슈가 말했다.

코코나를 실은 들것을 들고 두 병사는 예배당으로 향했다.

두 친구

칠흑 같은 어둠 속에서 코코나를 실은 행렬이 도개교와 뜰을 가로질러 예배당으로 들어섰다. 코코나는 비에 촉촉이 젖은 공기를 마음껏 들이마셨다. 예배당에 가까이 다가갔을 때 계단에서 세 발 정도 떨어진 바닥에서 뭔가를 보았다. 피 묻은 망토 같은 것이 덮여 있었다. 사람처럼 보였는데 라 몰이 분명했다. 그는 당장 뛰어내려 달려가고 싶었지만, 간신히 참고 자신을 옮기는 병사에게 그 부근에 내려달라고 부탁했다. 병사들은 그렇게 해주었다. 곧 간수가 두 병사에게 사제를 불러오게 했다. 두 병사가 사라지고 간수가 신호를 보내자 코코나는 재빨리 자리에서 일어났다. 동시에 제단 뒤쪽의 커튼이 젖혀지며 두 여인이 나타났다. 마르그리트와 앙리에트였다. 마르그리트가 먼저 라 몰에게 달려가 그를 두 팔로 감싸 안았다. 하지만 라 몰은 끔찍한 비명을 질렀다. 그것은 코코나가 감방에서 들었던 바로 그 무시무시한 비명이었다.

"오! 하느님! 이게 무슨 일이예요? 라 몰."

마르그리트는 비명에 놀라 한 발 뒤로 물러섰고, 라 몰은 보지 않으려는 듯이 눈을 가렸다. 라 몰은 식은땀을 흘리며 당장 정신을 잃을 것 같은 창백한 표정을 하고 있었다.

"어찌 된 일이예요? 온통 피투성이군요."

"왕비님. 전 고문을 받았습니다. 제 육신은 이미 너무 많이 망가졌습니다. 지금 왕비님의 이마에 키스하려고 움직이는 것만으로도 죽음보다 더한 고통을 느낍니다."

"오! 하느님…. 지금이 유일한 기회예요! 부탁이니 제발 일어서요."

"그럴 리가! 라 몰! 나도 같은 고문을 받았는데 집행관이 감쪽같이 해주지 않던가?"

코코나는 그렇게 소리치며 카보슈가 고문한 이야기를 했다.

"으음…. 이제 이해가 되네! 우리가 그의 집을 방문하던 날에 자넨 그에게 손을 내밀었지. 하지만 난 그렇게 하지 않았어. 신이 내 오만함을 벌하신 거야…" 라 몰이 말했다.

코코나와 두 여인은 두려운 시선으로 서로를 바라보았다. 간수는 안절부절못하며 동정을 살피기 위해 밖으로 나갔다 왔다.

"더 이상 지체할 시간이 없습니다. 빨리 저를 찌르시고 귀족답게 대가를 주십시오." 간수가 말했다.

"자네 제발 용기를 내. 일단 말 있는 곳까지만 갈 수 있다면 내가 어떻게든 태워갈게. 내 앞자리에 타면 되니까. 간수가 하는 말 들었지? 우리 목숨이 경각에 달렸어." 코코나가 라 몰에게 말했다.

"자네 말이 맞아. 우리 목숨이 달린 일이지…"

라 몰은 그렇게 말하고 초인적인 힘으로 일어나려고 했다. 코코나가 그를 부축했다. 라 몰의 입에서는 신음이 새어 나왔다. 간수와 일이 남은 코코나가 라 몰을 두 여인에게 넘겨주는 순간 라 몰은 바로 서지 못하고 다리를 휘청거리며 주저앉았다. 마르그리트의 눈물겨운 노력에도 불구하고 그는 찢어지는 비명과 함께 쓰러졌다.

"보셨지요? 왕비님. 저를 이대로 두시고 작별 인사를 해주십시오. 저는 갈 수가 없습니다. 왕비님. 저는 아무것도 말하지 않았습니다. 영원한 안녕을…, 나의 마르그리트. 부디 안녕히…”

마르그리트 역시 반실신 상태로 그를 두 팔에 안아 이마에 경건한 입맞춤을 했다.

“코코나. 자네는 앞으로 살날이 많아. 제발 혼자라도 도망가, 친구. 자네라도 가는 것이 나한테 큰 위안이 될 거야.” 라 몰이 코코나에게 말했다

“제발 서둘러 주십시오. 시간이 없습니다.” 간수가 말했다.

마르그리트가 헝클어진 머리와 젖은 눈으로 무릎을 꿇고 있는 동안 앙리에트가 살며시 코코나를 끌어당겼다.

“제발 달아나, 코코나. 적들에게 우리 두 사람 모두 죽는 모습을 보여주지 말자고.” 라 몰이 힘겹게 미소지으며 말했다.

코코나는 그를 잡아당기는 앙리에트의 손길을 엄숙하지만 부드럽게 밀어냈다.

“부인. 일단 간수에게 약속했던 금화 오백 에퀴를 주십시오.”

“여기 있어요.” 앙리에트가 간수에게 돈주머니를 주면서 말했다.

코코나는 그것을 확인하고 라 몰을 돌아보며 슬프게 고개를 저었다.

“라 몰! 한순간이라도 내가 혼자 떠날 수 있다고 생각한다면 그건 자네가 날 모욕하는 거야. 난 자네와 함께 살고 함께 죽기로 맹세하지 않았나? 자네가 이렇게 고통을 당하니 내가 자네를 용서하도록 하지.”

그리고 조용히 라 몰 곁으로 가서 친구의 머리를 자신의 품 안으로 끌어당겼다.

“누가 옵니다! 누가 와요!.” 간수가 다급한 목소리로 말했다.

앙리에트가 코코나의 이마에 입술을 대고 말했다.

"코코나. 난 당신이 자랑스러워요. 당신의 영웅심이 당신을 죽음으로 몰아넣는 것을 알아요. 하지만 내가 사랑하는 것은 바로 그 영웅심 때문이에요. 맹세코 당신을 잊지 않겠어요."

마르그리트는 비명을 지르며 라 몰에게 다가갔다. 그러나 그의 고통을 가중하는 것이 두려운 듯 그 앞에서 동작을 멈추었다.

"왕비님. 떠나시기 전에 저에게 뭔가 기억될 만한 것을 남겨주십시오. 교수형을 당하는 순간까지 입맞춤할 수 있도록 말입니다."

"여기 있어요."

그녀는 목에서 목걸이를 벗어 그에게 주었다.

"내가 어린 시절부터 지닌 성유물이에요. 어머니께서 여전히 저를 사랑하던 시절에 클레망 교황에게 선물 받아 저에게 걸어주신 거예요. 아직 한 번도 이것을 벗어본 적이 없어요."

라 몰은 그것을 받아들고 입맞춤을 했다.

"빨리 나가세요! 지금 누가 문을 열고 있습니다." 간수가 소리쳤다.

두 여인은 제단 뒤로 사라졌다. 그와 동시에 사제가 들어왔다.

*

이튿날 오전 10시에 두 남자를 실은 마차 한 대가 빈센느 성채에서 출발하여 생 앙투안느 거리를 천천히 지나고 있었다. 그것은 이전에 결투 끝에 실신한 두 남자를 루브르궁으로 옮겼던 마차였다. 거리를 지나는 마차 안에는 두 젊은이가 서로 기대어 있었다. 라 몰이 코코나의 무릎에 얼굴을 기대고 흐릿한 시선으로 주변을 돌아보고 있었다. 이날은 왕태후가 파리 시민들에게 애절한 광경을 선사해주는 날이었다. 시민들은 호기심 어린 눈빛을 던지며 파멸해가는 두 젊은 육신을 구경하기 위해 뒤를 따라가고 있었다. 사람들 사이에서 라 몰은 자백하지 않아 죽임을 당한다는 말이 있었고, 코코나는 고통에 못 이겨 자백했다는 말이 떠돌았다. 라 몰은 친구의 손을 꽉 쥐고 있었고, 코코나는 경멸의 시선으로 높은 곳에서 내려다보듯이 주변의 시선들을 되받았다.

"곧 도착하겠지? 난 이제 지쳤어. 정신을 잃을 것 같아." 라 몰이 말했다.

"제발 정신 차려, 라 몰. 기절하면 안 돼. 그러면 우릴 바라보고 있는 저 미천한 인간들이 우리를 비웃을 거야."

마차를 몰던 카보슈가 그들의 대화를 듣고 한 손으로 채찍을 가하면서 남몰래 다른 손으로 코코나에게 약이 묻은 스펀지를 내밀었다. 그 약은 정말 효력이 강했다. 라 몰이 스펀지를 코에 대고 숨을 들이쉬며 관자놀이를 문지르자 정신이 맑아지며 기운이 솟았다.

"아! 이제 정신이 좀 드는군." 라 몰이 말했다.

행렬이 앙리 2세에 의해 지어진 작고 매력적인 건물을 돌아 강둑에 이르자 사형대가 나타났다.

"코코나! 내가 먼저 죽고 싶어." 라 몰이 말했다.

코코나가 다시 카보슈의 어깨를 쳤다.

"무슨 일입니까? 나리."

"여기 있는 내 친구가 나보다 훨씬 많은 고통을 겪었네. 기력도 없고…"

"그래서요?"

"내가 먼저 죽으면 사형대까지 부축해줄 사람도 없고, 그러니…"

"예. 알겠습니다, 나리. 염려 마십시오. 원하는 대로 해드리겠습니다.” 카보슈가 손등으로 눈물을 훔치면서 말했다.

“그리고 실수 없이 단번에 할 수 있겠나?”

“예. 물론입니다.”

마차는 정지했고 그것을 따라온 수많은 사람이 걸음을 멈추었다. 파도 같은 인파의 물결 소리가 라 몰의 귓가에 울려 퍼졌다. 광장은 사람들로 가득 차 있어 마치 관중들에게 둘러싸인 원형 경기장 같았다. 혼자서 몸을 제대로 가누지 못하는 잘생긴 젊은이가 모습을 드러내자 탄식의 아우성이 일었다.

“코코나, 날 좀 잡아주게. 더 이상 몸을 가눌 수가 없어.” 라 몰이 말했다.

코코나는 카보슈에게 신호를 보냈고 그가 옆으로 비켜서자 라 몰을 마치 어린애처럼 두 팔로 안고 비틀거림 없이 사형대의 계단을 올라갔다. 그는 군중들의 아우성 속에서 라 몰을 내려놓았다. 코코나는 모자를 벗고 인사를 했다. 그리고 모자를 사형대 위로 집어 던졌다.

“주위를 둘러보게. 특별한 것이 없나?” 라 몰이 말했다.

코코나는 천천히 주위를 둘러보았다. 그리고 한 곳에 시선이 멎었다. 그는 시선을 거두지 않고 친구의 어깨에 손을 대고 말했다.

“저기 보이는 조그만 탑의 창문을 보게.”

그는 라 몰에게 기념탑을 가리켰다. 검은 옷차림의 두 여인이 창문 조금 뒤쪽에서 서로 몸을 기대고 있었다. 라 몰은 그쪽으로 갈망의 시선을 고정한 채 성유물에 입을 대고 입맞춤을 했다. 코코나는 무도회에서 하는 것처럼 아주 우아한 동작으로 인사를 했다. 카보슈가 코코나의 어깨에 손을 얹고 의미심장한 눈짓을 했다. 마지막 인사를 하라는 것이었다.

"라 몰…. 날 안아주게. 그리고 부디 잘 가게, 친구. 하나도 힘들지 않을 거야. 자넨 용감하니까."

그들은 포옹했다. 사제가 다가왔다. 그가 라 몰에게 십자가를 하나 내밀었으나 그는 자신이 가진 성유물을 보여주었다.

"어느 것이든 상관없습니다. 당신이 겪는 고통을 먼저 겪으신 하느님에게 힘을 달라고 하십시오!"

라 몰은 사제의 발에 입맞춤하며 이렇게 말했다.

"귀부인들의 기도에 저를 맡겨주십시오."

"서두르게, 라 몰. 내 마음을 너무 고통스럽게 만들지 말고. 내 마음이 약해지고 있네."

"이제 준비됐습니다." 라 몰이 말했다.

"머리를 꼿꼿이 세워주시겠습니까?" 카보슈가 무릎을 꿇은 라 몰 뒤쪽으로 칼을 가져가며 말했다.

"내가 마지막으로 요청한 것을 잊지 말기를 바라오." 라 몰이 말했다.

"걱정하지 마십시오. 머리를 조금만 더 꼿꼿이 세워주시겠습니까?"

라 몰은 머리를 꼿꼿이 세우고 작은 탑이 있는 쪽을 바라보았다. 카보슈는 섬광처럼 번쩍이는 칼을 휘둘러 단번에 목을 베었다. 그것은 코코나의 발아래로 굴러떨어졌다. 그의 몸은 잠자리에 눕듯이 서서히 쓰러져갔다. 여기저기서 비명이 들렸다.

"고맙네, 친구. 고맙네." 코코나는 사형집행관에게 세 번째로 악수를 청하면서 말했다.

"어린 양이여. 하느님께 고백할 말이 있습니까?"

"없습니다. 하느님께 할 말은 어제 사제님께 다 했습니다."

그리고 그는 카보슈 쪽으로 몸을 돌렸다.

"친구. 한 번만 더 수고해주게."

그는 무릎을 꿇기 전에 차분하고 침착한 시선으로 군중을 둘러보았고, 그것은 감탄의 웅성거림을 자아내게 했다. 그리고 그것은 코코나에게 자부심의 미소를 짓게 했다. 그는 친구의 머리를 껴안고 그 입술에 입맞춤하고는 그 머리를 두 손으로 받쳐 들고 작은 탑으로 시선을 보냈다.

"내게…"

그가 말을 마치기도 전에 카보슈가 그의 목을 내리쳤다. 발작 같은 경련이 남자의 몸 전체를 엄습했다.

"이제 모든 것이 끝났군. 불쌍한 양반." 카보슈가 중얼거렸다.

그는 라 몰의 요청대로 굳은 손가락에서 성유물을 빼냈다. 그리고 자신의 집으로 옮겨야 하는 이 시신들 위로 자신의 망토를 덮었다. 사형 집행은 끝났고 군중들은 흩어졌다.

그날 밤 마르그리트와 앙리에트는 고통스러운 밤을 보냈다. 두 사람은 루브르궁에서 열리는 향연에 참석할 것이 예정되어 있었지만, 계획의 실패는 그들에게 깊은 절망감을 안겨주었다. 마르그리트는 참혹한 처형식을 본 후 충격에서 헤어나지 못했다. 그녀는 긴 소파 위에서 쿠션에 머리를 파묻고 죽은 듯이 누워있었다. 여전사처럼 용감했던 앙리에트 역시 기력을 모두 소진해 버린 사람처럼 융단 위에 힘없이 누워있었다.

"왕비님. 누군가 뵙자고 합니다." 기온느가 말했다.

"누구?"

“잘 모르는 사람입니다. 험상궂게 생기고 소름이 끼칩니다.”

“가서 이름을 좀 알아 오렴.”

기온느가 잠시 후에 돌아왔다.

“이름을 밝히고 싶어 하지 않습니다만, 왕비님께 이것을 좀 전해달라고 합니다.”

기온느가 마르그리트에게 건넨 것은 그녀가 라 몰에게 주었던 성유물이었다.

“오! 들어오라고 해.” 왕비가 다급하게 말했다.

한 남자가 문지방에 나타났다. 육중한 몸집의 남자였다.

“누구신지…?”

“언젠가 두 귀족을 마차에 태워 루브르까지 옮겨준 사람입니다. 기억하시겠습니까?”

“아! 알아요. 카보슈 아닌가요?”

“예. 파리 헌병대의 사형집행관입니다.”

이 말을 들은 앙리에트가 자리에서 벌떡 일어났고 그를 뚫어지게 바라보았다.

“그런데 어떻게 여기에…” 마르그리트가 떨면서 말했다.

“두 분 중에서 더 젊은 분이 성유물과 함께 약속한 것이 있다던데 기억하시겠습니까?”

“그럼요! 어디 있죠?”

“저의 집에 있습니다.”

“집에요? 왜 여기로 가져오질 않고요?”

“루브르궁에 들어오다가 파수병에게 수색을 당하면 큰일 아닙니까? 만약 제 망토에 숨겨진 머리를 본다면 그들이 뭐라고 하겠습니까?"

"그렇군요. 그럼 잘 보관해 두세요. 내일 갈게요."

"내일이면 너무 늦습니다."

"예?"

"왕태후 마마께서 흑주술 실험을 하신다고 참수한 두 죄인의 머리를 잘 간직해두라고 하셨습니다."

"말도 안 돼! 신성 모독이야! 앙리에트. 들었지?"

마르그리트는 앙리에트에게 소리쳤고, 앙리에트는 용수철에 튕기듯이 일어나 달려왔다.

"어떻게 하지?"

"지금 저 사람과 함께 가는 수밖에 없어!"

마르그리트는 빌로드 망토를 걸쳤다. 그리고 모든 문을 잠그게 하고 마차를 작은 문 쪽에 대기시켰다. 그녀는 앙리에트의 팔을 잡고 계단을 내려가 마차에 타고 카보슈에게 신호를 보냈다. 그들은 십여 분 정도 마차를 타고 달렸다. 두 여인은 탑처럼 생긴 건물 앞에서 카보슈를 따라 어둠 속에서 서로를 꽉 붙잡은 채 고딕식 작은 문으로 들어섰다. 카보슈는 한 손에 촛불을 들고 천장이 낮고 연기가 자욱한 방으로 그들을 안내했다. 방 중앙에는 탁자가 하나 놓여 있었고 그 위에 세 벌의 식기가 놓여 있었다. 그 방에서 가장 인상적인 것은 벽에 걸려 있는 양피지였는데 그것은 왕의 직인이 찍힌 사형 집행 인가증이었다. 방의 한쪽 구석에는 거대한 칼이 날을 빛내고 있었다. 카보슈는 절을 하며 예를 표했다.

"왕비님, 용서하십시오. 감히 이렇게 누추한 곳으로 모셔온 것을. 그 나리님의 너무 간절한 소망이라…"

“잘했어요. 이건 정말 고맙다는 뜻이에요.”

마르그리트가 식탁 위에 금화가 담긴 주머니를 내려놓았다. 그리고 이렇게 말했다.

“더 들어가야 하나요? 아무것도 보이지 않으니…”

“아닙니다. 바로 다 왔습니다. 하지만 각오하셔야 합니다. 비참한 광경입니다.”

“어서 안내하세요. 따라갈 테니까.”

카보슈가 횃불을 들고 떡갈나무 문을 열었다. 그 순간 한 줄기 바람이 불며 지하실의 퀴퀴한 곰팡내와 함께 역겨운 냄새가 두 여인의 얼굴로 확 풍겼다.

“아! 난 더 이상 못가겠어!” 앙리에트가 말했다.

“앙리에트…. 사랑한다면 죽음까지도 사랑해야 해.”

앙리에트는 마르그리트의 부축을 받아 낮은 천장 아래서 몸을 굽히고 들어갔다. 그들이 마지막 계단을 내려갔을 때 검은 천이 덮인 두 인간의 형체가 있었다. 카보슈는 검은 천 한쪽 모서리를 들어 올리고 횃불을 가까이 가져갔다.

“보십시오. 마마.”

검은 옷차림의 두 젊은이가 나란히 누워있었다. 목에 붉은 줄 같은 것이 그어져 몸과 분리되어 있었다. 그들의 시신은 서로 붙어 있었는데 우연인지 집행관이 일부러 그렇게 해놓은 것인지 몰라도 라 몰의 오른손이 코코나의 왼손 안에 들어가 있었다. 라 몰의 시선에는 사랑이 서려 있었고, 코코나의 굳게 다문 입술에는 경멸이 나타나 있었다. 마르그리트는 자신의 연인이었던 남자 앞에 무릎을 꿇었다. 그녀는 자신이 사랑했던 남자의 얼굴을 들었다. 오만하고 대담한 앙리에트 역시 자신에게 사랑과 기쁨을 주었던 남자의 창백한 얼굴에서 시선을 떼지 못했다. 그녀는 연이어 폭포수 같은 눈물을 흘리며 망토 자락으로 그의 머리를 감싸 안았다. 마르그리트는 질 좋은 향유가 뿌려진 아름다운 천으로 그것을 감쌌다. 거기에는 왕실의 시체 보존에 이용되는 방부 처리가 되어있었기 때문에 그의 머리는 그대로 간직될 것이었다.

"아무것도 걱정하지 마십시오. 나머지는 제가 경건하게 매장하겠습니다."

"이것으로 미사도 꼭 올려주세요." 앙리에트가 자신의 목에 걸린 루비 목걸이를 벗어 카보슈에게 주면서 말했다.

그녀들은 루브르궁을 떠날 때 그랬던 것처럼 비밀 계단을 통해 마르그리트의 방으로 돌아왔다. 마르그리트는 슬픈 유물을 침실에 딸린 작은 방에 가져다 놓았다. 사랑의 의무를 완수한 그녀는 앙리에트에게 그 방을 지키게 하고 약속대로 향연이 열리는 야회장으로 향했다.

왕의 죽음과 섭정권

샤를르왕은 공기 좋은 시골에서 요양을 하고 있었다. 앙리가 투옥된 감옥이 있는 빈센느 성채였다. 궁정 전체가 일시적으로 그곳으로 옮겨와 있었다. 어느 날 아침 8시였다. 몇몇 고관들이 왕이 머무는 곳의 대기실에서 이야기하고 있었을 때 유모가 달려왔다. 그녀는 왕이 위독하다고 소리쳤고 누군가가 의사를 부르러 달려갔다. 샤를르는 피를 많이 토했다. 제일 먼저 카트린느가 달려왔다. 그녀는 재빨리 대기실을 지나 왕이 누워있는 곳으로 들어갔다. 샤를르는 흐릿한 시선으로 사지를 축 늘어뜨리고 가쁜 숨을 힘겹게 몰아쉬고 있었다. 그의 몸은 온통 땀방울과 피로 젖어 있었다. 그래도 그는 모후의 발소리가 나자 본능적으로 몸을 일으켰다.

"유모. 문을 닫아줘. 어머니하고 단둘이서 할 이야기가 있으니까." 샤를르가 말했다.

"아들아. 이제 너를 음해한 두 사람을 처벌했으니 곧 괜찮아질 거다. 마음을 굳게 먹도록 해라."

"어머니. 제삼자를 지금 이 접견에 참석시켜 주십시오. 내일이면 너무 늦을지도 모릅니다."

"왜?"

"제 죽음이 조금씩 다가오고 있는 것이 보입니다. 어젯밤에 제 개인적인 일을 정리했으니 오늘은 국사를 정리하고 싶습니다." 샤를르가 엄숙하게 말했다.

"네가 보고자 하는 사람이 누구냐?"

"제 형제를 불러주십시오. 지금 불러오십시오."

카트린느는 문을 열고 밖에 대기해 있는 유모에게 소리쳤다.

"유모. 낭세이 대장이 오면 알랑송 공작을 불러오라고 하게."

"저는 제 형제라고 했습니다." 샤를르가 한 번 더 말했다.

카트린느의 눈이 휘둥그레졌다.

"전 앙리와 이야기를 하고 싶습니다. 앙리만이 저의 유일한 형제입니다. 폴란드의 앙주가 아니라 이 성채의 감옥에 갇혀있는 앙리 말입니다."

"네 말대로 죽음이 가까워졌다면 어찌 왕태후로서의 내 고귀한 권리를 한낱 이방인에게 양도하게 하느냐?" 카트린느가 아들의 단호함에 놀라 자제력을 잃고 소리쳤다.

"아직까지는 제가 이 나라의 왕입니다. 한 번 더 명령합니다. 전 제 형제인 앙리와 이야기하고 싶습니다. 당장 호위대장에게 지시하지 않는다면 제가 직접 지시를 내리지요."

그는 침대에서 벌떡 일어나는 동작을 취했다. 하지만 카트린느가 그를 붙잡으며 소리쳤다.

"그건 우리 가문과 혈통에 치욕적인 모욕이다. 오직 프랑스의 아들만이 국왕의 임종을 지킬 수 있다. 난 끝까지 내 위치를 지키고 법도에 따라 여기 머물러 있을 것이다."

"무슨 자격으로 있겠다는 것입니까?"

"어머니의 자격으로."

"알랑송이 더 이상 제 동생이 아니듯이 어머니도 더 이상 제 어머니가 아닙니다."

"제정신이 아니구나. 생명을 준 이가 어머니가 아니라니?"

"비정한 어머니가 자신이 준 생명을 없애려는 순간부터 그렇습니다." 샤를르가 입술에서 흘러나오는 피를 닦으며 말했다.

"무슨 말이냐?"

샤를르는 베개 밑에서 작은 열쇠 하나를 꺼냈다.

"이 열쇠를 받으십시오. 그리고 저 상자를 열어보십시오. 그곳에 들어있는 책이 모든 것을 말해줄 것입니다."

샤를르는 그렇게 말하고 자물쇠로 잠겨있는 작은 상자 하나를 가리켰다. 카트린느는 평소와 다른 샤를르의 위압적인 태도에 압도당해 그의 말에 순순히 따랐다. 그리고 그 상자를 열어 안을 들여다보고는 흠칫 놀라서 뒷걸음질 쳤다.

"책이 한 권 있지 않습니까? 그 책을 가져오십시오." 샤를르가 말했다.

카트린느는 손을 떨면서 상자 속에 손을 집어넣었다.

"운명의 장난이 아니라면 어떻게 이런 일이…" 그녀는 책을 꺼내면서 중얼거렸다.

"잘 들으십시오. 저는 사냥을 많이 좋아했습니다. 그리고 그 수렵책…. 제가 읽었습니다. 그것도 너무 많이. 이제 이해가 됩니까?"

카트린느는 나직한 신음 소리를 냈다.

"태워버리십시오. 실수였습니다. 아무도 왕의 실수를 알아서는 안 되니까요!"

카트린느는 벽난로로 다가가 책을 불길 한가운데로 집어 던지고 꼼짝 않고 서 있었다. 그녀는 초점 없는 시선으로 책을 집어삼키는 불길을 우두커니 바라보았다. 책이 타들어 갈수록 마늘 냄새가 진동했다. 곧 책은 완전히 타서 재가 되었다.

"이제 제 형제를 불러주십시오." 샤를르가 엄숙하게 말했다.

카트린느는 도저히 분석할 수도 없고 대적할 수도 없는 복잡한 감정에 짓눌려 잠시 망연자실한 채 있었다. 뭔가를 말하고 싶었다. 어머니로서 양심의 가책을 느꼈다. 일국의 왕비로서 공포심을 느꼈다. 동시에 그녀는 적에 대한 증오심을 느꼈다. 이 모든 것 중에서 마지막 감정이 가장 강하게 그녀를 사로잡았다. 그녀는 분노했다.

"가증스러운 것! 그가 이겼어. 그가 목적을 달성한 거야." 그녀는 앙리를 부르기 위해 문밖으로 나가며 소리쳤다.

*

앙리는 탑의 난간에 서서 생각에 잠겨있었다. 매우 쾌청한 날씨였고 멀리 광활하게 펼쳐진 평원이 보였다. 숲에는 무성한 잎들이 햇살을 받아 황금빛으로 빛나고 있었다. 그가 잠시 그곳에 서서 주변 경관에 도취 되어 무심코 주변을 둘러보았다. 갑옷을 입은 남자 하나가 유달리 햇볕에 반사되어 빛을 발하는 광경이 눈에 들어왔다. 앙리는 그 남자를 계속 주시했다. 그 남자는 칼끝에 손수건 같은 것을 매달고 신호처럼 흔들고 있었다. 그러자 동시에 맞은편 언덕에서도 같은 신호가 여러 곳에서 나타났다. 그들은 무이와 신교도들이었다. 그들은 샤를르왕이 위독하다는 정보를 입수하고 나바르왕의 생명을 구하기 위해 이곳으로 집결한 것이다. 앙리가 그것을 알아차리고 기쁨을 감추지 못한 채 스카프를 흔들며 그들에게 신호를 보냈다. 하지만 당장 그들과 합류할 수 없다는 사실에 절망감을 느꼈다. 바로 그때 빈센느의 탑 아래에서 누군가 올라오는 발걸음 소리가 났고 그는 난간 밖을 내다보았다. 탑 창문으로 왕태후가 두 명의 호위병과 함께 계단으로 올라오는 모습이 보였다. 그는 재빨리 신호를 보내 무이와 일파들에게 숨게 했다.

"이렇게 날 찾아오다니 뭔가 중요한 일이 일어난 것이 틀림없어." 그가 중얼거렸다.

잠시 후 카트린느가 그가 있는 곳으로 들어왔다.

"여기까지 친히 저를 찾아오시다니요? 왕태후 마마."

"자네에게 마지막 호의를 보여주고 싶어서야. 지금 국왕이 운명하기 직전에 자넬 만나고 싶어 하네."

"저를요?" 앙리가 기쁜 표정으로 말했다.

"내가 미리 말해두겠는데 국왕이 어쩌면 자네를 시험할지도 몰라. 자네가 나바르 왕좌뿐 아니라 프랑스 왕좌도 갈망한다고 하는 자들이 있으니…"

"폐하께서 제게 어떤 제안을 하신다는 겁니까?"

"글쎄…. 어쩌면 도저히 불가능한 일이겠지…"

"혹시 짐작되는 바가 없으십니까?"

"모르겠네. 어쩌면 국왕이 임종하시기 전에 자네의 야심이 어디까지인지 떠보려고 할지도 모른다네. 절대로 말려들지 말게."

"이를테면?"

"국왕이 자네에게 통치권이나 섭정권을 제안할 수도 있네."

앙리의 마음속에 뭐라고 말할 수 없는 기쁨이 퍼져나갔다. 하지만 그는 무엇보다도 자신을 방어해야 했다.

"제게요? 장모님과 알랑송 공작이 있는데 제게 섭정권이라뇨?"

카트린느는 그 말을 듣고 만족하는 것처럼 보였다. 앙리는 자신에게 덫을 놓는 사람이 바로 카트린느라는 것을 알았다.

"섭정권을 포기할 거지?"

"글쎄요…. 일단 제의하지도 않은 일인데…. 폐하의 말씀을 먼저 들어봐야 하지 않겠습니까?"

"물론 그렇지. 그래도 자네의 의향 같은 건 미리 말해줄 수도 있지 않은가?"

"저는 의향 같은 것도 없고, 야심은 더더구나 없습니다."

"그건 대답이 아니네. 의사를 분명히 표시하게."

"가정해놓고 제 의사를 표시할 수는 없습니다. 일단 사실부터 알아야죠."

"잘 듣게. 왕태후로서 말하는데 만약 자네가 섭정권을 수락한다면 자네 목숨은 무사하지 못할 줄 알게."

앙리는 적어도 왕이 아직은 살아있음을 깨달았다.

"왕태후 마마. 폐하의 목숨은 신의 손에 달려 있습니다. 신께서 제게 영감을 주실 것입니다."

"잘 생각해. 이 궁에는 문이 두 개 있네. 자네가 섭정권을 거절하면 좋은 준마와 자유가 기다릴 것이고, 받아들인다면 그 반대야. 저 미늘창을 가진 병사들이 보이지?"

"만약 국왕 폐하께서 저에게 섭정권을 주신다면 군사권은 왕태후 마마가 아니라 제가 가지게 됩니다. 그러면 모든 병사가 저절로 고개를 숙이지 않겠습니까?"

"미쳤군! 이 카트린느와 목숨을 거는 도박은 하지 말게."

의도를 간파당한 카트린느는 이렇게 말하며 먼저 내려갔다.

초조하게 앙리를 기다리던 샤를르는 낭세이를 부르려고 했을 때 앙리가 문에 나타난 것을 보고 안도의 한숨을 쉬었다. 왕의 곁을 지키던 두 의사와 마지막 순간을 위해 자리해 있던 사제가 물러갔다. 앙리는 마음의 준비를 하고 왔음에도 온통 피로 얼룩진 끔찍한 병자의 모습인 불행한 왕을 보자 공포와 두려움이 몰려왔다. 샤를르는 그런 그를 바라보며 구슬프게 미소를 지었다.

"어서 오게, 앙리." 그는 앙리에게 손을 내밀며 앙리가 처음 들어보는 부드러운 목소리로 말했다.

"그동안 자네를 보지 못해 괴로웠다네. 불쌍한 친구! 내가 자네를 많이 괴롭혔지만 때로는 후회한다는 것을 믿어주게! 무엇보다도 왕으로서 가장 걱정하는 부분은 언제나 국가의 존립이니까."

"폐하. 저는 폐하께서 저에게 쏟아주신 사랑과 변함없는 존경의 기억만 가지고 있을 뿐입니다."

"그렇게 말해주니 정말 고맙군. 자네는 내 통치 중에 어머니를 잃는 불행을 당했고, 나는 모후에게 많이 끌려다녔네. 어쩔 수 없는 부분이었다고 해도 지금은 과거나 현재보다 미래가 훨씬 더 걱정스럽네."

샤를르는 잠깐 침묵을 지킨 후에 앙상한 손을 얼굴로 가져갔다. 그리고 말을 이었다.

"나라를 지켜야 해. 광신자들이나 여자들의 손아귀에서 지켜야 해."

샤를르가 매우 작은 목소리로 이야기했음에도 앙리의 귀에는 침대 뒤쪽에서 나는 분노의 소리 같은 것이 들렸다. 벽에 뚫린 작은 구멍 뒤로 카트린느가 귀를 대고 있는 것처럼 보였다.

"여자들이라니…, 무슨?" 앙리가 설명해달라는 뜻으로 반문했다.

"앙리. 내 어머니는 폴란드의 동생이 돌아올 때까지 직접 섭정을 하고 싶어 하시네. 하지만 내 말을 잘 듣게. 그는 쉽게 돌아오지 못할 거야."

"쉽게 돌아오지 못하다니요? 왕태후께서 이미 전령을 보내지 않았을까요?" 앙리가 물었다.

"그렇겠지. 아니 사실은 그래. 하지만 내가 그 전령을 체포하게 했네. 낭세이가 샤토 티에리에서 그 전령을 붙잡아 모후가 보낸 서신을 가지고 왔네. 나 역시 따로 바르소비로 전령을 보냈네. 내 서신이 도착하면 앙주는 많은 감시를 받게 될 거야. 모든 가능성을 고려할 때 프랑스 왕좌는 공석이 된다네."

처음보다 더 강렬한 떨림이 벽 뒤에서 들리는 것을 보고 앙리는 왕태후가 숨어서 엿듣는 것을 확신했다. 샤를르는 말을 이었다.

"나는 왕실의 대를 잇지 못했다네. 사실 내겐 결혼하지 않고 낳은 불쌍한 아이가 있어. 하지만 그 아이는 여기 오면 생명이 위험해질 거야. 그 아이는 왕좌에 걸맞게 태어나지 않았기 때문에 왕이 될 순 없지만, 유산을 충분히 남겨줄 거야. 자네가 그 아이를 지켜주게."

"폐하. 제가 안전하다면 약속드리겠지만 저 역시 그 아이의 입장과 다를 것이 없습니다. 언제 추방될지도 모르는 데다 목숨까지 위협받고 있으니 말입니다."

"아니네. 자넨 잘못 알고 있네. 난 죽지만 자넨 힘과 권한을 가지게 될 거야."

샤를르는 이렇게 말하고 머리맡에 둔 양피지를 집었다.

"자, 받게."

그것은 왕의 국새가 찍힌 종이였다. 앙리는 그것을 훑어보았다.

"섭정권을 제게 주시는 겁니까? 폐하." 그는 기쁨에 놀라며 말했다.

"앙주가 돌아올 때까지 섭정을 자네에게 맡긴다는 내용이네. 하지만 모든 가능성에 비추어볼 때 앙주는 돌아오지 못할 테니까 자네에게 주는 것은 섭정권이 아니라 왕권이네."

"왕권을…. 저에게!"

"지금부터 내 말 잘 듣게. 알랑송은 내 동생이지만 절대 신뢰할 수 없는 아이야. 모후는 자네를 죽이려고 할지도 몰라. 만약 정 안되면 모후를 추방하게. 앙주가 몇 달 후에 혹은 일 년 후에 이곳으로 돌아와 자네와 싸우려고 할 거야. 그때는 교황의 교서로 그에게 맞서게. 내가 느베르 공작에게 이 일을 일임해 놓았으니 교서를 받게 될 거야."

"폐하!"

"한 가지 더. 자네가 특히 경계해야 할 것이 있네. 그건 내란이야. 절대로 신교도의 수장이 되어서는 안 되네. 어떤 경우에도 개종한 상태를 유지해야 하네. 프랑스 왕은 모두의 왕이어야 하네. 프랑스는 가톨릭의 국가고 다수가 가톨릭이란 걸 잊지 말게. 그리고 난 자네에게 충실한 의회와 잘 훈련된 군사를 물려주니 정 안되면 군대의 힘을 빌려 어머니와 알랑송에 맞서게."

샤를르는 그의 손을 잡았다. 그리고 유모에게 말했다.

"어머니를 불러줘, 유모. 알랑송도 들어오게 하고."

몇 분 후에 하얗게 질린 카트린느와 분노를 삼키지 못하고 있는 알랑송이 들어왔다. 카트린느가 이미 모든 것을 알랑송에게 말해준 것처럼 보였다. 그들은 샤를르의 말을 기다렸다. 앙리는 왕의 침대 머리맡에 서 있었다.

"어머니. 제게 아들이 있다면 어머니께서 섭정이 되실 것입니다. 하지만 저는 아들이 없으니 왕좌는 앙주의 차지가 될 것입니다. 그는 언젠가 왕좌를 요구하러 올 것이고 알랑송과 싸우려고 할 것입니다. 그럼 왕실엔 왕권 쟁탈전이 일어날 것입니다. 제가 어머니를 섭정으로 모시지 않는 이유는 바로 어머니께서 두 아들 중 하나를 선택해야 하는 고민과 괴로움을 피하게 해드리고 싶어서입니다. 저는 중립적인 위치에서 왕권을 지킬 수 있는 사람을 섭정으로 택했습니다. 그 섭정은 바로 앙리입니다. 새로운 섭정께 인사하십시오."

"받으시오, 섭정관. 이 양피지는 폴란드 왕이 돌아올 때까지 당신에게 국가 통솔권과 국보 열쇠, 그리고 왕의 모든 권리와 권한을 부여할 것이오." 샤를르가 앙리에게 말했다.

카트린느는 앙리를 노려보았고, 알랑송은 분노로 창백해졌다. 그들은 섭정이 되는 앙리 앞에서 기세가 조금이라도 약해지기는커녕 한층 더한 위협을 드러내고 있었다. 앙리는 두려움을 감추고 왕의 손으로부터 양피지를 받아들었다.

"감히 그렇게는 못 한다. 우리 혈통이 한 사람이라도 남아 있는 한 이방인의 가문에 머리를 숙일 수는 없다! 발루아 가문이 있는데 부르봉이 프랑스를 통치하게 할 수는 없다."

"어머니! 조심하십시오. 제게 시간이 얼마 남지 않았다는 것을 잘 알지만 아직은 제가 왕입니다." 샤를르왕은 피로 물든 시트 위로 간신히 몸을 일으켜 세우며 말했다.

"좋다! 감히…. 할 테면 해봐라…. 난 내가 하고 싶은 대로 할 테니까. 알랑송! 가자."

그녀는 그렇게 말하고 알랑송을 데리고 재빨리 나갔다.

"낭세이! 낭세이! 이리 오게! 어머니를…, 알랑송을 체…, 포…" 샤를르는 말끝을 흐렸다. 그에겐 더 이상 말할 기력이 남아 있지 않았다. 명령은 약해지는 소리 속에서 흔적 없이 증발해버렸다.

"폐하께서 다시 정신이 들지 모르니 아무도 들어오지 못하게 문을 지키시오." 앙리가 말했다.

낭세이는 예를 올리고 물러났다. 앙리는 정신을 잃은 샤를르의 육신을 바라보았다. 그리고 그는 혼자 중얼거렸다.

"중요한 순간이군…. 섭정을 해야 하나…, 살아야 하나?"

그때 벽걸이가 올라가면서 창백한 얼굴 하나가 나타났다.

"먼저 살아야 합니다!" 그 목소리가 외쳤다. 르네였다.

"르네! 어떻게 여기에! "

"그건 중요하지 않습니다. 침대로 몸을 숙이고 제 말 잘 들으십시오. 저는 지금 왕태후님께 맞서서 전하를 도와 드리는 겁니다. 전하께 나타난 점성을 믿으니까요. 또 그것이 내게 이득이 되기 때문에…"

"혹시 왕태후가 시킨 건 아닌가?" 앙리가 물었다.

"아닙니다. 그 증거로 비밀을 말씀드리겠습니다. 곧 폴란드 왕이 도착합니다."

"잘못 알고 있네. 왕이 전령을 체포했어."

"한 명만이 체포되었을 뿐입니다. 왕태후는 미리 알고 세 갈래 길로 보냈습니다."

"그럴 수가! 그게 사실이라면 지독하게 운이 없군!"

"오늘 아침 바르소비에서 사자가 한 명 도착했습니다. 폴란드 왕이 아무런 제지를 받지 않고 폴란드를 출발했다고 합니다. 몇 시간만 있으면 앙리 드 앙주 폴란드 왕이 이곳에 도착할 것입니다."

"내게 8일간만 시간이 있다면…"

"전하껜 8시간조차도 없습니다. 멀리서 무기 소리가 들리지 않습니까? 전하를 노리는 것입니다. 곧 이곳으로 들이닥칠 것입니다."

"왕이 아직 살아계시는데…"

"10분 후면 돌아가실 것입니다. 지금 전하께 주어진 시간은 기껏해야 10분 정도입니다. 어쩌면 그보다 더 적을 수도…"

"어떻게 해야 하지?"

"지금 당장 달아나십시오."

"하지만 어디로? 나가자마자 날 가만두지 않을 텐데…"

"잊지 마십시오. 제가 전하를 위해 목숨을 걸었다는 것을."

"안심해."

"비밀 통로로 저를 따라오십시오. 비밀 문까지 안내해 드리겠습니다. 그리고 저는 왕태후께 전하가 비밀 통로로 내려가고 있다고 말씀드리겠습니다. 그럼 왕태후께서는 전하께서 비밀 통로를 발견하고 도망간 줄 알 것입니다."

앙리는 샤를르왕의 이마에 키스를 했다.

"부디 잘 가십시오. 내 형제여. 당신의 마지막 소원을 절대 잊지 않겠습니다. 부디 편안하게 가십시오. 우리 피를 흘리게 했던 당신을 우리 형제들의 이름으로 용서하겠습니다."

"빨리! 빨리! 폐하께서 눈을 뜨시기 전에 피해야 합니다. 달아나십시오."

"유모…, 유모…" 샤를르의 입에서 가느다란 소리가 흘러나왔다.

앙리는 왕의 머리맡에 놓인 칼과 섭정으로 임명한다는 양피지를 들고 마지막으로 왕의 이마에 입맞춤하고 침대 주위를 돌아 비밀 통로의 입구로 들어갔다. 앙리는 르네의 안내를 받아 비밀 문으로 빠져나갔다. 대기하고 있던 말에 올라타 무이와 일파들을 만날 수 있는 곳을 향해 힘차게 박차를 가했다.

"도망간다! 도망간다!" 갑자기 땅을 울리는 말발굽 소리에 왕태후의 지시에 따라 경계를 서고 있던 두 호위병이 소리쳤다.

"누가?" 카트린느가 창문으로 다가가 외쳤다.

"나바르왕입니다!" 호위병들이 소리쳤다.

"쏘아버려!" 카트린느가 명령했다.

호위병들이 총을 겨냥했지만 이미 앙리는 멀리 가버린 후였다.

"결국, 그놈이 졌어!" 카트린느가 말했다.

그때였다. 도개교를 뒤흔드는 말발굽 소리와 함께 한 젊은이가 전속력으로 말을 타고 달려오고 있었다. 그는 루브르궁 안으로 들어서면서 '프랑스!'라고 외쳤다. 뒤이어 네 명의 호위병들 역시 땀과 먼지투성이로 궁 안에 들어섰다.

"내 아들아!" 카트린느가 창가에서 두 팔을 벌리고 소리쳤다.

"어머니!" 그 젊은이는 말에서 뛰어내리며 외쳤다.

"앙주 형님!" 알랑송이 놀라서 외쳤다.

"너무 늦었나요?" 그가 말했다.

"아니. 그 반대다. 매우 적절한 때에 잘 맞추어 왔구나."

그때 낭세이가 왕의 방 앞에 있는 발코니로 뛰어나왔다. 모든 시선이 그에게 집중되었다. 그는 손에 쥔 막대를 두 조각으로 부러뜨렸다. 그리고 한 손에 하나씩 들고 팔을 뻗었다.

"샤를르 9세께서 서거하셨습니다! 샤를르 9세께서 서거하셨습니다! 샤를르 9세께서 서거하셨습니다!" 그는 세 번 반복해서 외쳤다. 그리고 두 조각의 막대를 떨어뜨렸다.

"앙리 3세 만세! 앙리 3세 만세!" 카트린느가 경건하게 성호를 그으며 말했다.

그것을 지켜보던 모든 사람이 복창했다. 알랑송 공작만이 분노와 배신감에 손톱으로 가슴을 쥐어뜯었다.

에필로그

샤를르 9세가 서거하고 앙주가 앙리 3세가 되어 왕위를 계승한 지 1년의 세월이 흘렀다. 왕태후는 앙주가 왕이 된 후에 실질적인 섭정을 하고 있었다. 파리는 다시 평온함을 되찾았다. 앙리는 마르그리트와 오랫동안 갈망해왔던 나바르에 머물러 있었다. 하지만 마르그리트는 여전히 슬픔과 우울함에서 벗어나지 못하고 있었다.

카트린느가 르네와 점성 연구에 골몰해 있던 어느 날이었다. 르네는 라 몰과 코코나의 재판에 위증을 해주고 다시 왕태후의 신임을 얻었다. 그때 갑자기 시종 하나가 왕태후에게 기도실에서 누군가가 기다리고 있다는 것을 전했다. 그녀가 급히 내려갔다. 모르벨이었다.

"그자가 이곳에 나타났습니다." 모르벨이 말했다.

"그자?" 카트린느가 반문했다.

"나바르왕이 아니면 누구겠습니까?"

"그가 여기에? 뭘 하러?"

"샤를로트 부인을 만나러 온 것 같습니다. 어쩌면 다시 음모를 꾸밀지 누가 알겠습니까?"

"그걸 어떻게 알게 됐소?"

"어제 그가 어떤 집으로 들어가는 것을 지켜보았는데, 얼마 후 샤를로트 부인도 들어가는 것이 보였습니다. 새벽 3시경에 같이 나오더군요. 그리고 그가 샤를로트 부인을 루브르까지 데려다주었습니다."

"그리고 어디로 갔소?"

"라르브르섹 거리의 '아름다운 별'이라는 여인숙으로 갔습니다. 그리고 오늘도 그 집을 지켰는데 아니나 다를까 또다시 그 집으로 갔습니다. 그래서 지금 알리러 온 것입니다."

"잘했소! 그 집은 어디에 있는 집이오?"

"생 오노레가 크로와 데 프티 상 근처입니다."

"지금부터 내가 부르는 대로 받아 적으시오."

소브 남작께서 직무를 보시는 동안
남작 부인께서는 어떤 남자와
생 오노레가 크로와 데 프티 상 근처의
한 집에서 밀회를 하고 있습니다.
그 집은 벽에 빨간 십자가가 표시되어 있습니다.

"그리고 그대로 한 장 더 베끼시오."

모르벨은 그대로 따랐다.

"이 편지를 한 통은 소브 남작에게 전해주고, 다른 한 통은 루브르 궁 복도에 떨어뜨리시오."

"지금까지 눈감아 주시다가 왜 이렇게 하시는지 이해가 안 됩니다."

"그때는 상대가 왕이니 달리 방법이 없지 않았겠소? 이제 상황이 다르지 않소? 만약 소브 남작이 격분하지 않는다면 그대가 격분하시오."

"제가요?"

"잠복하고 있다가 그 집을 급습하시오. 복도에 쪽지를 떨어뜨려 놓았으니 누군가 발견할 것이고 무슨 일이 있어도 남편이 복수한 것으로 알려질 거요."

모르벨은 카트린느의 계획에 감탄하며 나섰다. 앙리는 그날 그 집에서 새벽 3시가 아니라 자정에 나오기로 무이와 약속했다. 무이는 작은 집 근처에 숨어 있었다. 그들은 샤를로트 부인을 루브르궁에 데려다주고 모르벨이 사는 세리제가로 갈 계획이었다. 무이가 작은 집 주변에서 한 시간 정도 잠복해 있었을 때 어떤 남자 하나가 대여섯 명의 병사를 거느리고 그 집으로 다가와 문의 자물쇠에 열쇠를 넣는 모습이 포착되었다. 무이는 단번에 뛰쳐나가 소리쳤다.

"도대체 누가 함부로 남의 집 문을 여는가!"

그 남자가 주춤해서 한 걸음 뒤로 물러났다. 그 순간 모자가 땅에 떨어지면서 정체가 드러났다.

"모르벨! 그렇지 않아도 널 찾고 있었는데 잘 만났다!" 무이가 소리쳤다.

"드 무이 셍팔!"

무이는 재빨리 베아른의 목동들이 부는 휘파람을 불며 앙리에게 신호를 보냈다. 그리고 곧바로 인정사정 볼 것 없이 모르벨에게 달려들었다. 모르벨은 순간적으로 권총을 꺼내 들었다.

"오호! 한발 늦었어! 넌 이제 끝장이다." 모르벨이 소리쳤다.

그리고 방아쇠를 당겼는데 무이가 재빨리 몸을 피하는 바람에 총알은 그를 빗나갔다.

"이번엔 내 차례다. 내 칼을 받아라."

무이는 그렇게 외치며 칼로 사정없이 모르벨의 옆구리를 베었다. 암살자는 처절한 비명을 질렀다. 그의 끔찍한 신음 소리를 들은 병사들이 슬금슬금 뒷걸음질 치기 시작했고 모르벨 역시 도망가려 했다. 그는 달아나면서 소리쳤다.

"도와줘!"

하지만 그 앞에는 작은 집의 2층에서 뛰어내린 앙리가 서 있었다. 무이는 모르벨이 있는 곳으로 달려가 그의 옆구리를 한 번 더 공격했다. 모르벨은 한 손으로 자신의 상처를 움켜쥔 채 다시 절망적으로 내달렸다.

"무이! 자 빨리 해치워!" 앙리가 소리쳤다.

무이는 다시 한번 그를 공격했고, 모르벨은 엄청난 피를 흘리며 완전히 탈진 상태로 쓰러졌다. 그러나 그는 죽지 않고 다시 몸을 일으키며 소리쳤다.

"도와줘! 제발 총을 쏴! 제발!" 그는 있는 힘을 다해 동료들에게 외쳤다.

병사 중 한 명이 주변에서 지켜보다가 무이에게 총을 겨누었다.

"하지만 그전에 네 놈부터 죽어야 해. 잔악한 놈! 지옥에나 떨어져라!"

무이가 모르벨의 한쪽 손에 있는 단검을 잡고 다른 손으로 그의 가슴에 칼을 꽂았다. 칼은 가슴을 정확히 관통했다.

"조심해!" 앙리가 무이에게 총을 겨누는 병사를 때려눕히며 소리쳤다.

그리고 이렇게 외쳤다.

"무이! 이제 됐어! 빨리 가세. 만약 우리 정체가 탄로 나면 큰일이야!"

"전하. 잠깐만 기다리십시오. 이 비열한 놈의 몸뚱이에 제 칼을 꽂아두고 갈 수는 없습니다!"

무이가 미동도 없이 쓰러져 있는 모르벨에게 다가가 그의 가슴에 꽂힌 칼을 뽑으려는 순간, 모르벨이 병사가 쓰러지면서 떨구었던 총을 무이의 가슴으로 발사했다. 무이는 한마디 비명도 지르지 못하고 그 자리에 쓰러졌다. 앙리는 모르벨에게 달려들었지만 이미 그는 시체가 되어있었다. 그때 주변에서 사람들이 몰려들어 웅성거리기 시작했다. 빨리 달아나야 했다. 어떻게 이 일을 수습할지 잠시 생각하고 있었을 때 사람들 속에서 낯익은 얼굴 하나가 나타났다. '아름다운 별'의 위리에르였다. 그는 라 몰과 코코나가 사형되고 난 후 우울증에 시달리고 있었다.

"이보게, 위리에르. 무이를 부탁하네. 그를 자네 집으로 좀 데려가 주게. 만약 그가 살아있다면 아무것도 아끼지 말게. 제발 부탁이야. 여기 내 지갑이 있네."

"나리는?"

"난 가볼 데가 있어. 20분 후에 자네 여인숙으로 가겠네. 내 말을 좀 준비해놓게."

그는 샤를로트 부인이 있는 작은 집으로 달려갔다. 그곳에 도달했을 때 주변에는 많은 사람으로 웅성거렸다.

"무슨 일입니까?" 앙리가 물었다.

"쯧쯧…. 젊고 아름다운 여인이 남편의 칼에 찔렸다오. 애인하고 몰래 만나다가 들킨 모양이오! 누가 남편에게 밀고한 것 같소."

"남편은?"

"갔소."

"부인은?"

"아직 있소."

"죽었나요?"

"글쎄…, 잘 모르겠소. 아직…"

앙리는 안으로 뛰어 들어갔다. 사람들이 침대를 둘러싸고 있었다. 침대에는 샤를로트가 누워있었다. 주위에는 피가 낭자하게 흐르고 있었다. 앙리는 사람들 사이로 들어가 그녀 앞에 주저앉았다. 그녀는 신음을 내며 흐릿한 시선으로 눈을 떴다. 그녀가 그의 이마에 입술을 대고 힘겹게 말을 내뱉었다.

"앙리…. 죽기 전에 볼 줄 알았어요…. 사…, 랑…"

그녀의 얼굴이 떨구어졌다. 그는 잠시 오열했다. 그리고 단검을 꺼내 그토록 찬탄에 마지않았던 그녀의 금발 머리카락 한 줌을 잘랐다. 밖으로 뛰쳐나갔다.

"동지도 가고, 연인도 가고…, 이제 나 혼자 남았구나!" 앙리는 넋을 잃은 채 소리쳤다.

"맞습니다, 전하. 하지만 아직 왕좌가 남아 있습니다." 그 집 주변을 둘러싸고 있는 사람 중 하나가 다가오며 말했다.

앙리는 놀라서 뒤를 돌아보았다.

"르네!"

"예, 전하. 전하를 지켜주는 르네입니다. 전하께서 파리에 있다는 것을 누군가 알고 있습니다. 빨리 몸을 피하십시오!"

"이래도 왕이 될 거라는 건가? 도망자에 불과한 내가?"

"위를 쳐다보십시오, 전하. 그것을 말해주는 것은 제가 아니라 바로 저 별입니다."

르네는 별 하나를 가리켰다. 그 별은 구름 속을 벗어나며 밝게 빛나고 있었다. 앙리는 힘겨운 한숨을 쉬며 어둠 속으로 사라져갔다.

끝.

RAINBOW
PUBLIC BOOKS

카트린느 메디치의 딸

발행일 초판 1쇄 2019년 5월 20일

발행인 박성범
지은이 알렉상드르 뒤마
옮긴이 박미경
편 집 최영환, 김명희
디자인 서은주
마케팅 이지연
발행처 레인보우 퍼블릭 북스
등 록 제 2018-000140 호

주 소 ㊔05542 서울시 송파구 올림픽로 336, 1501호 (방이동, 대우유토피아)
전 화 02-415-9798
팩 스 0504-209-1941
이메일 submit@rpbooks.co.kr

ISBN 979-11-966846-0-0

이 도서의 국립중앙도서관 출판예정도서목록(CIP)은 서지정보유통지원시스템 홈페이지(http://seoji.nl.go.kr)와 국가자료종합목록시스템(http://www.nl.go.kr/kolisnet)에서 이용하실 수 있습니다.
(CIP제어번호 : CIP2019016961)

- 책값은 뒤표지에 있습니다.
- 파본이나 잘못 인쇄된 책은 구입하신 서점에서 교환해 드립니다.